COLLECTION « VÉCU »

DANY CARREL

avec la collaboration de Marie-José Jaubert

L'ANNAMITE

ROBERT LAFFONT

ISBN 2-221-06928-5

A ma mère.

Combs-la-Ville

Dès que j'ai entendu le bruit du moteur, je me suis sauvée. J'ai traversé le jardin derrière la maison, j'ai poussé la barrière et je me suis cachée dans les bois. Maintenant je suis assise par terre dans les fourrés. Je m'amuse avec les feuilles, les cailloux. Je dérange les petites bêtes dans leurs trous, je les pousse avec un brin d'herbe. Habituée à rester seule des heures entières, je n'ai pas peur. Je suis même rassurée : ici, personne ne viendra me chercher ! Je ne veux surtout pas voir ma mère, encore moins son amie. Pourtant bien des petites filles en seraient fières : elles sont très belles et toujours magnifiquement habillées. Juliette, ma mère, est une grande femme brune aux yeux verts. Jeanne, son inséparable amie, est blonde aux yeux noirs. Jeanne possède une maison de couture près de la Madeleine et une autre, dit-on, à New York.

Jeanne me déteste. Chaque fois que je la vois, c'est une avalanche de reproches. Elle dit à ma mère : « Elle n'a jamais une larme. Elle est sèche. Elle est butée ! Elle ne parle pas ! Ils sont bêtes, les Annamites ! Ils n'ont rien dans le cœur ! » Et, s'adressant à moi : « Yvonne ! Va donc embrasser ta maman ! Tu n'es pas tendre avec elle. Tu ne l'aimes pas ! » Sans un mot, renfrognée, j'avance vers ma mère. Je lui dépose avec réticence un baiser sur la joue. Et Jeanne de s'écrier : « Ah, cette petite, elle n'est pas affectueuse ! L'avoir ramenée d'Indochine et voir comment elle vous traite ! »

Ma mère ne répond pas. Elle ne m'accable pas, non, mais elle ne me défend pas. Je lui en veux de ne pas se ranger de mon côté. Je me demande sans cesse : mais pourquoi ne parle-t-elle pas ? Jamais un mot ! Je n'ai donc pas vraiment envie de me jeter à son cou. D'ailleurs ma mère n'a jamais eu un geste de tendresse pour moi. Elle ne m'a même jamais prise sur ses genoux !

Au moins là, dans mes buissons, personne ne peut me faire de reproches. Je peux attendre calmement le départ de la voiture de Jeanne. Dans la soirée ma mère et son amie me cherchent bien un peu dans le jardin, m'appellent deux ou trois fois puis rentrent dans la villa. Ouf! je peux m'installer tranquillement pour dormir, il fait beau et, malgré mes quatre ans, je ne suis pas effrayée à l'idée de passer la nuit à la belle étoile. J'aime la nature et lorsque je ne suis pas à l'école, je passe mon temps dans le jardin, à la basse-cour ou dans les champs.

Au matin, j'entendis le bruit du moteur qui s'éloignait. Je montai dans ma chambre. C'était une pièce minuscule, presque un grenier. Il y avait un petit lit en fer face à une lucarne. Il y avait aussi une chaise que j'avais placée sous la lucarne. J'aimais être là, derrière le carreau, debout sur la chaise, à regarder le ciel et les arbres. J'entendais les poules juste au-dessous, cela me faisait une compagnie. Ma chambre était la plus laide de la maison mais je m'y sentais chez moi et je savais que personne ne viendrait m'y déranger. D'ailleurs dans cette maison, j'étais toute seule avec une vieille dame de quatre-vingts ans.

Lorsque Juliette, ma mère, et Jeanne m'avaient accompagnée ici à Combs-la-Ville, elles m'avaient dit en me désignant la vieille dame : « Tu l'appelleras Mémé ! » Mémé n'était pourtant pas ma grand-mère, elle n'était que la mère de Jeanne. C'était une femme un peu ronde aux cheveux gris noués en chignon. Pas plus que ma mère elle ne s'occupait de moi. J'avais souvent faim. C'est pourquoi, malgré ma crainte de l'obscurité, j'avais exploré, pièce après pièce, toute la sombre maison à la recherche de quelque nourriture. Au rez-de-chaussée, à gauche, l'immense salon, volets clos, rideaux fermés, dans lequel ni moi ni la vieille n'entrions jamais. Il était réservé à Jeanne lors de rares visites de ses amis. Il y avait un autre salon, beaucoup plus petit, que Jeanne utilisait lorsqu'elle venait seule avec ma mère. Le reste du temps il était, lui aussi, plongé dans le noir. A droite du couloir, la salle à manger, volets clos, rideaux tirés. Il y avait une grande table et des chaises anciennes recouvertes de coussins fixés par de jolis rubans. Il y avait également une desserte où la Mémé rangeait le sucre et les confitures. Et encore deux énormes fauteuils. Au fond de la pièce, une porte donnait sur le garage dans lequel on descendait par trois marches. C'est là que j'avais trouvé des pommes bien alignées sur des claies le long du mur. Je venais m'y approvisionner. Je chipais aussi des sucres dans la desserte. Et je me gavais de confitures chaque fois que cela m'était possible. Je dissimulais bien soigneusement mes réserves sous les coussins des chaises et des fauteuils de la salle à manger. Là quelques sucres, ailleurs une pomme ou deux.

Parfois la vieille femme se souvenait de ma présence et me faisait cuire des pâtes ou des pommes de terre. Mais je sentais bien que prendre soin de moi était une corvée pour elle. Je ne me plaignais jamais, pourtant. Quand il n'y avait rien au dîner, avant de monter dans ma chambre, je me glissais sans bruit dans l'ombre de la salle à manger et je piochais dans mes réserves. Puis je m'installais devant ma lucarne et grignotais avant de me mettre au lit.

La vieille vivait à l'autre extrémité du couloir, dans une grande chambre. A l'étage, il y avait cinq autres chambres à coucher, très belles, bien meublées, avec des balcons. Des chambres d'amis, ceux que Jeanne invitait parfois pour quelques jours. Il m'était interdit d'entrer dans ces chambres et surtout d'y coucher. J'ignorais pourquoi on m'avait réservé ce grenier au papier triste. Mais c'était mon domaine et j'avais appris à l'aimer. Pourtant j'avais parfois très peur : par exemple lorsque le vent sifflait à travers la lucarne. J'avais alors l'impression que quelqu'un hurlait « Ouvre-moi ! » et je me disais, tremblante d'effroi : Comment vais-je faire s'il se passe quelque chose, puisque la vieille dame est à l'autre bout de la maison ? J'aurai beau appeler, elle ne m'entendra pas !... Je me cachais sous mes draps sans même oser respirer.

Chaque matin je me préparais toute seule pour aller à l'école. La salle de bains avec la grande baignoire était réservée à Jeanne et ses amis. Je ne prenais donc jamais de bain et me lavais au rez-de-chaussée, dans la cuisine, au-dessus de l'évier. Je faisais à l'eau froide une toilette de chat. Je me coiffais comme je pouvais, sans même pouvoir me regarder dans une glace et j'avais vite fait de passer le peigne dans mes cheveux courts et sur ma frange. D'ailleurs j'étais certaine de ne pas être belle, Jeanne avait tant de fois prononcé les mots « Annamite », « yeux bridés », « teint mat », comme s'il s'agissait d'autant de défauts...

L'école maternelle était à deux ou trois kilomètres. Je faisais le chemin à pied par tous les temps, sous la pluie, dans le vent, la neige.

Mais j'aimais ce chemin de campagne, j'aimais la pluie. Tout était beau dès que je quittais la maison.

Peu à peu, j'étais parvenue à me faire une amie, Huguette Kesler. A mes yeux, c'était une grande fille : elle avait au moins sept ans et une tête de plus que moi ! Elle n'habitait pas loin sur le chemin et, parfois, elle passait me chercher pour aller à l'école. J'aimais marcher en sa compagnie. Huguette m'apprenait les choses de la campagne : ramasser les pissenlits et les donner aux lapins, nourrir les poules et les canards, prendre les poussins dans les mains. Huguette était la seule personne à qui je parlais, elle était mon seul lien avec les humains, tant j'étais sauvage.

Me voyant toujours à l'affût de quelques fruits à grignoter dans la campagne, un jour elle me demanda :

— T'as faim ?

— Oui.

— Elle te fait pas à manger ?

— Des fois... Je crois qu'elle est au régime.

Dans les conversations entre Jeanne et sa mère j'avais entendu le mot régime et le mot diabète. Evidemment je ne savais rien de cette maladie mais j'en avais conclu qu'elle ne devait pas beaucoup manger.

Huguette ajouta :

— Alors, tu viens chez moi !

A mon grand étonnement, la famille Kesler m'accueillit comme jamais je ne l'avais été nulle part. Je découvris tout à coup une vraie famille : des gens qui se parlaient affectueusement, riaient, faisaient attention aux enfants, les aimaient et les gâtaient autant qu'ils le pouvaient. Pourtant je voyais bien qu'ils n'étaient pas riches : la maison, les meubles étaient beaucoup plus ordinaires que ceux de Jeanne. Mais Mme Kesler m'offrait généreusement d'énormes tartines de pain de campagne, du beurre et de la confiture : « Mange mon petit », me disait-elle avec tendresse. Il y avait aussi les prunes que nous cueillions, Huguette et moi, et que j'avalais trop vite. Le soir, Mme Kesler me gardait parfois pour le dîner. La première fois, lorsque la nuit fut tombée et que la vieille ne me vit pas rentrer à la maison, elle partit à ma recherche, tapant à toutes les portes des maisons du petit chemin. Mme Kesler ouvrit :

— Yvonne est là ?

— Oui, nous l'avons, nous la faisons dîner.

— Eh bien tant mieux ! répondit la vieille.

Mémé admit aussitôt que d'autres me prennent en charge et lorsque je rentrais chez elle à la nuit tombée, elle n'était jamais inquiète. Le plus souvent d'ailleurs elle était déjà dans sa chambre, ne se souciant de rien. Je n'osais aller trop souvent dîner chez Huguette, mais que j'aie dîné ou pas, je rentrais le plus tard possible.

La vieille ne veillait pas plus sur mon linge que sur ma nourriture. J'étais habillée comme une pauvresse et n'étais guère soignée : je ne changeais que rarement de tablier à carreaux, et de robe encore moins souvent. Mes chaussures étaient éculées et trop grandes, il me fallait donc marcher en traînant les pieds.

Je savais que j'étais chez cette femme depuis mes trois ans. D'avant, je n'avais aucun souvenir. Mais, pas un seul soir depuis mes trois ans, elle n'était venue se pencher sur mon lit pour m'embrasser ou me souhaiter une bonne nuit. Je vivais ainsi chez elle sans affection, sans contact, et, malgré mon très jeune âge, j'avais pris l'habitude de me débrouiller seule. Je ne réclamais rien, ne disais rien. La vieille elle-même ne me disait pas plus de trois phrases par jour. Cependant il ne faudrait pas en conclure qu'elle était une méchante femme. Jamais elle ne me frappa ni ne me gronda. Tout simplement elle m'ignorait. Mais peut-être était-ce la pire des choses pour une aussi petite fille.

Huguette était donc ma seule amie. Cependant il y avait une autre enfant gentille avec moi. Elle habitait une maison bleue, à droite sur le chemin. Un jour, elle me fit entrer. Je fus éblouie : partout il y avait des jouets, des poupées, des berceaux. Devant mon air émerveillé, elle me fit visiter toute sa maison. Et moi qui n'avais aucun jouet, pas même un ours ou une poupée, je ne cessais de me dire : Comment peut-on avoir tant de jouets ? Lorsque la petite fille me voyait seule sur le chemin, elle me faisait signe : « Yvonne, viens ! » et elle m'ouvrait sa porte. « Vas-y, tu peux toucher aux poupées. » Elle me disait encore : « Tu viens quand tu veux et tu joues ! » Je rôdais très souvent du côté de la maison bleue, espérant apercevoir la petite fille, mais elle n'était pas toujours chez elle et je repartais triste : Dommage, aujourd'hui je ne pourrai pas bercer les poupées...

Ma mère et Jeanne restaient parfois des mois entiers sans revenir à Combs-la-Ville. Et lorsqu'elles venaient, ce n'était qu'une succession de reproches : « Tu n'es pas affectueuse, tu n'es pas souriante... » J'étais donc plutôt contente de ne pas les voir. Je continuais de vivre complètement à l'écart de ma mère.

Juliette du Chaxel, ma mère, n'était guère plus tendre que la Mémé. Elle ne me souriait jamais, ne me touchait jamais, ne m'embrassait jamais. Mais elle non plus n'était pas méchante avec moi. Elle était simplement terriblement distante et d'une extrême lâcheté devant Jeanne Gradys, son amie. C'est pourquoi je me comportais avec ma mère comme je le faisais avec n'importe quelle autre grande personne : muette, fermée, jamais une larme, jamais un sourire. Je savais d'instinct qu'elle ne m'écouterait pas, ou pis, que mes paroles seraient interprétées contre moi. Car Jeanne ne quittait jamais une seconde ma mère et ne manquait pas une occasion d'affirmer : « Elle est insensible cette gamine ! Et puis, regardez-la, elle ne dit jamais rien ! Elle est bête ! Elle est très bête ! » Ma mère continuait à se taire.

Chaque jour en allant à l'école, je passais devant l'épicier du village. Je voyais des enfants sortir de sa boutique les mains pleines de friandises et je les enviais : j'aurais bien aimé en avoir moi aussi, mais je n'avais pas un sou.

Un jour, juste au moment de partir pour l'école, j'aperçois dans la cuisine, posé sur une chaise, le sac à main de la Mémé. Puisqu'elle est au premier étage dans sa chambre, j'ouvre le sac sans hésiter, farfouille dans le porte-monnaie et prends un billet au hasard. Il y en a beaucoup, je suis donc certaine qu'elle ne se rendra compte de rien. Je referme doucement le porte-monnaie. La Mémé n'a rien vu, rien entendu.

Dès que j'arrive au village, j'entre fièrement chez l'épicier et je lui tends le billet : « Je voudrais pour ça de bonbons. » Sans broncher l'épicier me donne un paquet. Quelques heures plus tard, un gendarme vient me chercher à la maternelle : « C'est une voleuse ! », dit-il. A la vue du gendarme, de son képi, je me mets à trembler de peur. Je suis certaine qu'il va m'emmener en prison. Mais j'ai les dents serrées. Je ne pleure pas. Je traverse tout le village accompagnée du gendarme. Les gens, sur le pas de leur porte, me regardent avec méchanceté. Nous arrivons à la villa. Ma mère, Jeanne et Mémé m'attendent debout dans la salle à manger. Jeanne, la première, prend la parole :

— Tu es une voleuse !

Comme d'habitude ma mère ne dit rien. Jeanne reprend :

— Mais Juliette, vous ne vous rendez pas compte ! Qui vole un œuf, vole un bœuf... De toute façon, ma pauvre Juliette, je vous l'ai toujours dit, vous n'aurez que des déboires avec cette enfant ! Pensez-vous, une Annamite que vous ramenez comme ça ! Vous êtes folle, vous n'auriez jamais dû revenir avec elle ! Un jour, elle vous plantera un couteau dans le dos !

Jeanne Gradys me hait vraiment. Lorsqu'elle est furieuse contre moi, elle s'écrie invariablement : « Vous savez, les Annamites, jamais on ne peut leur faire confiance ! » ou encore : « Les Annamites portent le vice en eux... Ils sont fourbes, voleurs... » Et elle répète comme un leitmotiv : « Un jour, elle vous plantera un couteau dans le dos ! »

Cette fois, dans la salle à manger, elle est vraiment hors d'elle :

— Vous vous rendez compte, avoir volé tout cet argent ! Heureusement que l'épicier nous a averties.

Puis, s'adressant à moi :

— Oui, il y a des gens honnêtes ! Les voleurs sont toujours pris !

Je comprends tout à coup comment les choses se sont déroulées. C'est l'épicier qui m'a dénoncée. Il est venu chez la Mémé et lui a demandé : « Madame, est-ce vous qui avez donné ce billet à la petite ? — Mais non, évidemment, elle me l'a certainement volé ! », a dû répondre la vieille. Et elle a aussitôt prévenu par téléphone ma mère et Jeanne qui sont accourues.

Dans la salle à manger tout le monde est très excité. A un moment les grandes personnes veulent s'asseoir, mais, les unes après les autres, elles se relèvent brusquement : il y a des bosses anormales sous les coussins. On les enlève, et sous chacun d'eux on découvre mes réserves de nourriture. Jeanne, évidemment, bondit la première :

— Qui a mis ça sous les coussins ? C'est toi la voleuse !

C'est vraiment la catastrophe. Jeanne m'accable et, prenant le monde entier à témoin :

— Il faut immédiatement la mettre en maison de correction !

Ma mère ne répond pas. Elle semble simplement affligée, mal à l'aise. Mais elle ne me pose aucune question : « Pourquoi avoir volé ce billet ? Pourquoi cacher cette nourriture ? » Elle ne veut toujours rien savoir.

Et Jeanne continue de plus belle :

— Eh bien voilà, je vous l'avais dit ! Que voulez-vous, c'est une Annamite ! Vous n'aurez que des déboires avec cette gamine ! Vous devez vous en séparer. Il n'y a plus que la maison de correction !

Ma mère ne me bat pas. Elle répond simplement à Jeanne :

— La maison de correction... Elle n'a tout de même que quatre ans... Et puis je pense qu'on ne la prendrait pas ! Non, je vais chercher autre chose, un pensionnat, un orphelinat... Je vais chercher.

Elle dit à la vieille :

— En tout cas je la reprends, elle quitte l'école.

Quitter Mémé, cette maison lugubre, ne fut pas un regret, mais je ne me consolai pas de ne plus pouvoir entrer dans la jolie maison bleue aux mille jouets ni, surtout, de quitter la famille Kesler. Cette famille avait été le seul lieu où j'avais trouvé du réconfort, le seul lieu où on faisait attention à moi, où j'existais.

Je n'ai jamais revu mon amie Huguette. Je n'avais que quatre ans et pourtant j'ai toujours retenu son nom, je me suis toujours rappelé avec émotion cette famille chaleureuse. J'aurais tant aimé les revoir tous. Plus tard, beaucoup plus tard, j'ai su qu'ils s'étaient inquiétés de mon départ, qu'ils avaient interrogé la vieille :

— Mais où est la petite ? Que s'est-il passé ?

Mémé avait répondu :

— Je ne sais pas, sa mère l'a reprise...

Mon ballot ne fut pas long à préparer : je n'avais ni linge, ni jouet. Quelques jours plus tard, j'entrai avec ma mère dans une immense maison grise. En haut, sur la façade, il y avait une niche avec une statue de saint Joseph. C'était un orphelinat.

Une sœur avec une grande cornette nous accueillit au parloir. Elle avait un bon visage rond et dit avec un sourire :

— Je suis sœur Josèphe, bonjour Mme du Chaxel, bonjour ma petite.

Ma mère expliqua :

— Ma sœur, comme vous le savez, Yvonne est une voleuse ! Il va falloir la punir !

Ma mère réfléchit puis ajouta :

— Pensez-vous, ma sœur, que cela puisse se corriger ?

Sœur Josèphe répondit :

— Mais bien sûr qu'elle va se corriger ! Elle est très jeune... Très jeune... Et puis Jésus va l'aider...

Pour la première fois, quelqu'un me défendait, j'en fus tout étonnée, reconnaissante. Sœur Josèphe me tendit la main, me fit asseoir sur ses genoux. Je n'en revenais pas. Tout à coup je me sentis protégée. Je ne bougeais pas tant je me sentais bien. Pour la première fois une grande personne me prenait sur ses genoux, m'entourait de ses bras. Ma mère reprit :

— Oui, mais il faut tout de même trouver une punition, parce qu'il ne faudrait pas qu'elle recommence à voler !

— Eh bien, nous allons trouver... dit tout doucement la sœur.

— J'ai pensé que, peut-être, elle pourrait être privée de dessert et de goûter...

— De dessert et de goûter, oui... on va voir... En tout cas, on va trouver une punition. Oui, Oui...

Ma mère continua, un peu décontenancée devant la réaction de sœur Josèphe :

— Je pense que la priver de dessert pendant quelque temps serait nécessaire. Il ne faudrait tout de même pas que, plus tard, ce soit une voleuse !

Ma mère disparut et je restai avec sœur Josèphe. J'étais maintenant dans un orphelinat. J'étais une voleuse et, pour cette raison, on m'avait privée de liberté, on m'avait séparée de mon amie Huguette et de sa famille. J'avais donc le sentiment d'avoir commis un acte terriblement grave. Je me sentais si coupable que je n'osais avouer ma faute à mes nouvelles compagnes.

— Pourquoi t'es là ?

— Parce que mon père est mort et que ma mère est partie en voyage, elle est en Amérique.

J'étais une voleuse mais je ne voulais pas, en plus, être une menteuse. Je pensais ne pas mentir en disant cela : j'avais si souvent entendu Jeanne et ma mère parler de leurs voyages, sans doute allaient-elles partir une nouvelle fois... Je savais aussi que mon père était mort. Ma mère m'avait plusieurs fois parlé de lui. Elle m'avait dit qu'il s'appelait Aimé du Chaxel or, moi, on m'appelait Yvonne Chazelles. Pourquoi ne portais-je pas le même nom que mes parents ? Je me posai plus tard la question. A quatre ans, on ne s'arrête pas à de tels détails. Ma mère m'avait dit aussi que mon père était très bon et qu'il était mort brusquement alors que nous étions en Indochine. J'avais alors deux ans et demi. Elle m'avait dit encore qu'après sa mort elle était revenue avec moi en France. Mais de toute cette période, je n'avais aucun souvenir. Je ne posais jamais de question et ne réclamais jamais rien, mais j'aurais vivement souhaité voir une photo de mon père. Ma mère ne m'en avait pas donné. J'avais donc imaginé mon père. Je lui avais donné toutes les qualités : il était beau, il était bon, il m'avait beaucoup aimée.

Chez les orphelines

Ma mère me laissa donc à l'orphelinat Saint-Joseph de Louveciennes, un orphelinat tenu par une dizaine de sœurs de la Charité, les sœurs de saint Vincent de Paul. Les religieuses accueillaient là les enfants les plus démunies. La plupart étaient orphelines, quelques-unes avaient encore leur père ou leur mère mais dans l'incapacité matérielle d'élever leur enfant. Tout l'orphelinat respirait la pauvreté, la tristesse. Pourtant ces petites filles me rassuraient : je n'étais plus seule.

Je m'habituai donc très vite à cette nouvelle vie. On m'avait installée dans le dortoir des petites, au premier étage. Nous étions une vingtaine d'enfants âgées de quatre à sept ans. Nos lits de fer, alignés sur deux rangées, étaient séparés par une chaise : chacune avait la sienne, nous y déposions nos vêtements le soir. Mon lit était semblable à celui que j'avais dans le grenier chez la Mémé, mais ici, par comparaison, j'avais l'impression d'être dans une grande pièce accueillante. Nous avions de vraies fenêtres par lesquelles la lumière entrait à flots, et la vue sur le jardin des religieuses était fort jolie.

J'étais rassurée, mais pas pour autant exubérante. L'année passée à Combs-la-Ville, sans famille, avait fait de moi une petite fille renfermée, timide, sauvage. J'aimais voir les enfants autour de moi sans pour autant parvenir à leur parler. Je n'avais confiance qu'en Monique, celle que j'appelais « petite mère », une « grande » qui me prenait en charge « comme le ferait une sœur aînée dans une famille nombreuse », expliquaient les religieuses. Elles disaient encore aux « petites mères » : « Vous devez les aimer car elles sont sans parents et si petites ! Vous devez leur donner toute la tendresse dont elles sont privées, être de véritables mamans pour elles. » Chaque soir ma petite mère venait donc me border et m'embrasser. Ce baiser avant de m'endormir était la chose la plus douce que je connaissais. J'avais une vraie passion pour ma petite mère.

Très tôt le matin, une sœur vient nous réveiller en criant : « Vive Jésus ! » et nous devons répondre aussitôt : « A jamais dans mon cœur. » Mais bien peu d'entre nous parviennent à le dire, nous avons vraiment trop sommeil ! Puis nous devons nous précipiter au pied de notre lit et faire notre prière : « Allons, les enfants, dépêchons-nous ! » crie la sœur en frappant dans ses mains. L'hiver nous grelottons de froid, à genoux sur le parquet, dans ce dortoir jamais chauffé.

Vient ensuite le moment de la toilette. Notre petite mère nous aide à nous débarbouiller, nous habiller, faire notre lit. Nous descendons au réfectoire pour prendre notre « panade » : de l'eau colorée d'une goutte de lait dans laquelle je coupe en morceaux la tranche de pain posée à côté de mon bol en fer. Certaines font la grimace, moi pas. J'adore la panade.

En classe, je suis sage, attentive. J'aime écouter la religieuse nous raconter des histoires. J'aime faire des dessins sur mon ardoise. J'apprends déjà à lire et je suis bonne élève. L'école me plaît.

A la récréation, dans la cour aux murs gris, sans une herbe, nous les petites, nous nous asseyons sur les marches du préau et nous bavardons. Nous ne jouons pas car nous n'avons pas de jouets et le seul ballon, lorsqu'il y en a un, est monopolisé par les grandes qui refusent de le partager avec nous.

Je parle peu avec les autres enfants et pas du tout avec les religieuses. D'ailleurs elles sont rarement libres. Quand elles ne sont pas occupées à nous faire la classe, elles font leurs prières. Il y a cependant une religieuse que j'aime particulièrement, c'est sœur Josèphe, celle qui m'a accueillie le premier jour. Sœur Josèphe est la plus âgée, elle travaille donc moins que les autres et prend le temps de bavarder. Elle s'approche toujours de moi lorsqu'elle vient dans la cour, me caresse la joue, me dit un mot gentil. C'est elle aussi qui nous donne notre « quatre heures ». Comme c'est la guerre, nous avons un biscuit vitaminé.

Lors de mon premier goûter, sœur Josèphe m'appelle après avoir fait la distribution :

— Yvonne, je te donne un biscuit en plus.

— Mais pourquoi ?

— Tu sais bien que tu dois être privée de dessert !

— Ma sœur, c'est grave ce que j'ai fait ?

— Non, ce n'est pas grave. Tu as pris de l'argent dans le porte-monnaie parce que tu voulais des bonbons, n'est-ce pas ?

— Oui.

— On ne t'en donnait jamais ?

— Non.

— Eh bien, tu vois, tous les jours tu auras un petit biscuit en plus !

Grâce à ce biscuit vitaminé supplémentaire, je me sentis peu à peu moins honteuse, moins malheureuse, moins foncièrement mauvaise. Je me dis : C'est pas grave puisque même la sœur me gâte...

J'aimais les jours de classe mais je détestais les dimanches et les vacances qui voyaient disparaître presque toutes mes amies. Elles allaient chez un oncle, une tante, un parrain, une marraine ou même un père ou une mère. Une religieuse venait dans la cour et criait leur nom. Jamais je n'entendais : « Yvonne Chazelles, au parloir ! » Je restais dans la cour, désœuvrée. Même ma petite mère me quittait ces jours-là.

Parfois sœur Josèphe me voyant triste, perdue au milieu de la cour aux murs gris, s'avançait vers moi et nous faisions quelques pas ensemble. Nous allions vers les platanes au fond de la cour, près du verger des sœurs.

— Alors, parle-moi, ça va bien l'école, ma petite Vovonne ?

J'avais en horreur ce surnom mais je pardonnais à sœur Josèphe qui me parlait avec tant de gentillesse.

Sœur Josèphe fut si patiente, si douce avec moi que, peu à peu, elle m'apprivoisa. J'étais depuis deux ans à l'orphelinat lorsque je lui posai la question qui me tenait le plus à cœur :

— Sœur Josèphe, qu'est-ce que ça veut dire Annamite ? Parce que je suis annamite. C'est pas bien ?

Je n'avais jamais entendu ce mot, sinon à Combs-la-Ville dans la bouche de Jeanne, mais je ne l'avais pas oublié.

— Comment ? ce n'est pas bien ! s'exclame la sœur.

Elle s'assoit sur une sorte de petite borne dans un coin de la cour et me prend sur ses genoux.

— Mais on dit que tu es annamite parce que tu es née en Annam...

— Qu'est-ce que c'est l'Annam ?

— Eh bien l'Annam c'est le centre de l'Indochine. L'Indochine, c'est ton pays. Donc les habitants de l'Annam s'appellent les Annamites.

— Mais c'est pas bien d'être annamite !

— Mais c'est très bien ! Il y en a qui sont bretons, il y en a qui sont italiens, d'autres anglais...

— Mais alors, je ne suis pas une mauvaise fille parce que je suis annamite ?

— Mais bien sûr que non !

— Ce n'est pas pour ça que je planterai un couteau dans le dos des gens ?

— Quelle drôle d'idée, bien sûr que non ! Mais pourquoi me demandes-tu cela ? Que veut dire ce couteau dans le dos ?

Je ne lui réponds pas. Je me trouve déjà très courageuse de lui avoir parlé de l'Annamite. Je n'ose évoquer Jeanne que j'entends encore dire à ma mère sur un ton si méchant : « C'est une Annamite ! Un jour elle vous plantera un couteau dans le dos ! » Je suis enfin rassurée : être annamite ne signifie pas être foncièrement mauvaise. Quant à l'histoire du couteau dans le dos, je lui en parlerai une prochaine fois... Maintenant rien ne presse...

Sœur Josèphe respecta mon silence. Malheureusement il n'y eut pas de prochaine fois. Sœur Josèphe était vieille, presque transparente même, tant elle était vieille. Elle mourut avant que je n'ose lui parler de Jeanne.

Le lendemain de sa mort, son corps fut exposé à la chapelle. Le cercueil, ouvert, était entouré de dizaines de cierges. Les enfants vinrent à tour de rôle faire leurs prières. Je restai longtemps près d'elle : elle était la seule adulte à m'avoir aimée et comprise. Agenouillée près du cercueil, je songeai que pas une seule fois elle ne m'avait grondée, et surtout qu'elle m'avait enlevé deux poids énormes, des « péchés mortels » qui m'empêchaient de vivre : être une voleuse, être une Annamite. Mais comment cette sœur si bonne pouvait-elle s'en aller ? Bien sûr je n'avais pas de larmes, je ne pleurais jamais, mais j'avais le cœur lourd d'avoir perdu une amie. Dans son cercueil, elle était telle que je l'avais vue la dernière fois, simplement elle fermait les yeux. On l'avait bien habillée : sa cornette et son plastron étaient d'un blanc éclatant, elle avait son chapelet entre ses mains jointes. La regarder me rassurait : Ce n'est pas terrible de mourir puisqu'elle sourit... Si elle sourit, c'est qu'elle n'est pas malheureuse... D'ailleurs je suis certaine qu'elle est déjà au paradis...

Après la mort de sœur Josèphe, je sentis un vide énorme. Seule ma petite mère pourrait veiller sur moi désormais.

Notre petite mère devait nous prendre en charge jusqu'à ce que nous ayons sept ans. L'âge de raison. L'âge de la confirmation. Mais je n'avais pas six ans lorsque la mienne me quitta. Un parrain, un oncle, je ne sais, vint la chercher un beau jour. Mon chagrin fut immense mais je ne le montrai pas. Le soir, je ne parvenais plus à m'endormir car plus personne ne venait m'embrasser.

J'étais désormais seule au monde : j'avais perdu ma petite mère et ma mère était tellement absente ! Quelques rares lettres, jamais de colis. Elle n'était venue que deux ou trois fois me faire une visite ou me sortir pour la journée. Depuis l'âge de quatre ans je ne quittais donc les murs de Saint-Joseph que pour aller à la messe du dimanche et, parfois, dans la forêt avec les pensionnaires délaissées.

Par bonheur, l'année de mes six ans commença le catéchisme. Les cours avaient lieu au presbytère et, immense joie, nous nous y rendions seules. Nous étions quatre ou cinq filles de mon âge à partir ensemble. Nous passions d'abord devant la mairie, juste en face de l'orphelinat, et nous montions sur le muret qui l'entourait. Cette grande maison blanche au milieu d'un jardin planté d'arbres était pour moi le comble de la beauté : hormis nos quatre platanes tout au fond de notre cour, nous n'avions aucune verdure, aucune fleur autour de nous à Saint-Joseph. Nous prenions ensuite la rue sur la droite et nous pouvions admirer les vitrines des magasins. Nous croisions des enfants avec leurs parents et chaque fois je les enviais.

Le presbytère était en face de l'église. M. le curé, l'abbé Bel, nous accueillait toujours avec le sourire. Toutes, nous étions en admiration devant lui. Il était le seul homme que nous voyions. Et surtout, il s'intéressait à chacune d'entre nous. Nous bavardions volontiers avec lui, moi comme les autres.

J'avais une passion pour le « caté ». Tous ces personnages, Jésus, Marie, les saints, me fascinaient. Tout ce qui leur arrivait, tous ces récits de la Bible me faisaient rêver. J'étais surtout folle de Jésus. Pour sa beauté d'abord. Toutes mes images pieuses le représentaient jeune, les yeux bleus, de longs cheveux blonds et bouclés tombant sur les épaules... Une merveille ! Et puis, quel héros ! C'était vraiment un être fabuleux pour avoir accompli tant de belles choses, des choses si extraordinaires !...

Il était pourtant un point qu'il m'était absolument impossible de comprendre : comment trois personnes, Jésus, son père et le Saint-Esprit, pouvaient-elles former un seul et même être ? Je disais à l'abbé Bel :

— Là, je ne comprends pas ! Comment ça peut se faire ?

— Quand on a la foi, il ne faut pas poser de questions, il faut croire, simplement.

Mais j'étais rebelle à ce mystère de la Sainte Trinité et toutes les fois qu'il en était question au catéchisme je répétais à l'abbé Bel :

— Je ne peux croire que ce que je vois !

— Tu ne dois pas être comme cela ! Il faut croire aussi en des choses que tu ne vois pas. Ainsi quand tu rencontres des gens, tu dois croire en leur honnêteté ou leur pureté. Or, la pureté, on ne la voit pas...

Après bien des discussions, je finis par me dire qu'en effet Dieu était trois : Bon, eh bien c'est ainsi, il faut le prendre comme ça !... J'aimais tant Jésus que je ne voulais pas lui faire de la peine. J'étais devenue un peu mystique sous l'influence de l'abbé Bel. Il nous parlait de Jésus d'une façon si étonnante qu'il aurait donné, me semble-t-il, la foi aux plus incrédules. Et puis c'était un homme foncièrement bon, humain, chaleureux, intelligent : Si croire en Dieu, c'est être comme lui, alors je dois croire sans hésiter !...

J'avais donc pris Jésus comme ami. Je lui parlais souvent. D'ailleurs les occasions ne manquaient pas : chaque acte de la journée était ponctué d'une prière : le lever, les repas, le coucher. Sans compter les messes et les vêpres... M. le curé avait l'habitude de nous dire : « Vous pouvez lui demander beaucoup de choses. Il les accorde. » En m'endormant chaque soir je lui disais donc : « Jésus, accorde-moi des choses. »

M. le curé, qui connaissait ma solitude, me dit un jour : « Tu peux lui écrire ! » Depuis, j'écrivais à Jésus :

« Jésus,

Monsieur le curé m'a tellement parlé de toi que je pense que tu existes. Mais je ne sais pas où tu es. Il me dit que tu es dans le cœur de chacun, alors, si tu es en moi, emmène-moi vers du bonheur. Rends-moi heureuse, apporte-moi plein de bonnes choses. »

Mes lettres terminées, je les cachais soigneusement dans mon casier du préau.

A six ans et demi, je fis ma communion privée. Grâce à cette première communion, j'avais maintenant l'occasion de sortir de Saint-Joseph une fois de plus chaque semaine, et sans être accompagnée par une religieuse ! Chaque samedi après-midi, avec cinq ou six amies, j'allais à confesse à l'église de Louveciennes. J'adorais cette atmosphère d'église et j'aimais me confesser, là je me sentais importante ; quelqu'un m'écoutait. Dans le confessionnal, je regardais l'abbé Bel derrière les petits croisillons de bois :

— Alors, mon petit, qu'as-tu fait cette semaine ? Quels sont tes péchés ?

A l'orphelinat, les sœurs m'avaient appris depuis longtemps que le vol, le mensonge, la tricherie en classe, la coquetterie étaient des péchés. Les autres ? Je ne les connaissais pas. D'ailleurs, enfermée dans mes murs, qu'aurais-je pu commettre comme autres péchés ? Parfois je me disais que j'aurais bien aimé en trouver un autre à avouer à M. le curé, histoire de donner un peu plus d'intérêt à ma confession. Mais, malgré tout, j'arrivais chaque semaine avec mon petit lot :

— J'ai menti un peu à la sœur : on s'est endormies tard, mais on lui a dit qu'on avait dormi tout de suite...

— Ah, ce n'est pas bien. Eh bien tu diras un « Notre père » et un « Je vous salue Marie ».

— Oui mon père.

— Allez, va mon petit.

Je faisais alors avec conviction ma pénitence et promettais de ne plus mentir.

Pour ma première communion, ma mère ne vint pas. Elle ne vint pas non plus pour ma confirmation l'année suivante. D'ailleurs, il y avait bien longtemps que je ne la voyais plus. Elle m'écrivait toujours aussi peu, une fois d'Amérique, une autre fois de Marseille... J'étais sans nul doute l'une des enfants les plus délaissées de l'orphelinat. M. le curé tenta donc de combler le vide en s'intéressant tout particulièrement à moi et je me sentis en parfaite confiance avec lui.

En grandissant je me posais d'innombrables questions sur ma famille, ma mère. Des souvenirs me revenaient peu à peu. Durant mon séjour à Combs-la-Ville, j'avais entendu, mais sans trop y prêter attention, des conversations entre Jeanne et ma mère. Elles avaient dit plusieurs fois « sa sœur... ». Petit à petit le mot « sœur » refit surface. Je me torturais l'esprit pour tenter de me souvenir, mais tout restait si vague.

Un jour où j'étais au catéchisme au presbytère, l'abbé Bel, comme souvent, nous interrogea sur nous-mêmes. Je lui répondis :

— Ma petite mère est partie et je suis seule maintenant.

— Mais non, tu n'es pas seule, tu as une petite sœur en Indochine, tu la retrouveras et, un jour, vous serez ensemble.

Aux nombreuses questions dont je le harcelai, il ne put répondre qu'à une seule : ma sœur s'appelait Alice.

Ce n'était évidemment pas beaucoup mais c'était déjà énorme pour moi. Ainsi, j'avais moi aussi une famille, puisque j'avais une sœur ! De ce jour, je ne cessai de parler d'Alice à mes amies. Je n'avais aucun mal à me créer ma sœur. J'avais lu le livre qu'une pensionnaire avait rapporté de chez elle : *Alice au pays des Merveilles* et les deux personnages n'en firent plus qu'un. Je dis à qui voulut l'entendre en montrant le livre : « C'est ma petite sœur Alice ! » Et, comme j'écrivais à Jésus, je me mis à écrire à ma sœur :

« Ma petite sœur chérie,

Pourquoi on n'est pas ensemble ? Je ne le comprends pas. Mais Jésus va tout arranger. D'ailleurs je vais lui écrire et je suis certaine qu'il nous réunira bientôt. »

Je lui demandais encore : « Où es-tu ? Qu'est-ce que tu fais ? Est-ce qu'on se ressemble ? » Evidemment chacune de mes lettres était pleine d'interrogations. Parfois le dimanche, lorsque je voyais nombre de filles partir, j'étais prise d'un grand coup de cafard, alors j'allais chercher mon crayon. Et même lorsque j'allais dans la forêt de Marly avec les bonnes sœurs, j'emportais un crayon et un bout de papier. J'écrivais à Alice, j'écrivais à Jésus. Ainsi je m'évadais, ainsi j'avais quelqu'un à aimer.

« Jésus,

Monsieur l'abbé m'a dit que je pouvais t'écrire, alors je t'écris. Pourquoi on ne vient pas me voir ? Pourquoi on ne vient pas me chercher comme les autres ? Est-ce que je pourrai retrouver ma sœur ? Heureusement M. l'abbé est là, il m'aime bien. Je l'aime

beaucoup. J'espère que je ne resterai pas toujours ici. Envoie-moi des bonnes choses.
Jésus, je t'embrasse
Yvonne. »

Je lui écrivais encore :

« Jésus,

Tu es d'une beauté souveraine. On me dit que Dieu, Jésus, le Saint-Esprit, c'est la même personne. Je n'y comprends rien, mais ça ne fait rien. M. le curé me l'a dit donc j'y crois. Et puis, de toute façon, si tu fais des choses pour moi c'est bien parce que tu existes ! »

A l'orphelinat, la distribution du courrier avait lieu pendant la récréation qui précédait l'étude du soir. Dans les rares lettres de ma mère, entre le « Ma chérie » du début et « ta maman » de la signature, ce n'étaient que des reproches : reproches de ne pas écrire assez souvent, reproches de ne pas l'aimer...

« Ma petite fille chérie,

Je pense beaucoup à toi mais, toi, penses-tu à ta maman ? Je n'ai pas l'impression que tu m'aimes beaucoup. Je ne sais rien de toi, tu n'écris pas... »

C'est vrai, je n'écrivais pas souvent. Alors que j'avais tant de plaisir à écrire à Jésus ou à ma petite sœur, écrire à ma mère était une insupportable corvée. Puisqu'elle m'avait abandonnée dans un orphelinat, je ne voyais pas pourquoi j'aurais dû lui donner de mes nouvelles. Comment croire que lui parler de moi pouvait l'intéresser ? Comment lui écrire : « Je t'embrasse tendrement » alors qu'elle ne m'avait jamais embrassée ? C'est vrai, mes lettres n'étaient pas bien longues et pas bien affectueuses. Mais c'était plus fort que moi, je ne parvenais pas à croire que ma mère m'aimait. Aux rares occasions où elle était venue me chercher, elle était en compagnie de cette Jeanne qui me détestait et, chaque fois, je m'étais fait sermonner. Quand, par hasard, je recevais une lettre, c'était la même chose. Je n'attendais donc pas le courrier avec une folle impatience, comme le faisaient les autres pensionnaires. Je ne faisais jamais partie des filles qui entouraient joyeusement la religieuse lorsqu'elle arrivait avec son paquet de lettres à distribuer. Pourtant j'en étais un peu honteuse : j'avais une mère, et j'étais plus délaissée encore que les orphelines ! Qu'avais-je donc bien pu faire ?

Un jour, peu de temps après ma conversation avec l'abbé Bel où je me plaignais de ma solitude, je reçus une lettre dont je ne connaissais pas l'écriture. Je l'ouvris avec impatience : c'était l'abbé qui m'écrivait ! Depuis, j'avais la joie d'entendre mon nom à la distribution du courrier : « Yvonne Chazelles, une lettre ! » Enfin, j'étais comme les autres et je n'avais plus à me tenir à l'écart. Enfin, je recevais des lettres qui me faisaient plaisir.

Dortoir des grandes

A huit ans je quittai le dortoir des petites pour m'installer dans celui des grandes. Il y avait juste quatre ans que ma mère m'avait déposée dans le parloir de l'orphelinat et s'était éclipsée. J'étais fière d'être devenue une « grande », mais cela n'alla pas sans de nouvelles contraintes. Je devais maintenant me lever beaucoup plus tôt car, chaque matin, nous allions à la messe. Il faisait nuit noire lorsqu'à six heures retentissait le « Vive Jésus ! » crié par la religieuse. Plus que jamais je devais cacher mon corps. Toutes, côte à côte devant notre robinet du grand lavabo de zinc courant le long du mur de la salle d'eau, nous devions nous laver sans enlever notre chemise de nuit. De toute façon, comme l'eau était glacée, nous nous contentions d'une minuscule toilette. Toujours cachées sous notre chemise de nuit, nous devions nous habiller. Pas le moindre petit morceau de peau ne devait être montré. Le soir, nous devions faire une gymnastique inverse : nous commencions par enfiler notre chemise de nuit avant de nous déshabiller. Et, en chemise de nuit, nous faisions encore notre toilette. Normalement ces ablutions devaient être plus complètes que celles du matin. En fait, nous tâchions de mouiller le moins possible notre chemise pour ne pas coucher dans l'humidité.

Je ne supportais pas le contact rugueux de ces chemises de toile grossière bleuâtre. En été, dès que la sœur éteignait la lumière et fermait la porte derrière elle, je l'enlevais sans me faire remarquer de mes voisines de lit. Au petit matin je me réveillais pour l'enfiler avant que la sœur ne crie son fatidique « Vive Jésus ! ».

Un jour, le « Vive Jésus ! » me surprend en plein sommeil et, réalisant que je suis toute nue, au lieu de me lever, je m'assois dans mon lit, mes draps et ma couverture remontés jusqu'au menton, et je commence ma prière. La sœur nous interrompt, furieuse :

— Mais enfin, Chazelles !

— Oui ?

— Chazelles, debout et au pied du lit !

Je sors alors toute nue. Eclats de rire de toutes les filles...

— Chazelles ! Enfilez votre chemise immédiatement !

Je mets ma chemise et m'agenouille au pied de mon lit, l'air parfaitement innocent.

L'histoire, évidemment, ne pouvait en rester là : me montrer ainsi toute nue alors que j'étais une « grande » était une grave faute contre la pudeur. Je ne fus donc pas étonnée d'être convoquée au bureau de la mère supérieure :

— Chazelles, que vous arrive-t-il ? Vous vous mettez toute nue dans votre lit ?

— Ben ma mère, ma chemise de nuit me démange ! D'habitude je la remets avant le lever, mais là je ne me suis pas réveillée...

— Mais ça ne se fait pas ! On ne doit jamais dormir nue, une grande fille doit être pudique !

Jamais, évidemment, aucune « grande » n'avait osé se montrer totalement nue devant une religieuse et une quarantaine de filles. J'aurais pu enfiler ma chemise de nuit avant de sauter de mon lit, et j'aurais même pu faire en sorte qu'on ne vît pas le moindre centimètre de ma peau car j'étais passée reine dans l'art de m'habiller et de me laver ainsi. Mais ce matin-là, en un éclair, je m'étais fait le pari de descendre de mon lit en habit d'Eve. Tout à coup, j'en avais eu assez de toutes ces simagrées, de toutes ces contorsions stupides pour me cacher, de toute cette honte qui pesait sur mon corps, de tous ces réveils au petit matin pour remettre ma chemise de nuit. Résultat : privée de dessert pendant trois semaines. J'en conclus, me rappelant mon arrivée à l'orphelinat, qu'il était plus grave aux yeux des religieuses de montrer son corps dans un dortoir que de voler de l'argent dans le porte-monnaie d'une vieille femme...

La pudeur, la honte, le dégoût même du corps interdisaient aux sœurs de nous avertir de nos transformations physiologiques. Nous voyions bien que les plus grandes avaient une poitrine, mais seulement parce que la rondeur de leur tablier le laissait deviner. Evidemment nous n'avions jamais vu des seins nus. Nous n'avions jamais vu le corps d'une femme, pas même une statue, pas même une reproduction dans un livre. Nous ne nous étions même jamais vues nous-mêmes ! Il ne pouvait non plus pour les sœurs être question de nous parler de sexualité et, comme toutes mes amies, je pensais qu'un baiser sur la bouche suffisait pour « tomber » enceinte.

Un matin en me levant, je vois mon drap taché de sang. Je m'affole : J'ai une maladie très grave, on va m'emmener à l'hôpital et je vais mourir ! Effrayée, ahurie, je ne sais que faire, debout devant mon lit. Heureusement ce jour-là, c'est sœur Marie, celle que je préfère, qui fait notre lever. Elle me parle gentiment :

— Ne t'inquiète pas, c'est normal.

— Comment, c'est normal ?

— Je vais t'expliquer.

Elle referme le lit et m'entraîne à part :

— Voilà, tu es une femme et un jour tu auras des enfants et pour cela il faut que ton sang se renouvelle. Ton sang pur reste en toi, le mauvais est éliminé.

Pendant deux ou trois jours je fus très perturbée : Qu'est-ce que c'est encore que cet embêtement qui m'arrive ? Je suis déjà dans un orphelinat, n'est-ce pas suffisant ? Si c'est ça devenir femme, il valait bien mieux que je reste une petite fille !

Maintenant que j'étais au dortoir des grandes, j'étais devenue à mon tour la petite mère d'une enfant de quatre ans, Nathalie. Lorsqu'on me l'avait annoncé, je n'avais pas été contente du tout ! Etre petite mère, c'était avoir beaucoup de corvées supplémentaires. Non seulement nous devions nous dépêcher le matin pour laver notre petite, l'habiller, lui faire son lit, mais encore nous devions quitter notre récréation du soir pour aller la coucher. Nous avions aussi la charge totale de son linge, comme nous avions celle de notre propre linge : lavage, raccommodage, repassage. Etre petite mère d'une enfant de quatre ans, c'était laver son drap lorsqu'il y avait eu un accident, laver sa culotte, tâches d'autant plus rebutantes que le lavage se faisait à la buanderie ouverte à tous vents et dans de l'eau glacée ! A dix ans, une petite fille rêve à d'autres occupations !

Mes débuts de petite mère n'eurent donc rien d'attrayant. Nathalie était blonde aux yeux bleus et semblait si fragile qu'on n'osait la toucher de peur qu'elle ne se casse. Depuis son arrivée à l'orphelinat, elle se sentait totalement abandonnée et, très souvent, éclatait en sanglots. Chaque soir, après l'avoir couchée, je l'embrassais gentiment et je lui promettais : « je reviens tout à l'heure te faire un baiser, dors bien », espérant qu'elle allait en effet s'endormir. Je descendais quatre à quatre les escaliers pour rejoindre mes copines dans la cour de récréation. Bien souvent je ne remontais pas. Mais, invariablement, au bout d'un quart d'heure à peine, une pensionnaire m'appelait : « Yvonne, il faut que tu montes, ta petite te réclame ! » Je ne la trouvais vraiment pas gentille cette Nathalie qui m'obligeait à quitter mes amies ! Et je remontais au dortoir en grognant.

Nathalie fit pourtant de moi une vraie petite mère. Elle était si vulnérable, si seule, elle avait tellement besoin de moi ! Je retrouvais si fort en elle mes malheurs de toute petite fille que je voulais l'en protéger par tous les moyens. Dès qu'elle m'apercevait dans la cour, elle se précipitait dans mes bras. Elle adorait que je la dorlote : quatre ans, c'est si petit ! Et je me revoyais à son âge... Nathalie aimait s'asseoir sur mes genoux, blottir sa tête contre moi et sucer son pouce pendant que je la berçais. Je me sentis bientôt totalement responsable d'elle. Ce fut alors le grand amour entre nous. Les corvées elles-mêmes devinrent moins contraignantes. Le soir, au moment où je la bordais dans son lit, lorsque Nathalie me disait : « P'tite mère, raconte-moi une histoire », j'étais très émue et prête à lui donner tout ce que ma mère ne m'avait pas donné.

Dans cette relation petite mère-enfant, nous trouvions toutes les deux notre compte. Moi, qui n'avais jamais eu une poupée à bercer, j'avais une magnifique poupée blonde aux yeux bleus qui souriait et parlait, que je pouvais embrasser, câliner, aimer. Je donnais à Nathalie tout mon amour, elle me le rendait avec tendresse. Cette institution créée par les religieuses permettait aux petites et aux plus grandes de développer de vrais sentiments d'affection et, sans aucun doute, leur permettait de survivre. Car beaucoup vivaient comme moi dans le plus grand désert affectif, la plus grande frustration.

Nathalie prenait beaucoup de mon temps. J'avais aussi de vraies amies de mon âge. La plus jolie du groupe — sa beauté émerveillait toutes les pensionnaires — était Yvonne Lagadec, une Bretonne. Ses cheveux roux tombaient en boucles sur ses épaules, elle avait le teint pâle et les yeux aussi roux que les cheveux. J'étais en admiration devant elle : Mon Dieu, comme j'aimerais lui ressembler, avoir ses beaux cheveux !... Mon sentiment n'avait pas varié depuis ma petite enfance : Que je suis moche avec mon teint mat et mes cheveux noirs et raides comme des baguettes !

Autre grande amie, Colette Penoat, elle aussi bretonne. Elle était à Saint-Joseph depuis autant d'années que moi. Colette était souvent triste, elle était renfermée et d'un caractère parfois difficile. Je ne la voyais pas souvent sourire. Elle n'avait que très peu de contacts avec les autres pensionnaires. Elle était donc jalouse de mon amitié, ne supportant pas de me voir jouer avec d'autres camarades, ni m'asseoir à côté d'une autre à la messe ou à l'étude. Dès que j'échappais un peu à son emprise, elle me faisait des reproches. Parfois je trouvais son amitié trop exclusive : « Ô ma Vonnette ! Ô ma Vonnette chérie ! », ne cessait-elle de me dire. Même envahissante, cette amitié nous était cependant indispensable. Mon amie m'amusait par sa méticulosité, le soin qu'elle apportait à sa mise. Elle chassait la moindre poussière sur ses chaussures et sans cesse je la voyais passer le bout de son doigt mouillé pour en retirer la plus petite trace. Depuis peu nous portions toutes des bérets lorsque nous sortions de Saint-Joseph. Colette, elle, en prenait un soin extrême. Elle voulait que ce soit une vraie belle galette sans le moindre faux pli. Elle le rangeait toujours bien à plat sous son matelas. Moi, je ne portais pas du tout la même attention à mes vêtements. Tout ce que je portais venait de l'orphelinat, était d'une grande laideur, et j'estimais que ce n'était pas un béret, fût-il impeccable, qui pourrait changer quoi que ce soit.

Un jour de vacances où nous n'étions que quelques-unes à traîner désœuvrées dans la cour, arriva une « nouvelle » tenant par la main sa petite sœur. La grande était très brune, elle avait des yeux verts superbes et le sourire aux lèvres. Je m'avançai vers elle pour l'accueillir. C'était la première fois que j'allais au-devant d'une « nouvelle ». D'instinct, j'étais certaine qu'elle serait mon amie. Immédiatement nous nous parlâmes. Moi qui étais secrète et si peu loquace, je ne me reconnaissais pas. Elle s'appelait Micheline Leprince. Je lui fis découvrir l'orphelinat, les habitudes, les réglements. Au réfectoire, à la chapelle, à l'étude, partout nous nous mettions côte à côte. Au dortoir nous rapprochions même nos deux lits pour mieux pouvoir parler dès que la sœur surveillante avait fermé la porte.

Colette, que je délaissais un peu maintenant, était évidemment jalouse de cette nouvelle amitié : « Tu me laisses tomber ! » me reprochait-elle tristement. Nous manquions tellement d'affection que les amitiés entre nous étaient des choses infiniment graves.

Micheline, grâce à son sourire, à sa gaieté, devint ma meilleure amie. Avec elle, je n'étais jamais à la fin de mes surprises, il ne se passait pas un jour sans qu'elle invente quelque nouvelle farce. Plus délurée que moi — elle était plus âgée et n'avait jamais été pensionnaire — elle n'hésitait pas à désobéir ou à commettre quelques larcins, et je la suivais volontiers.

Nous étions affamées et nous mangions de plus en plus mal. Le seul repas que j'appréciais était la panade du petit déjeuner. Quant à cette sorte de bouillie de tapioca pleine de grumeaux que nous avions parfois le soir, j'en avais des haut-le-cœur, rien qu'à la voir dans ma gamelle. Les autres soirs et à midi, nous n'avions que lentilles déjà grignotées par les charençons et haricots truffés de vers... Ma gamelle de fer devant moi, je tentais, dégoûtée, de trier les haricots. Jamais depuis que j'étais à l'orphelinat je n'avais pu m'habituer à cette nourriture. Il n'y avait guère que les pommes de terre qui, lorsqu'elles n'étaient pas pourries par le gel, étaient à peu près mangeables. Certaines filles mangeaient même les épluchures. Pourtant, comme ces épluchures étaient épaisses ! Avec beaucoup de patience, les pensionnaires les écrasaient au fond de leur écuelle, y versaient peu à peu l'Antésite de leur gobelet. Le long travail achevé, elles obtenaient une sorte de galette bien compacte qu'elles découpaient en plusieurs parts, comme elles l'auraient fait d'une belle tarte, et mangeaient avec délice. Il n'y avait que la tartine de pain que je dévorais avec appétit jusqu'à la moindre miette, et le dessert, souvent une cuiller de gelée de mûre. Jamais de viande ou de charcuterie, jamais de fromage ou de laitages. Evidemment c'était la guerre et les religieuses avaient près de quatre-vingts filles à nourrir ! Pourtant nous savions bien que leurs repas étaient très différents. Elles avaient des clapiers et des poulaillers regorgeant d'animaux et dans leur jardin, au fond de la cour, derrière les platanes, des fruits et des légumes en quantité.

Souvent la barrière restait ouverte. Micheline et moi, dès les premiers fruits du printemps, nous nous faufilions après le déjeuner. C'était le moment où les religieuses faisaient leur action de grâces à la chapelle. Nous cueillions les fraises et les groseilles, plus tard les tomates et plus tard encore les pommes et les poires... Il y avait aussi un abricotier que nous secouions tant que nous pouvions. Relevant le devant de notre tablier, nous y enfouissions notre récolte et, revenues dans la cour, nous procédions à la distribution. Nous allions chaparder mais sans jamais oublier les amies.

Au fond du jardin des sœurs, il nous fallait contourner une grande statue de la Vierge de Lourdes. Nous savions que nous faisions un péché en volant des fruits. Nous pensions souvent, un peu inquiètes : « La Vierge va nous punir ! » Eh bien non ! Sans doute même nous protégea-t-elle puisque jamais nous ne nous fîmes prendre. Micheline m'affirmait : « Après tout, ce n'est que justice puisque nous avons faim et que nous ne gardons pas pour nous seules toute notre cueillette ! » Nous entendions seulement parfois les sœurs dire entre elles : « C'est curieux, cette année l'abricotier n'a rien donné... »

Nous nous livrions à un autre type de chapardage, cette fois du côté de la cuisine des religieuses. Pendant les vacances, les quelques pensionnaires restées à Saint-Joseph faisaient la vaisselle des sœurs. Micheline et moi étions toujours les premières volontaires. Nous avions le droit, alors, de finir les restes. De bons légumes, du poulet, du lapin, des frites... Et nous léchions tous les plats. Ce travail terminé et tandis que les autres filles lavaient les assiettes, Micheline et moi pénétrions dans la dépense, juste à côté de la cuisine. Là, sur les étagères, s'étalaient les pommes, le sucre, le pain. Nous grimpions tout en haut de l'échelle pour aller chiper des biscuits, nous mangions des confitures. Il y avait des dizaines et des dizaines de bocaux de gelée de mûre, résultat de nos cueillettes dans la forêt. Puis nous fourrions le maximum de provisions dans nos poches pour les rapporter aux autres.

Les fenêtres du dortoir des grandes donnaient d'un côté sur la rue et de l'autre sur le jardin des sœurs. De ce côté-ci, le sol était tout proche : une bonne raison pour enjamber la fenêtre lorsque, l'été venu, nous n'étions plus que quelques-unes dans le dortoir et que les sœurs relâchaient leur surveillance. Cette fois c'était dans notre chemise de nuit que nous entassions prunes ou poires. Je ne connaissais rien de plus divin que de grignoter dans mon lit, cachée sous mes couvertures...

Bien sûr, je volais parce que j'avais faim mais un peu aussi parce que je trouvais très excitant d'avoir peur. Et lorsque je rentrais dans mon lit, le cœur battant, j'étais toute contente d'avoir une fois de plus réussi mon coup. Au moins, ces émotions donnaient un peu de sel à ma vie.

Grâce à Micheline, j'avais d'autres émotions encore lorsque nous montions au dortoir en pleine journée, ce qui était formellement interdit. Désobéir était pour nous la seule façon d'échapper un peu à la monotonie ; nous adorions regarder ce qui se passait dans la rue à travers les persiennes du dortoir. Nous avions ainsi l'impression de participer un peu à la vraie vie, celle des gens de l'extérieur. Nous voyions parfois les Allemands remonter notre rue et passer sous nos fenêtres. Ils marchaient en faisant claquer leurs bottes sur le pavé. Nous les entendions chanter « Haï li, Haï lo... » et nous trouvions ça plutôt amusant. Ils se dirigeaient vers la kommandantur installée près de l'église, dans un château réquisitionné. Parfois d'ailleurs les sœurs nous y envoyaient chercher des vivres pour l'orphelinat. Nous y étions toujours bien accueillies par les soldats allemands qui nous faisaient de grands sourires. Quant au maréchal Pétain, il était pour nous celui grâce à qui nous mangions parfois un peu mieux : la mairie avait organisé le « Secours national » et de grandes marmites norvégiennes contenant des repas chauds parvenaient de temps à autre jusqu'à l'orphelinat. Voilà tout ce que nous savions de la guerre. Coupées totalement du monde, isolées dans nos murs, nous n'avions aucune idée des batailles militaires et morales qui se jouaient : Hitler, nous ne connaissions pas...

C'est durant la nuit que nous prenions véritablement conscience de la brutalité de la guerre. Parfois une religieuse arrivait au dortoir, affolée, et nous réveillait : « Vite, vite, sortez de vos lits ! Tout le monde au réfectoire ! » Nous descendions en chemise de nuit dans le noir. Chaque petite se blottissait contre sa petite mère. Ce n'était plus alors que cris et pleurs lorsque surgissait le bruit des avions, parfois celui des bombes, et lorsque nous sentions les murs et le sol trembler. A genoux sur le carrelage glacé, grelottantes, les larmes coulant sur nos joues, nous devions prier.

Une nuit, les bombardements furent terribles : le dépôt de munitions allemand près de Marly sauta. La mère supérieure, une toute petite femme très maigre, ridée, à la voix haut perchée, vint nous réveiller. Nous nous précipitâmes au réfectoire une fois de plus. A genoux dans le froid et tandis que les obus éclataient autour de l'orphelinat, nous répétâmes sans relâche : « Mon Dieu, sauvez-nous, nous périssons. Mon Dieu, sauvez-nous, nous périssons... » Cette fois, nous fûmes certaines que notre dernière heure était arrivée.

Le calme revint pourtant. Nous remontâmes dans nos lits où nous tentâmes de nous réchauffer. Le lendemain, nous fûmes réveillées au petit jour, comme d'habitude, comme si rien ne s'était passé. Les horaires étaient immuables : bombardements ou pas, il n'était pas question de profiter plus longtemps de son lit. La grasse matinée était une chose que nous n'avions jamais imaginée. La paresse n'est-elle pas mère de tous les vices ?

Une nuit, pour la dixième fois, nous fûmes réveillées en sursaut. A nouveau nous dûmes descendre. Micheline, elle, en avait plus qu'assez et décida de rester dans son lit, cachée sous ses couvertures. Quand je remontai du réfectoire elle m'expliqua tout bas : « Tout à coup, une grosse lueur a éclairé le dortoir. Alors je me suis précipitée vers la fenêtre et, à travers les volets, j'ai vu un avion en flammes qui passait au-dessus de l'orphelinat. Il est tombé un peu plus loin... »

Le dimanche suivant, nous partîmes avec une religieuse jusque dans la forêt. Chacune munie d'un broc, d'un seau, d'une écuelle quelconque, nous devions comme chaque été cueillir les mûres. Et comme nous procédions à notre cueillette, tout à coup nous tombâmes sur les débris d'un avion. C'était l'avion que Micheline avait vu tomber en flammes. Juste à côté du fuselage, il y avait les cadavres de deux aviateurs. Jamais je n'avais vu une telle horreur : les deux aviateurs carbonisés étaient recroquevillés, leur corps avait diminué de moitié. Un vrai cauchemar.

A partir de la mi-juillet, cette année-là comme les autres années, l'orphelinat se vida pour les grandes vacances. Micheline et moi, nous nous réfugions chaque jour au dortoir pour épier les mouvements de la rue derrière nos volets. Comme nous connaissions sur le bout des doigts l'emploi du temps des sœurs, nous profitions du moindre moment où nous les savions à la chapelle. Depuis la catastrophe de l'avion anglais dans la forêt de Marly, nous avions appris que les Alliés aidaient les Français à se libérer. Nous avions aussi vaguement entendu parler de l'insurrection de Paris. Nous ne savions pas très bien ce que cela signifiait mais, en revanche, nous comprîmes ce qu'était la débâcle allemande en regardant un jour les Allemands et leurs chiens remonter notre rue. Comme d'habitude les bottes des Allemands martelaient les pavés, comme d'habitude aussi, ils chantaient, mais pour la première fois des gens massés sur le trottoir d'en face les insultaient.

Un jour nous entendons du bruit dans la rue et montons quatre à quatre les escaliers. Derrière nos volets nous assistons alors à une scène que nous ne comprenons pas très bien. Elle se déroule dans la mairie, juste en face du dortoir. Là, tous les gens du village sont massés autour d'une estrade en bois qui vient d'être construite. Ils semblent attendre une sorte de spectacle. Nous sommes contentes car, placées bien au-dessus de la foule, nous sommes aux premières loges. A un moment quelqu'un fait monter sur l'estrade trois femmes. Elles baissent la tête et semblent avoir peur. Aussitôt les gens se mettent à hurler, à les injurier. Il y a un tel brouhaha que nous ne comprenons pas ce qu'ils crient. Un homme s'approche de l'une des femmes, lui attrape une poignée de cheveux et commence à la tondre. En quelques minutes elle est totalement rasée, à la grande joie des spectateurs. Micheline et moi n'en revenons pas. Les deux autres femmes subissent le même sort.

Nous dûmes quitter notre repaire pour ne pas nous faire prendre, mais tout l'après-midi Micheline et moi parlâmes de ce que nous avions vu : « Qu'est-ce que ça peut bien vouloir dire ? » Quelques jours plus tard nous apprîmes que ces femmes s'étaient « déshonorées » en couchant avec des Allemands. Comment le bruit circula-t-il jusqu'à nous ? Malgré notre total isolement, nous arrivions toujours à savoir les choses qui nous intéressaient. Ce fut le cas pour la cuisinière de l'orphelinat, une orpheline de seize ans qui n'avait jamais quitté l'établissement depuis sa petite enfance. C'était elle qui nous préparait nos platées de haricots véreux. Un jour elle dut partir précipitamment pour un autre orphelinat : une religieuse l'avait surprise avec le jardinier dans la cabane à outils du verger. L'histoire se répandit aussitôt comme une traînée de poudre et, toutes, nous ne parlâmes plus que de cet événement pendant des jours et des jours. Qu'avaient-ils fait ensemble ? Nous ne le savions pas exactement, mais nous comprenions qu'elle avait commis un très grave péché.

De l’autre côté de la rue

Les sœurs de saint Vincent de Paul qui nous gardaient à l’orphelinat ne restaient parfois qu’une année ou deux puis partaient pour un autre pensionnat. D’autres les remplaçaient.

Sœur Marguerite arriva un beau jour pour nous faire la classe. Comme j’étais bonne élève, sage, attentive, tout se passait bien pour moi. Mais gare aux mauvaises élèves ou aux filles indisciplinées. Toutes étaient sévèrement punies : à genoux pendant une heure les mains sur la tête ou même de violents coups de règle sur les doigts qui enflaient aussitôt. Sœur Marguerite venait d’une maison de redressement pour garçons et en avait gardé les manies cruelles. Mon amie Micheline ne la portait pas dans son cœur ! Beaucoup moins timide que moi, Micheline disait toujours tout haut ce qu’elle pensait — c’était d’ailleurs l’un des aspects de son caractère que j’admirais — mais il n’était pas bon d’être têtue ou insolente envers sœur Marguerite.

Un jour où nous étions en rangs dans la cour, une repartie de Micheline fusa si vite que je n’eus même pas le temps de comprendre ce qui se passait. Je vis sœur Marguerite agiter son grand parapluie noir et en assener un bon coup sur la nuque de mon amie. Sœur Marguerite, hors d’elle, hurlait : « Grossier personnage ! Je vais vous mater ! » Nous étions toutes sidérées, jamais aucune religieuse ici ne nous avait traitées de la sorte, jamais aucune n’avait même levé la main sur nous.

Au fil des semaines, les habitudes brutales de sœur Marguerite ne se modifièrent pas et nous eûmes de plus en plus de mal à supporter sa violence. Enfants plus ou moins abandonnées, nous avions presque toutes subi des drames. Certaines s'en sortaient sans trop de dommages apparents, d'autres étaient beaucoup plus fragiles, quelques-unes même étaient caractérielles, asociales, en un mot très malheureuses et nous ne pouvions supporter ce surcroît de dureté. Personne ne regretta son départ lorsqu'à la fin de l'année scolaire sœur Marguerite nous quitta.

La rentrée des classes était toujours pour moi une époque joyeuse. Finies les longues journées à ne savoir que faire, à me désespérer de mon triste sort. Ma rentrée en sixième me parut plus belle encore que les précédentes : nous avions depuis peu une nouvelle surveillante, sœur Marie. Elle était jeune et jolie comme un ange. Elle était douce et toujours souriante. Aussitôt je fus attirée par elle, comme je l'avais été dès le premier instant par Micheline et par son sourire. Depuis la mort de sœur Josèphe, je n'avais plus jamais eu de contact avec une religieuse. Aucune n'avait pris le temps de s'intéresser à moi. Bien vite sœur Marie se rendit compte de l'état d'abandon dans lequel me laissait ma mère. Et même si Micheline m'avait permis de me sortir un peu de moi, même si, avec elle, je m'amusais, je n'étais certes pas une enfant épanouie. D'ailleurs ni Micheline ni moi ne trouvions notre sort particulièrement enviable. Et lorsque, parfois, Micheline me quittait pour aller chez sa mère, je restais des heures entières sans dire un mot, à ne savoir que faire, incapable de m'extraire de ma tristesse. Sœur Marie tentait alors de me venir en aide et j'appris à lui confier mes chagrins.

Sœur Marie était souvent chargée de nous surveiller au dortoir. Elle couchait alors dans une chambre contiguë dont la cloison était percée d'une petite fenêtre donnant sur le dortoir. Elle prit l'habitude de venir me souhaiter une bonne nuit. Un long moment après avoir fermé la porte du dortoir, je la voyais passer la tête par sa fenêtre pour s'assurer que nous dormions toutes. Quelques instants plus tard, elle entrait à nouveau dans le dortoir, s'approchait de mon lit sans faire de bruit et me faisait un baiser sur la joue. Chaque soir, j'attendais avec une fébrilité inouïe cette marque de tendresse. Dès que j'entendais la porte s'ouvrir, mon cœur battait à tout rompre. Mais si, un soir, elle ne venait pas, je ne parvenais pas à m'endormir, m'interrogeant sur la raison de son absence : avais-je démérité dans la journée ? Etait-ce la fin de son attachement ? Ce simple baiser du soir représentait pour moi toute la tendresse du monde.

C'est également sœur Marie qui, souvent, nous surveillait au réfectoire. Lorsqu'elle était là, soudain j'avais faim, je trouvais même mes « fayots » sublimes. Elle avait l'art d'embellir tous les lieux où elle pénétrait et mon univers de murs gris devenait alors comme par magie lumineux et gai. Je passais maintenant de longs moments à l'attendre, et cette attente me rendait la vie beaucoup plus belle.

Lorsque j'avais parlé à la religieuse des lettres que j'écrivais à Jésus, elle m'avait dit : « C'est bien, continue à lui écrire, tu as raison. Et tu sais, même si tu ne les envoies pas par la poste, il reçoit tes lettres. » Cela m'avait tout de même étonnée ! Voilà encore un mystère que je ne parvenais pas à élucider. Mais, faisant confiance à l'abbé Bel qui me répétait souvent : « Avoir la foi, c'est croire sans voir ! », je me dis : Eh bien Yvonne, crois à ça aussi !

Le jour de la rentrée des classes, Micheline et moi étions très excitées : puisque nous entrions en sixième, chaque jour nous allions quitter l'orphelinat pour suivre nos cours à l'école Sainte-Jeanne-d'Arc de Louveciennes. L'école était à environ huit cents mètres de l'orphelinat et nous nous y rendrions sans être accompagnées par une sœur : une vraie liberté !

Le portail était vert, la cour plantée d'arbres était gaie : toutes ces élèves habillées de toutes les couleurs, quelle différence avec notre cour d'orphelinat et nos tabliers noirs ou à carreaux bleus et blancs ! Au premier coup d'œil, je vis tout ce qui me séparait de mes nouvelles camarades de classe, des externes qui habitaient Louveciennes ou ses environs. Elles étaient tellement plus jolies, mieux habillées, plus sûres d'elles. Elles étaient si heureuses de vivre.

En face de l'école, de l'autre côté de la rue, il y avait une épicerie et les externes, malgré l'interdiction, parvenaient à s'y faufiler pendant les récréations. Certaines partageaient avec moi les gourmandises qu'elles y achetaient. Grâce à mes nouvelles amies j'appris mille choses. Elles me parlaient surtout de Paris, des Champs-Elysées, des grands magasins, des cinémas... Pour la première fois je pus connaître une foule de détails sur ce lieu magique, aussi lointain pour moi que l'Amérique de ma mère. Lorsque j'admirais les robes de mes amies, elles me disaient fièrement : « Elle vient de Paris ! » Je pensais alors : Comme j'aimerais, moi aussi, aller à Paris et m'acheter une jolie robe ! Je me sentais tellement honteuse dans mon uniforme d'orpheline.

Mon école m'émerveillait tant elle me paraissait claire et propre. La classe avait de grandes baies vitrées par lesquelles je pouvais regarder tout à loisir les arbres, les oiseaux, et je rêvais... Surtout pendant les cours de maths. Notre professeur était une femme plantureuse, plutôt joviale. Elle était bon professeur. En tout cas, je n'avais aucune difficulté à suivre. Le premier jour, je fus un peu étonnée de la voir, au milieu de la matinée, pendant l'interclasse, sortir de son sac des biscottes couvertes de confiture et les croquer à belles dents devant nous. Le deuxième jour, nouvelle pause, nouvelles biscottes ! Et ainsi chaque jour. Pas étonnant qu'elle fût si grasse ! Mais ce n'était pas ce qui me gênait. Ce que j'avais du mal à admettre c'était qu'alors que je crevais véritablement de faim et que je mangeais de si mauvaises choses à Saint-Joseph, elle s'empiffrait devant moi. Micheline était aussi éberluée que moi : « Je n'arrive pas à détacher mon regard de ses biscottes et de l'épaisse couche de confiture... Vraiment, elle exagère ! Quand je pense à la pauvre panade qu'on a dans le ventre ! » Evidemment les externes ne se formalisaient pas comme nous le faisions, nous les pauvres de Saint-Joseph.

A midi et le soir nous devions revenir à notre orphelinat tandis que nos camarades allaient rejoindre leurs parents, leurs frères, leurs sœurs. Parfois, le soir, devant la porte d'entrée, j'hésitais : et si je ne rentrais pas ? Mais où aller et quoi faire ? Jamais une externe ne me proposait de venir chez elle, et sans argent je ne pouvais aller bien loin. Alors, comme les autres, j'entrais dans la cour.

Pendant l'étude, Micheline et moi avions pris l'habitude de nous installer au fond de la classe, juste devant une grande bibliothèque grillagée. Micheline y avait repéré depuis longtemps des livres. Discrètement, elle passait sa main à travers un coin du grillage dessoudé et en tirait des ouvrages : des vies de saints. Il y en avait toute une collection sous forme de fascicules que nous pouvions facilement cacher dans un livre ou un cahier. Nos devoirs terminés, nos leçons apprises, nous nous plongions dans ces récits exaltants. Chaque vie était riche de tant d'aventures fantastiques que nos rêves n'avaient aucune limite. Pour nous, tout était possible puisque nous vivions dans une atmosphère de miracles permanents. Je me disais : Comme c'est merveilleux tout ce qui peut arriver dans une vie ! A moi aussi, il va arriver plein de choses ! Et pour cela j'avais décidé que, plus tard, je serais religieuse : Un jour, je serai sainte, c'est certain !

Aussi édifiantes que furent ces vies, elles n'en comportaient pas moins de sombres aspects. Les saints eux-mêmes n'échappaient pas à la tentation. Et pour montrer au lecteur la force morale de ces hommes et de ces femmes hors du commun, pour montrer le triomphe de la vertu sur le vice, il fallait bien parler du vice. J'apprenais ainsi bien des choses de la vie en lisant ces récits destinés aux adultes.

Je me souviens d'un livre qui nous avait particulièrement passionnées. L'histoire se passait dans un pays si lointain pour nous, la Syrie, que nous ne savions pas même où il se trouvait, mais le simple nom évoquait en nous des paysages fabuleux. Il s'agissait du récit plein de drames de la vie d'un couple. La femme était soupçonnée par son mari d'avoir commis l'abominable péché d'adultère.

— Tu es certaine de n'avoir rien fait de répréhensible ? Lui demandait-il un jour.

— Oh non, je n'ai rien fait !

— Eh bien nous allons voir...

Il l'emmenait alors au fond de leur jardin, là où coulait un ruisseau :

— Si tu es pure, tu peux sans crainte plonger ta main dans l'eau, mais prends garde si tu as péché...

— Je n'ai aucune crainte à avoir ! affirmait-elle.

Et elle plongeait la main dans l'eau du ruisseau. Aussitôt l'eau l'enserrait aussi solidement que l'aurait fait un étau.

Tous ces saints qui n'étaient pas des « petits saints » nous fascinaient. Mais combien plus encore nous fascinait et nous terrifiait la vengeance divine...

Durant toute mon enfance, je pus heureusement me nourrir de tous ces récits où les émotions ne manquaient pas et cela me cacha un peu l'extrême monotonie de ma vie quotidienne. Mais je supportais plus difficilement ma situation depuis mon entrée à l'école Sainte-Jeanne-d'Arc. A côtoyer chaque jour les externes, je n'arrivais plus à m'enlever de l'esprit ce qu'aurait pu être ma vie dans une vraie famille, avec une mère qui m'aurait réellement aimée. Et, par-dessus tout, je pensais à ma petite sœur Alice. Plus je grandissais, plus je m'interrogeais sur la raison de notre séparation, sur le mystère qui entourait son existence. Même Micheline arrivait à douter de sa réalité. Jamais, depuis mon entrée à l'orphelinat, je n'avais reçu la moindre lettre d'Alice. Jamais ma mère ne l'avait évoquée dans son courrier. Et que faisait-elle donc, cette mère éternellement absente ?

Bien sûr, Saint-Joseph n'était pas une prison, mais tout de même, comme j'aurais aimé pouvoir me promener librement dans les rues, aller dans les magasins, être félicitée par ma mère pour mes bonnes notes, sentir que quelqu'un veillait sur moi, recevoir parfois des cadeaux... Mes seuls cadeaux me furent offerts par l'abbé Bel.

Un jour de vacances, chose exceptionnelle, il entra dans la cour de l'orphelinat. Aussitôt une marée de cornettes se précipitèrent pour l'accueillir. Les pensionnaires coururent à leur suite, car toutes nous l'aimions. Il demanda aux sœurs :

— J'aimerais que deux ou trois pensionnaires viennent aider ma gouvernante à cueillir des fruits. Je vais d'abord récompenser les meilleures élèves au catéchisme : Yvonne, Micheline...

Comme je le pensais, l'abbé ne pouvait qu'apporter une bonne nouvelle. Toute occasion de sortir de nos murs était une joie, mais aller cueillir des fruits au presbytère, ce fut vraiment une fête. La gouvernante nous confia à chacune un panier d'osier et M. l'abbé nous dit : « Evidemment, il n'est pas interdit de manger des fruits pendant la cueillette... » Nos paniers à la main, Micheline et moi nous plongeâmes dans les allées du jardin et nous nous mîmes à dévorer framboises et groseilles. Bien rassasiées, nous remplîmes ensuite nos paniers. Cependant la surprise ne s'arrêtait pas là : pour nous remercier de notre « travail », M. l'abbé Bel dit à la gouvernante de nous préparer un goûter. Et quel goûter : un énorme flan. Il y avait aussi des caramels, nous avions même le droit d'en prendre plusieurs. Nous en fîmes chacune une petite provision. Juste avant d'arriver à l'orphelinat, nous les cachâmes en les collant à même notre ventre, sous notre culotte.

Désormais, plusieurs fois par semaine — tant qu'il y eut des fruits — Micheline et moi partîmes pour la cueillette.

Un jour l'abbé Bel me glissa à l'oreille :

— Tu n'auras plus besoin d'aller dans la dépense des sœurs !

— Non, monsieur l'abbé...

Je compris alors pourquoi il nous invitait régulièrement. Depuis l'arrivée de Micheline à l'orphelinat, je confessais en effet de nouveaux péchés. La première fois l'abbé fut bien étonné :

— Eh bien mon petit, qu'as-tu fait ?

— J'ai chapardé...

— Tu as chapardé ?

— Oui, je suis allée dans la dépense des sœurs, j'ai pris du sucre, du pain, des confitures...

— Ah, voilà pourquoi les sœurs me disent que les confitures disparaissent...

— Oh mais vous ne le direz pas ?

— Non, non bien sûr ! Et puis, quoi d'autre ?

— J'ai menti à une sœur...

— Eh bien tu diras deux Pater et deux Ave.

Ces moments que nous passions au presbytère étaient les plus agréables. Non seulement, nous mangions les fruits, non seulement nous avions une part de flan ou de gâteau de riz, mais encore M. le curé nous jouait du piano, comme il le faisait d'ailleurs après chaque cours de catéchisme. Nous disant : « Il est inutile d'en parler aux sœurs ! » Confortablement installées dans le grand canapé juste derrière lui, nous avions pris l'habitude de l'écouter dans le ravissement le plus total. Il nous jouait des sonates de Beethoven, de Mozart ou de Chopin.

Un jour où j'étais une fois de plus au presbytère avec Micheline et sa petite sœur, après avoir écouté notre concert privé, j'exprimai à nouveau mon émerveillement :

— Comme c'est beau la musique... On s'évade...

M. le curé me dit :

— Eh bien il faut que tu apprennes.

— Mais comment ?

— J'en parlerai aux sœurs. Il y a un piano au parloir, tu prendras des leçons.

L'abbé Bel m'offrit donc des leçons de piano. Mais l'hiver venu, il me devint impossible de jouer tant il faisait froid au parloir. Il m'était impossible de remuer mes doigts rougis, gonflés. Le peu que j'avais appris durant l'été était oublié lorsqu'au printemps, la chaleur revenue, je me remis devant le piano. Je perdis courage et renonçai définitivement au piano. Je préférais écouter l'abbé Bel...

Pour nous distraire, les religieuses avaient institué une sorte de « présentation d'enfants ». En effet, les sœurs de saint Vincent de Paul invitaient régulièrement les riches bourgeoises de Louveciennes et de Marly à accepter pour un goûter une petite pensionnaire. La « présentation » se déroulait au parloir. Nous étions là une vingtaine, sagement rangées les unes à côté des autres à attendre le verdict de ces « dames d'œuvres » qui faisaient tranquillement leur choix comme elles auraient choisi leur caniche « pur race ». « Laquelle voulez-vous prendre ? » demandait la sœur. Les bonnes âmes de la région partaient toujours avec les mêmes : des blondes aux yeux clairs. Invariablement Micheline et moi restions en rade et la sœur nous renvoyait : « Eh bien vous, retournez dans la cour. » C'était pour moi chaque fois une déception, doublée d'une humiliation : Jamais on ne me prendra pour un goûter ! C'est sans doute parce que je suis une Annamite !... Ces femmes aux riches villas étaient tout simplement racistes et ne voulaient surtout pas exhiber dans leur salon la pauvre petite « pruneau » timide que j'étais ! Et j'en voulais un peu aux sœurs de nous exhiber de la sorte.

Racisme et mondanité prévalaient chez ces femmes qui choisissaient toujours d'abord les deux mêmes pensionnaires, entrées depuis peu, les sœurs Lecointe. Evidemment, ces enfants n'avaient pas grand-chose de commun avec moi. Elles n'avaient pas les mêmes manières, étaient bien habillées et, comble de luxe pour moi, elles portaient même des lunettes. Elles étaient les seules de tout l'orphelinat. Elles étaient aussi, disait-on, les filles d'un héros : leur père, un aviateur, était mort pendant la guerre. Alors ces dames charitables se les disputaient, fières d'accueillir les filles d'un héros.

Lorsque je regardais comment j'étais attifée, je comprenais que je ne pouvais faire honneur à ces dames patronnesses. Car, non seulement ma mère, la belle et distinguée Juliette du Chaxel, ne m'envoyait jamais de cadeau, mais elle ne prenait même pas la peine de m'envoyer des vêtements ! Elle qui faisait si attention à sa mise ! Je me souviens encore de mes chaussures de l'hiver qui avait précédé : la neige entrait par des trous énormes et j'avais les pieds gelés ! J'étais même si lamentable que les sœurs avaient dû écrire à ma mère. Elles ne me dirent pas ce qu'elle répondit ou même si elle avait répondu. L'abbé Bel, un jour, dut m'accompagner dans un magasin et, avec ses propres économies, il m'offrit deux paires de chaussures !

Cependant les religieuses auraient aimé que nous soyons invitées nous aussi. Pour compenser, elles organisaient donc, chaque année, des pique-niques pour les éternelles refusées. Nous attendions toujours avec beaucoup d'impatience ces pique-niques qui avaient lieu dans une propriété située en haut de Louveciennes. C'était la propriété dans laquelle était installé le couvent des

Oiseaux. Il s'agissait de l'ancienne demeure de la Du Barry. Evidemment le couvent des Oiseaux était vide pendant les vacances : les riches pensionnaires étaient toutes dans leurs familles, et nous ne rencontrions jamais ces élèves qui faisaient partie d'un autre monde que le nôtre. Nous ne pénétrions jamais non plus dans le château, mais nous trouvions déjà bien beau de pouvoir jouer dans le parc. Je le trouvais magnifique : des statues partout, des pelouses, des fleurs et des arbres splendides. Je demandais à Micheline : « Pourquoi n'avons-nous pas droit à une pension comme ça ? pourquoi n'est-on pas au milieu de choses aussi belles ? Mais un jour, peut-être nous aussi, nous vivrons dans un parc... » Et nous partions alors dans nos rêves.

Le retour à l'orphelinat était chaque fois un choc : je ne parvenais pas à comprendre pourquoi tout ce qui nous entourait était aussi laid, aussi lugubre. C'est bien pour cela que j'étais la première à lever le doigt dès que les religieuses nous proposaient de sortir. Micheline en faisait d'ailleurs autant.

— Qui veut aller ramasser les poires chez Mme la Maréchale ?

Micheline et moi nous précipitions :

— Moi, moi.

La maréchale était la veuve du maréchal Joffre. Sa propriété était immense. Au milieu du parc se trouvait le tombeau du maréchal. Plus loin, l'immense verger et des dizaines d'arbres fruitiers. Tandis que nous ramassions nos poires, nous voyions au loin la silhouette vaporeuse de la maréchale. Elle était toujours vêtue de mauve clair et semblait une apparition dans ce parc de conte de fées. Là, comme dans le parc de la Du Barry, je ne me lassais pas d'admirer tout ce qui m'entourait : les pelouses, les arbres, les allées si bien entretenues, les massifs de fleurs. Ce qui ne m'empêchait pas d'apprécier à leur juste valeur les poires fondantes que je croquais jusqu'aux pépins.

Un jour de vacances, je fus demandée au parloir. Surprise : ce n'était pas ma mère mais Antoinette, sa plus jeune sœur. Elle m'emmenait passer quelques jours chez elle, aux Vallées, près de Colombes. Antoinette était bien différente de Juliette : moins élégante, elle était en revanche beaucoup plus maternelle et sut se faire aimer de moi dès la première seconde. Sa maison, un petit pavillon de banlieue, n'avait rien non plus du luxe de la maison de Jeanne à Combs-la-Ville, mais elle était tellement plus chaleureuse. Là, je fis la connaissance de Marcel, mon oncle, et de mon cousin Boby. Tous m'accueillirent comme si je faisais partie depuis longtemps de leur propre famille. Ils voulurent faire de chaque instant un moment délicieux, ils m'entourèrent, me gâtèrent. Les repas dans la salle à manger furent pour moi des moments merveilleux, non pas tant pour ce que je mangeais, car je suis certaine que toute nourriture aurait été délicieuse en leur compagnie, mais pour les soins dont je fus entourée. Je retrouvais ce que j'avais connu toute petite chez les Kesler à Combs-la-Ville et que je n'avais jamais oublié. Assise à cette table, je m'interrogeais : Pourquoi ne me gardent-ils pas? Pourquoi ne resterais-je pas ici pour toujours? Je suis si bien...

Antoinette, Marcel, Boby ne surent qu'inventer pour me faire plaisir. Le dernier jour de ces belles vacances, Antoinette qui savait combien je manquais de nourriture à Saint-Joseph me prépara une énorme mallette bourrée de pâté, de saucisson, de pain d'épices... Je n'avais jamais eu tant de bonnes choses et je me dis que, pendant un mois au moins, j'allais avoir chaque jour de quoi me régaler. Mon premier soin en arrivant à l'orphelinat fut de cacher ma mallette dans mon casier du préau. Pour la première fois de ma vie je possédais un vrai trésor...

Le soir, le dortoir me parut sinistre mais je m'accrochai à la promesse que m'avait faite Antoinette : revenir me chercher lors de vacances prochaines.

Le lendemain, je me précipitai à mon casier, un peu par gourmandise mais surtout pour regarder mon cadeau et me rappeler que j'avais une nouvelle famille. La mallette avait disparu!

En sortant dans la cour, je la trouvai ouverte, vide. Cette mallette éventrée traînant dans la poussière fut une image si choquante que je décidai aussitôt de ne plus jamais rapporter à l'orphelinat la moindre chose.

Antoinette tint parole. Quelques mois plus tard, alors que l'orphelinat s'était vidé une fois de plus pour des vacances, une sœur m'appela : « Yvonne Chazelles, au parloir! » Je sautai de joie et me précipitai. Antoinette, Marcel et Boby étaient toujours aussi affectueux. Les moments passés dans la salle à manger, toujours aussi merveilleux. Ma chambre, toujours aussi belle. Ma tante m'emmena même au cinéma des Vallées. C'était la première fois que j'entrais dans une salle. On projetait *Arènes sanglantes*. Sur l'écran il y avait Tyrone Power et Rita Hayworth. Jamais je n'avais vu des personnages aussi beaux. Tout me semblait magique. Quand le rideau se ferma, je ne parvins pas à m'extraire de mon fauteuil, tant j'étais abasourdie par ce que je venais de voir...

Pourtant, ce deuxième séjour fut mélancolique. A chaque instant je me répétais : Comme je vais être triste lorsque je vais rentrer... Comment pourrai-je supporter le dortoir, le réfectoire, la cour de récréation, les murs tout autour, une fois la porte refermée derrière moi ? Antoinette me promit encore de venir me chercher dès qu'elle le pourrait. Mais elle devait, comme toujours, demander l'autorisation à ma mère. La manière qu'elle avait de me dire : « Je pense que Juliette voudra bien... » me laissait penser que ma mère ne devait pas beaucoup aimer que sa sœur me prenne chez elle.

De retour à Saint-Joseph, cette fois je ne parvins plus à m'adapter. Impossible de retrouver mes anciennes habitudes d'orpheline maintenant que je connaissais la vraie vie. J'étais totalement déboussolée. L'abbé Bel s'en aperçut et me posa des questions :

— Alors, ma petite, tu es contente d'être allée chez ta tante ?

— Oui.

— Elle te reprendra ?

— Oui, mais je ne veux pas y retourner !

— Ça ne s'est donc pas bien passé ?

— Oh si, mais je suis beaucoup trop malheureuse quand je reviens !

— Si, mon petit, il faut retourner chez ta tante. Mieux vaut être triste en rentrant mais avoir eu ces moments de bonheur. Tu dois profiter de chaque instant de bonheur !

Il me dit encore :

— Yvonne, n'aie pas peur de t'attacher. N'aie pas peur d'être heureuse !

Je finis par écouter l'abbé Bel. Désormais, lorsque de temps à autre j'étais invitée chez Antoinette, je tentais d'accumuler un maximum de souvenirs pour plus tard, pour l'orphelinat. Lorsqu'elle faisait des gâteaux ou des confitures, je ne me lassais pas d'observer chaque geste, de respirer les bonnes odeurs... Et tandis que je la regardais faire, je songeais à cette mère ou à cette grand-mère que j'aurais tant aimé regarder ainsi.

A l'orphelinat, je repensais souvent à ces instants privilégiés que j'avais vécus dans la petite maison des Vallées et j'en étais heureuse. Mais la même question lancinante me revenait toujours : Pourquoi ma mère, elle, ne s'intéresse-t-elle pas davantage à moi ? Pourquoi ne me fait-elle pas venir chez elle ? Il m'était toujours impossible de trouver la réponse à ce mystère.

La grande révélation

Depuis des mois, je rêvais à ce jour où, vêtue de ma robe blanche, les cheveux couverts d'un long voile et d'une couronne de fleurs, je remonterais la nef de l'église de Louveciennes. Dès mon entrée à l'orphelinat j'avais envié les grandes qui, au mois de mai, faisaient leur communion solennelle. Cette année ce serait mon tour. J'allais avoir douze ans ! J'aurais enfin le droit d'être belle ! A Saint-Joseph, toute coquetterie nous était interdite. Micheline, deux autres amies et moi-même l'apprîmes une fois de plus à nos dépens.

En prévision de la fête à l'école Sainte-Jeanne-d'Arc, nous nous étions fait la veille au soir des papillotes. A peine la sœur surveillante avait-elle refermé la porte du dortoir, nous avions roulé, mèche après mèche, nos cheveux mouillés dans des bouts de tissu de toutes les couleurs. Plusieurs fois dans la nuit je m'étais réveillée. Les petites boules de cheveux me faisaient mal. J'avais tout supporté. J'étais même contente d'avoir mal en pensant combien j'allais être belle.

Avant le « Vive Jésus ! » matinal, je fis prestement disparaître les bouts de chiffon et je sentis sous mes doigts toutes les belles boucles. Pour une fois, j'étais l'une des premières à genoux au pied de mon lit pour la prière, la première au lavabo pour la toilette : je voulais avoir tout mon temps pour me coiffer.

Après le petit déjeuner, comme d'habitude, nous nous alignâmes dans la cour. La sœur de garde repéra aussitôt les bouclées :

— Yvonne Chazelles, Micheline Leprince, sortez des rangs !

La sœur était hors d'elle, elle en bafouillait :

— Que signifient ces cheveux frisés ? Venez ici immédiatement !

Elle nous entraîna près du bac plein d'eau, nous saisit l'une après l'autre par le cou et nous plongea la tête dans l'eau froide. Adieu frisettes ! Les cheveux trempés, plus raides que jamais, nous dûmes reprendre le rang et partir ainsi à l'école !

Dans la rue, maintenant que nous étions seules, mes copines se mirent à rouspéter. Nous étions furieuses !

— Quand je pense qu'on n'a même pas de glace pour se voir ! Tu te rends compte qu'il faut se cacher pour se regarder dans les carreaux des fenêtres ! C'est pas croyable !

— Ces bonnes sœurs, elles voient le mal partout !

— Elles feraient pourtant bien de se regarder : tu n'as qu'à te rappeler sœur Louise...

Moi, comme souvent, je ne disais mot mais j'étais d'accord avec mes amies. Je me souvins en effet de sœur Louise, une religieuse très âgée qui m'horrifiait lorsque j'étais petite. Elle était fort vieille, ridée, et même moustachue. Je trouvais ça tout à fait bestial. Mais les religieuses ne devaient pas, elles non plus, pécher par coquetterie. Elles restaient donc telles que le bon Dieu les avait faites !

La préparation à la communion solennelle fut pour moi source d'émotions. J'aimais toujours autant le catéchisme et, avec Micheline, nous nous partagions prix d'honneur et prix d'excellence. J'avais même par instants de grands élans de mysticisme. Evidemment, comme toutes les pensionnaires, je trouvais la messe journalière beaucoup trop matinale. Mais, une fois réveillée, j'étais contente d'entrer dans la chapelle. Surtout lorsque M. le curé venait dire la messe et que j'étais enfant de chœur. J'avais l'impression d'être en représentation. J'imaginais que tous les regards étaient posés sur moi. De plus, je prononçais des phrases en latin, je tenais le plateau de la communion, j'agitais la clochette. Il me semblait jouer un rôle capital. Tout cela me ravissait.

A la chapelle, quand je ne servais pas la messe, je chantais près de l'harmonium avec les religieuses et quelques autres pensionnaires, puisque j'avais une jolie voix. A cet instant où les sons de l'harmonium se mêlaient à nos voix, j'étais profondément heureuse.

A l'église de Louveciennes, le dimanche matin, je ressentais un bonheur encore plus intense au moment précis où les orgues commençaient à jouer et où un couple de chanteurs, toujours le même, entonnait un cantique. Tout vibrait autour de moi et en moi. Et je ressentais une véritable exaltation. A ces moments fugitifs et aux récits fabuleux de la vie des saints, je devais mon mysticisme. Mysticisme d'ailleurs aussi fugitif que ces instants heureux.

En ce huitième printemps à l'orphelinat, j'étais donc toute à la joie de ma préparation à la communion solennelle. C'était le grand moment de la retraite et les retraites étaient toujours des moments à part dans ma vie de pensionnaire. Chaque année nous faisions une courte retraite avant Pâques. C'était l'occasion de rompre avec nos habitudes, nos horaires rigides. Un personnage nouveau venait nous visiter, un missionnaire, le plus souvent un père blanc, qui nous parlait de pays lointains, de petits Chinois ou de petits Noirs qui se convertissaient...

Pour notre retraite de communion solennelle, on nous installa dans une immense demeure, une sorte de château. Il nous était interdit de parler entre nous mais je n'avais jamais été bavarde et, même à côté de Micheline, je pus facilement faire ce sacrifice, car ici tout me portait à être encore plus fervente que d'habitude. J'évoluais dans un décor magnifique, ma nourriture était bien meilleure qu'à l'orphelinat et, du lever au coucher, grâce aux cantiques que nous chantions, aux chapitres de la Bible que nous lisions, aux prédications que nous écoutions, je vivais dans une exaltation perpétuelle.

J'avais à peine vu passer les dix jours de retraite que j'étais de retour à l'orphelinat. Nous étions restées sans courrier et j'attendais une lettre de ma mère. Peut-être était-ce la première fois que j'éprouvais une telle impatience. Je lui avais annoncé depuis très longtemps la date de ma communion et j'espérais que, ce jour-là, elle serait auprès de moi...

Ma mère en effet m'écrivit : elle ne viendrait pas ! Elle s'était trouvé une bonne excuse : elle était à Marseille et n'avait pas le temps de faire le voyage avant son départ pour l'Amérique. Elle me rappelait qu'il n'y avait pas si longtemps, elle était venue me chercher pour quelques jours. Oh, je ne les avais pas oubliés ces jours passés avec elle ! Comme les trois ou quatre fois où elle m'avait prise depuis mes quatre ans, son amie Jeanne ne l'avait pas quittée une seconde. Jeanne n'avait pas changé à mon égard. Sa haine était toujours la même. Mais j'avais secrètement espéré que ma mère viendrait seule le jour de ma communion.

Ma déception fut immense. Je sentis plus que jamais qu'il se passait quelque chose d'anormal. Pourquoi ma tante me témoignait-elle plus d'affection que ma propre mère ? Ma mère avait de l'argent :

ses voyages en Amérique, à Marseille, les vêtements qu'elle portait, tout le prouvait, pourquoi donc ne me gâtait-elle jamais ? Pourquoi ne m'habillait-elle même pas ? Et pourquoi ces reproches dans chacune de ses lettres ?

« Ma fille chérie, j'espère que tu vas bien et surtout que tu penses beaucoup à ta maman. ... Pourquoi n'es-tu pas plus affectueuse avec moi ? Je ne comprends pas pourquoi tu es si distante... Ce serait tout de même plus gentil de dire " Maman chérie " plutôt que " maman "... »

J'avais parlé de ces lettres à M. le curé :

— Alors, tu as des nouvelles ? me demandait-il parfois.

— Oui.

— Tu as répondu gentiment ?

— Je ne peux pas !

— Mais, mon petit, fais un effort, elle prend la peine de t'écrire, tu dois lui répondre.

— Elle veut que je lui dise « Maman chérie », mais je ne le peux pas.

— Fais-le tout de même !

— Bon, je vais écrire, mais c'est difficile !

Sœur Marie me disait la même chose :

— Puisqu'elle veut que tu l'appelles « Maman chérie », fais-le. Ainsi elle sera contente et tu n'auras plus de reproches.

Après avoir remis de jour en jour ma dernière lettre, je m'étais appliquée à écrire « Maman chérie... » mais après ces deux mots, moi qui étais si prolixe dans mes lettres secrètes à Jésus ou à ma petite sœur Alice, moi qui étais l'une des meilleures en rédaction, j'avais séché lamentablement devant mon papier à lettres. Mais j'avais fini par venir à bout de ma lettre et j'avais même pu écrire « Je t'embrasse de tout mon cœur ». J'avais donc fait toutes les concessions, je voulais tant qu'elle vienne pour ma communion, l'événement le plus important pour moi depuis mon entrée à l'orphelinat ! Eh bien non, elle ne viendrait pas !

En cette veille de communion, j'étais effondrée de tristesse. Heureusement, Micheline était là. Sa mère ne pourrait pas venir elle non plus. Mais ce n'était pas pour la même raison. Je savais que sa mère l'aimait beaucoup mais, seule pour élever ses enfants, elle était très pauvre et devait travailler. Alors nous nous consolions : « Demain sera tout de même un jour exceptionnel ! » Depuis plusieurs jours déjà, les grands cartons contenant nos parures étaient arrivés à Saint-Joseph. Chaque fille avait fait ses essayages, puis avait rangé robe, chaussures blanches, gants, aumônière, voile et couronne dans son placard du préau. J'étais revenue plusieurs fois ouvrir ma porte pour admirer toutes ces belles choses.

Ce matin de communion solennelle, je me suis éveillée tout excitée, bien avant l'heure de la prière. La dernière touche apportée à notre voile, à notre robe, et nous voilà en route pour l'église. Je me sens toute belle, comme jamais je ne l'ai été. Une vraie petite reine.

L'entrée dans l'église, la lente montée dans la nef, le moment de la communion, les orgues, les chants, tout est encore plus beau que je ne l'avais imaginé. Je suis en plein rêve, transportée. Un moment de « félicité » comme je l'ai vu si souvent décrit dans la vie des saints. La sortie de l'église est magnifique : nous avançons les unes derrière les autres, très lentement, chacune regardée, admirée par les fidèles restés à leur place. Puis nous nous rassemblons sur le parvis de l'église. Les parents, les parrains et les marraines viennent alors chercher mes amies. Et tout à coup c'est le choc : Micheline et moi restons seules comme deux godiches, ne sachant plus que faire.

Brusquement une sœur nous dit :

— Eh bien, vous deux, vous rentrez à l'orphelinat !

Sur le chemin du retour, je me sens infiniment seule, infiniment triste. J'imagine la fête que vont avoir mes amies. Certaines en parlent depuis si longtemps ! Un déjeuner fabuleux qui va se terminer par une énorme pièce montée... Elles auront aussi des cadeaux : une montre, un stylo à plume en or... Et elles seront admirées dans leur belle robe blanche... A peine entrées, la sœur nous dit :

— Vous retirez vos robes !

De toute façon, nos robes blanches jurent avec la vétusté du lieu.

Dans le dortoir, Micheline se plaint :

— Vraiment, c'est pas juste ! On aurait quand même pu nous laisser notre robe toute la journée ! Les autres la gardent bien ! Regarde comme on doit s'attifer le jour de notre communion ! Des vêtements d'orpheline ! Un uniforme !

Nous trouvons le retour à la réalité beaucoup trop brutal.

— Heureusement qu'il y a les vêpres ! On pourra encore se faire belles cet après-midi... ajoute Micheline.

Le soir venu, les vêtements rendus aux sœurs, je ne pense plus qu'à l'année prochaine : je la mettrai encore une fois, ma jolie robe, pour mon renouvellement.

La messe, les vêpres dans ma longue robe blanche furent des souvenirs que je gardai précieusement comme de brefs instants de bonheur. Mais j'en voulus à ma mère de m'avoir volé une part de la fête en m'abandonnant ce jour-là aussi. Pourquoi fallait-il que même les plus beaux jours soient gâchés par ma mère ? Tout le monde me trouvait renfermée, maussade, mais comment s'épanouir quand on ne se sent pas aimée par sa propre mère, quand elle vous laisse moisir entre quatre murs pendant des années et des années ? Non, il n'y avait vraiment pas de quoi sauter de joie !

Cependant, comme l'abbé Bel me l'avait conseillé, je savais mieux profiter de chaque moment heureux que je pouvais vivre. Mes moments avec Micheline, ceux avec ma petite Nathalie. Grâce à Nathalie, je savais comme on peut aimer une enfant, comme on s'attache à elle si profondément. Pourtant, nous nous parlions très peu. Toute son affection, Nathalie me la communiquait par gestes. Dès qu'elle m'apercevait dans la cour, elle quittait brusquement ses jeux, se précipitait vers moi, me prenait la main pour me diriger vers un coin tranquille. Là, elle me faisait asseoir, toujours sans un mot, et me faisait un câlin. Puis, aussi brusquement qu'elle était venue, elle s'échappait, heureuse. Plus Nathalie grandissait, plus nous devenions inséparables. J'en comprenais d'autant moins l'attitude de ma propre mère.

Depuis notre entrée à l'école Sainte-Jeanne-d'Arc, l'abbé Bel nous emmenait parfois en sortie. Je découvris le château de Versailles. Je ne me lassais pas d'admirer tout ce que je voyais. Comme d'habitude lorsque je sortais avec l'abbé Bel, je marchais près de lui car il me posait toujours des questions et, malgré ma timidité maladive, le peu que je lui disais de moi me faisait du bien.

— Tu es heureuse d'être ici ?

— Oui.

— Tu n'as jamais vu d'aussi belles choses, n'est-ce pas ?

— Non.

— Ça va à l'orphelinat ?

— Oui...

— S'il y avait quelque chose qui n'allait pas, tu me le dirais, n'est-ce pas ?

— Oui.

— Tu as reçu une lettre de ta mère ?

— Oui.

— Tu es contente de sa lettre ?

— Non...

— Pourquoi ? Elle n'est pas affectueuse ?

— Ben...

— Mais tu ne l'aimes pas, ta mère ?

— ...

— Mais si je te disais, par exemple, que ce n'est pas ta mère, qu'est-ce que ça te ferait ? Tu serais moins triste ?

Je ne répondis pas. Je n'avais jamais imaginé une telle hypothèse. Il me fallait réfléchir. Je continuai à marcher à côté de l'abbé, totalement absorbée, me demandant ce qu'il avait voulu dire : S'il m'a présenté les choses de cette façon, c'est pour ne pas me faire un trop grand choc. C'est sûr, Juliette du Chaxel ne doit pas être ma mère ! C'est pour ça qu'elle ne vient jamais me voir ! Eh bien, en effet, je préférerais qu'elle ne soit pas ma mère... Je comprendrais mieux. Les choses me sembleraient plus normales...

Peu à peu les autres pensionnaires nous rejoignirent et M. l'abbé se mit à parler avec elles. Moi, toute à mes pensées, je n'écoutais plus rien. Mais je me sentais plus légère, plus sereine, débarrassée d'une culpabilité que je traînais secrètement depuis toujours : Qu'est-ce que j'ai fait de mal pour que ma mère ne m'aime pas ? Si Juliette n'est pas ma mère, je ne suis pas coupable. D'ailleurs, elle non plus n'est pas obligée de m'aimer si je ne suis pas sa fille... Tout à coup je trouvai Juliette beaucoup plus gentille : C'est déjà beau ce qu'elle fait, elle m'envoie des lettres et vient même parfois me voir... Elle n'est pas obligée de faire ça...

Comme nous quittions le château de Versailles, mes amies coururent jusqu'à la grille et je me retrouvai un moment seule à côté de l'abbé.

— Que dirais-tu si elle n'était pas ta mère ?

— Ce serait mieux...

— Ecoute mon petit, maintenant que tu es plus âgée, tu peux mieux comprendre les choses. Non, elle n'est pas ta mère.

— Ah bon !... Mais alors, ma mère, où est-elle ? J'en ai une ?

— Peut-être... Mais ce n'est pas une Française, c'est une Annamite...

J'étais stupéfaite. Mais nous venions de rejoindre à nouveau le groupe et notre conversation s'arrêta là. Je me répétais « Annamite, Annamite... ». Le mot me faisait peur, malgré tout ce que m'en avait dit autrefois sœur Josèphe. « Annamite ! » C'était précisément parce que j'étais annamite que jamais je n'étais invitée dans les familles de Louveciennes, et maintenant, non seulement j'étais annamite parce que née en Annam, mais aussi parce que ma mère était elle-même une Annamite... Je ne pouvais pas dire que cette nouvelle m'enchantait...

Je rentrai à l'orphelinat, M. le curé à son presbytère et pendant toute la semaine je tentai de mettre en place toutes les pièces du puzzle. Un travail long, difficile. Mais beaucoup de choses s'expliquaient plus facilement. Je comprenais pourquoi Jeanne disait toujours « C'est une Annamite ! » et je comprenais aussi pourquoi je ne ressemblais pas à Juliette, pourquoi j'avais un peu le type asiatique. Je comprenais enfin pourquoi je ne portais pas le même nom, moi Chazelles, elle du Chaxel, je comprenais aussi pourquoi Jeanne disait à tout propos, s'adressant à Juliette et parlant de moi : « Après tout ce que vous avez fait pour elle ! L'avoir ramenée d'Indochine ! Vous n'auriez jamais dû la ramener avec vous ! » Je comprenais du même coup le silence de Juliette...

La manière dont l'abbé Bel m'avait dit à Versailles que « peut-être » j'avais encore une mère me laissait supposer que rien n'était moins sûr : il n'avait sans doute pas osé me dire qu'elle était morte, elle aussi, comme mon père. Il avait voulu me ménager un peu, m'apprendre les choses progressivement... En somme maintenant tout était normal : j'étais orpheline et j'étais dans un orphelinat. Etre abandonnée par une femme qui n'était pas ma mère était tout de même beaucoup moins triste qu'être abandonnée par ma propre mère !...

Je comptais chaque jour de la semaine qui me séparait du samedi, le jour de la confession, car alors je verrais à nouveau M. le curé et peut-être pourrait-il me dire plus de choses.

Ce samedi-là, je suis encore plus impatiente que de coutume de quitter l'orphelinat pour aller à confesse. Mon cœur bat très fort lorsque je m'agenouille dans le confessionnal. Comme d'habitude je m'accuse de mes petits péchés : comme d'habitude aussi j'ai volé quelques fruits dans le jardin des sœurs.

— Tu diras deux « Notre Père », me dit l'abbé Bel. Puis il ajoute très gentiment :

— Comment vas-tu mon petit ? Tu as réfléchi à ce que je t'ai dit ?

— Oui.

— Tu n'es pas malheureuse ?

— Non, je suis plus heureuse comme ça...

L'abbé poursuit :

— Tu sais, en fait, on t'a confiée à une dame qui est responsable de toi, une tutrice, ainsi tu n'es pas entièrement seule dans la vie.

— Bon, alors c'est bien. Mais ma mère ? Je n'ai pas de mère ?

— Je ne sais pas mon petit, peut-être pas... Peut-être n'as-tu plus de mère... Mais tu sais, tu as une sœur, tu la retrouveras...

Je quittai le confessionnal en me disant : C'est bien ce que je pensais, je suis donc orpheline !... Cette certitude me rendait triste mais en même temps me rassurait. Maintenant tout était en ordre. Je jugeais moins sévèrement Juliette et j'étais en admiration devant sa sœur Antoinette, Marcel, le mari d'Antoinette et Boby leur fils. Ils étaient si chaleureux et pourtant ils n'étaient ni ma tante, ni mon oncle, ni mon cousin. Je trouvais un immense réconfort à penser à leur générosité.

Maintenant que chaque chose s'expliquait différemment, de nouvelles questions surgissaient. Ma mère, une Annamite, qui était-elle ? Pourquoi était-elle morte ? Et Juliette, pourquoi était-elle ma tutrice ? Qui était-elle ? Et qui était mon père ?

A la recherche d'une mère

Juliette n'était donc pas ma mère ! Je ne pus garder ce secret pour moi seule. Moi qui ne parlais jamais de ma mère, j'annonçai cette extraordinaire nouvelle à Micheline. Je lui dis aussi : « Puisque je suis orpheline, il faut absolument que je retrouve ma petite sœur. Alice est à Tourane, en Annam, M. le curé me l'a dit. » Micheline s'amusait à répéter « Tourananam... Tourananam... », cela ressemblait à un mot de passe, comme le « Sésame, ouvre-toi » d'Ali Baba.

L'abbé Bel avait eu raison de me dire la vérité. Au moins maintenant j'éprouvais de la reconnaissance pour Juliette. Pour la première fois de ma vie, je lui écrivis une lettre sans avoir à chercher les mots. Mais impossible d'appeler « Maman » une dame qui n'était pas ma mère. Je lui donnai donc un surnom, « Mon Minou ». Juliette fut fort mécontente ! « Je déteste ce surnom de " Minou " ! C'est très laid et très vulgaire ! Je te demande donc de m'appeler Maman. »

Il n'était pourtant pas question de changer de surnom. Puisqu'elle me demandait de lui écrire, je le ferais, et j'étais même décidée à le faire plus souvent, mais jamais plus je ne l'appellerais maman !

Depuis cette révélation, ce n'était pas seulement mes rapports avec Juliette qui étaient changés, tout mon avenir était totalement à réinventer. Jusqu'à présent je pensais que ma mère me sortirait de l'orphelinat lorsque je serais grande. Bien sûr, en lisant la vie des saints ou en écoutant les orgues, je me voyais déjà sainte, mais cela ne durait qu'autant que duraient mes lectures et la musique. Maintenant, puisque je savais que j'étais orpheline, j'étais certaine que Juliette ne viendrait pas me chercher : pour quelle raison me sortirait-elle de Saint-Joseph alors que j'y étais depuis l'âge de quatre ans ? J'avais donc trouvé une autre issue : je serais religieuse et comme j'adorais les enfants, grâce à ma petite Nathalie, je m'occuperais d'eux.

Depuis que j'avais fermement décidé d'être bonne sœur, comme je ne faisais jamais les choses à moitié, j'étais d'une ferveur sans pareille. Je demandais constamment à servir la messe, je demandais à m'occuper du ménage de la chapelle, je faisais mes prières avec une sainte conviction...

Un jour au presbytère, après un cours de « caté », M. l'abbé demande à chacune d'entre nous ce que nous voudrions faire plus tard. Sans l'ombre d'une hésitation, je lui réponds :

— Monsieur le curé, je veux être sœur et m'occuper des petits enfants.

— Mais pour être religieuse, il faut avoir la vocation et tu ne l'as pas nécessairement.

— C'est quoi, la vocation ? C'est avoir envie ?

— Non, c'est savoir à quoi on renonce.

— On renonce à quoi ?

— Aux plaisirs de la vie, aux gens. Mais toi, tu ne connais rien encore, tu n'as pas encore vécu. Dans quelques années tu sortiras de l'orphelinat, tu verras toutes sortes de choses. Et si un jour tu reviens me dire : « Je renonce à tous ces plaisirs », eh bien alors je favoriserai ton entrée au couvent. Mais il faut le mériter.

J'étais fermement décidée à le mériter ! Je ne voulais cependant pas me lancer au hasard dans cet avenir. Ma curiosité sur la façon dont vivaient les sœurs devenait insatiable. Je décidai un jour d'entraîner Micheline jusqu'au dortoir des sœurs. Je voulais absolument savoir dans quel décor elles dormaient, comment étaient leurs lits.

Nous profitâmes de l'heure de la prière des religieuses pour monter jusqu'au premier étage. Avant d'entrer dans le dortoir, nous collâmes l'oreille à la porte, épiâmes le moindre bruit. Tout doucement nous entrebâillâmes la porte et nous découvrîmes un grand dortoir où de hauts lits de fer étaient alignés contre les murs. Chaque lit était entouré de rideaux blancs coulissant sur une tringle.

Cet agencement me déçut un peu : j'aurais préféré découvrir des boxes aux cloisons de bois formant une vraie petite chambre individuelle, mais je me dis qu'un rideau qui fermait, ce n'était déjà pas si mal...

Une autre chose me préoccupait : j'avais beau regarder de très près toutes les sœurs, les grosses comme les maigres, je n'en voyais aucune qui eût la moindre poitrine. La mienne, déjà formée, se voyait sous mon tablier, et pourtant je n'étais pas bien grosse. Mais les sœurs, elles, n'avaient absolument rien ! C'était à n'y rien comprendre. Pendant des semaines, je n'avais plus que cette question en tête : que font-elles de leur poitrine ? J'en étais arrivée à deux réponses possibles : ou bien on leur avait coupé les seins, mais cela me semblait tout de même une méthode bien barbare, ou plus vraisemblablement, elles portaient une sorte de carapace en métal qui les enserrait. La cornette, la robe longue, j'étais d'accord pour les porter, je trouvais même ça joli, mais la carapace de poitrine, ça non !

Je souhaitais à tout prix percer ce mystère mais Micheline n'en savait pas plus que moi. Quant à poser la question à M. le curé ou à sœur Marie, cela m'était impossible. Alors j'imaginai autre chose : il ne devait pas y avoir que des sœurs de saint Vincent de Paul, il fallait que j'entre chez des sœurs habillées autrement ! Je ne voulais pas cacher mes seins comme ça !

Un dernier point restait à élucider : les sœurs avaient-elles des cheveux sous leur cornette ? Etaient-elles rasées ? A cela non plus Micheline ne pouvait donner aucune réponse. Mais cette réponse me fut apportée quelques semaines plus tard. Nous étions quelques-unes au dortoir, les éternelles délaissées des vacances, et nous n'avions aucune envie de dormir. Il faisait encore jour et nous coucher à l'heure des poules ne nous réjouissait guère. Nous décidâmes de faire semblant de dormir et restâmes un long moment silencieuses après que sœur Marie eut fermé la porte. Puis, toutes assises sur notre lit, nous commençâmes à nous raconter des histoires drôles. Nous avions beau nous mettre le drap sur la bouche pour ne pas rire trop fort, nous faisions un sacré bruit. Tout à coup sœur Marie ouvrit sa fenêtre et passa la tête pour nous gronder. Je la regardai, médusée : elle n'avait plus sa cornette et ses cheveux étaient presque ras ! Quel effet ! Non, décidément, ce n'était pas possible ! Je voulais bien être bonne sœur, mais il n'était pas question de me raser ! Il fallait absolument que je trouve un autre costume...

Une fois de plus M. le curé nous invita, Micheline, sa petite sœur et moi, à cueillir les fruits de son jardin. A l'heure du goûter, après qu'il nous eut joué du piano, comme nous le faisions toujours, nous parlâmes avec lui. Je lui demandai :

— Il n'y a pas que des sœurs de saint Vincent de Paul ? Que des sœurs avec des cornettes ?

— Bien sûr que non ! Il y a beaucoup d'autres ordres, ainsi les carmélites portent des voiles...

Et M. le curé nous décrivit un certain nombre d'ordres religieux. Et tandis qu'il me répondait, je décidai : Bon, eh bien mon choix est fait, je serai carmélite et je porterai un voile...

Un jour où je traîne mon ennui dans la cour, Micheline m'appelle :

— Yvonne, au parloir, c'est ta tutrice !

— Viens avec moi ! Je ne veux pas aller la voir toute seule.

En entrant au parloir, je suis suffoquée : Juliette, superbe, un grand chapeau, un tailleur d'une élégance extrême, offre un contraste choquant avec ce que nous sommes, deux pauvres pensionnaires en tablier noir. Ses yeux verts perçants, son visage sévère, son allure de très grande dame m'impressionnent. Je lui dis timidement :

— Micheline est ma meilleure copine...

Même Micheline l'effrontée est stupéfaite et en devient toute timide. Tandis que je regarde Juliette, je m'interroge : Que fait-elle ici ? Elle n'est vraiment pas à sa place ! Cependant je l'admire, comme toujours, et je suis émerveillée tant elle est belle !

Juliette reste un moment à bavarder. Je ne réponds guère que par oui ou par non. Puis elle repart, sans doute pour l'Amérique, dit-elle. Elle reviendra dès qu'elle le pourra, assure-t-elle...

En descendant dans notre cour, Micheline et moi sommes sous le charme :

— Qu'est-ce qu'elle est belle !

— Oh oui ! me dit Micheline, et puis, elle est drôlement bien habillée ! Mais dis donc, elle n'a pas l'air commode ! Tu as vu ses yeux ! Tu as vu comme elle nous regardait ! Comme elle a l'air sévère !

En effet, Juliette avait toujours eu cette attitude distante. Elle n'avait jamais eu à mon égard le moindre geste de tendresse. Et même si je n'étais plus autant meurtrie, je me disais qu'elle aurait pu s'attacher à moi comme je m'étais attachée à ma petite Nathalie. Chaque jour je m'occupais d'elle avec autant de joie, autant de passion. Je m'intéressais à son travail scolaire, l'encourageant, la félicitant, comme j'aurais aimé que ma mère s'occupât de ma propre scolarité. Nathalie était fière de me montrer ses bonnes notes et travaillait pour me faire plaisir. Oui, j'étais vraiment sa petite mère !

Nathalie avait maintenant presque sept ans. Elle avait pourtant gardé son aspect fragile. Elle semblait toujours souffreteuse même lorsqu'elle n'était pas malade. Longue et maigre, elle mangeait très peu. Je comprenais aisément qu'elle rechigne devant sa gamelle au réfectoire, mais elle refusait même les rares bonbons que j'avais et que je voulais partager avec elle. Nathalie exigeait de moi toujours autant d'affection et j'étais pleinement heureuse de lui en donner. Chaque soir, avant de s'endormir, elle me réclamait encore son histoire. Je la bordais, je l'embrassais, la cajolais comme si véritablement elle avait été mon enfant.

Un après-midi où nous sommes ensemble dans la cour, une sœur appelle Nathalie au parloir : on vient la chercher, elle quitte l'orphelinat, une famille l'adopte ! Dès que Nathalie comprend qu'on veut la séparer définitivement de sa petite mère, elle s'accroche à mon cou, en larmes : « Je veux pas partir, je veux pas... » Nathalie me serre tellement fort que je n'arrive plus à respirer. Jamais je ne l'avais soupçonnée d'une telle force. Elle hurle entre deux sanglots : « Petite mère, petite mère... » Elle veut que je la protège comme je l'ai toujours fait. Mais cette fois, je suis sans défense contre ceux qui lui font du mal. Bien pis, c'est moi qui dois l'accompagner jusqu'au parloir ! Toujours blottie dans mes bras, elle ne veut rien entendre de ce que la femme venue la chercher lui promet : le bonheur hors de l'orphelinat. Une religieuse est obligée d'arracher Nathalie de mes bras. Je lui fais un dernier baiser : « Ne pleure pas, nous nous reverrons bientôt... » lui dis-je à l'oreille, sachant pourtant qu'il n'en sera rien. Nathalie s'éloigne, les joues ruisselantes de larmes, ne pouvant détacher son regard du mien. Elle a, au fond des yeux, une tristesse infinie.

Redescendue dans la cour, je suis comme hébétée : on m'a enlevé ma petite contre mon gré, contre le sien ! Je ne peux oublier son dernier regard. Je n'ai que treize ans mais Nathalie a su faire de moi une mère véritable et il me semble avoir perdu mon enfant. Cela fait plus de trois ans que je la prends en charge, que je la console lorsqu'elle pleure, la soigne lorsqu'elle a mal, la lave, l'habille, la dorlote. Pourquoi ne nous a-t-on pas prévenues de son départ ? Nous aurions pu nous préparer l'une et l'autre à cette séparation. Nous aurions fait mille projets : celui de nous écrire très souvent, celui de nous revoir, plus tard, lorsque à mon tour j'aurai franchi la porte de l'orphelinat. Une fois encore je me heurte au monde cruel des adultes.

Je ne pouvais confier à personne mon chagrin. Parler de mes sentiments profonds m'était impossible. Depuis mon abandon chez la vieille Mémé de Combs-la-Ville, je m'étais forgé une épaisse carapace. On m'avait refusé la moindre tendresse, on m'avait refusé la moindre caresse, on ne m'avait rien donné, je ne donnerais donc rien. Ne pas recevoir, ne pas donner, c'était m'éviter tout nouveau drame. Car si je ne savais rien d'avant Combs-la-Ville, j'avais le sentiment que cet avant avait été heureux. Mais j'avais tout donné à Nathalie et Nathalie m'avait été volée. Je n'avais plus que mon cahier secret de lettres pour me rapprocher d'elle.

« Nathalie ma petite,

A peine une heure qu'on t'a enlevée à moi et déjà je m'inquiète : te retrouverai-je un jour ? Je déteste cette femme qui t'a pris la main et t'a fait une caresse pour t'apprivoiser... La porte du parloir s'est refermée et je suis restée sans réaction, tellement j'avais le cœur gros. Quelle noire journée pour nous deux ! Comme tu me manques déjà !... Mais je te promets, jamais plus je n'aimerai une petite fille ! Je ne veux plus m'attacher à personne, j'ai beaucoup trop de chagrin. »

Je fus inconsolable, plus repliée sur moi que jamais. Sœur Marie tenta de me venir en aide en me montrant combien ce départ était une chance pour Nathalie : « Tu te rends compte ? Une famille l'adopte ! Elle va être choyée, elle sera heureuse. Tu dois penser à elle d'abord. Tu dois te dire : " Puisqu'elle va être heureuse, je dois, moi aussi, être heureuse pour elle. " » Je me répétais donc à chaque instant : C'est une chance pour Nathalie. Maintenant elle est heureuse... Mais ne plus pouvoir l'embrasser, la câliner me manquait terriblement.

Nathalie, Huguette, les deux petites filles de mon enfance auxquelles j'étais si tendrement liée me furent arrachées pour toujours. D'elles, je ne sus plus jamais rien. Elles sont pourtant aujourd'hui encore étonnamment présentes à mon esprit.

Nathalie partie, plus que jamais je pensais à ma petite sœur Alice qu'on avait séparée de moi de la même façon. Je lui écrivais de longues lettres dans lesquelles je lui racontais mes malheurs, des lettres qu'elle ne lirait jamais.

Ce fut encore une fois la rentrée des classes. Micheline et moi entrions en cinquième à l'école Sainte-Jeanne-d'Arc. J'étais contente de retrouver mes camarades, de sortir chaque jour de Saint-Joseph, d'entendre les rumeurs de la ville. Je retrouvais l'une de mes amies, Marie-José. Marie-José souffrait d'une grave maladie, la sclérose en plaques, qui la faisait boiter légèrement. Ses parents la gâtaient beaucoup et lui offraient des robes que je trouvais toutes plus belles les unes que les autres. Souvent je la complimentais :

— Comme ta robe est jolie !

— Elle vient de Paris...

Un matin mon amie s'approcha de moi et me tendit un gros paquet :

— C'est pour toi !

— Pour moi ?

— Oui, ouvre...

Marie-José m'offrait sa robe bleue « de Paris » que j'avais tant admirée. J'avais du mal à imaginer qu'elle était désormais à moi. J'étais si émue qu'il me fut impossible de dire un mot.

En rentrant à l'orphelinat, j'avais soigneusement rangé ma robe dans mon placard, me demandant quand j'aurais le droit de la porter. Car à l'orphelinat, pas de fantaisie possible : chaque jour, semaine comme dimanche, nous devions porter notre uniforme. Mais ça ne faisait rien, j'avais maintenant une robe à moi, la première, et je pouvais la regarder tout à loisir quand je le voulais.

Puisque cette année était celle du renouvellement de notre communion, nous continuions à suivre les cours de catéchisme avec l'abbé Bel. Maintenant que nous étions vraiment des jeunes filles, il nous prêtait des livres. Micheline et moi choisissions de préférence des romans de Delly. Nous avions épuisé depuis longtemps les vies des saints de la salle d'étude et leur cortège de miracles un peu troubles, et nous nous plongions à cœur perdu dans les romans où de beaux capitaines et de riches émirs épousent de frêles et pauvres jeunes filles. Mes rêves avaient bien changé : finies la sainte et la religieuse, j'épouserais un capitaine et je voyagerais sur les plus grands paquebots. Je répétais à Micheline : « Je tomberai amoureuse d'un beau capitaine et nous ferons le tour du monde... »

Nous nous bâtissions une vie pleine de richesse, de beauté, d'imprévus. Un jour à New York, un autre à Stockholm... Je savais même comment se déroulerait mon mariage : il serait aussi beau que celui de Mme Garminc, la directrice de l'école Sainte-Jeanne-d'Arc.

Elle s'était mariée à l'église de Louveciennes et nous avait invitées à la messe. Je l'avais vue, sublime dans sa robe blanche et son long voile tenu par des demoiselles d'honneur : un jour, je me marierais comme ça !

L'abbé Bel vint nous chercher un jour de congé, Micheline, moi et quelques autres :

— Je vais récompenser les meilleures élèves, avait-il dit aux sœurs.

Comme d'habitude, Micheline et moi faisions partie des premières au catéchisme. M. le curé nous dit :

— Je vous emmène au cinéma à Paris.

— On est obligées de s'habiller en uniforme ?

— Mais non, mettez ce qui vous fait plaisir.

Pour la première fois je mis la belle robe bleu ciel de Marie-José et, fière comme tout, je montai dans le train pour Paris. Nous allâmes voir *Air Force* au Normandie, sur les Champs-Elysées. Ce film de guerre américain ne nous passionna pas. Voir des aviateurs se battre et mourir n'avait pas de quoi nous amuser particulièrement. Cela nous rappelait trop de bien sinistres souvenirs. Mais être à Paris, sur les Champs-Elysées, nous permettait de supporter le vacarme des balles et des moteurs d'avions.

Un autre jour M. l'abbé nous emmena voir *La Grande Meute,* un film jugé alors très « osé » puisqu'on y voyait un homme et une femme s'embrasser ! J'étais loin de suivre toute l'intrigue mais il me sembla comprendre que le héros avait une maîtresse parce que sa femme ne pouvait lui donner d'enfant... A la sortie, M. le curé qui, visiblement, ne connaissait pas la nature du film avant de nous y avoir emmenées, nous dit : « Surtout, ne parlez pas du film aux bonnes sœurs ! » Il pouvait compter sur nous pour ne pas vendre la mèche, nous avions trop aimé ce film d'amour et nous savions bien que le raconter aurait été nous priver pour toujours des sorties avec M. le curé.

Micheline et moi étions émerveillées par le cinéma et ne parlions plus que des hommes et des femmes splendides que nous avions vus sur l'écran. Micheline, elle, était amoureuse de Jacques Dumesnil. Moi, je n'avais pas de préférence, j'étais fascinée par tous les acteurs, fascinée par les événements extraordinaires qu'ils vivaient, fascinée par ces vies dont l'amour et la passion semblaient les seuls moteurs.

Les romans d'amour, les films d'amour enflammaient mon

imagination. Si j'aimais encore la messe du dimanche à l'église de Louveciennes pour ses orgues, il y avait aussi maintenant une tout autre raison : Micheline et moi avions remarqué les enfants de chœur. Nous devions faire très attention pour les regarder : dès que nous levions le nez de notre missel, nous nous faisions gronder par une religieuse. Le préféré de Micheline était brun, le mien était blond aux yeux bleus. C'était toujours au moment où il balançait son encensoir en direction des fidèles que nos regards se croisaient. J'étais alors terriblement émue.

Il faut croire que mon émotion ne passait pas inaperçue car, après un cour de catéchisme, M. le curé, à qui je venais de confirmer ma volonté d'être religieuse, me répondit avec ironie : « Ah oui ! Et c'est comme ça qu'on fait les yeux doux à l'enfant de chœur ! »

Un jour où je suis dans la cour à traîner mon ennui, une sœur appelle : « Chazelles, une visite ! » Cette fois c'est Suzanne, la fille aînée d'une sœur de Juliette. Ma « cousine », d'au moins vingt ans plus âgée que moi, n'est pas une inconnue. Je l'ai vue plusieurs fois lors de mes sorties avec Juliette. Elle est certes plus gentille que Jeanne, l'amie de Juliette, mais combien de fois n'a-t-elle pas repris ses phrases : « Elle doit être bête pour ne jamais s'exprimer ! C'est une enfant insensible ! » Je ne suis donc que modérément heureuse de la voir. Elle vient me chercher pour m'emmener au théâtre du Châtelet. Durant le voyage, Suzanne fait des efforts pour me faire parler, mais je ne lui réponds que par onomatopées :

— Tu es contente de sortir ?

— Oui.

— Tu es déjà allée à Paris ?

— Oui.

— Et le théâtre du Châtelet, tu le connais ?

— Non.

— Tu n'as jamais vu d'opérette ?

— Non.

— Ça te fait plaisir d'en voir une ?

— Oui.

— Eh bien, tu n'es pas bavarde !

— ...

— Tu es toujours comme ça ?

— ...

Evidemment, j'aime sortir de l'orphelinat, et l'idée d'aller à

Paris me réjouit, mais je suis très intimidée, je n'ai rien à répondre aux questions de cette fausse cousine que je connais à peine, même si elle paraît plutôt bien disposée à mon égard. Je vois bien que mon silence l'énerve et qu'elle me prend pour une gourde. Elle ne comprend pas pourquoi je ne souris pas, pourquoi je ne dis pas ma joie. Mais elle n'a pas l'air de se rendre compte que je ne vois jamais aucun adulte sinon les bonnes sœurs et le curé de Louveciennes.

Pendant la représentation j'ouvre grand les yeux. Tout m'intéresse mais, assise à côté de Suzanne, je n'ose bouger. Je ne ris pas, je n'applaudis pas. Je reste là comme impassible. Lorsque le rideau se baisse, je ne bouge pas davantage. Les gens applaudissent à tout rompre autour de moi, tout le monde est ravi, et moi, raide sur mon fauteuil, je ne bronche pas.

Suzanne me regarde, interloquée :

— Qu'est-ce que tu en penses ?

— Ben...

— Ça ne t'a pas plu ?

— Si.

— Eh bien, on ne le dirait pas !

— ...

— Pourquoi ne souris-tu pas ?

— ...

Son regard me prouve que, décidément, elle me considère comme une demeurée. Et, une fois de plus, elle reprend les phrases de Jeanne : « Tu ne dis rien ! Tu ne ressens donc rien ? Tu es insensible ! »

Que Suzanne pense ce qu'elle veut, je m'en fiche ! Cependant Suzanne n'est pas une femme méchante. Elle semble même tenter parfois de me comprendre. C'est pourquoi, en me raccompagnant à l'orphelinat, elle me parle de mon père. Elle l'évoque avec beaucoup de tendresse. Elle l'a connu, me dit-elle, à l'occasion des rares voyages qu'il faisait à Paris, car il préférait la vie en Indochine. Suzanne était alors une toute jeune fille. Elle me raconte : « Chaque fois qu'il me rencontrait, il me glissait un gros billet dans la main. J'étais pensionnaire et il savait combien l'argent de poche était important. » Suzanne ajoute : « Je l'aimais beaucoup, c'était un homme très généreux, très attentif à ceux qui l'entouraient. J'en garde un merveilleux souvenir. Aimé était quelqu'un de très bien ! » Je suis émue par tout ce que me dit Suzanne.

L'année scolaire s'achevait. J'avais un bon carnet et j'étais admise en quatrième. Rien de spécial ne devait donc troubler mes vacances : les corvées habituelles pour remettre en état l'orphelinat, des sorties au couvent des Oiseaux ou au presbytère, la certitude d'être emmenée par l'abbé Bel au cinéma ou au théâtre, celle d'être invitée une ou deux fois par Antoinette. Mais surtout, maintenant que j'avais quatorze ans, la possibilité de me promener dans les rues de Louveciennes avec d'autres pensionnaires, sans être accompagnée d'une sœur. En somme une vie tranquille à laquelle je m'étais adaptée et qui me procurait des joies : les fous rires avec Micheline ou mes autres amies, les sorties.

Un dimanche après-midi, alors que les vacances touchent à leur fin, nous sommes aux vêpres à la chapelle de l'orphelinat. Micheline m'appelle :

— Il faut que tu ailles au parloir, on vient te chercher !

— Comment ça, on vient me chercher ? Qui vient ?

— C'est ta tutrice. Tu dois te dépêcher !

Juliette est superbe comme toujours. Elle m'annonce avec un grand sourire : « Prépare tes affaires, je t'emmène avec moi à Marseille, tu quittes définitivement Saint-Joseph ! »

Je ne parviens pas à dire un mot. Je dois quitter sur-le-champ tout ce qui est ma vie depuis près de dix ans, tous ceux qui m'ont aimée : Micheline, sœur Marie, M. le curé. Je dois quitter mon école ! Je n'arrive pas à comprendre : que se passe-t-il ? Que m'arrive-t-il ? Pourquoi dois-je partir ? Moi qui rêve depuis toujours de quitter l'orphelinat, je me sens infiniment malheureuse. Pourquoi partir si brusquement ? Pourquoi tout abandonner d'un seul coup ?

Juliette est devant moi, triomphante, comme si elle m'offrait le paradis. Eh bien non ! Je n'ai plus du tout envie de partir ! Mais je sais qu'il ne sert à rien de m'opposer à ce départ : « Elle est ta tutrice, elle a tous les droits ! » me dit sœur Marie tandis que je rassemble en bougonnant les quelques maigres objets qui m'appartiennent. J'ai à peine le temps d'embrasser Micheline, sœur Marie et quelques amies. Tout le monde pleure autour de moi. Moi, je n'ai pas une larme mais j'ai le cœur gros. Je sais que je laisse pour toujours toute une partie de ma vie et tous ceux que j'aime.

Assise dans le train vers Paris à côté de Juliette, je ne pense qu'à une chose : si j'ouvrais la portière, si je me jetais sur les rails ? Mais je ne bouge pas. Je reste figée sur ma banquette, lèvres serrées, renfrognée, abasourdie par le choc causé par cette rupture si brutale. Comme à travers un brouillard, je l'entends m'insulter. Elle dévide sa sempiternelle litanie de reproches. Je baisse la tête, ne voulant surtout pas voir son visage sévère. Je veux garder en mémoire le visage de Micheline et son joli sourire.

Quelques jours plus tard, après une brève halte à Paris, j'arrivai à Marseille avec Juliette.

Marseille

Avant le départ de l'orphelinat, comme j'étais bonne élève, la mère supérieure et M. le curé avaient conseillé à Juliette de me laisser poursuivre mes études. Elle m'inscrivit donc en quatrième au collège Anatole-France de Marseille.

Pendant le premier mois, je menai la vie normale d'une collégienne : j'allais à l'école, je faisais mes devoirs en rentrant à la maison, j'aidais un peu Juliette. Mais loin de trouver cette nouvelle vie agréable, je regrettais mon orphelinat et mes amies. Trop timide pour me lier aux élèves, je restais seule. Et puis, je me sentais terriblement laide, mal à l'aise dans les vêtements que je portais. Juliette ne m'achetait rien. Elle se croyait généreuse en me donnant jupes, vestes et manteaux dont elle ne voulait plus. J'étais beaucoup plus petite et bien plus menue mais qu'importe, on faisait un ourlet aux jupes, on raccourcissait les manches des vestes et des manteaux. Tout était trop large. A quatorze ans, je portais les oripeaux démodés d'une femme de soixante-cinq ans et j'en avais honte. Chaque matin en m'habillant, je n'avais qu'une pensée : vivement que je gagne de l'argent !

Taciturne et maussade au collège, je l'étais autant dans l'appartement de Juliette. Il était situé au rez-de-chaussée d'un immeuble, rue Sainte. Il était petit, sombre, encombré de meubles. A droite de l'entrée se trouvait la chambre de Juliette. A côté, une petite salle à manger avec une table ronde, quatre chaises et, dans un coin, un canapé : c'est là que je dormais. A gauche de l'entrée, une chambre minuscule, la cuisine et la salle de bains. Dès le premier jour Juliette me spécifia : « Tu feras ta toilette sur l'évier de la cuisine ! » Ça continuait ! Mais quand allais-je donc pouvoir prendre un bain ? Jusqu'à quel âge me faudrait-il attendre ?

Un soir, alors que je faisais mes devoirs sur la table de la salle à manger, Juliette m'interrompit brusquement :

— Il faut que tu m'aides plus que cela !

A partir de ce jour, je fis tout à la maison, je fis le marché, les repas. Je montais aussi le charbon de la cave, je remplissais le poêle et le nettoyais, je descendais les cendres, je faisais le ménage... Je n'arrêtais pas de trimer. Juliette n'était plus toute jeune et n'avait pas l'intention de se fatiguer. Une seule chose l'intéressait dans la vie : son bridge du dimanche après-midi chez des amis. Chaque dimanche elle partait vers une heure et ne rentrait que tard dans la soirée, me laissant pour toute consigne de mettre l'appartement en ordre et de préparer le dîner. Elle ne se souciait pas le moins du monde de ce que je ferais de mon après-midi. Mon travail scolaire, mes loisirs ne l'intéressaient pas. Elle désirait vivre sans l'ombre d'une entrave et me laissait donc totalement libre. Certes, je ne pouvais pas dire qu'elle me privait de liberté ! Mais je n'avais que faire de cette liberté ! Combien j'aurais préféré qu'elle veille sur moi, qu'elle s'inquiète de ce que je faisais. Je lui en voulais toujours de m'avoir arrachée à mon milieu, à ma vraie famille qu'était l'orphelinat, à mes amies !

J'étais donc libre de faire ce que bon me semblait après avoir accompli toutes les tâches ménagères. Mais comme je n'avais pas un sou, mes loisirs étaient limités. Il m'était même impossible d'aller au cinéma. Je me promenais donc dans le quartier du Vieux Port. Dès que je franchissais la porte du sombre rez-de-chaussée, je prenais goût à la vie. J'aimais tant la gaieté de Marseille, les rues grouillantes, les cris, les accents des marchandes qui s'interpellaient d'un trottoir à l'autre, les marchés toujours parfumés et colorés. Et la criée sur le Vieux Port. Et cette grande lumière et ce ciel si bleu. Ici, autour de moi, tout était beau, et c'était la première fois que je vivais au milieu de belles choses.

Après avoir marché de longues heures durant, j'allais m'asseoir sur le quai du Vieux Port, émerveillée par les bateaux, par les marins-pêcheurs. Là, je replongeais dans les rêves que j'avais partagés avec Micheline à l'orphelinat : un jour, peut-être, rencontrerais-je un beau capitaine... Et d'ailleurs ce rêve me paraissait plus plausible que jamais : n'étais-je pas dans une ville portuaire ? Et lorsque, parfois, je croisais un beau marin en uniforme, mon cœur battait très fort, mais je baissais bien vite les yeux tellement j'étais timide. Gamine sans expérience, livrée à moi-même, j'aurais pu « mal tourner » comme on le disait alors. Juliette n'en avait cure. Mais j'étais sérieuse et je rentrais toujours avant le retour de Juliette pour préparer le dîner.

Vivre seule, jouer les Cendrillon auprès de Juliette n'avaient rien d'épanouissant. Je restais toujours aussi muette et triste. Que dire à une femme qui ne me portait aucune attention ? Pourtant Juliette n'était pas contente de mon comportement, elle me voulait souriante et heureuse. N'avait-elle pas, une fois de plus, été particulièrement bonne avec moi en me permettant de vivre à Marseille auprès d'elle ? C'était à nouveau la litanie des reproches. Ceux que je ne voulais plus jamais entendre. Un jour où Juliette se plaignait une nouvelle fois de mon air maussade, je coupai court, exaspérée par ses reproches incessants :

— D'abord, tu n'es même pas ma mère ! M. le curé me l'a dit !

Juliette accusa le coup et, durant quelques secondes, resta interdite, le visage légèrement crispé. Mais, bien vite, elle se ressaisit et me sourit :

— Quelle est cette histoire ? Bien sûr que si, je suis ta mère, ma chérie ! M. le curé s'est trompé... D'ailleurs, je vais te montrer des photos...

Juliette alla dans sa chambre, revint et me tendit une photo. Je la reconnus tout de suite, elle était jeune, souriante. Elle était assise et un homme était debout à côté d'elle, la main posée sur le dossier de sa chaise. Il semblait un peu mélancolique.

— C'est ton père et moi. Pourquoi serais-je à côté de lui si je n'étais pas sa femme ? Nous t'avons eue ensemble...

C'était la première fois que je voyais une photo de mon père. Immédiatement je le trouvai beau. Il était mince, élégant. Je le regardai avec attention dans l'espoir d'y découvrir une ressemblance avec moi. M. le curé s'était donc trompé... Juliette ajouta :

— Tu le sais, Aimé était un homme généreux, compréhensif, intelligent, cultivé. Il était aimé de tous. Il t'adorait...

Ce n'était pas la première fois que Juliette me vantait les qualités de mon père. Je lui en étais reconnaissante. Pour l'évoquer, elle n'avait toujours employé que des superlatifs. Tandis qu'elle me parlait, je songeai : Mon Dieu, que d'amour, que de tendresse perdus. Quelle vie heureuse j'aurais eue auprès de lui !

Juliette fut convaincante. Elle me sembla tout à fait sincère et, en effet, pourquoi ne l'aurait-elle pas été ? Pourquoi se serait-elle dit ma mère si elle ne l'avait pas été? Pourquoi serait-elle revenue me chercher à l'orphelinat ? C'était donc certain, M. le curé ne connaissait pas la vérité...

A nouveau, je dus reconstruire mon arbre généalogique : ma mère était bien Juliette du Chaxel, mon père était mort en Indochine peu après ma naissance. Mais le problème de ma petite sœur Alice n'était pas résolu pour autant, et du même coup mes doutes sur ma filiation revenaient. Pendant plusieurs jours je m'interrogeai et j'eus beau tourner le problème dans tous les sens, une pièce du puzzle manquait. Lasse de me tourmenter, je décidai d'interroger une nouvelle fois Juliette :

— Mais enfin, je ne comprends pas : j'ai une sœur en Indochine et moi-même je suis annamite. Donc, tu n'es pas ma mère !

— Mais si, ma chérie, je suis ta mère !

— Alors, pourquoi toute mon enfance m'a-t-on traitée d'Annamite ?

— Comme tu es née en Annam, tu es une Annamite, mais tu es ma fille !

— Et Alice, alors, pourquoi n'est-elle pas avec moi ? Pourquoi nous a-t-on séparées ?

— Mais, ma chérie, j'ai tout fait pour la ramener elle aussi, mais ce n'était pas possible ! Je vais t'expliquer exactement comment les choses se sont passées. Tu es née à Tourane. Ton père, Aimé, y était directeur général de la douane. Il avait un frère gouverneur général de Madagascar. Aimé était fou de ses deux filles. Il passait des heures, debout sur la terrasse à vous contempler comme si vous aviez été des joyaux...

Une fois de plus, Juliette alla dans sa chambre, revint et me tendit une photo. Il y avait une voiture décapotable, très longue, très luxueuse, conduite par un chauffeur. J'étais assise à l'arrière, à ma gauche se trouvait mon père, à droite, un gros chien. Une image typique des riches coloniaux.

— Lorsque nous sortions, poursuivit Juliette, ton père disait : « Nous allons emmener Yvonne » et tu répondais : « Oui, si Alice vient ! » C'était chez toi un leitmotiv. Aimé te répondait : « On ne peut l'emmener en voiture, elle est trop petite. » Lorsque ton père est mort d'une crise cardiaque, j'ai décidé de rentrer en France. Tu avais alors trois ans, Alice deux. Mais au moment du départ Alice a attrapé la rougeole. Elle ne pouvait embarquer : le voyage durait un mois, elle était contagieuse. Nous avons dû rentrer seules toutes les deux. Puis, il y a eu la guerre. Comment voulais-tu que je la fasse revenir ?

Juliette parlait sans animosité. Aucune question ne la prenait au dépourvu. Jamais elle ne semblait hésiter. Tout était limpide, logique. Tout semblait à nouveau rentrer dans l'ordre. Pourtant ces explications ne me rendaient pas ma petite sœur. Les journées que je passais dans ce sombre rez-de-chaussée à servir Juliette n'en étaient pas plus gaies. Juliette n'en était pas plus maternelle. Je me sentais toujours aussi seule. Alors Juliette continua à me reprocher mon mutisme, mon air triste. Décidément Juliette n'avait pas changé : elle se montrait toujours aussi incapable de comprendre les enfants. Comment ne voyait-elle pas que la vie que je menais ne correspondait en rien aux rêves d'une adolescente de quatorze ans ?

Un soir, alors que je préparais le dîner, Juliette s'approcha et me déclara :

— Je t'ai fait une surprise : j'ai écrit et ta petite sœur va venir !

Cette fois ce fut un choc, j'étais vraiment heureuse. Aucune chose ne pouvait me faire un plaisir plus grand. Je fus tellement reconnaissante à Juliette que je m'efforçai désormais d'être joyeuse et je ne lui tenais plus rigueur des corvées dont elle m'accablait. J'attendais avec fébrilité le jour où Alice allait enfin débarquer.

Alice ne me quittait plus de toute la journée, je l'associais en pensée à chacune de mes activités. Les corvées elles-mêmes étaient transformées en moments heureux : bientôt Alice serait là, elle m'accompagnerait lorsque je ferais les courses, elle serait près de moi lorsque je ferais la vaisselle. Il m'arrivait désormais de chanter. J'étais aux petits soins avec Juliette. Juliette pensa que j'étais réconciliée avec elle.

Le soir en m'endormant, je songeais encore à Alice et je préparais les phrases pour l'instant de nos retrouvailles.

Toutes ces semaines d'attente furent des semaines d'intense émotion.

Un jour, on sonne à la porte. Je me précipite, j'ouvre. En face de moi se trouve une petite fille. Elle a la frimousse toute ronde, les yeux en grain de café, les cheveux noirs et raides comme des baguettes et elle est mignonne à croquer. Alice est telle que je l'avais imaginée. Elle me saute au cou et m'embrasse mais ne dit rien. Et moi qui avais choisi avec tant de soin les phrases que je voulais lui dire, je reste muette aussi. Et je la dévisage, essayant de retrouver en elle certains de mes traits. Je ne trouve plus les mots qui seraient assez forts pour exprimer tout ce que je ressens, les mots qui pourraient résumer toutes ces années d'attente. J'aurais beaucoup trop de choses à dire.

Alice me regarde, souriante, timide, toujours muette. Alors je sens qu'il faut rompre le silence et, je ne sais comment l'idée m'en vient, je lui dis :

— Viens, je vais te friser.

Je l'entraîne dans ma chambre, l'installe sur une chaise, branche le fer à friser, et je commence à la coiffer, à la pomponner. Et maintenant, je ne cesse de lui parler. Jamais je n'ai été aussi volubile, — sinon, peut-être, le jour où j'avais accueilli Micheline à Saint-Joseph —, je n'arrête plus. Je voudrais tout lui raconter, tout lui montrer. Lorsque je la trouve suffisamment frisée, je décide de sortir avec elle, je veux lui montrer ma belle ville. Voilà notre rue, et le Vieux Port, au bout de la rue voisine. Et voilà mon école... Alice continue à me sourire mais ne dit rien. Nous nous promenons ainsi longtemps, main dans la main. Nous savons toutes deux que nous venons de gagner. Nous sommes au bout de notre chemin de solitude. Une autre vie, la vraie, est à venir et celle-là sera belle puisque nous nous sommes retrouvées. Mais, cela, nous n'avons pas besoin de nous le dire, nous le savons, simplement.

Lorsque nous rentrons, Juliette conduit Alice dans la petite chambre en face de la salle à manger. A mon grand étonnement, elle ne veut pas qu'Alice couche dans le lit et lui a installé une sorte de grabat inconfortable à côté du vrai lit, rendant la pièce encore plus petite. Mais Alice, docile, ne se plaint pas. Elle dit simplement :

— Merci madame...

— Mais voyons, ma chérie, puisque je suis ta mère, appelle-moi « maman ».

Alice ne répond pas mais elle a perdu son sourire. Je ne dis rien non plus. Je trouve qu'une fois de plus Juliette ne se rend pas compte de ce qu'elle exige. Comment, lorsqu'on a douze ans, l'âge d'Alice, peut-on appeler « maman » une femme qu'on ne connaît pas ? Comme si on pouvait s'improviser mère et fille du jour au lendemain ! Comment exiger d'une enfant qui ne vous aime pas, ou pas encore, de vous appeler ainsi ? Comment cela serait-il possible pour Alice qui ne l'a jamais vue alors que c'est devenu impossible pour moi ? Juliette me dit et me répète depuis plusieurs mois : « Mais voyons, ma chérie, tu penses bien que si je te prends avec moi, c'est parce que je suis ta mère ! » Le doute subsiste cependant en moi, et je ne parviens jamais à l'appeler « maman ».

Lorsque Alice a terminé de ranger ses vêtements, je l'entraîne dans la cuisine où je dois finir de préparer le dîner. Juliette est retournée dans sa chambre mais a pris soin de laisser sa porte largement ouverte : visiblement elle veut écouter nos propos. Je parle à voix basse :

— Alice, tu sais, si tu ne veux pas l'appeler « maman », tu n'y es pas obligée ! Voilà ce que nous allons faire : nous l'appellerons « Juju » !

Alice acquiesce d'un joli sourire. Le dîner prêt, je dis à Juliette :

— « Juju », tu peux venir...

Juliette bondit aussitôt, choquée :

— Pourquoi m'appelles-tu ainsi ? Pourquoi ne dis-tu pas « maman » ? « Juju »... que c'est vulgaire ! Je te défends de m'appeler ainsi !

— Oh, c'est amusant « Juju », c'est un diminutif de Juliette...

Nos premières semaines de vie commune furent un enchantement. Chaque matin Alice s'approchait de moi en souriant et m'embrassait. Elle parlait peu mais semblait heureuse de me voir et ne me quittait pas. Juliette trouvait notre amitié bénéfique puisque, désormais, j'avais perdu mon air maussade et que l'atmosphère était moins tendue entre nous, y compris lorsque je faisais toutes les corvées.

Nous avions même des conversations amicales. Lorsque Alice était apparue à la porte d'entrée la première fois, je lui avais immédiatement trouvé une ressemblance avec moi. Nous avions le même petit menton pointu, le visage rond, les yeux et les cheveux très noirs. Elle était toutefois plus « eurasienne » que moi. Nous en parlions avec Juliette.

— Comment se fait-il qu'Alice soit plus typée que moi ?

— Mais c'est tout à fait normal, elle a toujours vécu en Indochine et à vivre là-bas, il se crée une sorte de mimétisme : nos yeux deviennent bridés, notre teint devient mat.

— Ah bon...

— Moi-même, ajoute Juliette, je me suis transformée, mes

yeux se sont étirés et j'en suis très contente car maintenant mes yeux verts sont en amande...

— Mais tu n'es pas née en Indochine...

— Non, mais j'y ai vécu avec ton père et je ne sais pas ce qui se passe, est-ce le climat ? est-ce le soleil ? en tout cas les yeux et le teint se modifient...

J'étais naïve. Ses arguments me troublaient. Quelques jours après son arrivée, Juliette avait inscrit Alice au collège. Comme moi, elle était bonne élève. Nous avions le même goût pour le français, la littérature. Lorsque nous revenions de classe nous faisions nos devoirs côte à côte dans la salle à manger. Moi, je devais me dépêcher car tout restait à faire à la maison : Juliette n'avait pas levé le petit doigt de la journée... Mais dès que j'avais une minute, j'en profitais pour aller bavarder avec Alice. Alice commençait à s'apprivoiser et à se livrer un peu.

Le jeudi et le dimanche, lorsque tout était fait pour la maison et que nous avions terminé notre travail scolaire, nous sortions ensemble. Nous allions sur le Vieux Port et rentrions le plus tard possible. Nous étions devenues tout à fait inséparables. Nous nous étions découvert une multitude de points communs : la même curiosité pour tout ce qui nous entourait, la même sensibilité à fleur de peau, le même romantisme. Nous nous aimions follement. Nous avions tant d'années d'affection à rattraper ! Nous n'avions même pas besoin de nous parler : un simple regard et nous savions ce que l'autre pensait.

Deux mois environ après la venue d'Alice, Juliette, qui prenait toujours grand soin d'elle-même, décida de se faire opérer d'un « oignon » au pied. Avant de partir pour la clinique, elle appela Alice :

— Ma petite Alice, je vais avoir besoin de toi pendant huit jours parce qu'il me faudra rester allongée. Je vais donc te faire un mot d'absence pour ton école. Puisque tu n'auras plus ni devoirs ni leçons, tu pourras t'occuper de la maison et ainsi Yvonne pourra consacrer tout son temps à ses études. Tu connais maintenant les habitudes françaises, tu connais les commerçants, alors je suis certaine que tu sauras très bien te débrouiller...

Alice n'allait donc plus à l'école et me remplaçait. Courses, ménage, charbon, repas... Elle devait aussi accourir dans l'instant où Juliette désirant quelque service l'appelait. Evidemment dès que je rentrais du collège j'aidais ma petite sœur le plus possible mais cela rendait Juliette furieuse. De son lit face à la porte grande ouverte, elle écoutait nos conversations, épiait nos moindres gestes. La grande glace installée dans le couloir face à son lit lui permettait de suivre nos déplacements dans l'appartement. Ainsi, dès qu'elle me voyait papoter avec Alice dans la cuisine, elle m'appelait, trouvant toujours quelque prétexte : « Yvonne, donne-moi donc ce journal », ou bien : « Yvonne ! ne pourrais-tu pas prendre un chiffon et essuyer ma commode ? » ou encore : « Yvonne ! Viens donc près de moi me dire comment vont tes études... » Elle se moquait totalement de mes réponses, qu'elle écoutait à peine, elle cherchait uniquement à m'accaparer pour m'éloigner d'Alice. Juliette me racontait aussi ses bridges, me parlait des personnages qu'elle y rencontrait. Visiblement elle craignait je ne sais quel complot, ou plus simplement qu'Alice me dise des choses que, peut-être, je ne devais pas savoir...

Les huit jours de repos de Juliette écoulés, je décidai d'aller lui parler sérieusement d'Alice :

— Il faut la renvoyer à l'école ! Ce n'est pas possible de la garder à la maison !

— Mais qui, alors, va monter le charbon de la cave ? Qui va faire la vaisselle ? Tu ne voudrais tout de même pas que ce soit moi !

— Eh bien Alice et moi le ferons ensemble...

— Non ! Il faut que tu ailles au collège...

Comme j'insistais sur la nécessité de scolariser Alice, Juliette finit par me dire :

— Eh bien écoute, oui, elle retournera le mois prochain au collège.

En attendant, Alice continuait à faire la bonne. En Indochine, où elle avait été pensionnaire, Alice avait appris la couture et elle était très douée, elle reprisait donc tout le linge de la maison. Durant ses moments de liberté, elle me cousait trois jolies culottes bordées de dentelle qu'elle avait taillées dans une vieille robe de chambre bleu marine à rayures blanches.

Je sentais bien qu'Alice n'était pas heureuse. Comme moi, elle avait été arrachée à ses amies, à son milieu, et maintenant il lui était interdit d'aller à l'école, elle qui aimait tant étudier. Juliette la traitait de plus en plus sévèrement, méchamment même, exigeant toujours davantage.

Alice était absente de l'école depuis plus de trois semaines lorsqu'un jeudi après-midi on sonna à la porte d'entrée. Alice alla ouvrir. C'était son professeur :

— Mais Alice, que fais-tu ? Tu n'es pas malade ?

— Non, je ne suis pas malade...

— Pourtant ta mère nous a envoyé des mots d'excuse disant que tu étais souffrante et que tu devais garder la chambre. C'est pour cela que je suis venue... Mais pourquoi, alors, ne viens-tu pas en classe ?

— Je dois faire le ménage...

Ainsi, pendant plusieurs mois, Alice fut transformée en petite bonne... Elle n'avait que douze ans mais trimait du matin au soir ! Cela me rendait furieuse. Bien avant l'arrivée d'Alice j'avais commencé à comprendre pourquoi Juliette m'avait reprise chez elle : elle se sentait vieillir, semblait moins riche et ses voyages avec son amie Jeanne devenaient plus rares. A défaut de luxe, Juliette voulait donc continuer à vivre loin des tracas domestiques. « La petite Yvonne sera bien contente de sortir de l'orphelinat et, en échange, elle me servira », avait-elle sans doute pensé. Après tout, j'avais quatorze ans, l'âge de la fin de la scolarité obligatoire. Une orpheline placée comme petite bonne auprès d'une grande bourgeoise, c'était tout à fait conforme à la mentalité de Juliette. Mais après la venue d'Alice, Juliette changea de tactique : décidément, Alice et moi étions trop complices et peut-être un jour nous partirions en l'abandonnant. Comme, visiblement, Alice ne l'aimait pas, alors que moi je m'accommodais de son caractère, Juliette avait donc décidé de faire de moi son alliée en tentant de susciter de la jalousie entre Alice et moi. Juliette me délivra donc de toutes les corvées, se montra attentive à ma vie de collégienne et accabla en revanche Alice de travail et de reproches. Mais Juliette se trompait, nous n'étions pas dupes de son jeu et, plus elle tentait de nous opposer, plus nous nous sentions unies.

Puisque Juliette nous séparait dans la journée, Alice et moi avions institué des rendez-vous secrets chaque soir. Nous nous embrassions après le dîner pour nous dire bonsoir et allions nous coucher. J'avais pris l'habitude de pousser la porte de la salle à manger où je dormais, sans jamais la fermer. Juliette, elle, gardait sa porte ouverte pour continuer à nous surveiller. Plus tard dans la soirée, lorsque Juliette semblait endormie, Alice venait me rejoindre en prenant mille précautions. Elle devait notamment ramper en traversant l'entrée afin d'éviter de montrer son reflet dans la glace. Alice poussait ensuite doucement ma porte et venait se cacher dans mon lit et nous parlions à voix basse pendant des heures.

Dès les beaux jours, nous eûmes l'idée de passer nos soirées sur le Vieux Port. Comme la fenêtre de la salle à manger ouvrait sur la rue et que nous étions au rez-de-chaussée, il nous était facile de « faire le mur » en sautant. Nous descendions la rue Sainte, tournions à gauche dans la rue du Vieux-Port et nous débouchions dans le coin le moins fréquenté. Nous nous asseyions alors en bordure du quai, devant les bateaux, les pieds dans l'eau. Nous passions ainsi des heures à la belle étoile, éblouies par la nuit, la mer, les bruits du port. J'interrogeais Alice sur son enfance en Indochine, nous parlions surtout de l'avenir. Ou encore nous nous taisions, simplement heureuses de nous trouver côte à côte. Parfois nous ne rentrions qu'au lever du jour. Nous posions devant la fenêtre le tabouret que nous avions pris soin d'apporter avec nous dans un cabas, et la dernière montée tirait sur la ficelle avec laquelle nous avions attaché le tabouret. Sans bruit, nous regagnions alors chacune notre lit, nous donnant rendez-vous pour la nuit prochaine.

C'est durant ces douces nuits de Marseille qu'Alice me raconta, par bribes, son enfance indochinoise.

Confidences au bord de l'eau

Quelques pêcheurs attardés débarquaient leurs poissons en s'interpellant de barque en barque. Nous nous taisions pour mieux nous bercer de leur accent chantant. Le port devenu silencieux, je me hasardais à poser à Alice des questions sur notre famille. Mais elle ne répondait que de quelques mots. Elle était si timide ! Elle m'affirma toutefois que nous avions la même mère : la sienne, une Indochinoise chez qui elle avait vécu pendant l'invasion japonaise. Ainsi, comme je le sentais d'instinct depuis toujours et comme l'abbé Bel me l'avait appris, Juliette n'était pas ma mère !

Mais je ne désirais pas raviver des souvenirs d'Indochine qui, peut-être, rendraient Alice nostalgique. Je préférais évoquer le présent, la joie de nous être retrouvées, et surtout l'avenir :

— Je suis certaine que c'est grâce à M. le curé que Juju a accepté de te faire venir à Marseille. Quand M. le curé m'a vue partir de l'orphelinat avec Juliette, les poings serrés et si triste d'abandonner tout le monde, il a dû lui faire un sermon : « Il faut qu'elle retrouve sa sœur ! » J'en suis certaine car lui était bon avec moi et avait tout compris. Il savait que je serais malheureuse et totalement déboussolée toute seule avec Juliette. Il savait que pour mon équilibre, il était indispensable que tu sois avec moi. Tu sais, Alice, si demain Juliette décide de repartir avec Jeanne, elle est tout à fait capable de nous flanquer à nouveau à l'orphelinat. Mais on s'en fiche parce qu'on est ensemble ! De toute façon, dès qu'on sera majeures on en sortira... Et puisque maintenant je sais que j'ai une mère indochinoise, il faudra la retrouver, ce sera formidable ! Vivement qu'on soit plus grandes ! Dès que je suis majeure, hop ! je pars et je te prends avec moi... On sera drôlement heureuses!

Lorsque Alice et moi, assises au bord de l'eau sur le quai du Vieux Port, nous évoquions notre avenir, notre premier désir était de quitter Juliette et ses mensonges. Mais, au petit matin, nous devions revenir à la réalité, rentrer sans se faire entendre et prendre un peu de repos avant les corvées de la journée pour Alice et le collège pour moi.

Un dimanche vers midi et demi, Juliette, prête à partir pour son bridge, veut fermer la porte de sa chambre au cadenas, comme elle le fait chaque fois qu'elle s'absente.

— Yvonne! Je ne trouve plus le cadenas, sais-tu où il se trouve?

— Oh non... Mais il ne doit pas être bien loin. Va à ton bridge, je vais le chercher.

— Oui, c'est ça Yvonne, cherche-le.

Dès que Juliette ferme la porte d'entrée, je vais dans la chambre d'Alice :

— Elle est partie! On va pouvoir fouiller!

Le cadenas n'a pas disparu en effet, je l'ai caché sous un tapis :

— Si elle ferme sa porte, c'est qu'elle y cache quelque chose qu'elle ne veut pas nous montrer!

— En tout cas, il y a dans un tiroir de sa commode tout un paquet de photos. Elle ne m'en a montré que deux mais j'aimerais bien les voir toutes!

Nous filons dans sa chambre, fouillons dans les tiroirs et y trouvons le lot de photos. L'une représente Alice toute petite à côté de notre mère indochinoise. Elle la reconnaît immédiatement :

— Regarde comme elle est jolie! Elle est toute jeune...

Sur une autre photo, notre mère, Alice et moi. Sur une autre encore, nous sommes toutes les deux avec notre père et notre mère. Alice me dit :

— Tu sais, toutes ces photos, je les ai déjà vues en Indochine, maman a les mêmes. Tu vois bien que c'est elle notre mère, sinon nous ne serions pas toutes les deux à côté d'elle et de papa sur les photos!

— Oui, évidemment, tu as raison... D'ailleurs je trouve que nous leur ressemblons à tous deux : nous avons le menton de papa et le haut du visage de maman... C'est certain, M. le curé avait raison et Juju m'a raconté n'importe quoi!

— Bien sûr que Juju raconte n'importe quoi! Tu sais, pendant l'invasion japonaise, maman a eu très peur pour moi et elle m'a retirée de la pension. Pendant trois ans j'ai vécu avec elle et toute notre famille indochinoise. Et maintenant Juju ose me dire qu'elle, Juliette du Chaxel, est ma vraie mère ! Elle ne manque pas de toupet !

Nous trouvons aussi une photo représentant une villa luxueuse :

— C'est la villa de papa, me dit Alice, celle où nous vivions tous les quatre avant le retour de Juliette en Indochine !

C'est une grande maison coloniale aux larges portes vitrées, aux grands balcons. Tout autour de la villa, une végétation luxuriante. On voit aussi des domestiques. Alice m'explique :

— Papa et maman avaient à leur service boys et congayes : les boys conduisaient la voiture, les congayes faisaient la cuisine, le ménage... Une vraie vie de luxe !

— Eh bien voilà comment les deux petites filles d'un homme noble et riche ont été élevées comme les orphelines les plus démunies ! C'est fou tout de même !

Alice et moi replaçâmes soigneusement les photos dans le tiroir de la commode de Juliette et lorsqu'elle revint le soir, le cadenas, lui aussi, avait retrouvé sa place.

Les photos que nous avions découvertes m'apportaient la preuve tangible que ma mère, celle d'Alice, était une Indochinoise. Et nous n'avions qu'à nous regarder dans une glace : Juliette avait beau nous raconter sa fable du mimétisme, nous avions tout de même le type eurasien et nous ne ressemblions vraiment pas à Juliette. Et comment penser que M. le curé m'aurait affirmé que ma mère était annamite s'il n'en avait été absolument certain ? Non, décidément, je ne devais plus croire Juliette, je ne devais plus me laisser séduire par ses discours beaucoup trop habiles : elle n'était pas ma mère !

Nous sommes à la veille des vacances de Pâques. Je rentre du collège. Il est presque cinq heures. Comme d'habitude, je dépose mon cartable dans la salle à manger. Sur mon divan sont disposées les trois petites culottes à rayures bleu marine que cousait Alice. Elles sont impeccablement repassées. Pourquoi a-t-elle disposé ces culottes bien en vue ? Ce n'est pas normal, elle qui range toujours les choses... Intriguée, j'entre dans sa chambre, elle est vide. Il n'y a plus un objet, plus un vêtement. Je suis inquiète et appelle :

— Alice ?

Juliette me répond de sa chambre :

— Elle n'est pas là, ma chérie.

— Où est-elle ?

— Elle est partie en vacances...

— En vacances ?

Je ne comprends rien. Incrédule, je demande à Juliette :

— Elle est partie en vacances sans me prévenir ?

Je n'y crois pas. Jamais il n'en a été question. Alice, avec qui j'étais encore cette nuit sur le Vieux Port, ne m'a rien dit de cette histoire. Jamais elle ne m'aurait caché ce projet ! Ce départ précipité en vacances me semble tellement bizarre, tellement improbable que des soupçons me viennent aussitôt à l'esprit : qu'a donc bien pu encore inventer Juliette ? Hors de moi et craignant le pire, j'entre dans la chambre de Juliette :

— Dis-moi la vérité : où est-elle partie ?

Sans se démonter Juliette me dit, comme s'il s'agissait d'une chose banale et sans importance :

— Eh bien, écoute ma chérie, voilà, sa mère la réclamait là-bas en Indochine.

— Comment ? Qui *sa* mère ? Quelle mère ?

— Eh bien sa mère indochinoise...

— Tu as toujours dit que tu étais notre mère à toutes deux ! Moi, je peux te dire que *sa* mère indochinoise est aussi *ma* mère !

— Mais non ! Voyons, ce n'est pas ta mère, c'est la sienne ! Et sa mère la réclame près d'elle. Alors, tu comprends bien, j'ai été dans l'obligation de la renvoyer en Indochine !

— Où l'as-tu renvoyée ? Où est-elle ?

— Je n'en sais rien moi-même. Sa mère m'a envoyé une assistante sociale qui s'est occupée de son rapatriement par bateau, mais je ne sais pas du tout où elle va aller.

— Je veux savoir où elle est partie ! Et quel bateau ?

— Mais ma chérie, tu penses bien que si je le savais, je te le dirais. Mais l'assistante sociale ne m'en a rien dit. Elle m'a simplement expliqué que sa mère l'exigeait auprès d'elle.

— Dans ces conditions pourquoi Alice est-elle venue en France ?

— C'est moi qui ai demandé à la faire venir pour que vous soyez ensemble. Sa mère a bien voulu la laisser partir mais tu sais comment sont les mamans... Elle a accepté mais après elle s'est ennuyée d'elle, elle n'a pas pu s'en séparer définitivement...

Plus Juliette parle, plus je suis certaine qu'elle ment. Si les choses étaient aussi simples, pourquoi a-t-elle profité de mon absence pour faire partir Alice ? Pourquoi ne nous en avoir jamais parlé ? Une assistante sociale ne vient pas prendre aussi précipitamment un enfant... Et quelle est donc cette nouvelle histoire de mère ? Jamais Alice n'aurait pu inventer tout ce qu'elle m'a raconté sur notre mère indochinoise. Et toutes ces photos que nous avons vues ! Juliette nous jurait encore hier être notre mère à toutes deux ! Non, vraiment elle raconte n'importe quoi ! Jamais Juliette n'a aimé Alice, elle a voulu s'en séparer ! Et surtout elle a dû comprendre que jamais plus nous ne nous quitterions, Alice et moi. Peut-être nous a-t-elle aussi entendues faire nos projets, le soir dans la salle à manger. Elle a eu peur de rester seule...

Mais à cette heure-ci, comment retrouver Alice ? Il y a des kilomètres de quais. Des dizaines de grands paquebots. Et il est même certain qu'Alice est déjà loin en mer.

Je ne veux plus continuer la discussion avec Juliette. Je me réfugie dans la salle à manger. Le soir venu, comme nous le faisions chaque soir Alice et moi, je m'échappe pour aller sur le Vieux Port. Je n'ai même pas le courage d'aller jusqu'à la pointe du Pharo pour voir la mer : Alice est déjà loin. Assise au bord de l'eau, je me sens terriblement seule. Plus les heures passent, plus mon désarroi grandit. Penchée sur l'eau, je songe réellement à la mort : et si je me jetais à l'eau ? Je coulerais à pic, tout serait terminé... Pendant des heures et des heures, cette idée m'obsède : il suffit de sauter et tout va s'arrêter...

Plus tard dans la nuit je me dirige vers une barque amarrée au bord du quai. Je saute et m'assois sur le banc. La nuit est superbe sous le ciel étoilé. Des lumières se reflètent dans l'eau. Mais ce cadre magnifique ne fait qu'accroître mon désespoir : ce serait bien de mourir par une telle nuit...

Naissance d'une révolte

A l'aube, une voix d'homme me fit sursauter. Allongée au fond de la barque, je m'étais endormie.

— Eh, petite, qu'est-ce que tu fais là ? Tu dors ?

Le ton enjoué, l'accent chantant de Marseille me réconcilièrent tout d'un coup avec la vie. L'homme ajouta :

— Eh, petite, c'est mon bateau, vé, il faut partir...

Je me levai, je sautai sur le quai, je lui souris.

A cet instant précis je décidai de prendre mon sort en main. Pour la première fois de ma vie je voulus me bagarrer : Je vais rentrer et comme je n'ai pas mon tabouret pour atteindre la fenêtre de la salle à manger, je vais sonner. Je n'aurai pas peur de Juliette ! Inévitablement elle m'engueulera, mais cette fois-ci, je ne vais pas me laisser faire ! Je lui dirai tout ce que j'ai sur le cœur comme jamais je n'ai osé le lui dire : « J'en ai marre et je vais partir ! Je veux ma liberté ! Et je retrouverai Alice coûte que coûte. Je mettrai peut-être des années, mais j'y arriverai ! Et rien ne pourra alors nous séparer ! »

Plus j'avançais, plus montait ma fureur contre Juliette. Je sonnai avec autorité à l'appartement. J'étais toutes griffes dehors, prête à bondir. Juliette ouvrit la porte :

— D'où viens-tu ma chérie ? me demanda-t-elle d'une voix suave et en un instant toutes mes belles résolutions tombèrent à l'eau. Allons, rentre mon petit. Veux-tu un petit déjeuner ?

J'étais estomaquée. Il m'était impossible de prononcer un mot. J'étais prête à me battre, mais que dire à une femme soudain si aimable, si attentionnée ?

Juliette me prépara elle-même mon déjeuner ! Jamais elle ne

l'avait fait depuis que je vivais avec elle ! Elle me fit même griller une tartine de pain et la beurra ! Décidément elle ne jouait pas la pièce que j'avais imaginée et je n'avais pas préparé les répliques qui convenaient. J'avais construit une scène dramatique, elle me jouait une comédie tendre et maternelle.

— Si tu n'as pas beaucoup dormi, peut-être ne veux-tu pas aller au collège ce matin ? Tu n'iras que cet après-midi, je te ferai un mot d'excuse.

Tout en mangeant, je réfléchis : Que m'arrive-t-il ? Il faut donc avoir envie de se suicider pour être un peu chouchoutée ?

Ce matin-là, Juliette fut la plus forte. Mais en apparence seulement. J'avais, pour la première fois, pris conscience de mon caractère. De la petite orpheline passive, j'étais devenue en une nuit une fille prête à foncer, et je savais que je n'aurais plus jamais peur de Juliette, ni de personne d'autre d'ailleurs. Je m'étais crue résignée et je découvrais que j'étais juste le contraire. La perte d'Alice me donnait tout à coup une force inouïe, une volonté invincible. Ce matin-là, je décidai : Je vais m'en sortir ! Jamais je ne serai comme avant ! Jamais plus je ne me laisserai faire ! Je retrouverai Alice, quoi qu'il arrive ! Et pour cela il faudra que je devienne quelqu'un, il faudra que je sorte de ma condition, et j'y arriverai ! Je saurai me battre !

Pendant les jours qui suivirent, nous n'évoquâmes à aucun moment le départ d'Alice. Je n'avais plus rien à dire à Juliette et elle préférait agir comme s'il ne s'était rien passé, comme si Alice n'était jamais venue. Nous ne parlions pratiquement pas. J'allais au collège, je faisais mes devoirs, j'entretenais la maison.

En fait, je n'avais plus qu'une seule obsession : savoir où était Alice. Puisque Juliette avait décidé de ne pas me le dire, je devais le découvrir par mes propres moyens. Le plus simple était de surveiller le facteur car j'étais intimement persuadée qu'Alice m'écrivait. Chaque jour je me précipitais à la boîte aux lettres avant de partir au collège et en revenant, dans l'espoir d'apercevoir, par la fente, une lettre d'Alice. Je restais même parfois à guetter le facteur. J'imaginais pouvoir intercepter le courrier avant qu'il ne le dépose dans la boîte. Mais je ne voyais jamais une lettre dans la boîte, je ne rencontrais jamais le facteur. Je décidai d'interroger Juliette :

— Alice doit m'écrire, j'en suis certaine ! Donne-moi ses lettres ! Qu'est-ce que ça peut te faire ? Tu n'as rien à craindre de moi ! Je peux tout de même recevoir les lettres de ma sœur !

Mais Juliette, sûre d'elle, affirmait :

— Mais, ma chérie, elle n'écrit pas ! Tu sais, ce n'est pas étonnant, vous vous êtes vues si peu de temps ! Elle t'aura oubliée... Tu ne te rends pas compte de ce qu'est l'Indochine : maintenant qu'elle est dans sa famille, elle t'a oubliée...

Je savais que Juliette mentait : Alice n'était guère restée plus de trois mois, nos nuits passées ensemble avaient suffi à nous connaître aussi bien que si nous n'avions jamais été séparées. Alice ne voulait plus me quitter et donc elle m'écrivait. Pourtant je ne pouvais trouver la moindre lettre et je n'avais aucune adresse où la joindre. Durant nos conversations je n'avais pas songé à lui demander le lieu de sa pension ni l'adresse de notre mère. Je pensais alors qu'Alice resterait en France avec moi pour toujours.

Ne craignant plus du tout Juliette, je revenais de temps à autre à la charge, espérant la faire céder :

— La mère d'Alice est aussi ma mère ! Alors, pourquoi, moi, je reste en France ?

— Tu penses bien que si elle avait été ta mère, elle t'aurait réclamée aussi et tu serais partie. Voyons, Yvonne, il faut que tu me croies : ce n'est pas ta mère ! Je suis ta mère !

Cette histoire de mère me laissait perplexe. Qui avait raison ? Connaître la vérité était devenu mon obsession. J'étais certaine que Juliette mentait : j'avais fait des calculs et je savais qu'elle était trop âgée pour être ma mère.

— Ecoute, Juju, ce n'est pas possible ! Maintenant je suis assez grande pour comprendre que tu n'es pas ma mère. Il n'est plus possible que tu dises n'importe quoi !

Je regarde Juliette avec la plus extrême attention, quêtant sur son visage l'émotion qui la trahirait et me permettrait de savoir si, enfin, elle va me dire la vérité. Juliette baisse les yeux, semble hésiter un très bref instant puis, impassible et déterminée, elle répond :

— Eh bien non, je ne suis pas ta mère. Ta mère est morte !

— Elle est morte ? Et pourquoi Alice serait-elle partie la retrouver ?

— Mais non, ma petite, la mère d'Alice n'est pas la tienne !

— Alice m'a dit que nous avions la même mère !

— Mais non, il faut me croire !

— Eh bien, je te l'avoue maintenant, figure-toi qu'un jour nous avons fouillé et nous avons vu des photos, et sur ces photos il y avait

Alice, moi, papa et notre mère. Nous ne serions tout de même pas sur la même photo si elle n'avait pas été notre mère à toutes deux !

Et Juliette, imperturbable, répond :

— Bien sûr qu'il y a des photos ! Mais tu comprends, la mère d'Alice t'a servi de gouvernante.

— Et ma mère à moi ?

— Mais elle est morte.

— Elle est morte quand ? Sur les photos je n'ai que deux ans...

Et Juliette, très doucement, continue :

— Elle est morte en couches, ma chérie, c'est pourquoi la mère d'Alice est devenue ta gouvernante. Il est donc naturel qu'elle soit avec toi sur les photos.

— Alice m'a dit que sa mère était la mienne. D'ailleurs Alice connaît notre mère et c'est elle qui le lui a dit !

— Je t'assure qu'Alice se trompe. Elle est petite, on n'a pas voulu tout lui dire ! Tu comprends, Aimé était tout de même mon mari !

— Alors papa aurait eu deux enfants avec deux maîtresses ?

— Mais oui ! dit Juliette comme s'il s'agissait d'une chose tout à fait naturelle. Et elle ajoute : Mais tu sais, j'ai été très bien parce que lorsque ton père m'a annoncé qu'il y avait deux petites filles, eh bien j'ai dit aussitôt : « Nous allons les adopter, Aimé. Moi, je ne t'ai pas donné d'enfant. » Ton père désirait tellement des enfants ! J'étais très heureuse pour lui. Et d'ailleurs, en Indochine, tout le monde dit : « Mme du Chaxel a été formidable ! » Et tu vois, j'ai tenu parole, j'ai fait revenir ta sœur !

Juliette avait toujours le même ton calme, elle n'hésitait jamais une seconde... Elle était incroyablement convaincante : et si elle disait la vérité ? Si, en effet, Aimé avait eu deux maîtresses ? Après tout Juliette n'était jamais auprès de lui, il n'était pas impossible qu'il ait eu des relations avec deux femmes... J'étais abasourdie par les révélations de Juliette, par sa force de conviction et par la logique de son récit. Mais quel remue-ménage dans mon esprit ! Après avoir eu une mère, Juliette, j'avais été orpheline, puis j'avais eu une autre mère, une Indochinoise qui avait eu deux enfants, Alice et moi, et maintenant une troisième mère apparaissait : une Indochinoise encore, mais cette mère était morte... Je n'avais donc plus qu'une tutrice, la femme de mon père, et une demi-sœur partie rejoindre sa propre mère en Indochine ! Je restai perplexe et désemparée.

Savoir qui était vraiment ma mère était évidemment une chose capitale. Or j'en changeais au gré des événements... Il m'était impossible de savoir avec certitude si elle était vivante ou morte... Cette situation était devenue si difficile à vivre que je tentais, parfois, d'oublier cette mère insaisissable pour ne plus penser qu'à cette sœur qui, elle, était bien réelle.

— Ecoute, Juju, je ne comprends rien à ce que je viens de vivre. Pourquoi avoir fait venir Alice, si nous n'avons pas la même mère ?

— Mais parce qu'elle est la fille d'Aimé !

— Eh bien alors, justement, même si elle n'est que ma demi-sœur, je la veux !

Mais je me heurtais toujours aux mêmes réponses de Juliette :

— Sa mère la réclamait !

— Où est-elle ?

— Je ne le sais pas moi-même, ma chérie.

Ainsi je savais que Juliette ferait tout pour m'empêcher de retrouver Alice.

Juliette invitait parfois pour le thé un militaire d'une quarantaine d'années, partenaire au bridge. Je l'avais baptisé « capitaine Niche ». Il s'était aperçu que depuis le départ d'Alice je n'étais pas heureuse. Parfois il disait à Juliette : « Je sortirais bien Yvonne dimanche si elle voulait venir à un match de foot. » Evidemment Juliette ne s'opposait jamais à mes sorties. Elle tenait à montrer combien elle était bonne pour moi. Je ne m'intéressais pas du tout au football mais c'était pour moi une occasion de sortir. Le capitaine Niche était un homme cultivé, sympathique, j'avais donc accepté. Comme il m'interrogeait sur le départ d'Alice, je lui racontai ce qui s'était passé, et j'ajoutai : « Mais je retrouverai ma sœur ! »

— Ecoute, me dit-il, je fais souvent des déplacements en Indochine, si tu le veux, je peux t'aider...

J'avais mis tous mes espoirs dans le capitaine Niche mais, évidemment, l'Indochine était immense et les pensions devaient y être nombreuses. Pourtant le capitaine Niche ne considérait pas cette entreprise comme fatalement vouée à l'échec. Elle serait sans doute très longue, difficile, mais, somme toute, réalisable. Il me promit :

— S'il le faut, je visiterai tous les pensionnats d'Indochine, les uns après les autres, mais je te retrouverai ta sœur !

Ce projet de recherche d'Alice était évidemment un secret entre nous et ce secret me rendait le capitaine plus sympathique encore. Je savais qu'il ferait tout pour retrouver ma sœur car il m'aimait bien.

Depuis le départ d'Alice, je ne supportais plus ni Juliette ni son appartement. Je voulais quitter Marseille et son Vieux Port qui me rappelait trop Alice. Pourtant Juliette était devenue plus douce avec moi. Elle était même parfois franchement agréable à vivre. Et j'hésitais : est-elle totalement inconsciente de ce qu'elle vient de faire ou bien cette gentillesse n'est-elle que de la roublardise ? Je me laissais pourtant prendre au piège lorsque, brusquement, elle me disait :

— Viens, nous allons sur le port déguster une douzaine d'huîtres.

Elle me prenait alors par le bras et m'entraînait, comme si nous avions été deux amies. Nous nous asseyions au soleil, face au port. A cette minute précise je pouvais affirmer : « Je suis bien avec Juliette, elle est gentille... »

Une autre fois elle me demandait :

— Tu aimes les « succès » ?

— Les « succès » ? Qu'est-ce que c'est ?

— Oh, c'est un gâteau fabuleux ! Viens, nous allons chez le pâtissier.

Nous nous installions à une table et Juliette demandait :

— Tu aimes, ma chérie ?

— Oh oui ! c'est délicieux...

— Eh bien, nous reviendrons de temps en temps.

Un soir, Juliette m'annonce :

— Nous allons prendre des huîtres sur le port.

Comme toujours lorsque nous sortons, Juliette est de très bonne humeur. Je suis ravie de m'installer avec elle à une table face au port. Nous parlons de choses et d'autres, lorsqu'un homme passe devant notre table en nous dévisageant, puis revient sur ses pas.

— Bonjour mademoiselle, me dit-il, aimeriez-vous faire du cinéma ?

— Du cinéma ?

Je ne comprends vraiment pas ce qu'il veut dire : pourquoi moi ?

Qu'est-ce que j'ai ? J'ai les cheveux noirs et raides, et mon type eurasien n'a rien qui puisse attirer les regards... Je n'ai pas encore réalisé ce qui se passe lorsque Juliette répond à ma place :

— Mais oui, mais oui !

— Je suis dans le cinéma et je cherche des jeunes filles pour le film d'un ami producteur.

— Eh bien donnez-nous votre adresse, nous prendrons rendez-vous, dit Juliette.

Tout s'est passé en un éclair. Juliette est ravie et me voit déjà actrice.

— Il faudra lui téléphoner, me dit-elle, à peine l'homme parti.

J'étais beaucoup plus réservée que Juliette. Je me méfiais de ce type : il n'avait pas l'air engageant et son visage me répugnait un peu. Ses grosses lèvres, ses yeux insistants et qui roulaient dans tous les sens comme pour me déshabiller ne m'inspiraient pas confiance. Juliette ne se posait aucune question. Elle ne comprenait d'ailleurs pas mes hésitations. Chaque jour elle me répétait :

— Il faut téléphoner ! Il faut voir ce monsieur : peut-être pourra-t-il faire quelque chose pour toi...

Je finis par céder, mais j'étais tellement intimidée que j'eus du mal à m'exprimer lorsque je lui téléphonai :

— Monsieur, vous m'avez donné votre carte... au restaurant, sur le Vieux Port...

— Oui, oui ! Je me souviens très bien de vous, « l'Eurasienne » ! Eh bien, je peux en effet vous rencontrer. Je passerai vous voir. Où habitez-vous ?

— Je suis chez ma mère, rue Sainte...

— Je passe après-demain, nous irons dîner et je vous présenterai au producteur.

Juliette était près de moi, ravie. A peine avais-je raccroché, elle me dit :

— Il faudra te faire jolie ! Il faut mettre tes seins en valeur...

Je l'écoutai, abasourdie : je sortais d'un orphelinat, j'étais d'une extrême timidité, quasiment sauvage avec les gens que je ne connaissais pas, affolée à l'idée d'aller dîner avec deux messieurs, et Juliette me parlait de mes seins !...

A l'heure dite, l'homme sonne à la porte. Je vais ouvrir. Juliette, très mondaine, le reçoit fort aimablement et nous souhaite une bonne soirée. L'homme m'ouvre la portière de sa voiture décapotable.

— Je vous emmène à Cassis, me dit-il. Nous allons dîner tous les deux puis nous irons voir mon ami.

Durant le repas l'homme me pose de nombreuses questions : « Que faites-vous ? Quel âge avez-vous ? Avez-vous des amis ? Depuis combien de temps vivez-vous à Marseille ? Votre mère vous laisse-t-elle libre ? Aimez-vous le cinéma ?... » Autant de questions que je trouve indiscrètes. Le plus souvent je me contente de répondre évasivement. Il m'explique aussi combien j'ai de la chance de l'avoir rencontré :

— Vous êtes mignonne et je suis certain que mon ami va vous prendre. Il cherche une jolie Eurasienne et vous verrez, vous allez avoir le rôle !

Le dîner achevé, l'homme me dit :

— Maintenant, allons voir ce producteur...

Nous reprenons la voiture et roulons dans Cassis jusqu'à une grande maison blanche près d'une plage. Nous descendons et je m'aperçois alors que tous les volets sont fermés. Il sonne. Rien ne bouge. Il insiste. Toujours rien.

— C'est très curieux ! dit-il, il n'a pas l'air d'être là...

Je sens aussitôt que cette histoire n'est pas très claire. Je l'interroge :

— Vous aviez rendez-vous pour me présenter ?

— Mais non, c'est un ami ! Et il est toujours là... Ecoutez, on va se promener un peu sur la plage en attendant qu'il revienne. Il ne va pas tarder !

Nous marchons tranquillement sur le sable lorsque, d'un seul coup, il se précipite sur moi et m'embrasse sur la bouche. Au contact de sa grosse bouche, j'ai aussitôt un mouvement de répulsion. Je me dégage et je le gifle.

— Mais, tu te prends pour qui ? Tu te crois jolie en plus !

— Je n'ai jamais dit que j'étais jolie et c'est vous qui êtes venu... Je n'ai aucune envie de vous embrasser !

— Oui, eh bien, si tu veux réussir dans le cinéma, il faudra bien y passer !

— Eh bien tant pis, je n'en ferai pas ! Vous ne me plaisez pas du tout ! Et s'il y en a un qui me plaît, eh bien on verra...

Le type, furieux, me plaque et repart à sa voiture. Je reste seule sur la plage de Cassis. Il est déjà tard et je n'ai pas un sou. Mais je ne suis pas inquiète. D'ailleurs pas une seconde je n'ai eu peur de ce type. Finie la petite fille craintive devant les coups durs ! Je me sens capable de tenir tête à tous ceux qui voudraient me nuire.

Je m'installe dans un creux de sable. Il fait doux. Je regarde les étoiles, j'entends le bruit des vagues. Je me sens bien. Je pense une fois de plus que Juliette est une femme bien étrange : me laisser partir avec un inconnu... Je pense à Alice quelque part à l'autre bout du monde... Je la retrouverai...

Le soleil m'a réveillée. La plage est déserte. Je retire mes chaussures pour marcher au bord de l'eau. Puis je traverse la plage et entre dans le premier café ouvert. Le patron est derrière son comptoir. C'est un très beau garçon châtain aux yeux verts, à l'accent chantant. Il semble sympathique. Je lui dis :

— Je voudrais un café au lait mais je n'ai pas d'argent...

— Je vais te le donner, ce n'est pas bien grave si tu ne paies pas.

— Il faudrait aussi que je rentre à Marseille, mais... sans argent...

— Et tu as quelqu'un qui t'attend à Marseille, des parents ?

— Oui, j'ai ma mère.

— Elle a le téléphone ?

— Oui

— Eh bien alors, appelle-la.

Même si je ne suis pas du tout malheureuse d'avoir passé la nuit à la belle étoile, je suis bien décidée à montrer à Juliette dans quelle curieuse aventure elle m'a lancée.

— Alors, que s'est-il passé ? me demande Juliette, très excitée, certaine que je lui apporte une bonne nouvelle.

— Il s'est passé exactement ce que je pressentais ! Il ne fallait pas que j'aille à ce rendez-vous. Tu m'as poussée à y aller...

— Mais il avait l'air très « producteur » !

— Il s'est passé qu'il a voulu m'embrasser et que je n'ai pas voulu. Il s'est passé que je me suis retrouvée toute seule sur la plage et que j'ai dormi à la belle étoile. Il se passe que je n'ai pas d'argent et donc je ne peux pas rentrer !

Pas une seconde Juliette ne montre une inquiétude quelconque.

Je repose le téléphone. Le patron, qui a entendu la conversation, me dit :

— Ecoute, je pourrai te raccompagner en voiture, mais seulement en fin d'après-midi car j'ai mon travail.

Et il ajoute en souriant :

— Je m'appelle Gérard, et toi ?

Premiers émois

Les courtes vacances de Pâques s'achevaient. Juliette me dit :

— Nous rentrons à Paris !

Elle désirait retrouver Jeanne. L'idée de quitter Marseille me réjouissait. Je lui proposai :

— Tu n'as qu'à me remettre à l'orphelinat Saint-Joseph !

Je voulais un peu de tranquillité. Je voulais aussi retrouver une aide, un réconfort, une stabilité. L'orphelinat ne représentait plus du tout une prison. Je n'avais pas oublié les manques cruels de nourriture, ni le froid, mais la guerre était loin derrière nous, et les privations ne pouvaient plus être aussi terribles. De toute façon ces privations physiques étaient préférables aux privations affectives, aux humeurs fantasques de Juliette, à ses mensonges. Je ne pouvais surtout pas oublier la cruauté dont elle avait fait preuve en me séparant d'Alice.

Juliette m'inscrivit au lycée Edgar-Quinet à Paris. Elle me confia à ma « tante » Antoinette, aux Vallées. J'y retrouvai Marcel et Boby. Leur accueil fut à nouveau très chaleureux.

Chaque jour je prenais le train pour me rendre à mon lycée. Mais toutes les perturbations que j'avais subies et le changement d'établissement au beau milieu de l'année ne facilitaient pas mes études. Les livres étaient différents, je n'avais pas appris les mêmes choses et j'avais donc des difficultés à suivre. Moi qui avais toujours eu de bonnes notes sans efforts particuliers, je me désespérais de ne pas réussir.

Lorsque je rencontrai Juliette je lui confiai :

— Je n'y arrive pas !

Je cherchais surtout auprès d'elle un encouragement, quelques mots de réconfort. Elle me répondit :

— Eh bien, ce n'est pas grave, tu vas choisir un métier.

Juliette était ainsi : foncièrement égoïste, elle voulait avant tout préserver sa tranquillité et consacrer un minimum d'argent à mon éducation. Elle n'était donc jamais tout à fait agressive mais n'avait aucune ambition pour moi.

— Bon, reprit-elle, il faut chercher quelque chose... Si tu devenais secrétaire ?

— Secrétaire ? Oh, non ! Je n'ai pas envie d'être secrétaire !

— Mais c'est un métier très bien pour toi... Tu gagneras ta vie...

J'étais atterrée. Partout on lui avait dit : « Laissez-lui continuer ses études ! ». Elle savait bien que mon bonheur était d'étudier, mais quelle importance pour elle ?

— Je ne veux pas être secrétaire !

Juliette continua :

— Tu dois te préparer à un métier. Le secrétariat c'est très bien !

Juliette dit tout cela sur le ton aimable d'une conversation de salon. Elle mettait en jeu mon avenir sur le ton détaché d'une femme parlant « chiffons » !

— Bon, eh bien, on pourrait peut-être te donner des cours commerciaux et de secrétariat.

Du jour au lendemain, je quittai le lycée. J'entrai comme pensionnaire au cours Bobillot, près de la place d'Italie. L'établissement était dirigé par des sœurs de saint Vincent de Paul, comme l'orphelinat de Louveciennes. Et, coïncidence incroyable, je retrouvai Micheline !

Comme moi, elle avait voulu poursuivre ses études, mais elle devait désormais apprendre un métier en raison des difficultés financières de sa mère. Le pensionnat, rue Bobillot, était une grande bâtisse grise plutôt laide et triste. Et les religieuses ne donnaient guère de gaieté au lieu. Elles étaient même plutôt méchantes, avaient l'esprit si tordu qu'elles voyaient le mal partout. Nous avions aussi une surveillante, « Loulou », une vieille fille aigrie qui voulait nous mener à la baguette. Mais nous avions toutes entre quinze et dix-huit ans et n'étions pas disposées à nous laisser faire. Bien au contraire, l'autoritarisme de Loulou nous rendait plus insupportables encore.

Chaque soir, en file par deux et en silence, nous devions attendre le signal pour monter nous coucher. Un soir Loulou s'impatienta :

— Nous ne monterons pas tant que le silence ne sera pas fait !

— Vous voulez une chaise ? rétorqua Micheline.

Je regardai mon amie, admirative : « Elle ose dire ça ! Elle n'a pas changé, c'est vraiment bien ! » Dès le lendemain Micheline fut appelée par la supérieure, une sœur aussi peu sympathique que les autres :

— Il est inadmissible que vous vous conduisiez de la sorte ! Où donc avez-vous été élevée ?

— Chez les sœurs ! répondit tranquillement Micheline.

Ni la sténo, ni la dactylo, ni la technologie ne me passionnaient. Les grandes baies vitrées de la classe ouvraient sur un jardin fleuri et je passais plus de temps à rêver devant les massifs de fleurs qu'à regarder mon cahier ou ma machine à écrire. J'attendais avec impatience le dimanche après-midi. Chaque fois que nous en avions les moyens, Micheline et moi nous précipitions au cinéma du quartier. Micheline était maintenant amoureuse de Gary Cooper. Moi, j'étais plutôt en admiration devant la beauté d'Ava Gardner et de Rita Hayworth. Bien longtemps après avoir vu Rita Hayworth, Linda Darnell et Tyrone Power dans *Arènes sanglantes*, je continuais à me poser la question : Comment est-il possible d'être aussi beau ?

Toutes les filles du pensionnat étaient comme nous, passionnées de cinéma. Nous échangions les revues dans lesquelles nous retrouvions nos belles vedettes : *Cinémonde, Ciné-Revue*. Et je rêvais à ce métier fantastique où chaque nouveau rôle était une métamorphose, chaque nouveau film, une nouvelle vie pour l'acteur...

Francine, une très belle brune aux yeux noirs, devint mon amie. Elle aussi aurait aimé passer ses journées au cinéma. Parfois, après les cours, nous faisions le mur le temps d'une séance. Francine m'aimait beaucoup et glissait souvent des petits mots tendres sur mon pupitre, dans mon cahier ou sous mon oreiller. Déplier ces petits bouts de papier, les lire étaient toujours source d'une grande émotion : « Tu es mignonne... » Me sentir ainsi regardée, aimée, était une sensation toute nouvelle et tout à fait délicieuse. C'était pour moi chaque fois un étonnement renouvelé : comment une fille splendide comme Francine pouvait-elle s'intéresser à une fille comme moi ? Je me sentais si moche, j'avais si peu confiance en moi ! En regardant ma blouse, elle me disait aussi : « Tu as de jolis seins ! » J'en étais toujours très étonnée.

Un jour où je ne portais pas de soutien-gorge, j'en portais d'ailleurs très rarement, elle souleva mon corsage et me dit, très admirative :

— Oh, que tes seins sont beaux !

Moi qui n'avais jamais vu une femme nue, j'étais de plus en plus étonnée. Je pensais qu'il était tout à fait naturel, habituel, d'avoir des seins comme deux poires accrochées haut et tenant tout seuls :

— Mais je suis comme toi !

— Mais non, ne crois pas que toutes les femmes ont des seins comme les tiens !

Intriguée, je décidai de me regarder. Mais à la pension il n'y avait qu'une glace au-dessus du lavabo et, à l'heure de la toilette, toutes les filles se la disputaient. De toute façon, nous n'avions pas le droit de nous mettre nues, la glace ne m'était donc d'aucun secours. Je décidai, un jour, de remonter en catimini jusqu'au dortoir pendant qu'il était vide, pour me regarder dans le carreau d'une fenêtre. Je soulevai mon corsage, me regardai de face, de profil. Je me touchai les seins : donc, ça, c'est beau... Eh bien tant mieux si j'ai de jolis seins, c'est toujours ça de bien !

Ne sachant toujours pas ce qui me distinguait des autres, un soir, au moment de la toilette, je demandai à une pensionnaire :

— Je voudrais voir ta poitrine et la toucher...

— Mais, qu'est-ce qui t'arrive ? Pourquoi te montrer ma poitrine ? Non, je ne te la montrerai pas ! D'ailleurs on n'a pas le droit de se déshabiller devant les autres !

Etonnée de son refus, je m'adressai à une autre fille, puis à une autre encore. Devant leur air scandalisé, je décidai d'arrêter là mes investigations. Un autre soir, je demandai à Francine qui accepta sans façon de me montrer ses seins. Je constatai alors, qu'en effet, les siens n'avaient ni tout à fait la même forme, ni la même consistance.

— Ah oui, c'est pas tout à fait pareil !

— Eh bien tu vois, je te le répète, tu as les plus beaux seins que j'aie jamais vus.

Francine était de plus en plus souvent avec moi, me parlait beaucoup. Elle était plus âgée que moi, plus cultivée : elle avait beaucoup lu, allait souvent au théâtre, au cinéma. J'écoutais ses récits avec admiration. Un jour, je restai seule au préau à finir de ranger mes affaires. Francine qui était sortie revint sur ses pas, s'approcha de moi et me dit « Ah ! toi... » et à la vitesse d'un éclair me déposa un baiser sur les lèvres avant de se sauver. Devant mon placard, je songeai : On ne m'a toujours qu'embrassée sur la joue... M'embrasser sur la bouche, pourquoi pas ?...

Francine partait à la fin de chaque semaine chez ses parents. Elle avait dix-huit ans, elle était libre et avait déjà des relations amoureuses. Elle me parlait des hommes, me racontait ses expériences. C'était surtout le soir, au dortoir, que nous parlions. Le dortoir était séparé par des cloisons et nous n'étions que trois ou quatre par boxe. Nous étions donc moins surveillées qu'à l'orphelinat de Louveciennes. Parfois Francine, qui dormait dans un boxe voisin, venait à pas de loup jusqu'à mon lit dès que la sœur était partie. Elle montait près de moi et nous discutions à voix basse pendant des heures et des heures. Elle commençait toujours par me dire : « Je vais te raconter le livre que j'ai lu » ou bien : « Je vais te raconter le dernier film que je suis allée voir. »

Un soir où elle me raconte un film d'amour, elle me dit :

— Ils s'aimaient à la folie. Ils se sont embrassés...

Puis elle ajoute :

— Tiens, je vais te montrer comment ils se sont embrassés. Tu ouvres un peu la bouche et tu tires légèrement la langue, tu verras, c'est délicieux...

— Tu crois que je dois faire ça ?

— Ben oui, essayons...

Je sens alors sa langue venir doucement frôler la mienne. Puis elle me dit :

— Je pense toujours à toi. Tu ne parles pas beaucoup, tu es sauvage. Je trouve que tu es merveilleuse.

Puis, tout bas, pour ne pas se faire entendre des autres filles du boxe :

— Ça te choque si je te dis que je t'aime ?

— Non...

Comment pourrais-je être choquée alors que depuis ma toute petite enfance j'ai un désir fou d'être aimée, choyée.

Un soir, allongée près de moi, Francine ouvrit ma veste de pyjama et me demanda :

— Tu permets que je te caresse les seins ? C'est tentant...

— Ben écoute... Je ne sais pas... Oui...

Très pudiquement Francine me caressa. Jamais je n'avais éprouvé de telles sensations et je les trouvais bien agréables.

Francine me répétait souvent : « Tu as des seins magnifiques ! » ou encore : « Tu plairas aux hommes et tu verras, tu auras une belle vie sexuelle. » Pensant à mes succès futurs auprès des hommes, elle disait encore : « Tes seins vont faire une magnifique carrière ! » Francine n'avait rien d'une lesbienne, simplement elle me trouvait mignonne et nous avions beaucoup d'affection l'une pour l'autre. Nous nous retrouvions donc souvent le soir. Nous bavardions, elle me caressait gentiment.

Certains soirs, Francine ne venait pas. Parfois même, elle jouait les indifférentes, ne me regardait pas, ne me parlait pas. Ces jours-là, tout marchait de travers. J'étais encore plus dans les nuages que d'ordinaire pendant les cours, je ne pensais plus qu'à mon amie. Puis, le lendemain, tout était oublié, Francine me glissait un petit papier dans la poche : « Je t'aime ! », et le soir, avant de monter au dortoir, elle me disait à l'oreille : « Je viendrai te voir. »

Semaine après semaine, nos relations devinrent plus tendres. Un soir, à côté de moi dans mon lit, elle me chuchota à l'oreille en me touchant le sexe :

— Tu sais, tu as un petit bouton là et si on le chatouille comme il faut, ça peut donner des sensations...

— Ah bon ?

— Tu ne veux pas essayer ?

— Si tu veux... Mais je croyais que c'étaient des choses qu'on faisait avec les hommes.

— Mais un jour, avec un homme tu feras ça et autre chose en plus. Ça ne t'empêchera pas d'aimer les hommes, et tu verras, ils vont te cavaler après, avec les seins que tu as !

— Ah bon, tu crois ?

Nos relations devinrent de plus en plus intimes. Moi-même maintenant, j'aimais véritablement Francine et lui demandais de venir me rejoindre. Un jour Francine me fit découvrir ce qu'était la jouissance. Avais-je été un peu bruyante ? L'une des filles du boxe ne supporta pas longtemps nos relations et nous dénonça :

— Ma sœur, elles se retrouvent le soir dans le même lit !

Dans la minute même, Francine fut appelée par la directrice. Ses parents furent prévenus : « Venez reprendre votre fille ! » Et Francine fut renvoyée sur-le-champ. Elle n'eut même pas l'autorisation de me dire au revoir. Je n'avais pas son adresse. Une fois de plus on me séparait définitivement de quelqu'un que j'aimais. Je me sentis plus seule que jamais car les religieuses mirent immédiatement tout en œuvre pour m'isoler totalement.

Elles firent une enquête auprès des pensionnaires afin de savoir si je n'avais pas des mœurs bizarres. Les trois filles dont j'avais voulu voir les seins se précipitèrent :

— Ma sœur, vous savez, Yvonne Chazelles avait des intentions malsaines, elle m'a demandé d'ouvrir mon chemisier ! C'est une vicieuse, elle voulait voir ma poitrine !

Les religieuses dirent :

— Eh bien, vous voyez, c'est bien une vicieuse ! Vous ne devez absolument plus avoir aucun contact avec elle !

Moi qui avais agi le plus naïvement du monde, j'avais commis *le* péché ! J'étais contaminée et je risquais de contaminer toutes les pensionnaires, seule une mise en quarantaine draconienne pouvait m'empêcher de continuer à faire le mal. Il fut interdit à toute élève de m'adresser la parole. Je dus quitter le dortoir pour l'infirmerie inoccupée. Je fus bannie des cours et je dus me consacrer à de multiples corvées : lavage des cornettes des sœurs à la buanderie, entretien de la chapelle et de la sacristie.

Là, je découvris rapidement les hosties et le vin de messe. J'avais toujours aimé le goût de l'hostie mais, à la communion, je devais l'avaler sans la croquer. Les hosties de la sacristie n'étaient pas consacrées, je n'hésitai donc pas : Eh bien, Yvonne, on t'a punie, la punition est injuste, alors, vas-y ma petite, mange les hosties !... Je fis la même chose avec le vin : On a renvoyé Francine, on te met en quarantaine, console-toi en buvant un petit coup... Ou encore, lorsque j'étais vraiment furieuse : Bouffe les hosties, saoule-toi au vin de messe, au moins, lorsque tu iras à confesse, tu pourras t'accuser d'un vrai péché ! car je ne croirai jamais que les caresses de Francine sont condamnables !

Les religieuses eurent beau hurler : « Vous avez péché ! », je ne me sentais pas le moins du monde coupable. Elles purent dire : « Fille perdue ! Fille perverse ! Vous êtes la honte de notre maison ! », je pensais que si c'était ça pécher, ça risquait de se renouveler souvent !

En déambulant dans la chapelle, le chiffon à poussière à la main, je marmonnais : Mais bon sang ! qu'est-ce que j'ai encore fait de mal pour me retrouver seule ? J'avais beau réfléchir, je ne trouvais rien de répréhensible à notre conduite puisque Francine et moi avions agi naturellement, sans violence, sans méchanceté. Au contraire, Francine m'avait donné une tendresse, une amitié délicieuses... Vraiment les adultes et les bonnes sœurs ont l'esprit tordu pour voir le mal partout ! Ce sont elles, avec leurs arrière-pensées perverses, qui vont me corrompre l'esprit !

Combien de temps cet isolement allait-il encore durer ? Je n'en avais aucune idée. Juliette, prévenue par lettre, n'avait toujours pas répondu deux semaines plus tard. Sans doute était-elle à nouveau en Amérique. Lasses d'attendre, les religieuses qui ne désiraient pas garder plus longtemps une pestiférée dans leur établissement, pensèrent à alerter M. le curé de Louveciennes, l'abbé Bel.

Il me fit appeler au parloir.

— Mon petit, que se passe-t-il ?

— Une jeune fille est venue dans mon lit et m'a dit que j'avais des seins magnifiques. Elle me les a caressés et m'a embrassée. Je ne savais pas que ces choses existaient et je les ai trouvées extraordinairement agréables.

M. le curé ouvrit des yeux grands comme des soucoupes mais ne me gronda pas, ne haussa pas le ton :

— Mais oui, bien sûr, tout ça existe... Mais enfin, il vaudrait mieux ne pas le faire avec une femme car alors c'est un péché.

— Avec une femme, c'est un péché ? Mais alors avec qui faut-il le faire ?

— Tu es encore jeune mais, plus tard, avec un homme... Mais tu as le temps... Tu as le temps... répéta-t-il, un peu désemparé.

— Est-ce que c'est grave tout ça ?

— Eh bien, tu vois, c'est déjà un des plaisirs que tu as connu. Mais toi qui voulais entrer au couvent, tu veux toujours être bonne sœur ?

— Non, non ! Je ne pense pas que je puisse l'être... Et de plus, je ne trouve pas les sœurs très justes. Je trouve même que ce n'est pas bien de leur part de m'avoir séparée des autres filles, de me maintenir en quarantaine pendant près de trois semaines. Si être religieuse c'est agir de cette façon, eh bien, j'aime mieux ne pas l'être !

— Tu peux rester quelqu'un de très bien, être généreuse,

sans être religieuse. Tu n'es pas obligée de porter le voile pour faire le bien dans la vie, souviens-toi de ça !

J'écoutai l'abbé Bel avec beaucoup d'admiration : quelle différence avec les sœurs du pensionnat ! Au moins il n'a pas l'esprit tordu !... C'est pourquoi je lui confiai mon vœu secret :

— Ce que j'aime, c'est déclamer, réciter... Si je pouvais être comédienne... mais évidemment, je ne peux pas l'être...

— Mais pourquoi ? Pourquoi ne serais-tu pas comédienne si tu es douée ?

— Oui, mais il faut être jolie, je ne le suis pas tellement...

— Mais si, tu es mignonne ! Peut-être en effet pourrais-tu être comédienne...

— Oh, vous croyez ?

— Nous allons faire ce qu'il faut pour que tu puisses le devenir si c'est cela que tu veux vraiment.

— Mais comment faire ? Je ne suis rien, je ne sais rien...

— Mon petit, dans la vie, certains partent de rien et arrivent s'ils le veulent !

— Monsieur le curé, je ne veux plus rester ici ! Non seulement je suis en quarantaine mais encore les sœurs m'empêchent de suivre les cours... Mais, vous savez, j'ai appris la dactylo et je me débrouille bien maintenant...

— Alors c'est très bien, tu pourras peut-être faire du secrétariat chez quelqu'un et ainsi gagner ta vie.

— Je veux partir maintenant du pensionnat ! Je ne peux parler à personne et personne n'a le droit de m'adresser la parole ! C'est trop triste... Le ménage, le lavage, l'isolement... ce n'est pas une vie !

— Eh bien, tu viens avec moi... Je vais à Lourdes pour les grandes vacances, je te trouverai un travail de brancardière.

Les bonnes sœurs furent visiblement ravies d'être débarrassées de la fille malfaisante que j'étais. Mais elles ne surent pas en revanche à quel point j'étais heureuse de les quitter. Je quittais leur univers mesquin où le mal, le diable, le péché imprègnent tout. Moi qui n'avais jusqu'alors commis que quelques larcins dans le jardin et la réserve des sœurs de l'orphelinat de Louveciennes, moi qui ne savais rien de la vie, de ses règles, de ses interdits, comment pouvais-je comprendre où était le mal ? Je me sentais tout à fait pure. Où pouvait être le mal à donner de la tendresse ? Les religieuses avaient voulu me punir, c'était le contraire qui se produisait : je me lançais vers l'avenir le plus merveilleux. Peut-être un jour pourrais-je troquer mon personnage d'adolescente délaissée et sans ressources contre celui d'une jeune actrice vivant mille aventures merveilleuses au milieu de fastes grandioses ?

J'eus pourtant un terrible regret, celui de perdre mon amie Francine. Elle avait été la source de mes premiers émois sexuels. Elle m'avait, par ses compliments, donné un début de confiance en moi : « Tu es jolie, m'avait-elle assuré, tu as des seins superbes, tu verras, on te le dira toute ta vie ! »

J'ai souvent pensé à Francine. Je lui dois de ne jamais considérer les femmes comme des concurrentes ou des ennemies, et de savoir les admirer. Je lui dois un peu de ma carrière. Je garde de Francine un merveilleux souvenir.

Miracle à Lourdes

Pendant le voyage vers Lourdes, je rêve. J'ai lu et entendu tant de choses extraordinaires sur les miracles ! C'est merveilleux, je vais me tremper dans l'eau et, puisque j'ai vraiment la foi, je ressortirai sublime de beauté... Je grandirai de dix centimètres ! Et je serai exaucée, c'est certain ! Jésus fait partie de ma vie depuis si longtemps, je lui ai adressé tant de lettres depuis mon enfance... et l'abbé Bel ne nous a-t-il pas toujours dit : « Demandez à Jésus les choses que vous désirez, il vous les accordera... » ?

Car je suis très inquiète : ai-je les qualités esthétiques suffisantes pour être comédienne ? Dans le train, je confie mes doutes à M. le curé :

— Je ne suis pas très grande !

— On s'en fiche, le monde appartient aux petits...

— Je ne suis pas très jolie...

— Mais tu es jolie ! Si tu veux être comédienne, n'hésite pas ! Pourquoi ne ferais-tu pas aussi bien qu'une autre ? Allez, vas-y !

Je suis toujours aussi admirative devant cet homme : un curé ose dire cela ! Sans cesse il m'encourage. Il sait combien je manque de confiance en moi. Mais comment pourrait-il en être autrement ? Je n'ai jamais fait l'admiration d'un père ou d'une mère. Ni l'un ni l'autre n'était là pour me rassurer, me guider, me complimenter. Comment pourrais-je donc connaître ma valeur, mes qualités ? Et je souris lorsque l'abbé Bel me remonte le moral : les deux personnages qui m'ont aidée sont un « curé » et une « monstrueuse pécheresse », une fille de dix-huit ans renvoyée d'un pensionnat de religieuses !

Lourdes fut un vrai lieu de bonheur. Il faisait un temps

splendide. L'abbé Bel et sa gouvernante étaient avec moi d'une extrême gentillesse et j'avais un grand sentiment de liberté : je pouvais faire du lèche-vitrines, entrer dans les magasins, m'acheter quelques babioles, et même des livres, aller au cinéma, mais je n'étais plus délaissée, livrée à moi-même, l'abbé Bel me conseillait, me guidait comme un père.

Cependant cette liberté et ce bien-être juraient dans ce monde de drame et de misère : je passais une grande partie de la journée à la grotte avec les malades, les paralytiques. Comment ne pas être touchée par tant de souffrances : tous ces jeunes, ces vieux et même ces enfants dans des fauteuils roulants, sur des brancards... Mais comme tous ceux qui m'entouraient, je croyais profondément aux miracles. Avec eux je priais. Chaque fois que je plongeais un paralysé dans la piscine miraculeuse, j'espérais : Va-t-il marcher, celui-ci, en sortant de l'eau ?... Eh bien non, il n'y avait jamais de miracle ! Alors je me fâchais : Mince, alors, Jésus, tu commences à les oublier !... Les paralysés ne marchaient pas, les aveugles ne voyaient pas et moi, je ne pourrais certainement pas grandir : je n'étais ni malade ni infirme, je n'avais même pas l'autorisation d'entrer dans la piscine...

Tout me fascinait dans cette grotte : ces centaines de béquilles et d'ex-voto accrochés aux parois rocheuses, ces milliers de malades de toutes sortes qui se plongeaient dans la piscine, ces croyants avançant à genoux sur les cailloux du Chemin de Croix et, partout, la même ferveur. Et, une fois encore, je me sentis l'âme mystique lorsque j'assistai, par une magnifique nuit étoilée, à la retraite aux flambeaux, dans une envolée de cantiques ininterrompue.

Après ma journée de brancardière, je retournais à l'hôtel. Souvent l'abbé Bel me disait : « Si tu veux aller au cinéma, tu le peux... » Je ne me le faisais jamais dire deux fois. A quinze ans, mon goût de la vie l'emportait sur le malheur et j'oubliais bien vite les cohortes de malades de la grotte miraculeuse. Chaque séance de cinéma était le même émerveillement. J'allai voir *La Cage aux rossignols* avec Noël-Noël et les Petits Chanteurs à la croix de bois, j'allai voir le beau Errol Flynn et sa partenaire Olivia de Haviland dans *Robin des Bois.* Mon Dieu, si je pouvais devenir quelqu'un d'autre comme eux ! Si je pouvais incarner un personnage qu'on regarde...

En revenant à l'hôtel, je ne pouvais m'empêcher de parler de mon espoir de devenir actrice :

— Comment vais-je faire ? Comment faut-il s'y prendre, monsieur le curé ?

— Ne t'inquiète pas, mon petit. Tu fais ta saison de brancardière et puis nous verrons...

Je faisais évidemment confiance à l'abbé Bel mais j'étais à l'affût du moindre renseignement qui aurait pu me permettre de savoir comment on se lançait dans cette carrière. Je ne manquais jamais d'acheter le nouveau *Cinémonde* et lisais avec passion tout ce qui concernait les vedettes. Je m'intéressais tout particulièrement au beau Gérard Philipe pour lequel j'avais une folle admiration. Je découvrais aussi Françoise Arnoul, Jean-Claude Pascal, Philippe Lemaire et j'appris qu'ils avaient suivi les cours Bauer-Thérond.

Une fois de plus je harcelai l'abbé Bel :

— Peut-être pourrais-je, moi aussi, suivre ces cours ?

— Oui, tout est possible ! Nous verrons à la rentrée...

Je rêvais alors à tout le bonheur que ce serait. Mais je me prenais parfois à penser qu'il fallait être folle pour espérer transformer une orpheline en vedette... Et si c'était ça mon miracle de Lourdes ?

En rentrant à Paris, M. le curé me rendit à Juliette revenue d'Amérique. Puis il retourna à son presbytère de Louveciennes. Je m'inquiétai de la réaction de Juliette à la lettre envoyée par les religieuses de la place d'Italie. M. le curé s'était montré d'une extrême largeur d'esprit mais les discours des sœurs m'avaient cependant beaucoup impressionnée : « Fille perverse ! Fille des rues ! Fille perdue ! Vous avez des mœurs basses ! » Qu'allait dire Juliette ? Dans quel lieu horrible allait-elle m'enfermer maintenant ?

Après avoir lu la lettre des religieuses, Juliette me demanda en souriant :

— Qu'est-ce que c'est encore que ces bonnes sœurs ? Bon, que t'a-t-elle fait cette fille ?

— Elle m'a caressé les seins et embrassée sur la bouche...

— Et alors ? Elle a bien fait ! C'est ça qu'elles appellent un péché ? Ah, ces sœurs, avec elles tout devient péché ! Bon, écoute, ce n'est vraiment pas grave ! Une femme, un homme, quelle importance ? Mon Dieu, ça ne valait pas la peine de faire tant d'histoires ! Que veux-tu, là il n'y avait que des femmes, eh bien c'était avec une femme. Après, lorsque tu côtoieras des hommes, ce sera avec un homme. Tout ça n'a aucune importance.

Tout à coup, je regardai Juliette avec tendresse. Je lui étais reconnaissante de dédramatiser tout cela.

Juliette avait décidé de passer la fin des vacances à Marseille. Nous étions donc installées à nouveau au rez-de-chaussée de la rue Sainte. A peine arrivée, Juliette me dit :

— Il faudrait tout de même que tu travailles un peu !

— Je sais la dactylo...

Je tapai donc des fiches à la machine chez un marchand de fruits et légumes. Matin et soir j'avais cinq kilomètres à parcourir pour me rendre à mon travail sur le port de La Joliette. Mais je ne me plaignais pas. J'aimais marcher et il faisait toujours beau. Je donnais à Juliette l'argent que je gagnais et elle me laissait un peu d'argent de poche. J'étais donc plus autonome que lors de mon précédent séjour à Marseille : j'avais les moyens d'aller au cinéma et, certains dimanches, je voyais trois films à la suite.

Comme je ne voulais pas retomber dans le désespoir dans lequel le dernier séjour m'avait plongée, j'avais décidé de ne plus aborder le problème d'Alice avec Juliette. Je savais avec certitude qu'elle ne me donnerait jamais son adresse. Je ne voulais pas davantage aborder le sujet de ma véritable mère puisque Juliette me mentirait. J'entretenais l'appartement, je faisais chaque jour le repas du soir, je gagnais un peu d'argent, Juliette vivait donc sans soucis. Son confort et sa liberté étant protégés, elle était d'excellente humeur et me laissait, comme toujours, totale liberté.

Je me rendais parfois à Cassis où je rencontrais Gérard, du café de la plage. Nous étions très heureux de nous être retrouvés. J'aimais me promener avec lui le long de la mer. Parfois nous allions nous baigner. Gérard me faisait la cour, il était charmant, attentionné. Une nuit, sur la plage de Cassis, je me laissai faire. Je n'étais pas franchement amoureuse mais je me sentais bien avec lui, il me donnait tant de plaisir ! Pas plus qu'avec Francine, je ne me sentis coupable. Tout était dans l'ordre des choses : il était beau, gentil, il me plaisait physiquement et nous fûmes heureux ensemble.

Juliette avait renoué avec ses habitudes et se rendait à ses bridges chaque dimanche après-midi. Le capitaine Niche venait à nouveau parfois rue Sainte. Lorsqu'il me rencontrait, il me faisait une cour discrète. Mais je ne répondais pas à ses avances : j'avais déjà un ami et de plus le capitaine Niche était pour moi un « vieux », il avait une quarantaine d'années, j'en avais quinze et demi ! Cependant, un jour, nous fîmes une sorte de pacte :

— Si je retrouve ta petite sœur, j'aurai droit à quoi ? me demanda-t-il.

Sans même prendre une seconde de réflexion, je répondis :

— A tout ! A tout parce que ce dont je rêve le plus au monde est de la retrouver ! Rien n'a plus d'importance pour moi. Si vraiment vous retrouviez Alice, je serais tellement heureuse que j'aurais envie de tout vous donner !

— Ah, attention ! Ce n'est pas tombé dans l'oreille d'un sourd ! dit le capitaine Niche mi-plaisantant, mi-sérieux.

Les grandes vacances achevées, Juliette et moi revînmes à Paris. J'étais plus que jamais décidée à devenir comédienne et l'abbé Bel vint plaider ma cause auprès de Juliette :

— Il faut la laisser libre de choisir ! Puisqu'elle veut être comédienne, elle doit pouvoir le devenir.

— Eh bien oui, qu'elle le devienne si c'est cela qu'elle a choisi. Très bien.

Juliette fut donc égale à elle-même : pas de complications, pas de bagarres. Si je n'étais pas un poids financier, si je ne l'encombrais pas, je pouvais tout faire...

Juliette alla à Saint-Mandé chez sa sœur Hélène :

— Te serait-il possible de prêter une chambre à Yvonne ?

Juliette ajouta :

— Elle est libre ! Elle fait ce qu'elle veut...

Hélène, comme sa sœur Antoinette, fut une femme merveilleuse. Elle avait elle aussi un fils, Robert, et aimait les enfants. Je fus donc très bien accueillie.

Juliette avait accepté que je m'inscrive à un cours d'art dramatique. Il me suffisait de le trouver et de le payer ! Il me fallait aussi trouver du travail pour subvenir à mes besoins : nourriture, vêtements, déplacements.

Depuis mon séjour à Lourdes, mon choix du cours Bauer-Thérond était fait. Je n'en avais pas l'adresse exacte mais j'avais lu dans mes revues de cinéma qu'il était situé place Henri-Monnier à Paris. La place était minuscule. Je frappai à plusieurs portes avant de trouver la plaque « Cours Bauer-Thérond » au rez-de-chaussée d'un immeuble. J'hésitai longuement avant d'entrer : comment allais-je me présenter ? J'avais beau savoir maintenant tenir tête à Juliette, j'avais beau être décidée à me sortir de la voie médiocre à laquelle elle voulait me destiner, affronter seule la vie à quinze ans et demi n'était pas chose facile. Cependant, je n'avais pas le choix : personne ne ferait la démarche à ma place.

Je pousse la porte. La pièce est minuscule. Contre un mur, une estrade. Devant, quelques rangées de chaises où sont assis des jeunes gens. J'aperçois, debout près de l'estrade, une petite femme, cheveux bruns tirés en un chignon, lunettes. Elle a un aspect sévère, rébarbatif même, et un phrasé emphatique. Je suis prise de panique. Pourtant je m'approche :

— Voilà, madame, je voudrais m'inscrire... Je voudrais devenir actrice...

— Ah, bon. Connais-tu un texte, une fable ?

— Je ne connais rien du tout...

— Tu veux être actrice et tu ne connais rien ? Tu te présentes et tu n'as rien appris ?

— Je veux bien apprendre mais je n'ai rien... Je n'ai pas de livre...

— Ecoute, je vais te donner un texte, dit-elle en feuilletant un fascicule.

Je déchiffre : Racine.

— Tu vas apprendre ceci, me dit-elle en m'indiquant une tirade de *Bérénice*.

— Mais c'est très difficile de commencer par des vers !

— Il faut commencer par ce qui est difficile, ensuite les autres choses paraissent faciles !

Huit jours plus tard, de retour place Henri-Monnier, j'étais terriblement impressionnée : Mon Dieu, comme je vais avoir l'air bêtasse ! J'arrive de ma province... Quel culot d'être venue ici ! Je ne pourrai pas rester, c'est certain, je suis beaucoup trop timide... Pourtant je veux faire du théâtre. Il faut que je monte sur l'estrade pour dire mon texte !

Je récitai le beau passage dans lequel Bérénice renonce à son amour pour Titus :

Dans un mois, dans un an, comment souffrirons-nous,
Seigneur, que tant de mers me séparent de vous ?
Que le jour recommence et que le jour finisse,
Sans que jamais Titus puisse voir Bérénice,
Sans que de tout le jour je puisse voir Titus ?

Des larmes me montèrent aux yeux. Le malheur de Bérénice résonnait en moi d'une manière si particulière ! Tant de séparations m'avaient été imposées depuis ma plus tendre enfance ! Le malheur de Bérénice et le mien ne firent plus qu'un. Pour la première fois de ma vie, des larmes coulèrent sur mon visage.

Entrée des artistes

Mme Bauer-Thérond m'écouta avec attention et me dit :

— Ma petite Chazelles, c'est très imparfait. Il n'y a pas de technique, tu manques de souffle, ta voix est mal placée... Mais quelle sensibilité ! Tu m'as émue et si tes gaucheries ont pu m'émouvoir, alors on arrivera à quelque chose ! Bien sûr, je te prends à mes cours... Tu auras beaucoup de travail, mais je te prends !

J'allai m'asseoir à côté d'autres élèves. A la sortie du cours, l'un d'eux s'approcha timidement de moi : il n'était pas très grand mais il était mince, il était châtain, il avait un très beau visage et ses yeux noisette étaient pailletés d'or.

— Je t'ai regardée passer cette scène de *Bérénice*, tu sais, j'ai été ébloui !

Il s'appelait Yves Ridard, Yvon pour les amis.

Comme nous nous dirigions vers le métro, il me demanda où j'habitais.

— Saint-Mandé...

— Moi, à Vincennes, c'est sur la même ligne. Si tu le veux, nous pourrons faire le voyage ensemble.

Sans doute lui avais-je plu dès le premier jour. Mais je ne désirais pas d'aventure amoureuse avec lui. Yvon respecta ma décision, il devint mon meilleur ami. J'étais libre, mais je n'étais plus isolée. Yvon était, comme moi, seul à Paris. Ses parents habitaient le Loiret avec ses sept frères et sœurs. Nous avions donc réuni nos solitudes et étions devenus inséparables. Après les cours, nous avions pris l'habitude de nous installer au café Saint-Georges, juste en face du théâtre. Trois ou quatre tables sur le trottoir qui s'avançait sur la place. Le bar était à gauche en entrant. A droite, quelques tables. Nous nous installions toujours à la première. De cette place, nous pouvions observer tout ce qui se passait autour du théâtre. Parfois un acteur entrait prendre un verre ou un café et nous étions éblouis. Yvon m'affirmait toujours :

— Mais un jour, tu verras, tu joueras toi aussi dans ce théâtre !

— Tu crois ?

— Oui, bien sûr !

Yvon était certain de ma réussite. J'étais loin de partager son optimisme. Je doutais sans cesse de mon physique, de mes capacités.

Au café Saint-Georges, Mario le serveur était notre ami. C'était un petit brun sympathique d'environ vingt-cinq ans. Il connaissait mille potins sur les acteurs. Il avait compris que nous n'étions pas très riches. Souvent, il s'asseyait à notre table, nous disait : « C'est ma tournée ! » et nous offrait le café-crème. Il ajoutait : « J'ai des trucs à vous raconter... » Yvon et moi disions :

— Il doit se faire mousser un peu !

— Oh oui, je pense qu'il brode un peu, mais ça ne fait rien, c'est amusant de l'écouter.

Chaque fois, après avoir pris connaissance des nouvelles histoires de Mario, nous nous posions la question :

— Que fait-on ce soir : cinéma ou dîner ?

Je sortais mon porte-monnaie, Yvon vidait ses poches et nous comptions notre richesse.

— Bon, alors café-crème et croissant puis cinéma.

Certains soirs je disais à Yvon :

— Oh, moi, je mangerais bien...

Comme nous avions les mêmes goûts culinaires, nous aimions les plats épicés, nous allions souvent dans le petit restaurant chinois de la rue Saint-Georges.

Généralement trop fauchés pour prendre le métro — et pas question de passer sans billet, le poinçonneur était là qui veillait — nous rentrions à pied à Saint-Mandé. En flânant, nous mettions deux bonnes heures pour nous y rendre. Mais je ne connaissais rien d'aussi beau que Paris la nuit.

J'avais une passion pour les petits cafés et lorsque Yvon et moi nous donnions rendez-vous, nous disions toujours : « Rendez-vous dans un petit café sympa » et, invariablement, nous y prenions un café-crème. Quand nous étions riches, nous ajoutions un croissant.

Nous avions le café de la place Saint-Georges, mais aussi celui de Saint-Mandé, celui de Vincennes et bien d'autres encore. Yvon et moi écumions tous les cafés de Paris. C'est dans ces cafés que nous récitions nos textes. Nous travaillions toujours ensemble. Ainsi, au cours, nous étions devenus des partenaires habituels. Yvon était un soutien de chaque instant. Il ne ménageait ni ses encouragements ni ses compliments sur ma façon de dire les textes. Avec lui je prenais de l'assurance.

J'apprenais mes textes sans difficulté et j'avais la chance de voir Mme Bauer-Thérond s'intéresser à mon travail. Grâce à elle, je progressais. Mme Bauer-Thérond s'inquiétait aussi de la façon dont je vivais. Après les cours, elle m'interrogeait :

— Où habites-tu ? Où sont tes parents ? Que faisais-tu auparavant ?...

Mes premières réponses, très laconiques, ne lui permirent guère de me connaître. Elle ne se formalisa pas. Touchée par sa gentillesse, je finis par lui dire peu à peu qui j'étais.

— J'habite chez ma tante, à Saint-Mandé. En fait, elle n'est pas ma tante car tout est faux dans ma vie. Je n'ai jamais pu savoir où était le vrai en ce qui concerne ma famille...

— Saint-Mandé, c'est bien loin...

— Oui, mais ça ne fait rien, j'aime marcher...

— Que fais-tu dans la journée ? Ne pourrais-tu pas assister à mes autres cours ? nous y travaillons la voix.

— Mais non, je dois gagner ma vie, sinon, il me serait impossible de régler vos cours du soir.

— Personne ne t'aide donc ?

— Non...

— Eh bien, tu régleras mes cours un mois sur deux, ainsi tu garderas l'argent pour t'habiller : je te vois toujours avec la même robe !

— Je n'ai pas les moyens de m'en acheter une autre.

— Peut-être pourrais-tu alors faire de la figuration ?

— Oh oui, je veux bien !

— Seulement, si je t'envoie dans un théâtre, il faut que tu sois mieux habillée. Donc, comme je te l'ai dit, un mois sur deux tu garderas l'argent du cours. Mais ne dis rien aux autres élèves : tu comprends bien que je ne peux faire ça pour tout le monde.

— Oui, évidemment ! Mais ça me gêne...

— Non, tu ne dois pas être gênée, reprit Mme Bauer-Thérond, je le fais pour toi parce que je pense que nous allons tirer quelque chose de toi. Tu as de la sensibilité et tu sors de l'ordinaire. Tu sais, dans le métier, soit on est un canon de beauté, soit on se fait remarquer parce qu'on a du talent et une originalité, un type...

— C'est vrai, je suis typée, mais, vous savez, je ne sais pas trop ce que je suis... Sans doute ai-je une mère indochinoise...

Parfois, s'adressant également à Yvon, Mme Bauer-Thérond nous disait : « Venez chez moi tous les deux, nous continuerons la conversation en dînant. » Et nous partions ensemble rue de la Montagne-Sainte-Geneviève. Son appartement, dans un immeuble ancien, était vaste. A droite de la grande entrée se trouvait le salon. Yvon et moi nous installions sur les deux poufs près de la table basse. Mme Bauer-Thérond apportait quelques tranches de jambon et nous grignotions sans façon. Mme Bauer-Thérond me donnait des conseils :

— Il faut te faire jolie, c'est très important. Il faut t'acheter des vêtements, bien te coiffer, te faire les ongles...

Je faisais toujours scrupuleusement ce qu'elle me conseillait. Il est vrai que mes vêtements ne me mettaient pas du tout en valeur. J'empruntais à ma tante des chemisiers et, comme ils étaient trop larges, je les serrais à la taille avec une ceinture.

Mme Bauer-Thérond devint une amie. Elle était l'inverse de ce que m'avait laissé supposer la première entrevue. Elle était affable, chaleureuse, sa générosité était sans limite. Elle possédait également un don infaillible : elle savait détecter avec sûreté, dès le premier texte dit, ce que nous étions capables d'exprimer malgré nos énormes maladresses. Elle m'expliqua un jour pourquoi, tout de suite, elle avait parié sur moi : « Il est normal d'être mauvais lors d'une première audition mais, malgré ton jeune âge, tu as été capable de te servir du peu que tu avais vécu et de le transmettre avec émotion. Et puis, les imperfections peuvent devenir des qualités chez un acteur ! » J'aimais sa façon de nous obliger à découvrir notre personnalité, de ne surtout pas gommer toutes nos imperfections, de ne pas faire de nous des stéréotypes...

Mme Bauer-Thérond me trouva rapidement un emploi de figurante. Le soir, après le cours, toujours en compagnie d'Yvon, j'allais au théâtre de l'Ambigu. J'étais joliment habillée en jeune fille arabe. Je portais un voile sur les seins, une jupe de voile transparent fendue sur le devant. Sur la tête, un court voile de satin brillant qui laissait voir le visage. J'entrais en scène, je déposais un plateau en disant quelques mots, je restais environ une demi-heure puis je repartais avec mon plateau en disant « Merci ». Cette figuration n'était certes pas un début fracassant au théâtre, mais grâce aux quelques francs que je gagnais et à la remise que m'avait accordée Mme Bauer-Thérond, je parvenais à m'acheter de temps à autre un pull-over ou un corsage. C'est avec Yvon que j'allai acheter ma première jupe aux Magasins Réunis, avenue des Ternes. Comme je me trouvais un peu ronde — c'était mon obsession comme celle de toutes les filles de mon âge — je la choisis noire, étroite sur les hanches puis s'évasant en godets.

Je côtoyais maintenant les acteurs, j'apprenais un métier passionnant, j'avais en Yvon un ami formidable : je commençais à trouver la vie bien belle.

Mais il y avait des moments très durs. Parfois, les gros titres des journaux attiraient mon attention. C'était la guerre en Indochine et j'avais peur pour Alice. J'espérais bien que son pensionnat se trouvait en Annam, où nous étions nées, mais je n'en étais pas sûre et j'avais beau lire que les incidents se produisaient surtout au Tonkin, je n'étais pas plus rassurée. Tout pouvait arriver et les rares récits que je lisais ici ou là dans la presse n'évoquaient qu'embuscades et atrocités.

Yvon était sensible au drame que je vivais. Il voulut m'offrir sa famille :

— Si tu veux venir chez mes parents, tu seras la bienvenue. Chez moi, c'est très simple, mais tu verras, c'est gai et on mange pour toute une semaine !

Les parents d'Yvon, des gens modestes, habitaient un petit pavillon au bord d'une route de campagne dans le Loiret. Son père m'accueillit avec un grand sourire :

— Eh bien, ça nous fait un enfant de plus ! Venez tous les dimanches si vous le voulez.

On avait dressé une grande table dans le jardinet derrière la maison. Il y avait le père, la mère, Yvon, ses sept frères et sœurs, moi. Quelques voisins même s'étaient joints à nous. Tout le monde était heureux. Je compris ce qu'était leur bonheur : ils étaient unis et satisfaits de ce qu'ils possédaient. La table était modeste mais généreuse, nous nous servions et resservions jusqu'à plus faim.

Non contents d'avoir mangé à satiété, Yvon et moi repartîmes le soir chargés comme des mulets. Son père nous donna des pommes et des poires de son jardin, sa mère ajouta un quatre-quarts qu'elle venait de cuisiner.

A Paris, Yvon et moi ne mangions pas grand-chose. Il n'était pas plus riche que moi. Lorsque nous avions vraiment très faim, Yvon me disait :

— Allons manger dans le Loiret, dimanche !

— Oui, on y va, on va se régaler !

Yvon me disait souvent :

— Tu sais, elle est à toi, ma famille ! Viens autant que tu le veux, tous les dimanches si ça te fait plaisir.

J'évitais cependant d'aller dans le Loiret trop souvent car je savais que ses parents donnaient tout ce qu'ils avaient. Mais j'étais si bien accueillie que c'était une joie pour moi de m'y rendre. Jocelyne, l'une de ses sœurs, une belle brune aux yeux bleus éclatants, était juste de ma taille. Elle me proposa de choisir dans sa garde-robe. Je lui empruntais de temps à autre une robe lorsque je devais me rendre à un rendez-vous auprès de metteurs en scène que m'indiquait Mme Bauer-Thérond, ou à des convocations pour un travail. J'étais en effet toujours à la recherche d'un véritable emploi.

Un jour, en consultant les petites annonces je découvris qu'un architecte de Montparnasse recherchait une dactylo. Je me rendis aussitôt à son cabinet. Quelques minutes de conversation suffirent : il m'embaucha. Mon travail n'était ni désagréable ni compliqué : je répondais au téléphone, je tapais des lettres. Paul, l'architecte, un homme d'une quarantaine d'années, était brun aux yeux noirs. Il était grand, avait beaucoup d'humour. Il s'intéressait à moi, s'inquiétait de mon avenir. L'intérêt qu'il me portait me ravissait et m'étonnait. Depuis le jour où Juliette m'avait abandonnée chez la Mémé, il me semblait presque anormal que quelqu'un s'aperçoive de mon existence.

Yvon venait chaque soir me chercher au bureau et nous allions ensemble au cours d'art dramatique. Je lui présentai Paul qu'il trouva sympathique. Parfois, le soir, Paul nous invitait tous deux au restaurant. Paul savait qu'Yvon était un frère pour moi. Plus qu'un frère même sans doute, une sorte de frère idéal, à qui je disais tout, qui connaissait tout de moi. Nous allions à La Palette, au Dôme, à La Coupole. A La Coupole, je choisissais toujours l'escalope panée aux pâtes fraîches. J'aimais ce quartier Montparnasse, la rue de la Grande-Chaumière où je travaillais, qui me rappelait Modigliani et sa vie tragique. J'aimais cet univers de peintres, d'écrivains, ce monde tout nouveau pour moi.

Au fil des semaines, mes rapports avec Paul changèrent : il était de plus en plus amoureux de moi. Je n'étais pas véritablement amoureuse, mais je le trouvais séduisant et l'attention qu'il me portait était comme un cadeau merveilleux. Je finis donc par me laisser séduire. Un jour, tout naturellement, « mon » architecte devint mon amant. Je n'avais aucune illusion sur la nature de notre liaison : il était marié, il avait des enfants. Nos relations devaient rester secrètes, épisodiques. Mais cela me convenait : je n'avais que seize ans et, trop jalouse de mon indépendance, je ne tenais pas du tout à vivre en couple. Ma liaison avec Paul m'apportait une grande sécurité psychologique et aussi le bonheur sexuel.

En quelques mois, ma nouvelle vie, ceux qui m'entouraient et qui m'aimaient m'avaient transformée à un point tel que Juliette avait du mal à me reconnaître. Epatée de la manière dont je menais ma vie, elle faisait maintenant tout pour se rapprocher de moi et venait même de temps à autre me voir à la sortie du cours d'art dramatique. Je devinais que cet intérêt nouveau de Juliette n'était pas sans arrière-pensées : elle craignait plus que jamais de finir seule sa vie. Elle ne vivait plus dans les fastes d'autrefois.

Lorsque je me sentais assez solide, je lui posais et reposais la question qui me taraudait l'esprit :

— Mais j'ai une mère ! Pourquoi ne pourrais-je la retrouver ? De toute façon, cela ne changerait rien pour toi. Tu es ma tutrice, nous resterions amies. Mais si j'ai une mère, je dois la retrouver !

Chaque fois Juliette maintenait sa version des faits :

— La mère d'Alice n'est pas ta mère... Ma chérie, tu peux me croire, ta mère est morte... Vous avez le même père...

Ces discussions me perturbaient toujours : Qui dit la vérité, Juliette ou Alice ? Le saurais-je jamais ?

Un jour Juliette vint m'annoncer avec un grand sourire :

— Maintenant, tu vas porter le nom de ton père. Nous allons faire les démarches nécessaires.

— Tu as attendu longtemps ! Pourquoi n'ai-je pas eu ce nom dans mon enfance ? Pourquoi m'avoir appelée Chazelles ?

— C'était un nom d'emprunt provisoire donné par ton père en

attendant mon retour en Indochine. Mais ton père est mort brusquement et nous n'avons pas eu le temps de te donner son nom.

— Pas le temps ! Depuis tant d'années !

Nous allâmes à la préfecture avec mon acte de naissance. Il y était indiqué : père et mère inconnus. Je devins donc Yvonne Chazelles du Chaxel, fille d'Aimé du Chaxel. Mais ma mère restait toujours aussi « inconnue ».

Je parlai de l'incroyable Juliette à Paul, de son étrange comportement, de son caractère imprévisible, de sa gentillesse, parfois, et de ses sempiternels mensonges. Je lui parlai aussi de ma sœur Alice, de notre séparation brutale, de ma révolte. Paul désira rencontrer Juliette, par curiosité, mais aussi pour lui parler de moi et lui faire quelques remontrances.

Juliette accepta avec joie l'invitation à dîner chez Paul. Yvon, comme toujours, faisait partie de la fête. Juliette se comporta en grande dame, à la fois mondaine, distinguée et un rien aguicheuse. Elle avait toujours aimé plaire. Elle désirait qu'après son départ on dise d'elle : « Quelle femme merveilleuse, intelligente, cultivée ! », ce qu'elle était d'ailleurs. Quand elle le voulait, Juliette était en effet très séduisante. Au cours du dîner, je la guettai, admirative : elle possédait à fond l'art de mettre son interlocuteur dans sa poche avec charme.

Juliette connaissait mes liens avec Paul :

— Mais c'est très bien ! C'est merveilleux. Mais, il ne pourra pas t'épouser, il est marié...

— Me marier ? Mais il n'en est pas question ! Je ne veux pas fonder une famille !

Ma seule et vraie famille était mon père et Alice. Mon père était mort, mais je portais désormais son nom. Ma sœur était perdue je ne savais où dans une Indochine en guerre, mais, grâce à l'argent que j'allais gagner en devenant actrice et grâce aux recherches du capitaine Niche peut-être la retrouverais-je...

Le capitaine Niche était en effet reparti pour l'Indochine puisque la France y était en guerre... Il avait tenu parole : il m'adressait régulièrement des lettres. Il avait déjà visité de nombreuses pensions. Mais c'était chaque fois une déception : « Je suis allé dans les pensionnats de la région de Tourane, je n'y ai pas vu de petite sœur. Je vous écrirai dans une quinzaine de jours. Mais ne perdez pas espoir. Je finirai par la découvrir, votre petite Alice ! »

Mon espoir de la retrouver fluctuait au gré des lettres. Lorsque le capitaine était optimiste, je le devenais moi-même : Ne perdons pas courage ! Il va bien finir par la retrouver !... Après tout, l'Indochine est grande mais les écoles religieuses ne doivent pas être innombrables !...

Après huit mois de recherches, je reçus une lettre bien décourageante du capitaine Niche. « Je désespère un peu, ma chère Yvonne, de retrouver cette petite sœur... Depuis un mois j'effectue des déplacements et j'ai écumé tous les pensionnats et les orphelinats sur des kilomètres carrés et je n'ai rien trouvé ! Je pars dans une quinzaine de jours dans une autre région, et je vais à nouveau reprendre mes recherches. Mais tout ceci me paraît terriblement compliqué, la guerre a entraîné bien des déplacements de population, des écoles sont fermées... Cependant je vous ai promis de tout faire pour retrouver Alice, je continue donc ! Je vous écris bientôt. »

La lettre me plongea dans l'angoisse : Mon Dieu, pourvu qu'il ne soit rien arrivé à Alice ! Pourvu qu'elle ne soit pas morte dans cette sale guerre... Il faut vite la retrouver...

Et je lisais dans le journal des histoires affreuses de bonnes sœurs massacrées, de civils enlevés, de supplices « chinois » pratiqués par le Viêt minh et, pendant des jours, j'étais totalement désespérée.

Heureusement d'autres lettres suivaient, plus optimistes : « Ma petite Yvonne, je pense toujours à vous, je voudrais tellement retrouver celle qui représente tout pour vous, comme vous me l'avez dit souvent. J'aimerais vous faire ce plaisir et passerai le temps qu'il faudra pour la retrouver. Par moments, c'est vrai, je désespère, mais bien vite je reprends couragc : votre sœur ne s'est pas volatilisée ! Je repars demain à l'aventure, je frapperai à d'autres portes. Un jour, j'en suis certain, je vous ferai ce cadeau... »

Une fois la lettre refermée, je me persuadai : Mais bien sûr, il va la retrouver ! Et, pensant au capitaine Niche, si dévoué, j'étais émue et je lui vouais une reconnaissance éperdue.

Je ne pouvais imaginer mon avenir sans Alice. Elle était ma seule famille !

Mon premier film

J'avais commencé par jouer les ingénues du théâtre classique : l'Agnès de *L'Ecole des femmes,* la Sylvia de *La Double Inconstance*... En fin d'année j'abordai les rôles d'ingénue libertine avec la Pernette des *Jours heureux*. Mme Bauer-Thérond me dit :

— Tu as un petit côté coquin, avec tes seins en avant, ta bouche sensuelle... Tu verras, tu seras une ingénue libertine ! Mais il faudra te méfier : on va chercher à profiter de ton physique un peu pulpeux. Montre-leur que tu as quelque chose en toi, ma petite Chazelles !

Mme Bauer-Thérond avait très bonne réputation, de nombreuses vedettes étaient sorties de ses cours. Dans notre salle, tout un mur était réservé aux photos de ses anciens élèves : Françoise Arnoul, Anouck Aimée, Roger Hanin... Mme Bauer-Thérond en était très fière : « C'est moi qui ai formé Françoise », nous disait-elle.

Chaque année, Mme Bauer-Thérond terminait ses cours par des auditions au théâtre de La Potinière. De nombreux assistants ou cinéastes venaient y découvrir de nouveaux talents.

Ce jour-là, je devais incarner Pernette. Le petit théâtre de La Potinière était plein à craquer. Il y avait les parents et les amis des élèves mais un bon quart de la salle était occupé par les professionnels du théâtre et du cinéma. Pour la première fois je devais jouer devant un vrai public. Yvon m'encourageait. Et je pouvais compter sur son aide : c'est lui qui me donnait la réplique dans *Les Jours heureux*.

Lorsque le rideau se lève, je tremble comme une feuille. Je sais que, peut-être, je vais être remarquée, que ma carrière peut se jouer là. Le trac me paralyse pendant les trois premières phrases puis, tout d'un coup, il s'évanouit et j'éprouve un immense plaisir. La salle est devenue une sorte de grand trou noir où je ne peux rien distinguer. Pourtant la foule me paraît étonnamment proche, comme palpable. Il me semble l'entendre respirer puis retenir son souffle. Chacune de mes émotions semble trouver un écho en elle. Et quelle joie de l'entendre rire ! Ces émotions partagées me portent.

A peine dans les coulisses, Yvon me fait des compliments. Il en oublie même qu'il a joué lui aussi, comme nous tous, dans l'espoir d'être remarqué. Le théâtre est sa passion, mais il ne semble plus s'intéresser qu'à ma future carrière.

Nos auditions passées, nous nous retrouvons tous dans les loges, attendant, le cœur battant, la venue providentielle d'un directeur de théâtre ou d'un cinéaste. Mme Bauer-Thérond entre, me donne une petite tape amicale sur la joue :

— Oui, Chazelles, tu as été bien. Tu as un peu buté sur un mot, mais enfin, c'est bon !

Puis elle ajoute :

— Un assistant veut te voir. Attends-le !

— Mon Dieu, qu'est-ce que c'est ? Vous croyez que je suis retenue ?

Après quelques minutes d'attente, un homme se présente :

— Bonjour, je suis Fabien Colin, l'assistant d'Henri Decoin. Nous recherchons des jeunes filles afin de jouer le rôle de collégiennes dans un film. Pourriez-vous passer au bureau de production pour y rencontrer Henri Decoin ? Nous voudrions vous faire lire une scène. Cette scène sera jouée avec Jean Marais...

A ce nom, je sens mes jambes devenir toutes molles. Jean Marais ! Lui qui incarne la beauté, la séduction, la fantaisie... Le héros de *L'Eternel Retour, La Belle et la Bête, Les Parents terribles, Orphée*... J'ai même fait le mur, place d'Italie, pour aller l'admirer dans *Les Amants de minuit* ! Toutes ces images tourbillonnent dans ma tête tandis que Fabien Colin poursuit :

— Françoise Arnoul sera la vedette féminine du film.

C'est l'émerveillement total : la sublime Françoise Arnoul dont j'avais lu avec tant de passion la carrière dans mes revues ! Fabien Colin ajoute :

— Denise Grey a le rôle de la surveillante du pensionnat.

Fabien Colin me dit encore :

— Vous viendrez donc passer une audition.

— Mais, vous ne me donnez pas de texte ?

— Non, nous vous le donnerons lorsque vous viendrez. Mais en attendant, j'aimerais vous montrer à Henri Decoin, avez-vous des photos ?

Je n'en ai aucune, je suis bien trop fauchée pour me constituer un dossier.

— Non, je n'ai pas de photo, mais je vais vite aller en faire...

— Oui, c'est ça. Venez après-demain avec vos photos.

Fabien Colin parti, je me retourne vers Yvon :

— Comment faire pour avoir des photos pour après-demain ?

— Je ne vois que « Photomaton »...

Dès le lendemain nous nous précipitâmes vers une cabine sur les boulevards. La première série de photos était très mauvaise :

— Oh, ce n'est pas possible ! Tu fais des gros yeux et tu ne souris pas ! Recommençons.

Chacun à tour de rôle nous mîmes toutes nos pièces dans la fente de l'appareil. Finalement, après bien des essais, nous eûmes trois ou quatre clichés sur lesquels j'étais à peu près mignonne. Mais il ne nous restait plus assez pour dîner. Nous nous contentâmes d'un croissant et d'un petit café-crème chacun. Nous découpâmes soigneusement les photos, les glissâmes dans une enveloppe. Le problème réglé, je m'inquiétai :

— Jamais je ne réussirai !

— Si tu as le trac, je t'accompagnerai. Je dirai que je suis ton frère et je resterai dans un coin.

Le lendemain, lorsque nous arrivons, de nombreuses jeunes filles attendent déjà. Fabien Colin me dit :

— Bonjour ! Attends un instant, je t'apporte le texte.

Il revient bientôt avec deux feuilles dactylographiées :

— Il s'agit d'un dialogue entre une collégienne et un inspecteur de police. Prends-en connaissance et lorsque je t'appellerai tu viendras le lire à Henri Decoin.

— Je préférerais l'apprendre par cœur !

— Ecoute, tu n'auras pas le temps, tu vas donc le lire.

Yvon me donne la réplique, me guide. J'essaye d'apprendre le texte de manière à avoir les mots bien en bouche, mais le temps passe trop vite :

— Chazelles !

J'entre, m'approche d'Henri Decoin. Il est grand, séduisant, affable, très sympathique. Il s'adresse à Fabien Colin :

— Ah, oui ! C'est bien d'avoir ce type de jeune fille ! C'est très bon !

Je me sens un peu rassurée : si mes cheveux noirs, mes yeux noirs et mon teint mat lui plaisent, la moitié du chemin est déjà parcourue !

Henri Decoin me demande :

— Tu as des photos ?

Je fouille dans mon sac, sors la petite enveloppe et la lui tends :

— Tu n'as pas plus grand que ça ? dit-il, interloqué. Ce ne sont pas des photos !

— Ben si, c'est des photos...

— Mais ce sont des Photomaton !

— Oui, mais je ne pouvais pas en une seule journée faire des photos...

— Mais tu n'en avais donc pas ? Comment ! Une future actrice ! Tu viens te présenter et tu n'as pas d'album ?

— Non, je n'ai rien...

Je me sens toute penaude et tente de rattraper la chose :

— Je suis encore au cours Bauer-Thérond...

— Ça ne va pas... Fabien, occupez-vous de cette petite, emmenez-la chez un photographe, je veux savoir ce qu'elle donne en photo... Les Photomaton, ce n'est vraiment pas très flatteur ! Elle est beaucoup plus mignonne au naturel !

Il ajoute, s'adressant à Fabien Colin :

— Je veux voir des photos, mais enfin, elle est à retenir !

Il se tourne ensuite vers moi :

— Quel est ton nom ?

— Je m'appelle Chazelles du Chaxel.

— Non, mon petit, si tu fais le rôle, il faut changer de nom, le tien est beaucoup trop long : il prendrait une ligne entière sur une affiche ! Comment pourrais-tu t'appeler ? dit-il en bougeant les papiers accumulés sur sa table. Devant lui est posé un manuscrit sur la vie du Dr Alexis Carrel. Il lit :

— Carrel... Ça ne te dirait pas, Carrel ?... C'est joli...

— Carrel, j'aime bien.

— Et le prénom ?

— Oh, j'aimerais changer de prénom. Je m'appelle Yvonne,

mais toute mon enfance on m'a appelée « Vovonne, Vonnette », c'est horrible... Je voudrais un prénom qui ne permette aucun diminutif. J'aimerais m'appeler Dany. C'est tellement court qu'on ne pourra tout de même pas dire « Dada » ou « Nini »...

— Dany Carrel, mais c'est très joli, ça ! Et puis si tu fais une carrière internationale, Dany Carrel se dit dans toutes les langues. Eh bien, on t'inscrit sous le nom de Dany Carrel. Maintenant, ma petite, lis-moi ta scène, Fabien te donnera la réplique.

J'ai à nouveau le trac. Mon cœur bat beaucoup trop fort. Je ne sais plus très bien où j'en suis. Tout ça m'est tombé trop vite sur la tête : il y a tout juste un an, j'étais une orpheline dans une école de secrétariat, et je suis maintenant devant un metteur en scène qui va peut-être m'engager pour jouer dans un film ! Et avec deux très grandes vedettes ! Moi, la petite Chazelles de rien du tout ! Non, ce n'est pas possible !

Je lis ma scène du mieux possible, mais je sais que je ne suis jamais très bonne en lecture, je préfère, et de loin, connaître mon texte pour ne plus avoir à m'en occuper et vivre totalement le personnage. Les deux pages terminées, je suis incapable de me rendre compte de la valeur de ma prestation. En sortant, Fabien Colin me donne l'adresse d'un photographe.

Yvon s'approche tout de suite :

— Alors ? Alors ?

— Ben, je ne sais pas... Tout ce que je sais, c'est qu'il faut que je refasse des photos, et je ne sais pas où je vais trouver l'argent.

— Mais tu avais des photos ! Elles n'ont pas plu ?

— Elles n'ont pas beaucoup plu... Heureusement que je ne les ai pas données l'autre soir, j'aurais été immédiatement éliminée !

— On va se cotiser tous les deux, me dit aussitôt Yvon.

Je le trouve décidément étonnant de générosité. Yvon ajoute :

— Il faut absolument que tu aies le rôle !

Il semble aussi heureux que s'il s'agissait de lui-même.

— Tu sais, Yvon, maintenant je m'appelle Dany Carrel, à partir d'aujourd'hui, il faut m'appeler Dany !

— Mais je ne vais pas y arriver !

— Si j'obtiens le rôle, je serai inscrite sous ce nom-là... Il faut s'y habituer.

Je déposai mes photos au bureau de la production. Quelques

jours plus tard je reçus un coup de téléphone chez ma « tante » Hélène. C'était Fabien Colin :

— Tes photos plaisent à Henri Decoin. Tu vas donc venir faire un essai cinématographique. Tu n'auras pas à parler mais uniquement à bouger devant la caméra, montrer tes profils. Ce sera rapide.

Toujours accompagnée par Yvon, je me rendis aux studios de Billancourt. Là encore, une nuée de filles : des blondes, des châtains, des brunes. Mais aucune comme moi. Peut-être était-ce bon signe ?

Mon bout d'essai terminé, j'attendis que toutes les filles soient passées devant la caméra. Longtemps après, Fabien Colin m'appela :

— Tu es prise !

Je ris aux anges. Yvon était aussi joyeux que moi :

— On ne rentre pas tout de suite à Saint-Mandé, me dit-il, il faut fêter ça au champagne !

— Oui ! Un premier contrat, c'est si fabuleux ! Tu te rends compte : je vais tourner dans un film !

Nous fouillâmes dans nos poches et fîmes nos comptes : nous pouvions nous offrir une coupe de champagne. Nous entrâmes dans le premier café et trinquâmes à mon succès, à tous nos succès futurs. Depuis deux ans, feuilletant mes *Cinémonde*, je ressemblais à la midinette lisant ses romans-photos et rêvant d'un prince charmant, on venait de m'annoncer que l'un des acteurs les plus beaux et les plus populaires serait mon partenaire ! Ainsi je serais seule avec lui sur l'écran ! Je voyais déjà la salle de cinéma bourrée à craquer, je voyais l'immense écran... C'était vraiment incroyable !

L'effet du champagne dissipé, je commençai à douter :

— Je ne vais pas pouvoir parler ! Ce n'est pas possible, je ne pourrai pas ouvrir la bouche devant une telle star...

Mais Yvon, comme toujours, me rassura :

— Ne t'inquiète donc pas ! Tout se passera bien, je t'accompagnerai encore une fois.

Yvon tint sa promesse, nous allâmes ensemble aux studios de tournage. Six ou sept loges étaient déjà pleines de « collégiennes » entre quinze et dix-huit ans. Au milieu de cette trentaine de filles, ma crainte se dissipa. Les unes après les autres, nous passâmes au maquillage. Assise dans mon fauteuil, je rêvais aux stars qui m'avaient peut-être précédée à cette place. La maquilleuse avait pour consigne d'accentuer mon type eurasien. Elle m'allongea les yeux en amande, me donna un regard plus noir encore. Je me laissai docilement pomponner.

Avec mon chemisier à col rond fermé au ras du cou, j'avais tout à fait l'impression d'être une gamine. Il est vrai que je tenais le rôle d'une pensionnaire de quatorze ans. Mon chemisier rayé, ma jupe grise plissée me paraissaient bien élégants pour une pensionnaire. Le réfectoire, la salle de classe et le dortoir du studio de tournage n'avaient absolument rien à voir avec mon orphelinat Saint-Joseph de Louveciennes. Tout me paraissait trop luxueux : les élégants dessus-de-lit du dortoir, nos serviettes, nos assiettes, nos verres, nos couverts, nos tables de réfectoire... Je dis mon étonnement :

— Tout ça, c'est beaucoup trop beau !

— Mais ici, ce n'est pas un orphelinat ! Ici, les parents paient pour leur fille !

J'étais donc pensionnaire dans un établissement dans lequel un crime avait été commis. Un inspecteur de police, Jean Marais, menait l'enquête et m'interrogeait. Etais-je ou non la meurtrière ?

Nous commençâmes par tourner les scènes de groupe dans le dortoir, le réfectoire. Jouer avec des filles de mon âge, aussi anonymes que moi, n'avait pas de quoi m'intimider. Mais je redoutais la scène avec Jean Marais. J'avais dit à l'assistant :

— Si vous me mettez en face de Jean Marais, je ne pourrai pas jouer, je ne pourrai pas ouvrir la bouche !

— Mais si mon petit, mais si ! Tu ne te rends pas compte : une scène avec Jean Marais, une vedette de cette importance, c'est un honneur ! On te remarquera !

L'avant-veille de ma scène avec lui, nous tournons dans la salle de classe. Jean Marais entre. Un vrai Apollon ! Plus d'un mètre quatre-vingts, un corps de rêve. Lorsqu'il marche on dirait qu'il danse. Je suis très impressionnée : Quel beau mec !... Il s'avance gentiment, serre la main de chacune. Fabien Colin lui dit :

— La petite Carrel joue après-demain avec vous et elle a le trac...

— Oh mais non, il ne faut pas ! dit Jean Marais en me

faisant une petite caresse sur la joue du revers de la main. Il ne faut pas, ça va très bien se passer !

Pendant deux nuits, je ne dormis pas. Yvon, chaque jour m'accompagnait, me stimulait.

Lorsque vient la scène tant redoutée, le fidèle Yvon, toujours à mes côtés dans les coulisses, me remonte une fois de plus le moral :

— Mais voyons, tu sais bien que tu es bonne ! Ce sera facile, ne te tourmente pas !

Sur le plateau, Henri Decoin m'explique :

— Lorsque Jean Marais te parle, tu baisses les yeux ou tu regardes en coin, d'un air hypocrite. Lorsque tu réponds à ses questions, personne ne doit deviner si tu dis ou non la vérité...

Jean Marais arrive, me dit bonjour très gentiment. Non seulement il ne joue pas les stars, mais il fait tout pour me mettre à l'aise. Pourtant, lorsque Henri Decoin dit « Moteur » et que je dois répondre à l'inspecteur Jean Marais, je suis si impressionnée que je bafouille.

Calmement, simplement Jean Marais m'explique :

— Mais va, ne t'inquiète pas, nous allons recommencer, ce n'est pas du tout grave. C'est normal d'être intimidée, mais tu vas t'y mettre. D'ailleurs il n'est pas mal que tu sois timide dans cette scène avec un inspecteur de police. Tu sais, ce n'est pas difficile : tu ne fais rien, tu glisses seulement le regard en coin en me répondant. Allons, on recommence...

J'écoute, médusée : jamais je n'aurais pu imaginer tant de simplicité, tant de gentillesse. Jamais je n'aurais pu imaginer qu'une vedette de cette importance prenne le temps d'expliquer à une petite inconnue qui n'a jamais vu une caméra comment elle devait faire.

Dès la troisième prise de vue, je prends goût au jeu et use de ma timidité, de mon air un peu hermétique, mystérieux d'Eurasienne. Henri Decoin, satisfait, arrête les prises de vues en fin de journée.

— C'est bien mon petit...

— C'est déjà terminé ? Il n'y a pas d'autres scènes ?

J'aurais tant voulu prolonger ces moments d'émotion. Tout a été trop vite. J'ai eu le trac mais j'ai été si heureuse, je n'ai plus peur de Jean Marais.

Le lendemain j'assiste aux côtés d'Henri Decoin à la projection des rushes de ma scène. Lorsque je me vois sur l'écran, je suis consternée. Jamais je ne m'étais imaginé avoir un tel visage : Je ne pourrai pas continuer à faire du cinéma !... Je dis à Henri Decoin :

— Mon Dieu, que je suis laide ! J'ai la tête ronde comme une bille ! Il faut que je maigrisse !

Je ne comprends rien à la réaction d'Henri Decoin, à celle de son assistant, du cameraman et des quelques personnes présentes à la projection : tous me trouvent mignonne. Henri Decoin m'explique :

— Mais non, tu n'es pas trop ronde ! Tu joues le rôle d'une adolescente : elle est pouponne et c'est très bien ! Il ne faut pas perdre tes joues... Tu es très mignonne...

Pendant un mois, je me rendis chaque jour aux studios de tournage avec Yvon. Chaque jour était devenu un jour de fête. Quel métier magnifique : je m'amusais à jouer à la collégienne avec des filles de mon âge et, de plus, j'étais payée pour cela ! Je ne gagnais pas beaucoup mais jamais je n'avais eu autant d'argent. Dès le tournage terminé, je me précipitai dans les grands magasins et me constituai ma première collection de sous-vêtements. J'adorais les dessous de dentelle noire, les dessous légèrement transparents et sexy. Je ne pouvais jamais m'empêcher de m'arrêter devant les vitrines de dessous féminins. Je me promis d'en avoir un jour de toutes les formes, de toutes les couleurs. Mon premier achat fut un ensemble gris perle. Une petite merveille. En l'achetant, je pensai aux sœurs qui m'avaient traitée de « vicieuse »... Mais où était le vice à vouloir plaire à Paul qui m'aimait ?

J'avais gardé une partie de mon cachet du tournage pour partager avec Yvon un vrai dîner de fête, un dîner au champagne. Pour moi, il ne pouvait y avoir de fête sans champagne !

Henri Decoin avait bien aimé mon petit rôle. Il me dit, quelques jours avant la fin du tournage : « J'ai lu un roman de Jean Hougron, *Le Soleil au ventre,* dont l'une des héroïnes est eurasienne, j'aimerais te donner ce rôle. » Quelques semaines plus tard, je reçus un coup de téléphone : le film ne pouvait se faire, Henri Decoin n'avait pu obtenir les droits d'adaptation pour le cinéma. Je n'ai plus revu Henri Decoin. Je n'ai plus revu Jean Marais. Mais lorsque j'aperçois aujourd'hui Jean Marais à la télévision, je le trouve toujours aussi beau. Il a gardé en lui quelque chose de céleste.

Bien des années plus tard, j'avais alors quarante ans, je croisai Denise Grey, la surveillante pète-sec du *Dortoir des grandes*. S'avançant vers moi, elle me dit :

Avec Gérard Philipe dans *Pot-Bouille* de Julien Duvivier (1957). *(Cliché Christophe L.)*

Photo pour une couverture de *Cinémonde*. Au moment de la présentation de *Porte des Lilas* au festival de Cannes (1957). *(Cliché Christophe L.)*

A dix-huit mois en Indochine.
Période heureuse.

En Indochine. J'ai deux ans et demi. La photo a été découpée par Juliette. De ma petite sœur Alice, il ne reste que le pied.

Indochine. Une belle vie de riches colons. La voiture devant notre maison. Mon père au volant, son chauffeur près de lui. Derrière, Juliette et le chien.

Tourane, début des années 30.
Juliette (fume-cigarette et canne à pommeau), à côté de mon père.

« Maman Tourane » et Alice.
Elle a six ans.

Mon père avec Juliette à cheval.

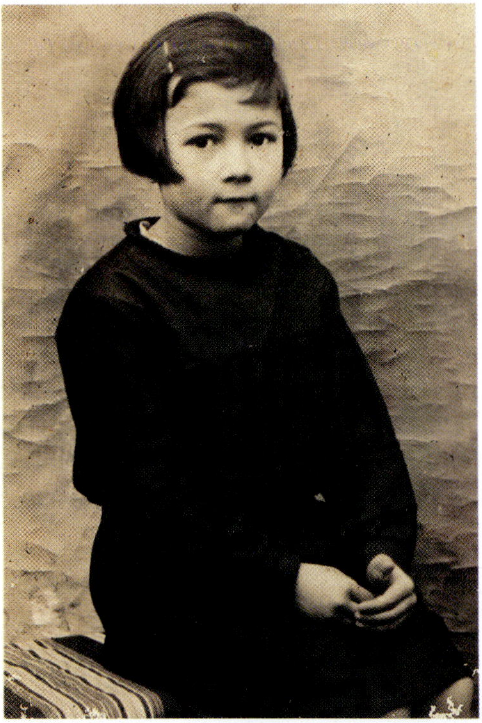

Juliette, toujours élégante, fait quelques rares apparitions dans mon orphelinat.

Six ans, à l'orphelinat Saint-Joseph. Dans l'uniforme noir des pensionnaires.

La cour de l'orphelinat Saint-Joseph et ses pensionnaires : un document d'époque qui évoque bien la triste atmosphère du lieu.

Communion solennelle (je suis la troisième à droite au deuxième rang). Au fond, l'abbé Bel, l'homme qui m'a permis de devenir actrice.

1954. Je joue dans *Les Chiffonniers d'Emmaüs*. Le film évoque la vie de l'abbé Pierre. Jean-Pierre Laubert et moi, deux enfants de bidonville. *(Cliché Christophe L.)*

Premier portrait d'actrice et première photo envoyée à « Maman Tourane ».

Figuration exotique au théâtre de l'Ambigu. Je suis encore élève au Cours Bauer-Thérond. *(Photo Lipnitzki-Viollet)*.

En haut : 1956. *Les Grandes Manœuvres* de René Clair. La petite prostituée débutante séduite par un beau capitaine (Gérard Philipe). *(Cliché Christophe L.)*
Ci-contre : *Pot-Bouille*. La grande période du cinéma signifie trois plans par jour et toute une semaine dans un lit avec Gérard Philipe… *(Cliché Christophe L.)*

Dans *Les Possédées* de Charles Brabant, avec Raf Vallone.
(Cliché Christophe L.)

Dans *Porte des Lilas* de René Clair (1957) aux côtés de Pierre Brasseur, Juju le clochard. *(Cliché Cinéstar.)*

Photo de tournage de *La Petite Vertu* de Serge Korber (1967).
(Cliché Cinéstar.)

Delphine d'Eric le Hung, avec Maurice Ronet. *(Cliché Christophe L.)*

— Oh, bonjour ma toute petite !

Denise me voyait encore en collégienne, col Claudine et jupe plissée ! Elle ajouta :

— Quand joue-t-on ensemble ? Il faudrait que nous tournions quelque chose avant que j'arrête !

— Oui, trouvons ! Quel plaisir j'aurais à jouer avec toi ! Mais il est bien difficile de trouver deux rôles !

A mon grand regret, je n'ai pas rejoué avec Denise. Comme nous avons le même impresario, nous nous rencontrons parfois et je suis toujours sa « petite ». Denise est une femme prodigieuse. Une telle joie, une telle énergie émanent d'elle ! Comment croire qu'elle a plus de quatre-vingt-dix ans lorsqu'elle est sur les planches ? Entendre Denise est un bain de jouvence. Elle est si tonique qu'on se dit que rien n'est jamais perdu, que tout peut arriver ! Denise me dit : « Tu sais, je suis devenue vedette sur le tard. C'est depuis que je suis grand-mère que je suis une star ! Bien sûr, j'ai eu la chance de toujours travailler, mais tu vois, maintenant que je suis branlante, eh bien je suis star ! Il n'est jamais trop tard ! »

Princesse du désert, fille de bidonville

Je continuais à refuser mon visage d'adolescente. Je voulais absolument être adulte et je débusquais la moindre trace d'enfance encore attachée à mes traits. Pourtant lorsque je regarde aujourd'hui les photos du *Dortoir des grandes*, je ne retrouve pas ces grosses joues qui à l'époque faisaient mon désespoir.

En 1953, lorsque le film sortit, je ne voulus pas aller le voir. Je n'avais pas changé d'avis parce qu'Henri Decoin avait éclaté de rire lorsque j'avais déclaré : « Je suis vraiment hideuse ! » Non, ce visage ne pouvait être le mien ! Et comme sur l'affiche, ce nom : « Dany Carrel », n'était pas le mien non plus, je n'avais aucune raison de m'identifier à cette fillette que je n'aimais pas.

Je ne me faisais d'ailleurs guère d'illusions. Ce n'était pas ce rôle minuscule qui me ferait remarquer, même si les journalistes de *France-Soir* et du *Figaro* m'avaient sortie du lot en publiant une photo du tournage où je figurais seule aux côtés de Jean Marais.

Le mois de tournage du *Dortoir des grandes* terminé, je retournai tout naturellement aux cours de Mme Bauer-Thérond. J'y avais désormais un statut particulier : n'étant plus inscrite comme élève, je venais seulement pour le plaisir de parler avec mon professeur et pour profiter de ses conseils. Dès qu'elle m'apercevait, elle m'interpellait :

— Puisque tu es venue, donne donc la réplique !

Je lui confiai aussi mes inquiétudes :

— Je ne suis pas photogénique, je dois me diriger vers le théâtre.

Elle me rassura et m'affirma :

— Tu as une personnalité, un type... Allons, il faut prendre de l'assurance ! Va de l'avant !

Je tentai de me convaincre qu'en effet je devais bien avoir quelques qualités : Mme Bauer-Thérond ne m'envoyait-elle pas auprès des metteurs en scène ? Toujours à l'affût de pièces de théâtre et de films qui se préparaient, elle ne cessait de m'encourager :

— On recherche une adolescente... Va donc te présenter !

Chaque fois, c'était le même trac : réussirais-je mon audition ? Mais, chaque fois aussi, la même force me poussait, la même obsession : Il faut que je réussisse ! Il faut que je devienne quelqu'un ! C'est mon seul moyen de retrouver Alice, de la ramener auprès de moi ! Pour elle, je dois réussir !

Grâce à cette volonté, je décrochai des premiers rôles au cinéma et chaque rôle obtenu me semblait un pas vers Alice. Avec *La Patrouille des sables,* j'abordai mon quatrième rôle en quelques mois. Maintenant Paul, l'architecte, désirait que j'abandonne mes travaux de secrétariat pour me consacrer entièrement à ma vraie carrière. D'ailleurs je devais quitter Paris : *La Patrouille des sables* se tournait en Algérie. Le film n'était peut-être pas promis à un grand avenir de cinémathèque mais, pour moi qui n'avais jamais voyagé ni vécu avec une équipe de tournage, c'était une grande expérience. Deux très bons acteurs faisaient partie de la distribution : Marcel Dalio qui avait joué dans *La Grande Illusion, La Règle du jeu,* ou *Casablanca* et Michel Auclair qui avait joué dans *La Belle et la Bête* et *Justice est faite.* Michel Auclair m'attirait : il avait juste la trentaine et ne se contentait pas d'avoir une belle tête de jeune premier, il était intelligent, cultivé, charmant.

A Beni Abbès où nous nous installâmes, je connus mes premières frayeurs. Moi qui ne supportais pas la vue d'une araignée, je dus affronter toutes sortes d'énormes bestioles. Chaque soir j'inspectais ma chambre et mon lit de fond en comble : des scorpions ou des cafards se promenaient gentiment sur les murs et le sol. J'en avais une frousse intense et pourtant je ne pouvais m'en protéger la nuit puisque ma chambre n'avait pas de fenêtre. Un simple rideau fermait l'ouverture.

J'avais peur des scorpions et je craignais aussi d'autres visites : si un homme sautait dans ma chambre ? Certes, je ne me serais pas plainte s'il s'était agi de Michel Auclair, mais si cela avait été un autre homme ?

Une nuit, justement, j'entendis mon rideau bouger. Je n'eus pas le temps de réagir que, déjà, Marcel Dalio était tout près de mon lit. Mais si Dalio était un homme très sympathique, je n'éprouvais aucune attirance pour lui et le lui avouai très simplement. Je lui confiai même que j'étais amoureuse de Michel. Fair-play, Dalio partit sans insister davantage. Quelques jours plus tard, Michel me demanda :

— C'est vrai, tu es amoureuse de moi ?

Prise au dépourvu, je bredouillai :

— Oui...

Dalio lui avait rendu compte de sa visite nocturne et avait conclu : « La môme est amoureuse de toi ! »

Nous quittâmes bientôt Beni Abbès pour Ougarta. Je découvris soudain le désert et ce fut un choc jamais ressenti auparavant devant un paysage. Pour rien au monde, je ne voulais manquer un lever ou un coucher de soleil. Le soir venu, assise dans le sable à côté de Michel Auclair, je retardais le plus possible le moment d'aller me coucher. Michel était un vrai poète, j'aurais pu rester des nuits entières à l'écouter parler. Eblouie par le paysage, éblouie par Michel, je ne bougeais plus. « Tu as de la chance, me disait-il, de débuter au cinéma dans les décors les plus somptueux qui puissent exister : ces dunes jaunes, ces soleils rouges... »

Plus tard dans la nuit, il m'accompagnait à mon camion. Unique femme du tournage, je disposais d'un camion pour moi seule ; les hommes, eux, couchaient sous la tente. Michel me souhaitait une bonne nuit et, chaque soir, il me laissait devant ma porte : Il n'entre pas ? Quel dommage ! Dans ce désert, loin de tout, dans ce décor somptueux qui me donne l'âme si romantique, comme il serait doux d'avoir Michel Auclair comme amant... Michel n'était pas amoureux de moi.

Mon rôle dans *La Patrouille des sables* était celui d'une jeune Berbère. Habillée du vêtement traditionnel, les yeux noirs, les cheveux noirs, je ressemblais à une vraie fille du désert. Pendant plusieurs jours, un prince berbère assista de loin au tournage. Un soir il s'approcha de Michel :

— Je vous donne cent chameaux contre la jeune fille.

— Mais je ne suis pas responsable d'elle ! répondit Michel interloqué. Elle fait ce qu'elle veut... Si elle veut vous épouser, elle vous épousera, mais je ne peux pas décider pour elle.

Le prince demanda donc à me rencontrer. Poussée par la curiosité et amusée par la vision d'un Michel Auclair débarquant à Paris avec ses cent chameaux, j'allai au rendez-vous. Etre demandée en mariage par un prince en plein désert et savoir que je valais cent chameaux me flattaient. Mais je n'avais aucune intention de me marier, même avec un prince et je dus m'appliquer à le convaincre, ce qui ne fut guère facile, que tout n'était que déguisement, que je n'étais pas la fille du désert qu'il croyait. Moi qui, à Saint-Joseph, avais rêvé d'un prince, voilà que je le refusais !

De retour en France, je décidai de trouver une chambre dans Paris. Je n'étais pas malheureuse à Saint-Mandé. Au contraire, mes rapports avec Hélène et Robert, son fils, étaient excellents. Mais je désirais avoir enfin mon coin « à moi » et être tout à fait autonome. Vivre seule serait pour moi comme le signe d'un changement de statut radical. Plus de Juliette ! Plus de Jeanne !

Je m'installai rue des Pâtures, près de l'avenue de Versailles, où j'avais déniché, au septième étage d'un immeuble sans ascenseur, une chambre minuscule avec coin cuisine. Le papier fleuri des murs, la table bon marché et ses quatre chaises, le bureau et le lit n'étaient pas très jolis. Mais qu'importe ? Là, du moins étais-je chez moi. Mon seul luxe était le téléphone : il fallait que les producteurs ou les journalistes puissent me joindre facilement. Les journaux et les revues de cinéma commençaient en effet à s'intéresser à moi. Je fus fière d'avoir trois jolies photos dans *Ciné-Revue,* un magazine où, il n'y avait pas très longtemps, j'admirais mes stars, rêvant de l'inaccessible métier de comédienne. Le rêve commençait à m'appartenir.

Après *Ciné-Revue, Cinémonde* me consacra une page entière sous le titre « Dany Carrel réinvente le style Viviane Romance ». Je découvris que je « relançais ce style très français de sex-appeal » et que je « crevais littéralement l'écran »... A lire ces phrases, j'étais très étonnée, mais il s'agissait bien de moi. Je m'étais pourtant réconciliée avec mon image et je parvenais à me reconnaître plus volontiers sur les photos. Et même s'il y avait encore une sorte de décalage entre ce que je lisais et ce que j'étais réellement, lire ces articles me stimulait. Car les journalistes semblaient croire à ma carrière : « Cette jeune vedette gravit les degrés d'une carrière prometteuse... Elle a pris un départ qui risque fort de la mener très loin... »

Articles et entrefilets n'échappèrent pas à Juliette qui s'intéressa à moi de plus près encore. A peine eut-elle appris mon déménagement qu'elle décida, elle aussi, d'abandonner son appartement de Marseille :

— Nous allons habiter ensemble ! me dit-elle.

— Mais c'est impossible, je ne suis pas seule...

Je mentais effrontément mais n'en éprouvais aucun remords. Juliette ne m'entretenait-elle pas depuis toujours dans le mensonge ? J'avais bien un amant, Paul, mais je vivais seule. J'avais décidé de ne plus jamais vivre avec Juliette : je ne lui pardonnais pas de m'avoir séparée d'Alice. Juliette connaissait mon attachement à Mme Bauer-Thérond et savait que je lui rendais visite régulièrement. Elle décida donc de s'installer rue Laferrière, tout près du cours d'art dramatique. Autre façon de ne pas me perdre de vue : elle n'hésitait pas à venir au cours dans l'espoir de m'y rencontrer. Juliette pensa également : « Yvonne se sentira obligée de me rendre visite puisque j'habite à deux pas... » Et, en effet, Juliette ne se trompait pas. N'avais-je pas été élevée chez les religieuses ? On m'y avait inculqué le respect de la famille et même si je savais maintenant qu'elle n'était pas ma mère, Juliette était la femme de mon père et, pour cette raison, je ne pouvais la délaisser. Yvon, mon toujours fidèle ami, était à mes côtés lorsque, démoralisée, je devais rendre visite à Juliette. Il était d'une générosité sans faille et partageait mes angoisses et mes doutes. Il partageait aussi mes joies, toujours aussi simples : un café au lait et un croissant dans un bistrot, une séance de cinéma, un dîner dans un modeste restaurant... Nos goûts n'avaient pas changé. La joie de nous retrouver était toujours aussi grande.

A peine étais-je de retour du désert que Mme Bauer-Thérond m'annonça :

— Marcel Camus cherche une adolescente pour *Les Chiffonniers d'Emmaüs*, un film sur l'abbé Pierre. Tu devrais y aller...

— Mais quel rôle pourrais-je bien avoir dans un tel film ?

— Une adolescente de bidonville.

Je connaissais l'action de l'abbé Pierre en faveur des sans-logis. Il avait constitué un peu partout en France des équipes de volontaires. Ils étaient devenus chiffonniers, récupérant ferrailles, meubles, papiers, chiffons pour en tirer quelque monnaie et aider les plus démunis d'entre eux.

En ce début des années cinquante, la guerre n'était pas effacée, la France n'était pas totalement reconstruite. Des milliers de familles s'entassaient dans des bidonvilles aux portes des grandes villes. Elles vivaient dans des tentes rapiécées, des barraques de bois et de tôle, sans eau, sans électricité. Dans les ruelles boueuses, des gosses mal nourris, peu vêtus, jouaient au foot avec des boîtes de conserves.

Et l'hiver 1954 fut particulièrement terrible pour ceux des bidonvilles : des gosses et des vieillards moururent même de froid. L'abbé Pierre décida de réveiller les Français et lança à la radio un appel de solidarité. L'impact fut considérable : personne désormais ne pouvait plus dire qu'il ignorait la misère.

Incarner une adolescente de ces bidonvilles serait en somme ma façon d'agir. Mais, malgré mes quatre films déjà tournés, je n'étais pas très vaillante le jour où je dus me présenter. J'aurais préféré me cacher dans un trou de souris. Pourtant, plus je tournais et plus je sentais que cette peur ne me déplaisait pas : j'aimais les grandes émotions, j'aimais avoir le cœur qui bat trop fort.

Je pris rendez-vous avec Marcel Camus, l'assistant du metteur en scène Robert Darène, pour un bout d'essai. La scène était simple : je dansais devant mon fiancé afin de l'éblouir puis, épuisée, je me laissais tomber sur une chaise. Alors seulement je lui adressais la parole.

En dansant devant Marcel Camus et Robert Darène, je savais que je devais les séduire et je me donnai à fond dans cette danse tourbillonnante. Véritablement essoufflée lorsque je m'assis, je butai sur un mot et m'arrêtai, inquiète ; j'avais raté ma prestation ! Marcel Camus me demanda :

— Pourquoi t'arrêtes-tu ?

— J'ai mangé le mot...

— Eh bien ? Tu ferais ça dans la vie, n'est-ce pas ? Alors, ta phrase, je m'en fous ! Il ne faut surtout pas être parfaite : garde tes gaucheries. Il faut être naturelle. Tu étais très bien.

J'obtins donc le rôle. Adolescente de seize ans dans le film, coiffée de deux nattes, je devins la fille de Madeleine Robinson. Nous vivions sous une tente dans un bidonville parisien. Mon « fiancé », Jean-Pierre Jaubert, vivait dans une cabane un peu plus loin. Il était beau, il avait un vélo. Je ne rêvais que de m'évader avec lui, assise sur son vélo. André Reybaz était l'abbé Pierre. Il était si ressemblant qu'on le confondait avec le vrai lorsque, parfois, celui-ci venait donner des conseils.

Finis les princes, les couchers de soleil, le romantisme. Les grandes tentes confortables du désert étaient remplacées par d'autres, petites, trouées ; le soleil par le froid, la pluie ; le sable par la glace, la gadoue. Le rêve faisait place à la sinistre réalité. Je devais m'imprégner de la vie que menaient ces gosses de bidonville. Mais pouvait-on appeler ça vivre ?

Certaines scènes furent tournées en studio. D'autres dans les décors naturels. Nous tournâmes dans les bidonvilles et chez les chiffonniers d'Emmaüs. Si j'avais vu bien des fois dans les journaux ou aux actualités cinématographiques des reportages sur les bidonvilles, jamais je n'y avais mis les pieds. Voir « pour de vrai » cette misère fut une épreuve. Et pourtant je n'avais pas été élevée dans le luxe ! Mais un tel dénuement, un tel délabrement et, surtout, une telle tristesse sur le visage des adultes furent pour moi insoutenables.

Je devais jouer une scène avec mon « fiancé » : montés sur son vélo, nous dévalions une pente trop rapidement et, tombés dans des poubelles l'un tout près de l'autre, nous en profitions pour nous embrasser. Mais pour moi la scène était du roman :

— Non, ce n'est pas possible ! Je ne peux pas être amoureuse au milieu des poubelles ! Dans cette misère... Je ne crois pas à cette scène...

— Mais si, bien sûr que si ! L'amour existe même dans les taudis, même sur la zone... L'amour se fiche pas mal du décor !

Moi qui n'étais pas encore vraiment tombée amoureuse, j'écoutais Marcel Camus me parler de l'amour entre jeunes de bidonville. J'étais émerveillée : l'amour, la vie, plus forts que tout !

J'aimais le tournage. J'aimais ceux qui m'entouraient. Jean-Pierre Jaubert, mon « fiancé », devint immédiatement un ami. Il est demeuré un ami très fidèle et, s'il nous arrive de rester plusieurs années sans nous voir, lorsque nous nous retrouvons, c'est toujours avec le même enthousiasme.

Ma « mère », Madeleine Robinson, m'éblouissait. Comme elle méritait la Victoire de la meilleure actrice française reçue deux ans plus tôt ! On m'avait prévenue avant le tournage : « Tu sais, ça risque de ne pas être très agréable pour toi. Madeleine Robinson n'est pas une femme facile ! Elle a ses têtes ! » C'est vrai, Madeleine Robinson a du caractère, mais pour moi c'est une qualité. C'est vrai, elle dit les choses sans détour. Encore une qualité. A-t-elle ses « têtes » ? Je n'en sais rien. En tout cas, dès le premier instant, elle me plut et, gentiment, elle me prit sous son aile.

Il en était un autre qui aurait aimé me prendre sous son aile, ou plus précisément dans ses bras, Marcel Camus, le premier assistant. Il avait quarante-deux ans. Il était blond, frisé, il avait de grands yeux verts. Il était séduisant, aussi, par sa façon de vivre. L'un des assistants les plus sollicités du cinéma français, il savait pourtant oublier le cinéma, chose rare dans ce milieu que je commençais à connaître. Il parlait des pays qu'il avait visités, il parlait de littérature, de musique ou de peinture.

Dès le premier instant de notre rencontre, lorsque je m'étais présentée pour le rôle, j'avais compris que je ne lui étais pas indifférente. Depuis, il me faisait la cour avec une infinie discrétion. Tout se passait en demi-teinte. Il cherchait tout simplement à m'être agréable. Il m'emmenait au théâtre, m'invitait au restaurant, me parlait de tout ce qu'il connaissait et je l'écoutais avec passion. S'il était amoureux de moi, je ne l'étais pas moins de lui.

Comme j'aurais aimé me glisser dans les bras de Marcel Camus ! Pour lui résister, je me faisais violence. J'aimais les hommes plus âgés que moi, j'aimais les hommes cultivés, j'aimais les hommes généreux et, enfin, j'aimais les hommes drôles. Marcel possédait toutes ces qualités, et bien d'autres encore : il était simple, direct, dénué de tout snobisme et, qualité suprême, il n'était pas carriériste ! Mais je n'avais que seize ans et j'étais très intimidée devant cet homme d'une quarantaine d'années.

Marcel Camus me présentait à des metteurs en scène, à des producteurs ou à des acteurs. Il me guidait aussi par ses conseils. J'étais émerveillée qu'il s'intéressât à moi, une simple débutante.

Marcel m'expliquait :

— Il faut que tu saches que les metteurs en scène n'ont pas toujours une grande imagination, une actrice doit donc se présenter en étant le plus près possible du personnage.

— Ah bon ?

— J'ai travaillé avec des metteurs en scène à qui je présentais des actrices pour tel ou tel rôle, ils me répondaient : « Mais voyons, elle n'a pas du tout l'air d'une femme du monde ! » ou : « Elle n'a pas du tout l'air d'une putain ! » et je répondais : « Non, mais elle peut le devenir : il suffit de la maquiller, de lui mettre une robe décolletée et des hauts talons... »

— Que dois-je faire ?

— C'est très simple : lorsque tu te présentes pour un rôle, arrive toujours dans la tenue adéquate.

— Mais pour cela, il faut savoir quel est le rôle, et le plus souvent je l'ignore...

— Eh bien, tu dois mener l'enquête avant de te présenter.

— Les metteurs en scène sont tous installés dans le quartier de l'Etoile, me promener déguisée au milieu des Champs-Elysées risque tout de même d'être un peu insolite !

— Ça n'a aucune importance, fais-le ! Tu ne dois pas oublier ceci, Dany : parfois les metteurs en scène peuvent manquer d'imagination. Alors, montre-toi telle qu'ils désirent te voir !

— D'accord, Marcel, j'essaierai de retenir la leçon...

Avec l'aide d'Yvon, je choisis ma garde-robe : une jupe noire serrée, fendue sur le côté, des hauts talons, un corsage décolleté pour les rôles de jeune fille légère. Une robe longue et large, des espadrilles pour les rôles de jeune paysanne... Et nous mîmes au point une tactique. J'avais évidemment renoncé à l'idée de me promener avec de tels accoutrements sur les Champs-Elysées, Yvon se proposa de me servir de vigie :

— Dépêche-toi, je fais le guet.

Cachée dans l'ascenseur ou dans un recoin d'escalier, j'enfilais mes bas noirs, mes hauts talons, mon corsage, je me barbouillais les lèvres d'un rouge éclatant.

— Ça y est, je suis prête.

— Allez, courage Dany, c'est sûr que tu vas décrocher le rôle ! Je t'attends au café.

Je me présentais et, miracle, parfois le « truc » de Marcel marchait.

Comme tous les acteurs, j'avais dû choisir un imprésario. Bien sûr, Mme Bauer-Thérond m'indiquait des rôles, mais elle n'était pas au courant de tout ce qui se préparait. Et puis, un imprésario règle les problèmes de contrat avec les producteurs. Ce fut pour moi un réel soulagement car je n'étais vraiment pas de taille à me défendre contre ces financiers parfois roublards.

Mon imprésario, M. Behars, était un Espagnol étonnant. Beau visage, yeux noirs, tempes grisonnantes, taille moyenne, exubérant et même « tout fou », il se prit d'affection pour moi et se dépensa sans compter. Sa secrétaire, Mme Vaucher-Crépin, que tous surnommaient Pépé, était elle aussi extrêmement sympathique. Une sorte de petite mère pour moi. Leur bureau était comme un nid douillet où je me sentais protégée. José Behars était au courant de tout, m'envoyait partout. Parfois, je ne correspondais en rien au personnage recherché :

— Que venez-vous faire ? On cherche une grande blonde aux yeux bleus...

— Oui, en effet, ce n'est pas moi...

Je trouvais ces mises à la porte tout à fait insupportables et je me précipitais au bureau de Behars, avenue des Champs-Elysées :

— Ecoutez, José, faites attention tout de même ! Ne m'envoyez pas si l'on recherche une grande blonde !

Mais M. Behars ne se démontait jamais et, de son accent espagnol inimitable, il me répondait :

— Oh, vous savez, ça ne veut rien dire ma p'tite Dany : on cherche une grande blonde, on prend une petite brune !

J'avais beau lui répéter sans cesse qu'il ne devait plus agir ainsi, M. Behars n'en continuait pas moins à m'expédier partout où un film était en préparation. Vaillamment, j'allais me présenter. Et souvent j'obtenais le rôle. Depuis *Le Dortoir des grandes*, je n'avais pas chômé : cinq films en à peine plus d'un an et deux autres en préparation. Mon seul regret était de ne pas toujours tourner dans de très bons films. Mais personne ne paierait mon loyer, personne ne m'achèterait des vêtements. Et puis, gagner un peu d'argent était une chose bien agréable. C'est pourquoi lorsque le producteur d'un film moyen disait : « Nous vous paierons un peu plus cher ! », j'acceptais le rôle : Je vais pouvoir aller dans un magasin m'acheter une robe. Je vais pouvoir inviter Yvon au restaurant... Et je tournais une série B. Mais j'étais loin de perdre mon temps : j'apprenais mon métier. Bouger devant une caméra, montrer son meilleur profil, savoir capter les meilleurs éclairages sont des expériences qui ne s'acquièrent pas en un film. Il faut tourner encore et encore pour oublier la technique et ne plus s'intéresser qu'au jeu d'acteur. Et je sentais que, de film en film, je progressais. Et quel magnifique métier ! Chaque film était un émerveillement. Je ne me lassais pas d'admirer les acteurs que je côtoyais. J'adorais l'atmosphère des studios.

Mon métier me passionnait et me permettait de vivre, mais ma vie sentimentale était terne, languissante. Paul et moi continuions à nous donner rendez-vous de temps à autre lorsqu'il était libre. Nous continuions à dîner chez lui ou bien au Dôme, à La Coupole, à La Palette avec Yvon. Paul était mon soutien, j'avais besoin de lui, de sa maturité, de sa tendresse. Mais sa vie d'homme marié l'accaparait et s'il était un amant et un ami merveilleux, je ne pouvais me contenter de jouer les Pénélope attendant sagement, patiemment le retour de mon Ulysse...

Après le tournage des *Chiffonniers d'Emmaüs*, j'avais revu deux ou trois fois Marcel Camus. Puis il s'était lassé de m'attendre : « Après tout, elle est jeune, c'est encore une môme... Je ne vais tout de même pas faire un détournement de mineure... » En ces années cinquante, où nous n'étions majeurs qu'à vingt et un ans, la société, extrêmement pudibonde, « protégeait » jalousement ses jeunes filles et condamnait sévèrement tout excès en ce domaine. Marcel ne me donna plus signe de vie. La chaleur dont il m'avait entourée pendant les trois mois de tournage me manquait beaucoup. J'avais trop aimé la compagnie de Marcel pour me résoudre à m'en passer définitivement. Et, un soir de cafard, je franchis le pas :

— Allô, Marcel ? J'aimerais bien te voir...

— Moi aussi...

Nous nous donnâmes rendez-vous. Marcel devint mon amant et moi, la plus heureuse des femmes. Marcel était un homme sensuel, notre relation fut merveilleuse. Il était beau comme un dieu grec. Il était drôle. Il était doué pour tout. Et, comme moi, il aimait la vie. J'étais très amoureuse.

Monsieur René Clair

— Dany, il faut faire attention ! Il faut savoir refuser des films !

— Sans doute, Marcel, mais le cinéma est mon gagne-pain...

— Eh bien, fais un autre métier dans la journée. Mais attention, le temps passe, il faut entrer dans le cinéma par la grande porte sinon on végète toute sa vie.

— Alors, que faire ?

— Lorsque les grands metteurs en scène préparent un film, il faut te présenter, passer une audition...

— Comment le savoir ?

— Ecoute, en ce moment René Clair tourne *Les Grandes Manœuvres* avec Gérard Philipe et Michèle Morgan. Il cherche une jeune fille qui pourrait jouer le rôle d'une petite prostituée débutante. Il n'y a que deux scènes pour ce rôle. Tu as déjà joué des films en vedette. Eh bien, ça ne fait rien, va te présenter. Et si tu décroches le rôle, ce sera pour toi une véritable entrée par la grande porte. On oubliera vite tes films de série B. Repars, recommence tout ! C'est une occasion rêvée. J'ai parlé de toi à l'assistant, il va te recevoir.

Je me rends aux studios de Boulogne. Comme toujours, même pour un rôle minuscule, nous sommes une cinquantaine à attendre. Yvon est près de moi. Il me souffle à l'oreille : « Courage, tu verras, ça va marcher ! » L'assistant de René Clair m'explique :

— Il s'agit d'une scène avec Gérard Philipe.

— Mais ce n'est tout de même pas lui qui va me donner la réplique maintenant ?

— Non, ne vous inquiétez pas ! Vous allez passer votre scène avec un assistant.

Il me tend alors la feuille du dialogue. Le texte est ravissant : je dois interpréter le rôle de Rose-Mousse, une toute jeune prostituée d'un petit bordel de province. Elle recoud le bouton de veste d'un client ; le client est Gérard Philipe.

Tout se passe trop vite, j'ai à peine le temps de me fondre dans le personnage que je dois déjà entrer sur le plateau.

Là, stupéfaction : René Clair est dans une cage de verre. Il donne des indications d'éclairage à des machinistes qui lui disent « Maître ». René Clair jette un rapide coup d'œil sur moi et dit négligemment :

— Bon, mon petit, dites votre scène, mon deuxième assistant va vous donner la réplique.

Le « Maître » René Clair est froid, distant, très intimidant. Il n'a vraiment pas l'air sympathique ! Je commence à lire la scène mais, tandis que je parle, le « Maître », sans prêter la moindre attention à ce que je dis, continue à diriger les techniciens, faisant des signes de la main : plus à droite, plus à gauche, un peu plus haut. Je suis folle de rage : Mais enfin, ce n'est pas possible ! Qu'est-ce donc que ce metteur en scène qui se fiche totalement de ce que je fais ?... Et, d'un seul coup, au milieu d'une phrase, je m'interromps. Deux grosses larmes se mettent à couler. Le « Maître » sent qu'il se passe quelque chose, se tourne vers moi :

— Eh bien, que vous arrive-t-il ?

— Rien !

— Mais ce n'est pas une scène où l'on doit pleurer...

— Non, et je ne pleure pas pour cela !

— Eh bien alors ?

— Vous ne me regardez même pas !

— Je ne vous regarde pas ?

— Non ! Et comment allez-vous pouvoir me juger si vous ne me regardez pas ?

René Clair est interloqué : on ne doit pas souvent l'interpeller de la sorte ! Il dit au chef opérateur :

— Une seconde !

Puis il s'assoit et s'adresse à moi :

— Recommencez, je ne regarde que vous !

Je relis mon texte.

— Mais, ce n'est pas mal du tout ! dit-il.

Il se tourne vers l'assistant :

— Nous allons lui faire faire un essai filmé... Mais je ne veux pas la garder ainsi, elle est trop typée. Il faut lui décolorer les cheveux.

On me décolora les cheveux, je devins légèrement rousse. Mon teint se fit plus pâle grâce au maquillage. On m'habilla de plumetis. Je jouai la scène devant la caméra.

— On vous écrira, me dit l'assistant, lorsque la séance fut terminée.

La phrase rituelle avait donc été prononcée ! Le couperet était tombé ! « On vous écrira ! », belle façon de dire : « Mademoiselle, on ne vous prend pas ! »

Quelques jours plus tard, le téléphone sonna dans mon studio.

— Ici la production des *Grandes Manœuvres*, vous êtes retenue. Nous devons vous fixer rendez-vous car M. René Clair aimerait s'entretenir avec vous.

Le René Clair que je rencontre n'a plus rien à voir avec celui de la cage de verre. Il est accueillant, aimable.

— Mon petit, tu vas jouer Rose-Mousse. Je te donne à lire le scénario complet afin que tu saches à quels moments précis vont s'insérer tes deux scènes. Toutes deux sont avec Gérard Philipe.

— Gérard Philipe !

J'ai l'impression de rêver.

— Comme tu le sais, nous sommes déjà en cours de tournage. Tu joueras tes scènes dans huit jours.

Je n'eus pas le temps de m'attarder à savourer ma joie. Je n'eus plus une minute à moi : il fallait faire les costumes. L'action se passait en 1914, je porterais corset, robe longue à décolleté pigeonnant, chignon bouclé. Je devais faire des essayages, je devais me plonger dans le scénario...

Au premier matin du tournage, je suis tout juste prête. Matin terrible : je retrouve le trac que j'avais éprouvé lors de mon premier film, face à Jean Marais. Et pourtant, comme Jean Marais, Gérard Philipe veut d'emblée me mettre à l'aise. Il voit aussitôt combien la « gamine » de dix-sept ans que je suis est impressionnée : n'est-il pas l'acteur le plus admiré, au théâtre comme au cinéma ? Gérard Philipe c'est *Lorenzaccio, Le Cid* et le TNP, Avignon ; c'est *Le Diable au corps, La Chartreuse de Parme, Monsieur Ripois, Le Rouge et le Noir...*

Il s'avance vers moi, me tend la main. Je ne vois plus que ses yeux clairs, son sourire éclatant :

— Bonjour, tu vas bien ?

Sa voix chantante me transporte. Comment répondre ? Impossible de tutoyer un tel acteur :

— Oui, je vous remercie, bonjour M. Philipe...

— Ne m'appelle pas Philipe, voyons, appelle-moi Gérard !

Nous commençons par tourner la courte scène où, devant la porte, la petite Rose-Mousse dit « au revoir » à ce beau lieutenant pour lequel elle éprouve un faible. René Clair me guide :

— Cette petite prostituée, évidemment, trouve ce soldat très séduisant...

Trouver Gérard Philipe « très séduisant » quoi de plus facile ? Il est si beau, ses yeux verts sont si profonds. Il a tant de charme ! Je suis en effet béate d'admiration. Gérard Philipe me dit :

— Viens, ça va être facile...

Le jeu de regard, l'attitude, les gestes sont pour moi fort simples puisque je ressens réellement ce que doit ressentir Rose-Mousse. Mais parler est une autre chose. Ma voix tremble un peu. J'ai conscience de ne pas être bonne. Pourtant René Clair et Gérard Philipe m'encouragent :

— C'est très bien ce que tu fais !

Le pensent-ils vraiment ? Je n'en suis pas certaine mais en tout cas ils me donnent aussitôt confiance. Les battements de mon cœur se régularisent et, devenant réellement Rose-Mousse, tout me paraît facile.

Au deuxième jour de tournage, je parvins à tutoyer Gérard Philipe. J'étais folle de joie.

Nous ne faisions jamais plus de trois plans par jour. Là, pour la première fois, je voyais ce qu'était le tournage d'un grand metteur en scène. Rien n'était laissé au hasard. Chaque scène, qui ne durait pourtant que quelques secondes, parfois à peine plus d'une minute, nécessitait des heures de préparation : préparation des éclairages, mise en place de la caméra, mise en place des acteurs...

Mon rôle était si court qu'il n'exigea que quatre jours de tournage. Dès que le dernier plan fut achevé, je me retrouvai toute triste. Mais je revins chaque jour sur le plateau. Observer Gérard Philipe ou Michèle Morgan était plus précieux que n'importe quel apprentissage dans n'importe quel cours d'art dramatique. Et puis, il faut l'avouer, j'étais totalement subjuguée par Gérard Philipe.

A me voir tellement attentive, René Clair s'intéressa à moi :

— Qu'as-tu fait avant ce tournage ? Que vas-tu faire maintenant ?

Je lui citai les films dans lesquels j'avais tourné, les bons comme les moins bons, ces films « alimentaires » que je passais généralement sous silence et que je préfère ne plus me rappeler aujourd'hui. Ce n'est pas qu'ils soient « indignes », ils sont tout simplement médiocres.

— Mais ça, il ne faut plus le faire mon petit !

— Non, bien sûr...

Je n'osai rien lui dire de mes problèmes personnels. Puis, au fil des jours, voyant cet homme si respecté, si redouté même, prendre la peine de m'interroger, je pris confiance. Je lui expliquai ce que j'avais déjà expliqué à Marcel Camus :

— Il faut bien manger, il faut bien s'habiller...

— Mais comment vis-tu ? Tes parents ne t'aident pas ?

— Non, je suis seule...

— Ah bon ?

Je dis deux ou trois choses de mon père, de Juliette, de ma vie à l'orphelinat. Dès lors René Clair me conseilla, me prit en amitié, sembla vouloir me protéger.

— Est-ce que tu lis ?

— J'aime lire mais je lis les choses un peu au hasard.

— Que lis-tu ? Que lisais-tu dans ton orphelinat ?

— Je lisais Delly.

— Quelle horreur ! Il faut lire Chateaubriand, Flaubert, Balzac, Proust !

— Oui...

— Tu n'as pas encore abordé ces auteurs ?

— Si, j'en ai lu certains...

— Delly ! Quelle horreur, répéta René Clair. Bannis ça à jamais de tes lectures !

René Clair me fit une liste d'ouvrages à lire :

— Quand on se reverra, tu me diras ce que tu penses de ces livres.

Lorsque René Clair me connut davantage, il me confia que lorsque je m'étais présentée pour le bout d'essai, il ne comptait pas me prendre car je ne correspondais en rien au personnage qu'il avait imaginé. Il m'avait cependant laissé passer la scène puisque j'étais venue, mais Rose-Mousse, ce n'était pas moi ! Il ne m'écoutait donc pas, en effet. Mais voyant mes larmes, il s'était interrogé : « Celle-la en veut ! Et elle a raison : je ne la regarde pas. Il est injuste de ne pas lui donner ses chances... » Si je n'avais pas eu ces larmes et ce mouvement de révolte, je ne faisais sûrement pas Rose-Mousse, m'avoua-t-il.

Lorsque le tournage des *Grandes Manœuvres* s'acheva, René Clair me dit :

— J'ai en projet l'adaptation du livre de René Fallet, *La Grande Ceinture.* Il y a un rôle de jeune fille et il se pourrait que je l'écrive pour toi. Ce sera prêt dans un an, mais d'ici là, je verrai ce que tu es devenue...

Je savais qu'il avait aimé les deux scènes que j'avais tournées pour lui mais j'étais persuadée qu'en me faisant cette promesse, il agissait comme beaucoup de metteurs en scène : c'était une façon de nous quitter en bons termes, mais il ne me donnerait plus jamais signe de vie !...

René Clair ajouta :

— Attends pour tourner. Tu n'es pas pressée...

— Non, bien sûr, mais je dois tout de même gagner ma vie.

— Eh bien, reprends ton ancien métier de secrétaire. Et lis, fais de l'anglais, cultive-toi !

A l'issue de la première projection privée des *Grandes Manœuvres*, René Clair, satisfait de ma prestation, le dit à José Behars qui, le lendemain, me rendit compte de leur entrevue :

— René Clair m'a dit textuellement : « Il ne faut plus qu'elle fasse de conneries ! Hein, c'est fini ! Parce que, vous verrez, ces deux petites scènes des *Grandes Manœuvres* vont lui porter bonheur ! Dans un an j'aurai quelque chose pour elle, mais d'ici là, rien ! Ou bien, uniquement des choses de valeur ! »

Alice

J'avais un métier de rêve, des amours sensuelles et gaies, des amitiés chaleureuses... Pourtant, toujours cette angoisse : Alice. Retrouver Alice était toujours le but de ma vie.

Depuis cinq ans, plus trace d'elle. Juliette accumulait les mensonges. Mensonges sur les conditions de son départ. Mensonges sur son identité. Juliette m'avait tant de fois affirmé : « Alice était trop jeune, on ne dit pas la vérité à une enfant de douze ans... » Et si, en réalité, ma propre mère était morte ? Si la mère d'Alice l'avait en effet réclamée auprès d'elle ? Si Alice m'avait vraiment oubliée ? Parvenue à ce terme de ma réflexion, invariablement, je me révoltais. Alice et moi étions trop semblables, trop liées l'une à l'autre. Non, Alice ne m'avait pas oubliée ! Alice avait tout fait pour tenter de me joindre ! Alice m'avait écrit, c'était certain ! Juliette avait volé ces lettres ! Et Juliette continuait de mentir !

Depuis 1950, mon angoisse était devenue quotidienne. Chaque jour la guerre d'Indochine faisait des victimes. Pourtant les Français semblaient se désintéresser de cette guerre : l'Indochine était si loin ! D'ailleurs le gouvernement français refusait le mot guerre : il ne parlait que de « pacification ». Il n'empêche : il y avait là-bas plus de 250 000 Français qui se battaient contre au moins 125 000 Vietnamiens ! Et moi, j'étais à la fois française et indochinoise... Et Alice, et notre famille où étaient-elles perdues dans cette guerre ? Et ce pauvre capitaine Niche qui risquait lui aussi sa vie ? Toujours avec la même fidélité, le capitaine me rendait compte de ses recherches. Recherches vaines. Espoirs déçus. Si Alice était définitivement perdue ? Si Alice était morte ? Les unes des journaux étaient barrées d'énormes titres qui me faisaient peur : « Vives attaques du Viêt minh au Tonkin et en Cochinchine. » Je lisais les gros titres des quotidiens comme si j'avais pu en attendre un apaisement. Au contraire, ils augmentaient mon inquiétude. La guerre s'intensifiait : « Renforts pour l'Indochine (hommes, chars, artillerie et avions). » Quelques semaines plus tard, je lus : « Tonkin : héroïque résistance » et je compris tout ce que ce titre pouvait signifier de boucherie, de sang.

Toute l'Asie semblait s'embraser en cette fin de l'année 1950. Non seulement les Français se battaient en Indochine mais les Américains se battaient en Corée. Un jour, je restai figée devant un kiosque de journaux : « Emploi de la bombe atomique en Corée à l'étude, annonce Truman ! » J'eus l'impression que le monde était devenu fou.

Heureusement mon travail d'actrice me passionnait. En m'y donnant à fond, j'évitais de sombrer totalement dans le désespoir. Je pratiquais mon métier avec d'autant plus de fougue que j'avais cette permanente obsession : seule ma réussite permettrait de retrouver Alice. J'imaginais même que si je devenais un peu connue, elle verrait peut-être un jour mon nom dans un cinéma, dans une revue, et elle me contacterait...

Comme chaque soir, je monte quatre à quatre mes escaliers dans l'espoir de trouver une lettre sous ma porte. En entrant dans le studio, je découvre la lettre du capitaine Niche. Je laisse tomber mon sac, déchire vite l'enveloppe. A chaque lettre, c'est le même espoir et la même crainte. Mais ce jour-là :

« Ma petite Yvonne,

Enfin, enfin chère Yvonne, je vous apporte aujourd'hui le cadeau promis : Alice est retrouvée ! Enfin ! Je pense que vous désirez savoir dans le moindre détail comment les choses se sont passées. Je suis depuis quelques jours dans la ville de Tourane où se trouvent plusieurs écoles. Je suis allé au pensionnat du Sacré-Cœur. La religieuse que j'interrogeais m'a dit qu'une Alice Chazelles était bien là. Vous imaginez quelle fut ma joie ! J'ai immédiatement demandé à rencontrer la mère supérieure. On m'a fait entrer au parloir. Quelques instants plus tard une sœur charmante m'accueillait. Elle rayonna de bonheur lorsque je lui expliquai que j'étais à la recherche de votre sœur. A la minute même, elle fit appeler Alice. Je tournais le dos à la porte lorsque Alice entra.

— Monsieur, vous me demandez ?

Dès que j'entendis sa voix, je fus certain qu'il s'agissait de votre sœur : vous avez la même intonation. Je me suis retourné et elle m'a dit :

— Je suis Alice Chazelles.

Vous imaginez sans doute comme mon cœur a battu ! Vous imaginez aussi la joie d'Alice. Elle ne vous a pas oubliée, je vous assure ! Elle n'a plus qu'un désir, vous revoir !

La mère supérieure favorisera la venue de votre sœur en France, elle est persuadée qu'Alice sera plus heureuse près de vous. " Mais bien sûr, a-t-elle dit, si on a retrouvé la trace d'Yvonne, bien sûr qu'il faut que les deux sœurs se retrouvent ! "

Alice m'a tout de suite demandé votre adresse et compte vous écrire dès aujourd'hui.

Je retourne demain au pensionnat afin d'organiser les démarches pour le rapatriement d'Alice. Toutefois, ne soyez pas trop impatiente, le pays n'est pas sorti de la guerre et tout cela prendra du temps.

Voilà, ma chère petite Yvonne, les premiers éléments que je vous donne un peu à la hâte. Je vous écrirai dans quelques jours plus en détail mais je tenais à ne pas différer d'une heure l'annonce de cette merveilleuse nouvelle. Sachez que je suis infiniment heureux d'avoir pu mettre un terme à vos angoisses, et je vous redis mon attachement... »

Je lis et relis la lettre du capitaine Niche. Je ris et je pleure à la fois : cet homme-là m'aime vraiment ! Que de temps passé, que de dévouement ! Et pourtant je ne suis rien pour lui. Mon Dieu, il existe donc des gens qui peuvent vous aimer, vous faire de si merveilleux cadeaux sans contrepartie...

Décidément, cette année 1954 est celle de toutes les émotions : j'ai tourné avec René Clair, l'un des plus grands metteurs en scène français, et je retrouve ma sœur !

Je ne peux attendre une seconde de plus, il faut que j'écrive tout de suite à Alice. Assise sur mon lit, la lettre du capitaine Niche posée près de moi, un bloc de papier à lettres sur les genoux, je suis à nouveau avec ma sœur. Je retrouve le visage de ses douze ans et j'essaie de l'imaginer aujourd'hui : oh, elle n'a pas dû beaucoup changer, elle a gardé son visage régulier d'Eurasienne, sa voix douce... Certainement elle est toujours aussi timide...

« Ma petite Alice,

Je suis folle de joie, je termine à l'instant la lecture de la lettre du capitaine Niche et je n'ai pas pu attendre une minute de plus pour être avec toi. Mes pensées se troublent. Ma lettre va être bien décousue : je n'arrive pas à rassembler mes idées d'une manière logique tant mon émotion est grande. Les mots se bousculent sous ma plume, je voudrais tout te dire à la fois. Tant d'années passées dans l'angoisse de t'avoir perdue...

Le capitaine Niche est vraiment un être admirable et jamais je ne pourrai assez le remercier de t'avoir retrouvée. Mais, maintenant, rien ne pourra nous séparer. J'ai été beaucoup trop malheureuse pour revivre une telle séparation. Je t'assure : tu n'as plus rien à craindre. Nous aurons une très belle vie.

Te souviens-tu comme je désirais devenir actrice ? Eh bien je le suis. Je fais du cinéma depuis près de deux ans et commence à bien gagner ma vie. J'ai un studio, je suis indépendante, libre ! Plus de Juliette pour me manipuler ou m'imposer sa loi. Elle vit seule dans son appartement et n'a plus aucun pouvoir sur moi. Non, je t'assure, tu n'as aucune crainte à avoir ! Et d'ailleurs je me garderai bien de lui dire que je t'ai retrouvée. C'est un secret que je vais partager uniquement avec mon meilleur ami, Yvon, qui est un garçon merveilleux, un frère pour moi. Tu verras, il sera aussi le tien. Il parle de toi comme s'il te connaissait déjà... Mon vœu le plus cher est que tu viennes en France le plus tôt possible. Mais pour le moment je suis très inquiète : tu vis dans un pays en guerre et j'ai peur pour toi. Dis-moi exactement ce qui se passe. Vivement que tu sois de retour... »

La lettre à peine terminée, je téléphone à Yvon :

— Yvon, le cauchemar est terminé ! Alice est retrouvée ! Viens, nous allons fêter cette fantastique nouvelle...

Le lendemain, à la première heure, j'étais à la poste. Je me précipitai ensuite dans une librairie pour acheter une carte de l'Indochine : je voulais savoir où se trouvait Alice, où on se battait. D'abord rassurée de constater que son pensionnat était situé bien loin de Diên Biên Phu, ma peur revint presque aussitôt : les journaux nous parlent de Diên Biên Phu mais que se passe-t-il ailleurs ? Certainement la guerre est partout...

Quelle émotion lorsque arriva la première lettre d'Alice ! Maintenant c'était sûr, elle était vraiment retrouvée, j'en avais la preuve matérielle. Oui, c'était Alice !

« Mon Yvonne,

Enfin, je te retrouve ! Tu ne peux imaginer quel déchirement fut pour moi notre séparation ! Je te raconterai plus tard comment je t'ai adressé lettre sur lettre, comment j'ai été désespérée de n'avoir jamais aucune réponse. Aujourd'hui je veux seulement être toute à la joie de te retrouver. Je brûle d'impatience de te revoir : nous avons tant de choses à nous dire... »

Je me fis du souci pour l'accueil d'Alice :

— Yvon, crois-tu que le studio va être assez grand pour nous deux ? Alice ne va-t-elle pas être déçue de vivre avec moi dans cette petite pièce ?

— Dany, ne t'inquiète pas. Ta carrière ne fait que débuter, bientôt vous pourrez déménager...

— En tout cas, mon petit lit est insuffisant et je n'ai pas la place d'en mettre deux...

— Eh bien, nous irons en choisir un grand...

Yvon et moi réaménageâmes entièrement la chambre. Je disposai chaque objet en pensant à Alice, à notre future vie commune. J'eus l'impression d'organiser les préparatifs d'une fête.

Mais Alice était encore loin. Et j'avais parfois l'impression qu'une force invincible s'opposait à notre réunion. Je me décourageais : cette guerre n'allait-elle donc jamais finir ? Yvon m'assurait que toutes les guerres, évidemment, se terminaient un jour et qu'il ne fallait pas perdre courage si près du but.

Mais la sale guerre continuait. Elle devenait même plus meurtrière. La « cuvette imprenable » de Diên Biên Phu était plus que jamais cernée et je vivais dans la crainte perpétuelle. « Sanglants corps à corps pour Diên Biên Phu », « Diên Biên Phu, Verdun d'Indochine », « Bombardement massif au napalm par nos avions » titraient les quotidiens. Et la guerre s'étendait : « Nouvelle menace viêt dans le delta tonkinois ». Et les morts, de part et d'autre, s'accumulaient...

Nous continuions à nous écrire mais le courrier était lent, beaucoup trop lent.

« Yvonne chérie,

Je viens de recevoir ta lettre et veux te rassurer tout de suite : tu ne dois pas t'inquiéter pour moi, je vis dans la partie sud de l'Indochine et la guerre se déroule au Tonkin, du côté de Haiphong et de Hanoi. La vie ici semble normale, même si de nombreuses familles sont en deuil. Je suis institutrice et j'enseigne le français à l'école du

Sacré-Cœur où je vivais déjà avant ma venue à Marseille. Mais ma situation est très différente : j'ai une « chambre de jeune fille » que je partage avec une amie, institutrice elle aussi. Je suis très libre, gagne bien ma vie. Chaque semaine je vais à la plage avec mes amis. Cette plage de sable fin plantée de philoas, de pins immenses, est à quelques minutes de l'école et nous organisons des pique-niques. Je vais également au cinéma mais je n'ai pas eu la chance de te voir. Sinon, quel choc aurais-je eu ! Mais peut-être ne t'aurais-je pas reconnue après tant d'années ? As-tu changé ?

Je suis très heureuse de savoir que tu es maintenant totalement indépendante. Figure-toi que, lorsque j'ai appris du capitaine Niche que tu me recherchais, j'ai immédiatement pensé : “ Juju est sans doute morte, Yvonne est maintenant libre de me faire venir... ” Car j'ai toujours été persuadée qu'elle était le seul obstacle à notre réunion. Et je ne lui pardonnerai jamais !

Je suppose que Juliette du Chaxel t'a menti à propos de mon départ. Ce fut une véritable expulsion. Elle m'a annoncé le matin même, juste après ton départ pour le collège : “ Prépare toutes tes affaires, tu pars en vacances. Tu es contente ? ” Ma valise bouclée, un couple de l'Assistance publique que j'avais connu en Indochine est venu me chercher rue Sainte et nous sommes montés tous trois sur un paquebot. J'ai alors eu très peur. Je me souviens encore mot à mot de notre discussion :

— Où va-t-on ?

— Nous retournons en Indochine.

— Pourquoi dois-je partir ?

— Parce que Mme du Chaxel, très malade, ne peut prendre en charge deux enfants qui lui donnent du souci.

— Mais alors, pourquoi ne nous a-t-elle pas mises toutes les deux en pension ? On aurait été heureuses, même en pension, du moment qu'on était ensemble.

— Précisément, vous ne vous entendez pas du tout ! Mme du Chaxel nous a dit combien tu étais jalouse de ta demi-sœur ! Dans ces conditions, il est préférable que tu retournes en Indochine auprès de ta mère. Et Mme du Chaxel garde Yvonne, sa fille.

— Ce n'est pas vrai ! Nous nous entendons très bien !

Evidemment ils ne m'ont pas crue. J'ai immédiatement compris que tout ce que je pourrais dire ne servirait à rien. Tout était préparé de longue date. Juliette avait bien joué, une fois de plus, et ce n'étaient pas les récriminations d'une gamine de douze ans qui auraient pu changer quoi que ce soit. De plus le bateau venait de quitter le port et je ne pouvais plus rien faire. A chaque escale je t'ai envoyé une carte postale rue Sainte : de Port-Saïd, de Djibouti, de Colombo... Dès mon arrivée en Indochine, je t'ai à nouveau adressé des lettres. Je n'ai pas cessé de t'écrire ! Mais jamais aucune lettre en retour. J'ai alors pensé que Juliette gardait mes lettres. J'ai continué pourtant à t'écrire dans l'espoir, qu'une fois, tu pourrais en intercepter une.

Me souvenant des affirmations de Juliette j'ai également pensé qu'elle avait dû te monter la tête, t'expliquant : " Ce n'est pas ta sœur ! C'est pour cela que je l'ai renvoyée en Indochine ! " J'ai interrogé notre vraie mère qui m'a confirmé qu'évidemment nous étions toutes les deux ses filles.

Au bout d'un an, ne recevant jamais la moindre lettre de toi, j'ai supposé que tu m'avais oubliée et que je ne te reverrais plus. Il était donc inutile de continuer à t'écrire et à espérer une réponse...

Tu imagines quelle humiliation fut pour moi ce retour au pensionnat ! J'avais fait mes adieux, très fière de partir pour la France, très heureuse de trouver une sœur et je revenais parce qu'on n'avait pas voulu de moi ! On m'avait renvoyée comme une malpropre ! La supérieure, mère Ange, par sa bienveillance, sa générosité, m'a aidée à surmonter ce drame. " Alice, m'a-t-elle dit, vous allez faire de bonnes études, vous apprendrez l'anglais, vous aurez des leçons de piano... " Elle m'a tout donné.

J'ai hâte de te revoir ! Je t'embrasse tendrement. Alice. »

Le 8 mai, les journaux annoncèrent : « Diên Biên Phu est tombé. » Cependant les combats ne cessèrent pas et la conférence sur l'Indochine, qui devait s'ouvrir à Genève, était retardée. Avant même le début de cette conférence sur le cessez-le-feu, les militaires français déclarèrent : « Si Genève échoue, il faut internationaliser le conflit. » Mais les pourparlers de paix s'éternisaient. Cependant Mendès France, nouveau président du Conseil, s'était donné un mois pour régler l'affaire d'Indochine et, devant l'énergie qu'il déployait à vouloir la paix, mon espoir renaissait.

Le 21 juillet, enfin, les manchettes des journaux furent pour moi autant de cris de joie. Tout au long de la journée, les titres se succédèrent, annonçant une issue toujours plus proche. La « toute dernière spéciale » de *France-Soir* put enfin titrer : « Armistice :

accord à Genève. » Le lendemain, le cessez-le-feu était signé pour toute l'Indochine et, deux jours plus tard, les combats cessèrent. La guerre était finie ! Plus rien désormais ne pouvait s'opposer au retour d'Alice.

Quelques mois plus tard, je reçus un appel téléphonique du capitaine Niche. Il était de retour à Paris. Nous nous donnâmes aussitôt rendez-vous pour dîner. Soirée merveilleuse. Le capitaine Niche, charmant, et moi, si heureuse d'évoquer avec lui Alice, l'Indochine. Cependant je n'avais pas oublié ma « promesse » de Marseille :

« Si je retrouve Alice, que me donneras-tu ?

— Tout ! Je vous donnerai tout car Alice est tout pour moi ! » avais-je répondu.

Une fillette de quatorze ans maîtrise-t-elle totalement ses paroles ? Ma réponse spontanée avait-elle dépassé ma pensée ? Peut-être... Pourtant, il me semble qu'au fond de moi je savais très bien à quoi je m'engageais. Je savais que le capitaine Niche avait un petit faible pour moi et ma réponse n'était sans doute pas innocente.

Au dîner, le capitaine Niche ne fit aucune allusion à cette ancienne conversation. A la fin du repas il posa sa main sur la mienne :

— Si tu veux, je te raccompagne à ton studio...

Je pensai : Il songe à ma « dette »... Que dois-je faire ? Je le regardai. Il était séduisant, courtois. Il avait retrouvé Alice... Rien ne l'avait obligé à le faire... Rien ne m'obligeait non plus à lui donner quoi que ce soit... Je pris sa main, à la fois reconnaissante et séduite. Si Alice et moi sommes heureuses un jour, ce sera grâce à lui...

Nous montâmes dans mon studio. Nous parlâmes comme au temps de Marseille lorsqu'il m'emmenait à un match de foot... Plus tard dans la soirée il déboutonna mon chemisier et se fit plus tendre. Mais le capitaine Niche avait-il secrètement trop désiré cet instant ? Ou bien préféra-t-il, au dernier moment, refuser cette « dette » ? Je ne fus pas sa maîtresse.

Nous nous rencontrâmes plusieurs fois encore, puis il partit en province. Il se maria. Je ne le revis pas. Je garde de lui un tendre souvenir et je lui voue une immense reconnaissance.

La leçon de Jean Gabin

René Clair m'avait dit : « Attends pour tourner ! Tu n'es pas pressée. » Mais je ne pouvais me contenter de vivre de l'air du temps. Non seulement je devais me nourrir mais, Alice étant maintenant retrouvée, je devais pouvoir la faire rapatrier. Je n'avais donc pas l'intention d'attendre passivement le script de René Clair. Comment aurais-je pu rester un an à ne rien faire ? José Behars, mon imprésario, m'envoya donc en Italie tourner dans un film mineur, me disant, d'un petit air sous-entendu : « René Clair n'en saura rien ! » Il m'envoya ensuite aux Champs-Elysées auprès des frères Tenoudji, des producteurs :

— Ils cherchent une adolescente, me dit Behars, une paysanne qui connaîtra son premier amour. Trois vedettes du film sont déjà trouvées : Madeleine Robinson, la mère, Magali Noël, sa belle-sœur, et Raf Vallone, un étranger dont les trois femmes vont tomber amoureuses.

Je préparai aussitôt ma petite valise : jupe ample godillant à droite et à gauche, espadrilles. Avant de frapper à la porte de la production, je pris soin de mettre légèrement en désordre mes longs cheveux. Je n'avais aucun maquillage.

A peine entrée, j'entendis :

— C'est exactement le personnage ! Et elle a vraiment l'air d'une paysanne !

Après l'entrevue, je revins me changer dans mon escalier. Pendant que je me rhabillais, je pensais à Marcel : Il a tout à fait raison ! Peut-être vais-je avoir le rôle ?... J'aimerais bien retrouver ma « mère », Madeleine Robinson... Et ça ne me déplairait pas non plus de jouer les amoureuses du séduisant Raf Vallone...

Comme j'étais « exactement le personnage », je fus choisie. Le film, *Les Possédées* de Charles Brabant, était l'adaptation d'une pièce d'Ugo Betti, *L'Ile aux chèvres*. Trois femmes seules élèvent des chèvres dans leur ferme perdue d'une petite île. Un jour débarque un inconnu. Elles l'abritent. Toutes les trois tombent amoureuses de lui. Mais, chacune le désirant pour elle seule, elles décident d'un commun accord de le supprimer en l'enfermant dans le puits.

L'équipe de tournage s'installa dans une auberge d'Aups, un petit village de montagne : quelques maisons, l'auberge sur la place où quelques hommes jouaient aux boules. Chaque jour nous montions tourner dans une bergerie entourée de pâturages desséchés où quelques chèvres tentaient de se nourrir. Nous étions en été, la chaleur était torride.

Nous vivions en vase clos. Le très beau Raf Vallone était, à trente-sept ans, l'Italien le plus « sexy » que je connaissais. Il était également, je le devinais, le plus dragueur. Son français impeccable, avec juste assez d'accent pour ajouter au charme, sa connaissance de la littérature française, son tempérament rieur et sa pointe d'insolence me plaisaient infiniment.

Je retrouvais avec plaisir Madeleine Robinson, femme secrète, sans effusion ostentatoire mais fidèle en amitié. Son aide m'était toujours aussi précieuse. J'admirais à quel point elle savait exprimer dans son jeu à la fois la dureté, la violence, et la sensibilité, l'émotion.

Je découvrais aussi Magali Noël, tonitruante, drôle, généreuse, très sympathique. Une femme si sensuelle qu'il lui suffisait de marcher pour que les hommes, fascinés, se mettent à la suivre. Elle ne se cachait pas d'aimer les hommes et je trouvais qu'elle avait raison.

Moi, la plus jeune, j'étais en admiration devant ces personnages étonnants. Je tombai évidemment amoureuse de Raf Vallone. Mais Raf se comportait avec moi dans l'auberge d'Aups comme il le faisait dans la bergerie pour les besoins du film. Le scénario voulait que les deux aînées des femmes aient avec l'étranger des relations sexuelles, l'adolescente de seize ans, qui l'attendait pourtant lèvres offertes, n'obtenant que quelques caresses. Le bel inconnu lui murmurait à l'oreille : « Sylvia, petite fleur... Non, toi je ne veux pas... Mais montre tes seins... »

Un matin, seule avec Raf à l'arrière de la voiture qui nous conduit à la bergerie, Raf me prend la main. Je suis très émue : enfin, peut-être va-t-il se passer quelque chose entre nous ? Raf me dit.

— Ah, Sylvia, petite fleur... ma fleur si fraîche... Je ne veux pas te toucher...

— Mais, tu répètes le texte du film !

— Il te va si bien... Il *nous* va si bien !

Je comprends aussitôt que tout va s'arrêter là, comme dans le film ! Dans ma robe de paysanne, avec mes deux nattes, je ne suis donc à ses yeux qu'une enfant qu'il faut protéger d'elle-même ! Pourtant il met tant de sensualité dans ses gestes et dans sa façon de parler... Je ne parviens plus à démêler la réalité de la fiction. Raf est-il réellement cet homme ou bien est-il si imprégné de son personnage qu'il lui est impossible de changer de rôle lorsque la caméra s'arrête de tourner ? Ou ce rôle d'homme couvert de femmes lui est-il si agréable qu'il désire en faire la réalité ? Tout cela me fascine.

La fascination continuait le soir à l'auberge lorsque nous dînions. Raf entretenait la même atmosphère sensuelle. Et les femmes semblaient ici aussi amoureuses. Cette ambiance où les hommes et les femmes se regardaient, se désiraient mais ne disaient mot, me plaisait infiniment. Décidément, le cinéma était un métier béni des dieux et les acteurs, des êtres merveilleux...

Comme l'avait prédit René Clair, mes deux scènes avec Gérard Philipe me portèrent bonheur. Un assistant d'Henri Verneuil vit le film et me convoqua pour une audition. Je n'aurais qu'un rôle secondaire mais le film, *Des gens sans importance,* avait pour vedettes Jean Gabin et Françoise Arnoul.

Comme lors des *Grandes Manœuvres,* le film avait déjà commencé lorsque j'obtins le rôle et, curieusement, j'arrivai sur le plateau au moment où Henri Verneuil réglait, lui aussi, une scène de bal. Gabin était sur scène et dansait. L'après-midi, il devait jouer avec moi la scène suivante.

La prise de vues terminée, l'assistant me présenta à Gabin :

— Voici Dany Carrel qui joue le rôle de votre fille.

— Oui ! Bonjour ! me dit-il en bougonnant, l'œil méchant, l'air renfrogné. Et il partit aussitôt.

Jamais aucun acteur, même le plus difficile, ne m'avait traitée de la sorte. J'étais furieuse. Quelle différence avec Gérard Philipe tout prêt à m'aider ! Vraiment, quel ogre ce Gabin ! Et je me mis à le haïr : Mais ce n'est pas possible ! Il sait bien que je suis une débutante. Il doit bien se douter qu'une fille de mon âge ne peut qu'être impressionnée de travailler avec un homme d'une telle trempe ! Il sait bien que j'ai une scène importante, difficile à jouer avec lui !... Ma colère ne cessait de monter. Je m'imaginais que, peut-être, il avait vu mes essais et qu'il n'avait pas aimé ma façon de jouer... En somme, je me faisais tout le « cinéma » qu'une jeune actrice peut se faire lorsqu'elle sent le moindre grincement. Je passais en revue tous les motifs susceptibles de justifier une telle attitude. Mais je ne décolérais pas : Quelle vache, cet homme-là ! Jamais je n'aurais pu imaginer qu'il fût mufle à ce point !

Puis je tentai de me raisonner : Je m'en fous ! Si Henri Verneuil m'a choisie, c'est que je lui ai plu, tant pis pour ce Gabin !... Mais à la seule évocation du nom de Gabin, ma colère montait à nouveau : Vraiment, je déteste cet homme !

C'est dans cet esprit que je m'apprêtais à jouer la scène. Mon « père » routier, Gabin, et moi, Jacqueline, étions attablés dans la cuisine. Et, tandis que je mangeais des œufs au plat, je lui parlais avec insolence car j'avais compris qu'il trompait ma « mère », Yvette Etiévant, avec une jeune femme, Françoise Arnoul.

La scène étant constituée presque exclusivement d'un gros plan sur moi, l'assistant avait pensé faire ce que l'on fait d'ordinaire au cinéma : tandis qu'on me filmerait, quelqu'un mettrait sa main en face de moi et je la regarderais comme s'il s'agissait du visage de Gabin. Mais Gabin avait dit à l'assistant avant de sortir du plateau :

— Dis donc, pour la réplique de la môme, tu viens me chercher, hein !

— Mais, monsieur Gabin, reposez-vous dans votre loge, nous mettrons la main.

— Non, pas la main ! Mon œil ! Tu viens me chercher ! Et sans faute !

Nous tournons. Jean Gabin est donc assis là, en face de moi. Depuis le matin, j'ai accumulé tant de haine que mes yeux doivent lancer des étincelles. Lui, lèvres serrées, me regarde de son œil bleu, glacé et dur comme l'acier. Il a le même regard que si la caméra était braquée sur lui. Je suis si furieuse, si totalement enfermée dans ma colère, que je ne fais pas attention au jaune d'œuf qui coule sur mon menton, et je jette mes mots au visage de mon « père » avec une insolence terrifiante.

Verneuil dit :

— Coupez, elle a du jaune qui coule !

Gabin répond :

— Non, continuons ! Du jaune qui coule ? Et alors ? C'est la vérité !

Et nous continuons la scène. Et Jean Gabin, l'œil mauvais, me regarde toujours sans ciller. Et moi je n'ai rien perdu de ma rage. J'en veux à Gabin, j'en veux à ce père qui trompe ma mère.

La scène terminée, Gabin ne dit rien. Nous nous levons. Je compte bien tourner les talons aussitôt. Mais Gabin s'avance vers moi, met son poing sur mon estomac et me dit :

— Dis donc, la môme, il y en a là-dedans !

Quel compliment ! J'en reste muette. A cette minute, je sais que Gabin sera pour moi un ami.

Nous avons une autre scène à tourner. Je suis si effrontée avec mon père qu'il n'y tient plus, me donne une gifle pour me faire taire en me traitant de « Miss Camembert ». C'est le surnom que, dans le film, me donnent parfois mon père et ma mère : pour gagner trois sous, je pose en effet pour des réclames, et notamment pour une marque de camembert.

Tandis que nous préparons la scène, Gabin m'explique :

— Tu me tends bien la joue, la môme, hein ! Ne t'inquiète pas, de toute façon tu ne seras pas baffée, on doublera après avec un bifteck. Je fais semblant, alors n'aie pas peur, hein !

— Bien, monsieur Gabin.

— Donc, j'ouvre la porte, tu m'envoies ta vanne, je te baffe, mais ne crains rien !

— D'accord !

Je joue ma scène : je viens de trouver une lettre de la maîtresse de mon père et je la lis. Mon père ouvre la porte, me surprend. Mais contre toute attente, Gabin me gifle réellement. Je n'ai rien senti mais une larme coule sur ma joue, sans même que je l'aie voulu.

La scène achevée, Gabin dit :

— On ne recommence pas cette scène ! Elle ne serait pas meilleure !

Un peu plus tard j'appris qu'en mon absence Gabin avait tout réglé dans le moindre détail. Il avait interrogé : « Le son ? La photo ? Tout est impeccable ? Nous ne tournerons cette scène qu'une fois ! Je veux gifler la môme, mais une seule fois ! »

Tourner avec de tels acteurs, quelle leçon ! Je me suis toujours interrogée sur la façon dont Gabin m'avait accueillie lors de notre première rencontre. A-t-il eu cette attitude pour m'aider à jouer ? S'est-il dit : « Cette môme-là ne va jamais oser m'engueuler en me regardant en face. Si elle me hait, sa violence s'exprimera tout naturellement » ? Je n'ai jamais osé l'interroger. Il ne m'en a rien dit, peut-être par générosité, voulant me laisser la satisfaction de croire : J'ai pu affronter Jean Gabin ! Mais, au fond de moi, j'ai pensé qu'il avait voulu me rendre service. Car Gabin, que j'ai bien mieux connu plus tard, était ainsi : ce qui comptait avant tout était le film et pour lui la qualité d'un film passait à travers tous les rôles, sans exception. Tout ce qui pouvait servir un personnage devait être tenté. Lui sur qui reposaient les films disait, lorsqu'il le jugeait bon pour le film :

— Ce gros plan-là, il n'est pas pour moi ! Faites un gros plan sur la môme !

— Mais, monsieur Gabin, c'est vous qui parlez !

— Et alors ? Sa façon d'écouter en dit plus long que mon visage !

Porte des Lilas

Une année ne s'était pas encore écoulée lorsque René Clair me téléphona :

— J'ai besoin de te voir.

Je ne savais ce qu'il voulait me dire. Avait-il ou non le rôle dont il m'avait parlé ? Que savait-il des rôles que j'avais tournés depuis *Les Grandes Manœuvres* ?

J'entre dans son bureau, à la fois pleine d'espoir et un peu inquiète.

— Voilà, me dit-il, je vais tourner un film qui s'appelle *Porte des Lilas*. Il y a quatre rôles d'égale importance. Les acteurs sont Pierre Brasseur, Georges Brassens, Henri Vidal. Le rôle de la jeune fille est pour toi. C'est un premier rôle. Tu seras à égalité avec les trois autres acteurs. Là, mon petit, il faut que tu fasses tout ton possible pour être extraordinaire. Tu dois te hisser à leur hauteur ! Je vais te dire quels sont tes défauts : tu as les joues trop rondes.

Pensant à ce que m'avait dit Henri Decoin lors du tournage du *Dortoir des grandes*, je réponds :

— Oui, mais à mon âge...

— Non, ce n'est pas une question d'âge, c'est une question de morphologie : tu garderas les joues rondes toute ta vie. D'autre part, tu portes les cheveux longs, ce qui t'engonce : il faut dégager ton cou. Je veux que, dans ce film, tu aies une silhouette de titi des faubourgs, très appétissante, le sein rebondi dans un pull-over moulant. Je veux que tu aies l'air moitié femme, moitié garçonnet, ainsi tu feras envie aux hommes. Je vais donc te couper les cheveux, te les décolorer — on leur donnera une couleur miel —, et je vais te faire fondre les joues.

— Faire fondre mes joues ? Comment ?

— Tout d'abord tu vas mincir en faisant un léger régime, puis je vais t'envoyer dans un institut de beauté.

J'ouvre de grands yeux songeant que je n'aurai jamais les moyens de m'offrir un institut de beauté. René Clair semble deviner ma pensée et spécifie :

— Evidemment, c'est nous qui prenons en charge les dépenses.

Dès lors, je me rendis chaque jour dans un institut rue du Faubourg-Saint-Honoré. On m'appliquait une crème sur les joues, on m'introduisait la tête dans une sorte de sèche-cheveux de coiffeur. Plongé dans l'air chaud pendant une heure, mon visage ruisselait de sueur. Puis, après m'avoir extirpée de l'appareil, on m'appliquait une autre crème sur le visage, on me massait les joues. A mon grand étonnement, mes joues, en effet, se creusèrent.

René Clair s'occupa de mes cheveux. Il me fit couper quelques centimètres puis nous fîmes des essais cinématographiques : face, trois quarts gauche, profil gauche, trois quarts droit, profil droit...

— Non, ça ne va pas ! disait-il.

Il ordonna une autre coupe de cheveux puis, à nouveau d'autres essais cinématographiques. Un dixième, un vingtième essai. Lorsque mes cheveux n'eurent plus que quelques centimètres de longueur, René Clair avait trouvé « ma tête ». Il m'expliqua alors quels étaient mes bons angles et ajouta :

— Souviens-toi, ton trois quarts droit est européen, ton trois quarts gauche, eurasien.

Puis ce furent les essayages de pull-overs. Les seins devaient être moulés mais pas trop : il fallait être tentante mais pas agressive. René Clair ajoutait un foulard autour du cou, puis l'enlevait. Il en remettait un plus petit, l'ôtait à nouveau. Et, à chaque essayage, nous faisions de nouveaux essais filmés.

Vinrent alors les répétitions et les essais d'objectifs. La projection des rushes ne plaisait pas à René Clair ? Il changeait d'objectif. Nous recommencions les scènes.

Pendant tout ce travail, les décors se construisaient : fausses rues dans lesquelles des figurants joueraient les passants, fausse neige dans laquelle je danserais avec Henri Vidal.

Au bout de trois mois tout fut en place. Les personnages étaient créés, les décors étaient terminés, les éclairages réglés, les objectifs choisis. Nous pouvions commencer le tournage.

Pierre Brasseur, bel homme, élégant, arrivait le matin aux studios dans un complet strict :

— Bonjour !

— Bonjour...

Nous montions dans notre loge nous faire maquiller, habiller. Deux heures plus tard, sur le plateau, je découvrais un clochard. Attitude, gestes, voix, trogne d'ivrogne. Le nez et les joues bourrés de coton, le nez et le teint légèrement rougis, Brasseur était devenu Juju le clochard. Et sa façon de me regarder, moi Maria, la jeune titi des faubourgs au pull noir, n'était plus la même. Il avait maintenant les yeux d'un brave toutou un peu amoureux. J'étais très impressionnée de jouer avec lui tant il se métamorphosait dès qu'il mettait les pieds sur le plateau.

Quant à Brassens, l'« Artiste », l'ami de Juju, lui aussi un peu clochard, il me faisait beaucoup rire. C'était tout le contraire de Brasseur ! Il ne supportait aucune des contraintes du cinéma. René Clair, avec une infinie patience, tentait d'obtenir de lui un minimum de coopération :

— Georges, s'il vous plaît, asseyez-vous ici. Vous prenez votre guitare et vous jouez mais levez un peu la tête...

Georges s'installait sur sa chaise, baissait le nez sur sa guitare. Le chef opérateur intervenait avec précaution :

— Georges, s'il vous plaît, pouvez-vous lever un tout petit peu la tête ?

— Pourquoi ? Moi, je regarde ma guitare quand je joue !

— Parce que, cette lumière, là, est pour vous et votre visage doit être éclairé...

— Mais je m'en fous, de la lumière...

N'obtenant rien de Brassens, le chef opérateur devait déplacer sa caméra et sa lumière de manière à éclairer tout de même un peu Brassens. Mais Georges continuait à bougonner :

— Qu'est-ce que c'est que ça ? Pourquoi devrais-je lever la tête quand je joue ?

René Clair tentait encore une fois :

— Georges, s'il vous plaît, si je pouvais avoir votre regard... Un tout petit peu...

Visiblement Brassens n'était pas fait pour le cinéma !

René Clair ne tournait jamais plus de trois plans par jour. Et dans mon impatience, je trouvais que ce n'était pas assez. Sur le plateau, René Clair prenait un soin fou de moi :

— Assieds-toi mon petit, tu auras les yeux cernés ce soir!

Ou encore :

— Va dans ta loge te reposer!

Toute seule dans ma loge, je m'ennuyais à mourir. Je n'avais qu'une idée : bouger, m'amuser, faire quelque chose. J'avais *ma* loge, *mon* fauteuil à mon nom mais, à vingt ans, on n'a pas envie de se reposer et on ne craint pas les cernes sous les yeux. Comme je ne supportais pas de rester dans ma loge sans rien faire, je pris l'habitude d'aller dans celle de Brassens. Je lui demandais :

— Georges, une chanson...

J'aimais beaucoup Brassens. Il était, comme Marcel Camus, un homme authentique, intègre, profondément honnête. Nous parlions de tas de choses. Du film, bien sûr. Il me disait :

— Tu sais, c'est la dernière fois que je tourne. Ce n'est pas possible! Je ne peux même pas tenir ma guitare comme je le veux!

Chaque soir, je racontais ma journée à Yvon. Je lui racontais Brasseur, Brassens. Car la grande passion d'Yvon était toujours le théâtre et le cinéma. Il avait pourtant renoncé à sa carrière d'acteur en raison de ses difficultés à trouver des rôles. Maîtrisant parfaitement l'anglais, il était devenu traducteur dans une société américaine, rue Marbeuf. Le soir, après mes tournages, nous nous donnions rendez-vous dans le café situé juste en face de sa société. Je lui racontais ma journée par le menu car il voulait tout savoir du tournage, il voulait tout savoir des acteurs. Et, comme au temps du cours Bauer-Thérond, il me faisait répéter mes textes.

Yvon brûlait d'impatience de rencontrer Brassens. Nous faisions tous deux partie des admirateurs du chanteur. Par manque de moyens, je n'avais pas de radio, pas de pick-up et j'allais rarement écouter des chanteurs, mais jamais je ne manquais un récital de Brassens. Je connaissais par cœur *Le Gorille, Les Amoureux des bancs publics, La Mauvaise Réputation...*

Je présentai donc Yvon à Georges. Yvon et moi, assis en face de lui, nous l'écoutions jouer, fredonner. Nous étions dans le plus grand ravissement.

— Allez, Georges, encore une chanson...

Il reprenait sa guitare sans se faire prier. Ainsi, au cours de ce tournage, naquirent devant nous *Au bois de mon cœur* et *L'Amandier*. C'était dans sa loge que Georges était le plus heureux. Quand il cherchait, composait, il rayonnait de joie. Lorsque nous entendions l'assistant appeler :

— Monsieur Brassens, Carrel, en place !

Georges grognait :

— Oh, merde ! Je vais encore aller faire le con !

— Ecoute Georges, tout de même, René Clair est l'un des premiers metteurs en scène français et il est adorable avec nous !

— Oui, mais enfin je fais quand même le con sur le plateau ! Que veux-tu, je suis là, je dois respecter la lumière, je dois faire attention aux marques sur le sol... Ce n'est pas possible tout ça ! Non, je ne peux pas ! Ce sera le dernier film !

Georges était sur le plateau tel qu'il était dans la vie : il ne jouait pas. Il était le naturel, l'authenticité mêmes. Lorsqu'il butait sur un mot du texte, il le rejetait et le remplaçait par un mot qu'il choisissait lui-même. René Clair le laissait totalement libre. Il l'utilisait tel qu'il était. Et Pierre Brasseur, immense acteur, s'adaptait à Brassens.

Yvon, passionné par le tournage, passionné par Brassens, venait au studio chaque fois qu'il était libre. Attentif, il prenait soin de moi :

— Alors, ça va ? Tu es contente ?

— Je suis vraiment heureuse, tu sais.

Yvon me raccompagnait rue des Pâtures et nous parlions d'Alice. Nous lisions ses lettres. J'en écrivais de nouvelles. Les postes fonctionnaient désormais normalement. Les transports aériens étaient rétablis. J'avais aussitôt envoyé un billet d'avion. Alice allait venir !

Un jour, je reçus une lettre de la supérieure du pensionnat d'Alice. Sa gentillesse me bouleversa :

« Ma chère petite,

Comme je suis heureuse : Jésus vous réunit enfin ! J'ai toujours souhaité qu'Alice vous retrouve et, si nous sommes tristes de perdre votre sœur, nous sommes tellement heureuses que vous la retrouviez après tant de guerres, tant de drames. Soyez-nous fidèles, c'est-à-dire toujours bonnes, toujours droites... »

Je songeais que, dans notre malheur, Alice et moi avions rencontré des êtres exceptionnels : Alice, mère Ange ; moi, l'abbé Bel. L'un et l'autre nous avaient insufflé le courage de nous battre dans la vie, la force de nous retrouver. Et j'imaginais en souriant : ces deux-là auraient dû se marier, et nous aurions vécu toutes deux avec eux...

Le retour d'Alice en France était maintenant imminent. Plus la date approchait, plus j'étais fébrile :

— Yvon, comment vais-je faire ? Je tourne toute la journée, il me sera impossible d'aller la chercher à l'aéroport.

— Ne t'inquiète pas, je m'occupe de tout. Je me libérerai de mon travail et j'irai la chercher.

— Mais, tu ne la connais pas ! Il faut lui écrire et lui demander comment elle sera habillée.

Alice m'avait répondu : « Je porterai une veste rouge. »

— C'est donc toi qui vas l'accueillir...

— Eh oui ! dit Yvon. Je serai le premier à la voir ! C'est formidable pour moi d'aller chercher ta petite sœur.

— Tu es certain de pouvoir la reconnaître ? Tu sais, elle serait perdue toute seule !

— Ne te fais aucun souci. Je la trouverai, je l'installerai rue des Pâtures et nous attendrons ton retour.

Le jour de l'arrivée d'Alice, je prépare un bon dîner en son honneur. J'ai même prévu du champagne. Puis je file aux studios, excitée comme jamais. Enfin Alice vient ! Ce soir elle sera là, près de moi. Nous avons gagné ! Et cette fois, définitivement ! Qui pourrait nous séparer ? Personne ! Je me suis bien gardée en effet de parler à Juliette de la venue d'Alice en France. D'ailleurs elle ignore même que je l'ai retrouvée.

Aujourd'hui rien ne marche sur le plateau de tournage. Impossible d'entrer dans le personnage de Maria. Impossible de m'intéresser aux clochards Juju et l'Artiste, ni non plus au séduisant bandit Henri Vidal.

Je ne cesse de regarder l'horloge du plateau : l'avion arrive. Il se pose sur la piste. Alice descend. Elle attend sa valise. Yvon attend dans le hall. Alice entre. Sa veste rouge... Yvon l'aperçoit. Il s'avance. Alice le regarde...

Tout se déroule comme dans un film. Plusieurs fois, déjà, j'ai refait le scénario, pensant que, peut-être, l'horloge avance. Puis, d'autres fois encore : l'avion a du retard... Tout cela tourbillonne dans ma tête...

— Mon petit ! Tu n'es pas à ce que tu fais aujourd'hui. Il y a quelque chose... Ça ne va pas ? demande René Clair.

— Si, si ! Je vais très bien...

— Non ! Tu penses à autre chose. Tu n'es pas à ton affaire, tu n'es pas Maria ! Ça ne va pas !

Je tente de faire un effort sur moi-même : je dois me maîtriser ! René Clair me fait confiance, je n'ai pas le droit de le décevoir !... Mais quelques minutes plus tard mon esprit à nouveau vagabonde : Alice monte dans la voiture. Yvon s'installe au volant. Oh, pourvu que la voiture démarre !...

A nouveau je prends sur moi. Je réintègre la petite Maria. Il me semble aujourd'hui changer constamment de corps. Dédoublement incessant. J'en ai mal à la tête. Sorte de vertige. Puis Maria s'échappe à nouveau : ils montent les sept étages, ils arrivent au studio. Mon Dieu, pourvu qu'Alice ne soit pas trop déçue !... Plus je songe à ce studio, plus je le trouve minuscule. Jamais nous n'allons pouvoir y vivre à deux ! Je n'ai même pas une chambre à lui offrir !...

La journée se traîne lamentablement. Vivement ce soir !... C'est la première fois que j'ai hâte de quitter un plateau. Je ne pense qu'à mon arrivée rue des Pâtures.

Le soir, en quittant le tournage, j'ai le sentiment d'avoir bâclé mon travail. Mais mon impatience de voir Alice est si grande que ce travail que j'adore passe loin derrière mon bonheur. Pour arriver plus vite, je prends un taxi. J'ai le cœur battant : saurons-nous nous retrouver ?

J'ouvre la porte, elle s'avance vers moi, sans un mot. Nous nous jetons dans les bras l'une de l'autre. Je suis émue. Nous avons des larmes plein les yeux. Nous sommes follement heureuses.

Yvon a débouché une bouteille de champagne. Puis nous passons à table. Alice ne dit pas un mot de toute la soirée. Yeux baissés sur son assiette, elle esquisse seulement un sourire lorsque je lui demande :

— Ça va ? Tu aimes ?

Alors seulement je peux croiser un instant son regard. Toute la soirée, je l'observe du coin de l'œil, quêtant la moindre expression sur son visage. Je n'y lis que de l'inquiétude, la même qu'elle pourrait lire sur mon propre visage si elle osait me regarder. J'ai préparé cette fête depuis tant de mois... Je comprends évidemment la raison de sa réserve, de son mutisme. Lorsque nous nous sommes connues, elle avait douze ans et venait de quitter avec joie un pensionnat. Elle en a maintenant dix-huit, elle a fait sa vie en Indochine et y était heureuse.

Yvon devine ce que je ressens et, avec toute l'intelligence de cœur dont il est capable, installe une discrète gaieté.

En partant, il me souffle à l'oreille.

— N'aie aucune inquiétude! Alice est heureuse d'être de nouveau près de toi.

Hélas, le mutisme d'Alice se prolongea pendant des jours et des semaines. Et, parfois, ses yeux se brouillaient de larmes.

— Tu es triste? Tu regrettes l'Indochine?

Alice ne répondait pas. Je ne comprenais plus. Dans les lettres qu'elle m'avait envoyées elle me parlait abondamment d'elle et de moi... et maintenant, plus rien, plus une confidence, plus un mot. Je dis mon angoisse à Yvon :

— Crois-tu qu'elle soit heureuse en France?

— Mais, rends-toi compte : quitter ses amies, sa vie, son métier... Bien sûr, il est normal qu'elle soit déboussolée. Et puis tu m'as toujours dit qu'elle était secrète, que, déjà, lorsque vous étiez gamines à Marseille, elle ne parlait pas beaucoup...

— Oui, mais enfin, ces larmes...

— Ne t'inquiète pas! Même si avoir laissé ses amies est un déchirement pour elle, elle ne regrette pas d'être ici.

— Alors, aide-moi, il faut la sortir de sa tristesse!

Je savais que je pouvais compter sur Yvon. Il était si chaleureux, si prévenant, si amical avec Alice. Dès qu'il avait un instant de liberté, il lui rendait visite, la sortait dans Paris. Alice se sentit bientôt plus libre avec Yvon et osa lui dire : « Je pense quelquefois à l'Indochine... » Elle avait beau me cacher ses regrets pour ne pas me peiner, je sentais parfois monter la tristesse en elle. Je savais désormais qu'il était inutile de lui poser des questions. Je m'asseyais simplement près d'elle et lui prenais la main, espérant lui apporter ainsi un peu de réconfort.

Cependant je m'interrogeais : avais-je eu raison de la faire venir? N'était-ce pas pur égoïsme de ma part de l'avoir arrachée à son monde, de l'avoir contrainte à quitter son métier? De quel droit avais-je pu exiger une telle chose? Aurais-je accepté, moi, de tout quitter pour la rejoindre en Indochine pour toujours? Je m'en voulais d'être responsable de sa tristesse. Voir les larmes couler sur ses joues m'était insupportable.

Alice ne voulait plus rester inactive. Yvon et moi pensions qu'une occupation lui permettrait d'oublier un peu. Nous trouvâmes un travail de secrétariat chez un avoué. Ce n'était pas du tout un travail d'avenir pour elle mais, dans l'immédiat, il allait lui permettre de se stabiliser et de se sentir indépendante financièrement.

Alice travailla mais ne fut guère plus gaie. Je songeai que, peut-être, je devrais partir en Indochine avec elle pour y faire connaissance de notre mère. J'évoquai cette idée devant Marcel Camus, mon bon ange. Mais il me dissuada de me lancer dans une telle aventure.

— Non, tu ne dois pas laisser tomber ta carrière naissante !

Il rassembla tous les dictons et proverbes qu'il connaissait pour me montrer combien j'aurais tort de partir en abandonnant mon métier : Il faut battre le fer tant qu'il est chaud. Celui qui va à la chasse perd sa place. Un tiens vaut mieux que deux tu l'auras. On ne gagne pas beaucoup à courir le monde. Partir c'est mourir un peu...

Je fus convaincue qu'il avait raison : à quoi cela servirait-il d'arriver dans une famille étrangère ? Dany, accroche-toi ! Réussis, et tu offriras une belle vie à Alice...

Avec Yvon, j'organisais des sorties pour Alice. Nous tenions à lui montrer tous les bons côtés de la vie parisienne : nos « petits cafés », nos restaurants. Le restaurant espagnol du coin de la rue des Pâtures et de l'avenue de Versailles, surtout, à deux pas du studio. Là, invariablement, nous nous jetions sur la paella.

Il y avait aussi nos balades. Lorsque je ne tournais pas, nous nous installions tous trois dans ma vieille voiture et direction Deauville pour deux jours. Pas le Deauville du casino, des grands hôtels et des gens riches. Non, notre Deauville, c'était dormir dans ma voiture ou sur le sable et, au petit matin, lorsque le soleil commençait à poindre, courir dans les vagues puis nous réchauffer d'un bon café au lait.

Et il y avait le cinéma : Yvon et moi étions des piliers des salles obscures et ne manquions jamais un nouveau film. Nous avions tout vu et connaissions des dialogues que nous nous récitions comme autant de mots de passe : « T'as d' beaux yeux, tu sais », « Bizarre, bizarre... », « Moi, j'ai jamais vu la mer mais je l'ai reconnue tout de suite », « Monsieur l'abbé, asseyez-vous dans le fauteuil Voltaire », « Atmosphère ? Est-ce que j'ai une tête d'atmosphère ? »...

Lorsque *Des gens sans importance* fut à l'affiche, j'emmenai Alice au Marignan sur les Champs-Elysées. J'étais heureuse de revoir le jeu de Gabin. Au moment où Miss Camembert reçoit sa gifle, un homme assis derrière moi s'écria :

— Oh, ben celle-là, elle l'a pas volée ! Quelle garce !

Je m'approchai d'Alice et lui dis tout bas :

— Nous sortirons avant la fin de la projection. Je mettrai mon foulard sur la tête pour ne pas être reconnue sinon je risque de recevoir des tomates !

Avant que les lumières ne se fussent rallumées, nous étions déjà sur le trottoir :

— Tu te rends compte, Alice, comme les gens croient ce qu'ils voient ! Il ne faudrait pas que je joue trop de rôles antipathiques, sinon je ne pourrai plus sortir dans la rue...

Cependant j'éprouvai une petite fierté car s'ils croyaient à ce point à mon personnage, s'ils trouvaient la Miss Camembert aussi insupportable, aussi insolente, c'était que, peut-être, je n'avais pas trop raté le personnage...

Le tournage de *Porte des Lilas* continuait à être un enchantement. Amitié de Georges Brassens, admiration pour Pierre Brasseur, rires avec Henri Vidal, mais aussi relations privilégiées avec René Clair. Personnage distant, intouchable, détestable même pour certains, il était avec moi d'une bienveillance toute paternelle. Je pouvais lui parler de moi, de ma famille, et je lui confiai pourquoi un jour, sur le plateau, j'avais été si distraite. Pourquoi il m'avait été si difficile de quitter Yvonne Chazelles pour être le personnage de Maria.

— J'avais enfin retrouvé ma sœur et elle arrivait à Paris !

— Pourquoi ne me l'as-tu pas dit alors ? Tu aurais dû m'en parler, j'aurais compris ta difficulté à jouer.

— Non, c'était une émotion trop intense. Si j'en avais parlé, j'aurais été sans doute trop émue et les scènes que je devais jouer ce jour-là n'impliquaient pas tant d'émotion. Certainement j'aurais tout gâché.

René Clair continuait aussi mon éducation littéraire. M'interrogeant sur les ouvrages qu'il m'avait conseillés. Je me plongeais avec passion dans la littérature.

René Clair fut donc mon guide littéraire. Il fut aussi l'initiateur de ma carrière. Et pourtant ma rencontre avec lui n'avait tenu qu'à deux grosses larmes. Sans elles, je ne jouais pas Rose-Mousse. Je ne jouais pas Maria. Sans elles, peut-être n'aurais-je jamais connu ce moment magique du cinéma français : les grands studios et leurs décors, leurs bars, leurs loges... A cette époque, l'actrice était une véritable impératrice.

PORTE DES LILAS

Temps béni du cinéma où le temps, précisément, n'était pas compté. Le metteur en scène exigeait alors beaucoup des acteurs mais les acteurs en retour étaient choyés comme jamais plus ils ne le furent. Et moi, « la môme » de vingt ans, je rêvais les yeux grands ouverts.

Mon festival de Cannes

Porte des Lilas à peine achevé, plusieurs metteurs en scène se mirent à me solliciter. Je tournai donc un premier rôle aux côtés de Louis Jourdan dans *Escapade* de Ralph Habib. Mais je désirais surtout, après les conseils de Marcel Camus, continuer dans la voie royale ouverte par René Clair. Début 1957, Julien Duvivier commença à tourner *Pot-Bouille,* inspiré par Zola. L'affiche était remarquable : Gérard Philipe, Danielle Darrieux, Anouk Aimée, Jacques Duby. Duvivier cherchait encore le rôle féminin principal, une jeune actrice qui interpréterait Berthe Josserand, la petite jeune fille gauche et timide qui se transforme peu à peu en femme aguicheuse.

Behars avait la solide réputation de ne jamais lâcher prise : « Behars ? On le fiche à la porte, il revient par la fenêtre ! », disait-on de lui. Il fit donc le siège de Julien Duvivier :

— Ma p'tite Carrel peut jouer Berthe Josserand !

— Mais non, la petite Carrel n'est pas le personnage !

Behars ne s'avoua pas vaincu. Il demanda une autre entrevue. Cette fois, il avait des photos qu'il présenta fièrement :

— Regardez ma p'tite Carrel, c'est exactement le personnage !

— Mais non, voyons, dit Duvivier sèchement, ce n'est pas du tout ça ! Je cherche une blonde au teint laiteux et aux yeux bleus !

Pas impressionné le moins du monde, Behars insista :

— Oui, oui, mais on cherche une blonde et on prend une brune ! Vous devriez voir la p'tite Carrel, c'est tout à fait le personnage ! Et puis, c'est une bonne actrice !

— Ecoutez, il ne faut plus insister !

Plusieurs semaines s'étaient écoulées et Julien Duvivier, malgré les multiples auditions, n'avait toujours pas trouvé son actrice. Il est vrai que le rôle n'était pas simple. La mère de Berthe Josserand, sorte de mère maquerelle, veut vendre sa fille à un bon parti. Berthe, timide, timorée, est effrayée par ce que lui demande sa mère : « Tiens-toi droite, les seins en avant. Redresse ton buste, montre ta poitrine ! Il faut lui plaire ! » La mère, furieuse : « Encore un mari qui te passe sous le nez par ta faute ! » La pauvre Berthe a beau dire que ce mari ne lui plaisait pas, sa mère lui lance : « Et ton père, est-ce qu'il me plaisait, ton père, quand je me suis mariée ? » Finalement elle est mariée contre son gré : « Je lui donne pas un mari, je lui donne un magasin, très bien placé ! », hurle la mère Josserand. Et la timide Berthe se métamorphose : poitrine conquérante, sourires aguicheurs, yeux de velours... Elle devient, comme on s'y attendait, la maîtresse du séduisant M. Mouret (Gérard Philipe).

Le temps passait et Duvivier n'avait toujours pas la comédienne capable de basculer du premier au second rôle. Behars l'accrocheur le savait. Encore une fois, il força la porte des producteurs Robert et Raymond Hakim et, malicieux, demanda :

— Alors, vous avez trouvé le personnage ?

— Eh bien non, toujours pas !

— Et la p'tite Carrel ?

— Mais non ! M. Duvivier trouve que, physiquement, elle ne convient pas !

— Ah oui, physiquement ! Eh bien, il n'y a qu'à lui mettre une perruque blonde ! Je veux un rendez-vous avec M. Duvivier !

— Non, M. Duvivier vous a déjà vu, il est tout à fait inutile de le déranger à nouveau !

A peine Raymond Hakim avait-il terminé sa phrase que Julien Duvivier traversa le bureau. D'un bond, Behars se précipita vers lui :

— M. Duvivier, la p'tite Carrel : il faudrait que vous la voyiez !

— Non, vous m'avez montré les photos...

— Oui mais voilà, il faut que je vous dise : elle a joué *Porte des Lilas* en vedette avec Brasseur, Vidal, Brassens. Vous verrez, lorsque le film va sortir, elle va être remarquée ! Le film est maintenant terminé, passez donc un coup de téléphone à M. René Clair. Peut-être pourra-t-il vous montrer son film ? Voyez tout de même la p'tite Carrel, elle est tout à fait capable de jouer ce rôle !

— Mais voyons, monsieur Behars, je vous l'ai déjà dit, elle n'est pas du tout Berthe Josserand !

Et Duvivier poursuivit son chemin, laissant planté là José Behars.

Je ne supportais plus ces mises à la porte de Behars :

— Ecoutez, moi, je suis fatiguée ! Je n'ai pas arrêté de tourner : cinq films cette année ! Je dois aller me reposer. Je pars à Bandol. Vous me ferez signe !

— Mais non, ma p'tite Dany, patientez encore un peu !

Quelques jours plus tard René Clair rencontrait Duvivier lors d'une soirée et l'invitait à une projection privée de *Porte des Lilas*. Après cette projection, Duvivier me fit appeler.

En entrant dans son bureau, je suis sans illusions, Behars me raconte depuis tant de semaines ses refus catégoriques ! Duvivier, yeux malicieux et intelligents derrières ses petites lunettes, un soupçon d'ironie au coin des lèvres, m'observe. Ne voulant pas me faire renvoyer comme Behars, je vais droit au but :

— Je viens, puisque vous m'avez convoquée, mais je sais que vous ne me voulez pas !

— Mais enfin, mon petit, si je vous fais venir, ce n'est tout de même pas parce que je ne vous veux pas ! Je veux vous voir, vous parler.

— Oui, mais c'est vrai, j'ai lu *Pot-Bouille,* Berthe Josserand est une blonde aux yeux clairs. Blonde, je peux le devenir ! Les yeux clairs, je ne peux les avoir !

— Oui, bien sûr, mais depuis je vous ai vue dans *Porte des Lilas,* j'avoue que vous m'avez plu.

— Ah bon ? dis-je en ouvrant de grands yeux, alors vous croyez que je pourrais...

— Ecoutez, nous sommes à deux semaines du tournage, je n'ai trouvé aucune actrice qui me convienne. Je réfléchis encore deux ou trois jours et je vous donne ma réponse. Mais je voulais vous voir... Pourrez-vous éclaircir vos cheveux ?

— Bien sûr ! Je ferai tout ce qu'il faudra, mais pour les yeux, je ne pourrai rien !

— Oui, c'est vrai, vous êtes tout de même un peu typée...

Tandis que j'allais rendre compte à José Behars de mon entrevue, je songeais que, décidément, mon « type eurasien » ne plaisait pas beaucoup...

Behars, ravi de mon entretien avec Duvivier, me dit :

— Bon, eh bien maintenant faisons le siège de René Clair !

Il se précipita sur le téléphone :

— Monsieur René Clair ? Ma p'tite Carrel est sur un coup mais on la veut et on ne la veut pas en même temps... Il faudrait l'aider un peu. M. Duvivier l'a rencontrée pour son film *Pot-Bouille*. Il réserve sa réponse pour après-demain...

Aussitôt René Clair intervint. Gérard Philipe qui, lui aussi, avait vu *Porte des Lilas* en projection privée, appuya ma candidature. Duvivier se laissa convaincre : je serais Berthe. Gérard Philipe fit plus. Lui seul devait figurer au-dessus du titre. Il demanda que son contrat, déjà signé, fût modifié. Il dit à Duvivier :

— Et vous faites passer Dany Carrel au-dessus du titre ! *Porte des Lilas* sortira avant *Pot-Bouille* et, dans ce film, elle est au-dessus du titre. Aucune raison, donc, pour la laisser sous le titre !

Gérard Philipe me fit là un cadeau magnifique : me placer à côté de lui sur une affiche, c'était faire rejaillir sur moi un peu de sa gloire qui était immense.

Ce soir-là, je décidai de fêter mon nouveau contrat avec Alice et Yvon. Au champagne, bien sûr. Un film de Duvivier avec Gérard Philipe le méritait amplement ! Surtout Gérard Philipe d'ailleurs ! Alice et moi étions déjà amoureuses de lui... Mais quelle femme ne l'était pas ?

Je décidai aussi qu'il était temps qu'Alice quitte définitivement son travail chez l'avoué.

— Mes contrats sont maintenant suffisants pour nous permettre de vivre décemment. Une secrétaire m'est nécessaire. Je préfère que ce soit toi qui prennes mes affaires en main plutôt qu'une autre. Donc, si tu le veux bien, tu quittes ton bureau sombre et nous faisons tout ensemble... Puisque tu es ma secrétaire, tu viens avec moi partout ! Et puisque tu travailles pour moi, nous partageons ce que je gagne, tu es d'accord ?

— Bien sûr, je suis d'accord...

— Et puis, notre studio est vraiment trop petit ! Il faut chercher un deux-pièces ! En attendant, nous partons à Bandol : nous l'avons bien mérité !

Bandol était mon petit paradis. C'est là que, dès qu'il pouvait se libérer, Paul, mon architecte, louait un appartement pour une quinzaine de jours et nous emmenait tous les trois, Yvon, Alice et moi. J'avais évidemment présenté Alice à Paul dès son arrivée en France. Ils étaient devenus amis et, tous les quatre, nous formions une petite tribu qui, lorsqu'elle était réunie, ne songeait qu'à faire la fête. Cette année, nous ne pourrions rester que quelques jours car, le 2 mai, je devais être à Cannes pour le festival. *Porte des Lilas* y était présenté hors compétition. Puis ce serait le tournage de *Pot-Bouille,* mon douzième film.

La grande terrasse de l'appartement ouvrait sur le port de Bandol. J'aimais rester là à regarder l'arrivée des pêcheurs. La mer, les ports m'ont toujours fascinée. Ils me rappellent ces lectures de mon enfance et ces discussions avec Micheline : les beaux capitaines que nous voulions épouser, les voyages merveilleux que nous ferions jusqu'au bout du monde... Ils me rappellent aussi ces moments délicieux passés avec Alice sur le Vieux Port de Marseille lorsque nous étions adolescentes.

Presque chaque matin, j'étais sur le port au moment où les pêcheurs se préparaient à partir en mer. Certains étaient devenus des amis. J'aimais parler avec eux de leur métier, de la mer. Lorsqu'ils rentraient de leur pêche, je descendais vite sur le quai : j'aimais assister au déchargement du poisson, j'aimais l'odeur d'iode qui montait du port, j'aimais l'odeur du poisson frais... Mais ceci, je ne le disais plus ! Un jour, en effet, interrogée par un journaliste sur mes loisirs de vacances, j'avais raconté mon attirance pour la mer, pour ce monde d'odeurs. Le journaliste écrivit : « Dany Carrel aime les hommes qui sentent la saumure et le poisson. » M'étais-je donc si mal exprimée ? Lorsque ces propos qui m'étaient attribués furent repris dans le journal *Arts* et que je lus le montage qu'en fit le journaliste : tronquant des phrases, en accolant d'autres, je compris combien il était facile de détourner des propos et rendre ridicule n'importe qui.

Cette année je délaissai mes pêcheurs au bout de quelques jours car j'avais promis à René Clair d'être auprès de lui à Cannes. J'avais apporté deux robes au festival : une petite robe de lin bleu, courte, toute simple, pour les cocktails, un long fourreau de satin blanc brodé d'algues vertes, aux fines épaulettes de perles pour la grande soirée, la première de *Porte des Lilas*. La mode était aux fourreaux collants dans lesquels on pouvait à peine s'asseoir. Mais cette mode m'allait très bien. Cheveux courts auburn, joues creusées, silhouette amincie, je devais ma métamorphose à René Clair qui avait fait de moi une jeune femme plus moderne, et même d'apparence encore plus jeune. Mes cheveux longs tombant sur les épaules à la « Saint-Germain-des-Prés », mes joues rondes me donnaient un air de petite provinciale mal dégrossie. Maintenant je me sentais davantage moi-même.

La présentation de *Porte des Lilas* à Cannes, sa sortie prochaine sur les écrans me propulsèrent au premier rang. Revues et journaux s'intéressèrent beaucoup à moi et tous notèrent ma transformation. « Dany Carrel : le plus joli corps du cinéma français », n'hésita pas à titrer *Ciné-Revue* dont je fis la couverture. Et je fus sacrée « grande vedette », « vraie comédienne » par les journalistes.

Le soir de la projection, j'arrivai au Palais des Festivals en compagnie de René Clair et d'Henri Vidal. Evidemment Brassens n'était pas là. D'ailleurs personne n'avait sans doute osé lui demander de venir jusque-là ! Ce fut la cohue habituelle, la foule, les journalistes, les photographes et même les actualités françaises qui nous filmèrent. En montant les marches je songeai qu'il y avait quelques années à peine, quatre ou cinq ans, pas plus, je regardais moi-même dans les revues ces photographies de vedettes montant le fameux escalier...

J'avais un bon prétexte pour ne pas m'attarder à Cannes : je tournais deux jours plus tard à Paris avec Julien Duvivier.

Passant de *Porte des Lilas* à *Pot-Bouille,* je quittais l'époque moderne pour revenir aux années 1880 : chignon bouclé et robes longues. Mais alors que René Clair, très pudique, ne m'avait jamais dévoilée, ni dans le rôle de la jeune fille amoureuse de *Porte des Lilas,* ni même dans celui de la prostituée débutante des *Grandes Manœuvres,* Duvivier, lui, n'hésita pas à me déshabiller, et à me faire évoluer plus ou moins dévêtue lorsque le rôle le demandait. Cela ne me gênait absolument pas. Je n'avais plus cette honte de mon corps qu'on m'avait inculquée chez les religieuses. Je le devais sans doute à ma grande amie Francine qui m'avait dit de si belles choses au pensionnat de la place d'Italie. Je le devais également aux hommes qui, comme Francine me l'avait prédit, m'avaient renouvelé ses compliments. Et j'étais désormais convaincue qu'un corps dévêtu n'est pas indécent.

La première fois qu'un metteur en scène me dit : « Ma petite Dany, il faut te montrer », j'ouvris mon corsage tout naturellement. Ce fut d'ailleurs peut-être une sorte de défi, de revanche sur l'enfance et l'adolescence où tout ce qui concernait le corps n'était que péché. Me souvenant du scandale que j'avais provoqué à l'orphelinat de

Louveciennes lorsqu'à douze ans j'étais sortie de mon lit nue comme un ver, je pensai, amusée : Tout ce que j'ai toujours dû cacher comme si c'était laid et honteux, eh bien aujourd'hui, je le montre sans complexe. Ah ! si les sœurs pouvaient me voir, ce serait superbe ! Et si les sœurs de la place d'Italie me voyaient jouer les prostituées au cinéma, si elles me voyaient arpenter l'asphalte en demandant aux clients : « Chéri, tu viens ? », elles pourraient dire « fille perdue ! ». Peut-être est-ce pour avoir entendu à quinze ans « fille perdue ! » que cela m'a donné envie de jouer les filles dévergondées à l'écran...

Revanche sur les sœurs, mais aussi revanche sur Jeanne, Juliette et tous ceux qui avaient fustigé l'Annamite. Cela, je le devais aux hommes. Si je rencontrais du succès auprès d'eux, c'était précisément parce que j'étais « sang mêlé » : « Ah, ce mélange de races ! » s'exclamaient-ils. Ils aimaient mon côté « Soleil levant », ce côté « nu » des Asiatiques qui leur faisait croire que je n'étais qu'une petite adolescente alors que j'avais déjà vingt et un ans. Et je me glorifiais maintenant de ma double race. Splendide revanche sur l'enfance !

Je ne parvenais pas à me livrer facilement, même à mes amis très chers. Je cachais mes sentiments, même aux hommes que j'aimais. Aucun journaliste ne pouvait faire ses « choux gras » de mes récits de ma vie privée parce que je la gardais totalement secrète. Mais mon corps, lui, n'avait pas besoin de voiles et me voir en bikini sur un écran ou dans un journal ne me gênait pas. Mes seins avaient été filmés et je n'en avais pas honte. Peut-être étais-je une actrice un peu indécente à l'écran ? En ces années cinquante, très peu de femmes posaient seins nus devant les caméras. Certains metteurs en scène avaient sans doute cherché le succès commercial un peu facile avec moi. Sans doute aussi avais-je manqué d'un conseiller pour le choix de mes rôles parfois peut-être trop « sexy »... Mais lorsque Julien Duvivier me demanda de me dénuder, je lui fis totalement confiance. Et cela ne me coûta aucun effort, même et surtout devant Gérard Philipe.

J'étais évidemment impressionnée par l'acteur. Mais j'avais appris à le connaître un peu dans *Les Grandes Manœuvres* et j'étais apprivoisée. Il ne restait plus que l'immense bonheur de donner la réplique à un merveilleux comédien. Il jouait avec tant de talent qu'il entraînait avec lui ses partenaires. J'avais même l'impression de ne pas jouer tant il était naturel. Tel il était sur le plateau, tel il était dans la vie. Il avait la même intonation chantante et, tout à coup, ces sortes de fausses notes qui donnaient à sa voix un caractère si particulier. Ses déplacements, ses gestes, tout était ainsi dans la vie : il ne composait jamais. Il avait une grâce aérienne. Et il était si séducteur ! On sentait qu'il aimait plaire, il savait qu'il plaisait. Son rôle de don Juan dans le film lui allait à merveille.

Certaines scènes de *Pot-Bouille* étaient de tels moments de bonheur que je désirais qu'elles se poursuivent éternellement. J'étais dans un lit avec Gérard Philipe, les seins nus, je posais la tête sur son épaule. Il me tenait dans ses bras. C'était pour moi l'enchantement. Bien sûr, ce n'était qu'un film, bien sûr, j'étais sous les sunlights, sur un plateau de tournage, entourée de dizaines de techniciens, mais je vivais ce moment comme je l'aurais vécu dans la vie : émotion, fascination, délices... Car, secrètement, j'étais amoureuse de Gérard Philipe et je pouvais croire, sur le moment, cette attirance réciproque... La scène terminée, je n'osais bouger tant j'étais bien...

Et quelle émotion dans la dernière scène du film ! Réfugiée dans la chambre de Marie, jouée par la superbe Anouk Aimée, je pleurais sur la fin de ma liaison avec Octave Mouret-Gérard Philipe. Assise au bord du lit, Gérard Philipe à mes genoux me tenait la main et me consolait. Je m'imprégnais de chacune de ses paroles et je vibrais à chacun de ses mots d'amour : « Berthe, mon petit, nous ne pouvons nous quitter brouillés, ce serait trop bête. Nous nous sommes trompés tous les deux voilà tout. Est-ce un crime ?... Pendant trois mois nous avons cru que nous nous aimions... C'était merveilleux ! Non ? Et après tout, c'est peut-être ça l'amour : croire que l'on s'aime... Si nous ne nous sommes pas aimés, alors, console-toi, c'est que l'amour n'existe pas !... Mais non, non, on ne s'est pas trompés. Comme tous les amants nous avons cru que nous formions un couple unique au monde et maintenant, comme tous les amants nous redevenons comme les autres, nous rentrons dans le rang. »

On appelle cela un « métier », un « travail », mais être payée pour tourner dans les bras de Gérard Philipe me paraissait totalement fou ! Je ne me faisais pourtant aucune illusion : Gérard Philipe jouait !

Pendant plusieurs mois, fin 1957 et début 1958, je fus en vedette à l'affiche avec *Porte des Lilas* et *Pot-Bouille*. Deux énormes succès. Au Normandie et au Colisée, avenue des Champs-Elysées, les files d'attente étaient impressionnantes. Les gens aimaient alors passionnément le cinéma. Le samedi et le dimanche, des familles entières allaient aux projections comme à une véritable fête. Les acteurs étaient, pour le public, des stars adulées dont ils collectionnaient coupures de presse et photos dédicacées. Et le courrier ! Un nombre considérable d'hommes et de femmes écrivaient aux acteurs. La sortie de ces deux films, la multiplication des articles sur moi dans la presse entraînèrent une floraison de lettres d'admirateurs, en majorité des hommes. Alice, mon indispensable et très exceptionnelle secrétaire, répondait.

Je reçus un jour une lettre de sœur Marie, celle qui avait été mon soutien, mon rayon de soleil à l'orphelinat. Peu après mon départ, elle était allée soigner des malades en Afrique, m'écrivait-elle. Puis elle avait quitté la cornette : « Mon cœur était trop tendre et ceux qui m'entouraient l'avaient trop dur », ajoutait-elle. Maintenant elle était mariée et désirait me revoir. Je fus impatiente de la retrouver. Je lui donnai rendez-vous.

Une petite femme, cheveux tirés en arrière par un chignon, s'assit en face de moi. J'avais le souvenir d'un visage angélique sous la cornette. Je ne retrouvais pas ce visage. Petite fille, j'avais cru être profondément aimée par sœur Marie. Face à cette femme, je compris qu'elle avait simplement tenté d'être un peu tendre et compatissante avec une enfant plus meurtrie que les autres. Avais-je enjolivé ma relation avec elle parce que cela m'était nécessaire ? Etait-ce cette femme qui avait changé ? Le souvenir et la réalité était dissonants.

Aujourd'hui je préfère garder en mémoire cette sœur Marie de l'orphelinat. Je la revois à travers les yeux de l'enfant que j'étais. Et l'enfant avait le sentiment d'être aimée. Et l'enfant, grâce à cela, a pu survivre. J'en remercie sœur Marie.

En ce début 1958, une autre lettre m'alla droit au cœur. Elle était de Michel Auclair, celui dont j'avais été amoureuse dans le désert, il y avait trois ans déjà, et que je n'avais pas revu.

« Lorsque tu as tourné avec moi *La Patrouille des sables,* tu étais un bébé, une jeune fille mal dégrossie et je n'ai su, alors, si tu étais ou non une actrice. Je viens de voir *Porte des Lilas* et j'en suis encore tout ému. Mon bébé a grandi. Le papillon est sorti de sa chrysalide et maintenant je sais qu'il va s'envoler. Tu me disais, là-bas dans le désert, que tu étais un peu amoureuse de moi, eh bien, en sortant de *Porte des Lilas*, je me sens un peu amoureux de toi... »

Aussitôt je répondis à Michel combien j'étais heureuse d'avoir été reconnue comme une véritable actrice par l'un de mes pairs et combien sa lettre m'avait touchée. Mais je ne fis aucune allusion aux sentiments... Je ne voulais surtout pas détruire ces merveilleuses images du désert, ces grandes émotions. L'entrevue avec sœur Marie m'avait fait comprendre qu'il vaut mieux ne jamais toucher aux souvenirs.

Bien des années plus tard, en 1984, Michel Auclair, sorti d'un long purgatoire, fut tout à coup redécouvert. Il redevint le magnifique acteur que je connaissais et donna sa pleine mesure dans le rôle du père déchu de *Rue Barbare*. Un an plus tard, comme il jouait dans un téléfilm, il rencontra Alice devenue scripte. Alice me raconta leur entrevue :

— Je suis la sœur de Dany Carrel, lui dit-elle.

— Mais alors, nous sommes de la même famille ! dit Michel en la serrant dans ses bras. Ma petite Carrel... Ah, c'est loin et si proche...

Mais Michel semblait meurtri, désespéré. Il mourut quelques mois plus tard. Pendant une quinzaine d'années on avait dit de lui : « Il porte malheur ! Quand il est dans un film, ça ne marche pas ! » et il fut mis à l'écart. Comment des metteurs en scène furent-ils assez stupides pour se priver d'un tel acteur ? Je ne peux le comprendre. Michel Auclair, inoubliable au théâtre dans le *Huis Clos* de Sartre, l'une des plus belles voix du cinéma français, acteur rare et de grand talent, par la sottise du milieu cinématographique, n'eut pas la carrière qu'il méritait.

Histoires de famille

L'Indochine se fit peu à peu floue, puis lointaine pour Alice. Les crises de larmes se firent plus rares. Elle put alors me parler un peu de sa vie là-bas, de ses amies. Elle évoqua aussi, parfois, notre famille. Mais sa timidité à mon égard fut longue à se dissiper. Pendant plus d'un an je dus être patiente, attentive à ne pas l'effaroucher, la heurter. Je dus être présente mais discrète, m'intéresser à elle, mais ne pas l'accabler de questions. A dix-neuf ans, Alice commença à se sentir plus libre avec moi. Mais elle restait secrète et même si cela faisait bien des années que je désirais savoir qui j'étais, qui elle était, je ne voulais pas lui imposer de replonger dans ses souvenirs. Pourtant les quelques phrases échangées sur le Vieux Port de Marseille avaient été si fragiles que Juliette avait eu peu de mal à les balayer.

Un jour, j'osai enfin aborder la question qui me tenait le plus à cœur :

— Tu es certaine que ta mère indochinoise est aussi la mienne ?

— Mais évidemment ! Tu te souviens des photos que nous avions regardées en cachette à Marseille ? Maman m'en a donné quelques-unes.

Alice sortit d'une enveloppe cinq ou six photos. Je fus très émue de retrouver les visages de mon père et de ma mère entrevus jadis si fugitivement à Marseille, et les deux bébés que nous étions. Bébés soigneusement habillés et visiblement heureux...

— Notre vraie mère t'a parlé de nous, de notre vie avec elle ?

— Oui, elle m'a raconté la vie que nous menions en Indochine. Elle m'a dit que papa et Juliette étaient mariés mais que Juliette ne supportait pas de vivre en Indochine. Elle laissait donc papa seul durant des années entières. Papa, pendant l'une des longues absences de Juliette, tomba amoureux de Kam, notre mère. Ils eurent deux enfants, toi et moi. Papa était en admiration devant nous et nous appelait ses « petites perles », ses « petites fleurs ». Papa et maman étaient vraiment très heureux. Lorsque Juliette revint, papa lui dit qu'il voulait nous adopter. Il lui dit aussi que nous serions élevées par notre mère. Juliette accepta tout. Dès notre naissance, il nous avait acheté à chacune une villa.

— Nous avions une villa ?

— Oui, je les ai vues, deux magnifiques villas.

— Pourquoi Juliette ne m'en a-t-elle jamais parlé ?

— Elle les a peut-être vendues...

Un autre jour, Alice évoqua son séjour de plusieurs années chez notre mère. Cela se passait pendant l'invasion japonaise, Alice avait six ans. Notre mère s'était mariée avec un Indochinois fort cultivé qui parlait parfaitement le français. Ils avaient deux garçons et une petite fille qui mourut à trois ans, pendant le séjour d'Alice.

Après ces conversations avec Alice, j'envoyai ma photo à notre mère que nous appelions désormais « Maman Tourane ». Puis je lui proposai de venir en France. Financièrement, cela ne me posait plus de problème et je me faisais une joie de la découvrir enfin. Mais elle fit répondre par Kuân, notre demi-frère qui servait de traducteur, qu'il lui était impossible de quitter l'Indochine car elle y avait une famille. Et puis, la France était si loin pour elle qui n'avait jamais quitté l'Annam...

La dernière lettre reçue par Alice nous apprenait que *Porte des Lilas* était sorti à Saigon. Notre mère n'était pas allée voir le film car Tourane était bien trop éloigné, mais elle me félicitait. Elle disait combien elle était contente pour moi. Elle espérait aussi que je viendrais un jour à Saigon.

Cette mère découverte si tardivement me semblait cependant bien improbable. Jamais je ne m'affirmais : « Kam est ma mère ! » C'était plutôt une interrogation : « Kam est-elle ma mère ? » J'avais maintenant vingt et un ans mais, comme lorsque j'avais douze ans à Marseille, le doute restait le plus fort. Aurais-je été absolument certaine que Kam eût été ma mère, aussitôt je serais partie pour quelques semaines en Indochine. Cette incertitude m'empêchait d'agir. Alors, je m'inventais de vraies et de fausses raisons de ne pas partir : que lui dirais-je ? Comment pourrais-je communiquer ? Nous ne parlons pas la même langue... Mais, surtout, elle ne m'avait jamais réclamée !...

Cette perpétuelle interrogation sur mon identité me troublait parfois si fortement qu'il me fallait, pour un temps, laisser de côté ces questions trop douloureuses, il me fallait oublier cette Indochine de ma naissance si je voulais continuer à mener une vie normale. Par bonheur, j'étais toujours très amoureuse de Marcel Camus. Dès que nous étions ensemble, sa tendresse, son goût de la vie me redonnaient joie et plaisir de vivre.

Porte des Lilas et *Pot-Bouille* firent de moi une actrice reconnue et Juliette, qui suivait de très près ma carrière, était toujours plus étonnée de mes succès et de ma réussite financière. J'avais maintenant déménagé et Alice et moi vivions dans un deux-pièces rue Rameau. Juliette avait vu ma voiture neuve, une Grand Large bleu et beige. Et c'était tout à fait volontairement que, lorsque je venais la voir, je la garais devant ses fenêtres comme pour dire : Voilà ! Je ne dois qu'à moi seule cette réussite, et j'en suis fière !

Juliette me dit un jour :

— Jeanne doit déjeuner jeudi avec moi, je sais que tu ne l'aimes pas beaucoup, mais tu es la bienvenue.

C'était incroyable ! Maintenant c'était Juliette qui m'invitait pour faire honneur à son amie Jeanne ! Je ne pouvais refuser ce nouveau rôle :

— Au contraire, je tiens beaucoup à la voir... Que devient-elle ?

— Elle cherche actuellement à vendre sa maison de Combs-la-Ville.

— Elle désire vendre ? Mais je suis très intéressée ! J'aimerais beaucoup vivre à Combs-la-Ville.

— Eh bien, viens jeudi en parler avec elle.

Jeudi, à midi trente, joliment maquillée, portant un tailleur élégant, sûre de moi, j'entre chez Juliette. Jeanne est là, me dévisage, ne se remet pas de la surprise que je lui cause. Je sais qu'elle n'ignore pas que je suis à l'affiche, Juliette n'a pas manqué de lui en parler. Peut-être est-elle même allée voir mes films. Mais me découvrir « en chair et en os » la laisse sans voix. Parfaitement à l'aise, un peu mondaine, je parle avec détachement du cinéma, des acteurs, des metteurs en scène les plus prestigieux : Gabin, Gérard Philipe, Danielle Darrieux, Madeleine Robinson, René Clair, Julien Duvivier... Et, au passage, j'évoque, avec une légèreté feinte, tout le mépris qu'elle avait pour la petite Annamite Yvonne Chazelles.

— Mais tu as changé ! Tu as perdu ton type ! Tu as maintenant le teint pâle, les cheveux clairs...

— Peut-être ai-je perdu mon type, mais je suis une Annamite et le resterai toujours ! Et c'est très bien ainsi.

Puis je redeviens aimable et mondaine avec ces deux vieilles dames. En début d'après-midi, je les laisse à leurs souvenirs. J'ai eu ma petite vengeance, je peux les quitter la tête haute. Pour la première fois, j'ai osé tirer vanité de ma réussite.

La semaine suivante Juliette me dit :

— Après ton départ Jeanne est restée stupéfaite. Elle n'en revenait pas que tu aies pu réussir à ce point ! Elle s'interrogeait : « Comment cette petite fille muette, hagarde, complètement apeurée, quasiment débile, a-t-elle pu devenir une vedette si jolie, si à l'aise ? Et comment Yvonne peut-elle acheter une maison ? Vraiment c'est une belle réussite ! »

Rendez-vous avait été pris pour aller visiter la maison de Jeanne. Je me faisais un plaisir d'aller avec Jeanne et Juliette à Combs-la-Ville. Mais un plaisir bien particulier, un plaisir pervers. Désir de les mettre mal à l'aise, de les contraindre à prendre conscience de leur conduite passée.

Jamais je n'étais revenue dans la petite ville depuis mes quatre ans. Le chemin de campagne, la maison bleue à gauche, la maison de mon amie Huguette Kesler à droite, celle où je vivais avec la Mémé, les moindres détails de cette année tragique étaient restés fixés avec précision dans ma mémoire. Et pourtant je ne reconnus rien. Le chemin avait été transformé en route goudronnée, des villas, serrées les unes contre les autres le bordaient maintenant. L'immense maison blanche, et pourtant plongée dans le noir, de mes quatre ans n'était plus qu'un modeste pavillon de banlieue sans aucun cachet. Et je fis la moue devant Jeanne : « Non, la maison ne me plaît pas : elle n'est ni assez vaste, ni assez belle pour moi ! » Et il est vrai que je n'aurais pas aimé y vivre. Mais je me gardai bien de dire que je n'avais pas un sou pour l'acheter et n'étais venue que par bravade.

Jeanne ne désira plus me revoir. Je ne le désirai pas non plus. Je croyais accomplir une sorte de vengeance en la rencontrant. Mais je n'avais plus en face de moi la Jeanne triomphante et méprisante de mon enfance. Ce n'était plus qu'une dame déjà fanée, étonnée, peut-être même admirative devant le chemin que j'avais parcouru. En face de cette autre Jeanne, mon plaisir de vengeance que j'avais imaginé immense s'était émoussé et, sans le plaisir, la vengeance ne m'intéressait plus. Ce fut donc notre dernière rencontre. Jamais plus par la suite je n'évoquai son nom avec Juliette. Jamais, non plus, je n'ai modifié mon jugement : par son emprise sur Juliette elle fut la principale responsable de mon enfance malheureuse.

Je me promis, en revanche, de continuer à voir Juliette, en souvenir de mon père. Je lui réservais cependant quelques surprises : quelle tête ferait-elle lorsque je lui annoncerais qu'Alice vivait avec moi ? Je n'avais encore osé le lui dire, par crainte d'une réaction violente. J'étais majeure maintenant, mais Alice, elle, n'avait pas vingt ans et nous redoutions toutes deux la perversité de Juliette qui, deux fois déjà, nous avait séparées. Je ne tenais pas non plus à l'affronter : je ne voulais plus revivre des moments qui me rappelleraient trop mon enfance. Alice et moi voulions maintenant vivre dans le bonheur et n'entendions pas en laisser échapper la moindre parcelle. A vingt et un ans mon nom était inscrit en haut des affiches, je tournais avec les plus grands metteurs en scène français, les acteurs les plus séduisants, les plus talentueux...

Ma vie aux côtés d'Alice n'était que joies et nous comptions bien l'une et l'autre rattraper le temps perdu. Mais si je voulais couper avec tout ce qui pouvait me rappeler mon enfance, il était un ami de cette époque que je n'oubliais pas, l'abbé Bel. Il avait depuis de nombreuses années quitté Louveciennes pour s'installer dans un presbytère de Versailles. Et, fidèlement, régulièrement, je lui rendais visite. Je continuais à lui parler à cœur ouvert. Dès le retour d'Alice, il m'avait dit sa joie profonde de nous savoir à nouveau réunies. Il était toujours aussi bon, humain, attentif au monde qui l'entourait. Il était également toujours passionné de cinéma et avait vu nombre de mes films. Son enthousiasme pour *Porte des Lilas* était sans limites.

— C'est un très joli film, plein de mélancolie. Tu y fais une magnifique prestation !

— Oh ! vous êtes certainement de parti pris, mais ça ne fait rien, je reçois le compliment avec joie puisqu'il vient de vous.

— Tu as raison de faire du cinéma. Persévère et tu réussiras pleinement dans cette voie. Tu es heureuse de faire ce métier et c'est ce qui compte. Nous avons bien fait tous deux d'y croire !

— Vous savez bien que je vous dois tout !

— Non, non ! Pas de ça ! Souviens-toi de ce que je te disais lorsque tu étais adolescente : quand on veut vraiment quelque chose, on l'obtient ! Tu l'as voulu avec force, eh bien voilà, tu réussis...

L'abbé Bel souriait malicieusement :

— A propos, dis-moi, tu ne regrettes pas la cornette ?

Nous éclations de rire. Puis il ajoutait :

— Peut-être joueras-tu un jour avec une cornette ?...

L'idée de me voir en bonne sœur à l'écran nous ravissait. Décidément, l'abbé Bel n'était pas du tout un curé ordinaire !

Avant de le quitter je lui dis :

— Il faut que nous prenions rendez-vous car Alice tient à faire votre connaissance. Elle sait le soutien que vous avez été pour moi. Je vous rappelle bientôt : je dois faire une tournée en France pour la sortie de *Pot-Bouille* mais, dès mon retour, nous nous verrons.

En tournée avec Gérard Philipe

Dans quelques jours je prendrai le train avec Gérard Philipe ! Dans quelques jours je serai à Marseille ! Voilà déjà quatre fois que je recommence ma valise. J'ai essayé plusieurs fois chacune de mes robes et je ne parviens pas à me décider. Je veux être certaine d'avoir choisi les plus belles : je dois faire honneur à Gérard ! Pour le soir, je décide d'emporter mon fourreau vert et mon boléro. Depuis peu, en effet, je me fais habiller par Paulette Coquatrix dont la maison de couture se trouve rue du Boccador, près du théâtre des Champs-Elysées. Elle sait ce qui me va et me conseille des fourreaux moulants, décolletés et dos nu, que je porte avec un boléro lors des soirées moins habillées.

Nous avons une nuit de train. Deux « single » nous ont été réservés. Je m'installe dans le mien, très émue à la pensée de dormir si près du beau Gérard : une simple cloison nous sépare. Le train part. Je rêvasse devant le paysage lorsque Gérard passe la tête par ma porte entrouverte :

— Veux-tu que nous prenions un verre ensemble ?

Rouge d'émotion, j'accepte. Il commande du champagne, s'assoit près de moi. Nous parlons de mille choses. Des voyageurs passent sans cesse dans le couloir et jettent un coup d'œil vers nous. On devine leurs pensées : « Mais c'est Gérard Philipe ? » Gérard, visiblement, n'aime pas les gens indiscrets. Il se lève, ferme la porte. Cette porte maintenant fermée, laissant le reste du monde à l'extérieur, a transformé mon « single » en lieu intime. Gérard est revenu s'asseoir près de moi et m'a pris la main. Troublée, irrésistiblement attirée vers lui, je n'ose pourtant faire le moindre geste. La tête tourbillonnante, le cœur battant, j'attends. Je le regarde, fascinée par sa beauté, fascinée par sa voix. Il passe un doigt sur mon sourcil et me dit :

— Ton crayon n'est pas de la même couleur que ton sourcil, ça n'est pas très joli, il faudrait le changer...

Puis il passe son doigt sur le contour de mes lèvres :

— J'aime ta bouche, on dirait une cerise.

Je l'écoute et le regarde, éperdue de désir. J'ai envie de lui dire : « Cueille cette cerise... », mais je ne dis rien. Il est le très grand Gérard Philipe, je suis une jeune comédienne et nous avons près de quinze ans d'écart, cela m'empêche d'agir. Pourtant, toute frémissante à ses côtés, j'ai envie de lui crier : « Je suis une femme et je te désire... », mais je n'ose le lui faire comprendre.

Les heures passent comme dans un rêve. Et Gérard continue à parler de sa voix chantante et je continue à l'écouter béate et ravie.

Plus tard, Gérard dit :

— Oh, il est tard, je vais te laisser. Et puis, le conducteur va passer pour installer les lits.

Il se lève et me dépose un petit baiser sur la joue :

— Au revoir, fillette !

Et il referme la porte derrière lui. J'ai détesté ce mot « fillette » et ma déception est grande : rien ne s'est passé...

On fit mon lit et je m'endormis. Déçue sans doute, mais pourtant la tête pleine de rêves roses en me remémorant chaque instant de notre rencontre : j'avais passé trois heures en tête à tête avec Gérard Philipe ! J'étais certaine que toutes les jeunes femmes de France m'envieraient pour ce grand privilège...

A Marseille, sur la Cannebière, sur le Vieux Port, partout où passait Gérard, c'était le délire. Lorsque nous nous rendions à une signature dans une librairie, à un cocktail, partout il déclenchait de véritables émeutes. Je me sentais bien petite face à un tel déchaînement d'enthousiasme et restais derrière lui. Alors Gérard me prenait par la main, il tenait à montrer que j'étais là aussi. Partout ce n'était que bousculades. Chacun se pressait pour obtenir une signature ou simplement pour le voir. Gérard Philipe était véritablement une idole et je ne connaissais personne en France capable, à ce point, de déplacer les foules.

Nos chambres étaient réservées au Grand Hôtel de Noailles

sur la Cannebière et, chaque soir après cocktails et dîners, nous rentrions sagement dans nos appartements.

La générale eut lieu au cinéma Odéon, sur la Cannebière. Gérard Philipe connut un triomphe. En compagnie de l'attachée de presse et du producteur Robert Hakim, nous allâmes souper. Un magnifique festin au champagne. Je portais mon beau fourreau vert. Je me sentais belle. Gérard, comme à son habitude, fut très gai, très drôle. Comme il l'avait souvent fait sur le plateau de tournage, il jouait au clown, nous éclations de rire. Une soirée belle comme je n'aurais jamais osé l'imaginer. Très tard dans la nuit, nous rentrâmes au Grand Hôtel. Tandis que je me débarrassais de mon fourreau vert, je songeais avec mélancolie que le beau Gérard ne pensait même pas à moi.

Quelques instants plus tard, le téléphone sonna. Je reconnus aussitôt la voix :

— Si ça ne t'ennuie pas, je veux bien venir te dire bonsoir...

— Mais viens vite, Gérard.

C'était un homme délicieux de tendresse, d'attention, de générosité. Il s'intéressait beaucoup à mon avenir. Me sentant parfois un peu à la dérive, il me conseillait, me redisait ce que René Clair ou Marcel Camus m'avaient dit :

— Il faut faire attention ! Les carrières sont fragiles, tu sais, il suffit d'un ou deux films qui ne marchent pas et on est coulé... Ton imprésario ne te guide pas avec assez de discernement.

— Oui, mais je me sens en famille avec lui et Pépé. J'ai besoin de me sentir aimée. Pendant le tournage de *Pot-Bouille,* André Bernheim, le plus grand, est lui-même venu me dire qu'il aimerait prendre ma carrière en main, et j'ai refusé. Comment quitter Behars qui a tant fait pour moi ?

— Tu as eu tort ! Il faut maintenant que tu sois véritablement conseillée. Tu vas confier ta carrière à Blanche Montel. Elle sera attentive. Blanche est une femme exceptionnelle, elle a elle-même tourné dans une trentaine de films et a fait du théâtre. Et toi aussi, Dany, tu dois faire du théâtre ! Pour durer, cela est indispensable !

Gérard était particulièrement attaché au syndicat des acteurs qu'il avait créé :

— Il est de notre devoir d'aider les acteurs sans travail ! Fais-tu partie d'un syndicat ?

— Non... Mais tu sais, Gérard, comme les choses sont allées

vite. Je n'ai pas encore eu le temps de me rendre compte de tout ce qui m'est arrivé... Depuis mon premier film, il y a quatre ans, je n'ai cessé de tourner ! Et je ne connaissais rien à ce monde du cinéma... Chaque jour je fais de nouvelles découvertes.

— Il faut faire partie d'un syndicat ! Il faut aider ceux qui sont en difficulté !

— Eh bien, Gérard, je ferai ce que tu voudras...

J'étais tellement en extase devant cet homme, que je me sentais prête à faire tout ce qu'il me demanderait, sans la moindre hésitation.

— Que faut-il faire ?

— Tu viendras au syndicat, tu rempliras une feuille d'inscription et tu verseras un petit pourcentage de tes cachets qui sera reversé aux acteurs sans travail.

— Très bien. Tu as raison. Mais tu as le temps de t'occuper du syndicat ?

— Oh, oui, j'aurai toujours du temps pour les autres !

Je le regardais, éblouie : C'est incroyable ! C'est un ange, cet homme ! Un acteur d'une telle renommée, à qui tout sourit, qui pourrait se contenter de s'occuper de lui seul... N'a-t-il pas sa carrière à mener : cinéma, théâtre, et sa vie privée ?... Eh bien non, il pense encore à s'occuper des autres...

J'écoutais toujours Gérard avec admiration et respect. Il me donnait de vraies leçons de vie. Lui, l'idole incontestée, acceptait de n'être payé que très peu lorsqu'il jouait au TNP : là, même tarif pour tous. Il acceptait que son nom soit perdu dans le lot : sur les affiches et les programmes du TNP les acteurs figuraient par ordre alphabétique. Depuis longtemps j'étais en admiration devant l'acteur, je l'étais maintenant devant l'homme. Gérard était vraiment hors du commun. Découvrir cet homme, son intégrité, sa générosité était un grand privilège.

Mes tournées avec Gérard sont inoubliables. Après Marseille, il y eut Lyon, Bordeaux... Partout une foule en délire attendait Gérard Philipe. Cette rencontre avec le public fut aussi pour moi une émotion considérable. Car, chaque fois, Gérard entendait que je joue mon rôle d'actrice vedette du film. Et il y eut tous ces moments passés avec lui : les dîners si gais et si enrichissants. Il était de si joyeuse compagnie. Pourtant, parfois, lorsque nous étions seuls et qu'il ne se sentait pas regardé, brusquement, sans que rien ne le laissât prévoir, il sombrait dans une profonde tristesse. Son regard partait dans le vague, son visage devenait sérieux, presque douloureux. Et je m'interrogeais : Il passe de la plus extrême gaieté à la plus grande mélancolie, cette gaieté n'est-elle pas feinte ? Ces jeux de clown ne cachent-ils pas une profonde inquiétude ? Evidemment, je ne lui posais aucune question.

Gérard me parlait de notre métier, il me parlait aussi de la vie. Et il me disait souvent, me récitant Musset :

— Pense toujours à ça, Dany : « Tous les hommes sont menteurs, inconstants, faux, bavards, hypocrites, orgueilleux et lâches, méprisables et sensuels ; toutes les femmes sont perfides, artificieuses, vaniteuses, curieuses et dépravées ; le monde n'est qu'un égout sans fond où les phoques les plus informes rampent et se tordent sur des montagnes de fange ; mais il y a au monde une chose sainte et sublime, c'est l'union de deux de ces êtres si imparfaits et si affreux. On est souvent trompé en amour, souvent blessé et souvent malheureux ; mais on aime, et quand on est au bord de sa tombe, on se retourne pour regarder en arrière, et on se dit : J'ai souffert souvent, je me suis trompé quelquefois, mais j'ai aimé. C'est moi qui ai vécu, et non pas un être factice créé par mon orgueil et mon ennui. »

Je ne croyais pas, alors, tout à fait ce que me disait Gérard. Pour moi qui débutais, je pensais qu'il fallait avant tout bâtir sa carrière. Mais plus les années ont passé, plus j'ai fait mienne cette phrase que Gérard aimait tant : « J'ai aimé. C'est moi qui ai vécu... »

A mon retour à Paris, une enveloppe bordée de noir m'attendait rue Rameau. L'abbé Bel était mort ! Le choc fut immense. L'abbé Bel m'avait protégée autant qu'il l'avait pu, m'avait accompagnée toute ma vie, je lui devais ce qui était le mieux en moi, je lui devais mon métier. Je lui devais tout... Des larmes plein les yeux, je le revis à son piano au presbytère de Louveciennes, je le revis derrière les barreaux du confessionnal, alors que j'attendais, le cœur battant, ce qu'il pourrait me révéler sur ma mère. Je le revis avec Micheline, moi et quelques autres sur le quai de la gare, en partance pour un Paris à l'époque si mystérieux. Je le revis au parloir de l'école de la place d'Italie m'écoutant parler de ma tendre amitié pour Francine, sans me condamner. Je le revis faisant la leçon à Juliette et la persuadant de me laisser choisir la carrière d'actrice. Je l'entendis m'encourager L'abbé Bel était la vérité, la bonté, la générosité.

Comme il me l'avait promis, dès notre retour à Paris Gérard organisa un déjeuner pour me présenter Blanche Montel. Elle travaillait chez les Simura, l'un des plus importants bureaux d'imprésario. Au premier regard, je sentis que je pouvais faire confiance à Blanche, qu'elle saurait prendre en main ma carrière.

Le plus difficile me restait à faire : me rendre chez José Behars et lui dire que je le lâchais. José Behars était un homme à qui je pouvais tout dire, je ne composai donc pas :

— José, vous savez combien je me sens bien avec vous et que c'est pour cette raison que je suis encore avec vous. J'ai beaucoup réfléchi avant de prendre ma décision mais je dois vous quitter. J'ai un énorme chagrin car je sais combien vous vous êtes battu pour moi. Je dois être maintenant dirigée dans ce métier difficile. Il faut aussi que je fasse du théâtre et je sais que dans ce domaine vous ne pouvez pas m'aider...

— Je vous laisse toute votre liberté ma p'tite Dany, mais je continuerai à chercher des rôles pour vous et vous ne les prendrez que s'ils vous conviennent.

J'étais toute triste de quitter José Behars et Pépé, de renoncer à l'atmosphère familiale qu'ils avaient créée et je dus me faire violence pour ne pas revenir en arrière : Allons, Dany, tu ne dois plus agir par sentimentalité. Ta carrière est en jeu...

Comme je l'avais promis à Gérard, je me précipitai aussi au syndicat des acteurs si cher à son cœur. Je n'avais évidemment pas coupé les liens avec Mme Bauer-Thérond, mon professeur d'art dramatique. Lors de chaque visite elle me répétait : « Tu sais que tu peux venir au cours toutes les fois que tu le désires ! » Mais je n'osais plus venir. Par timidité devant les élèves. Par crainte aussi que ces élèves pensent que je venais pour les juger. J'arrivais donc le plus souvent à la fin du cours. Maintenant, sur le panneau de photos des acteurs passés entre ses mains, étaient accrochées trois photos de moi : un portrait, une photo en pied, une photo de *Porte des Lilas* où je figurais à côté de Pierre Brasseur. Désormais, elle disait à ses élèves, comme elle l'avait fait pour d'autres lorsque j'étudiais chez elle : « C'est moi qui ai formé Dany Carrel. » Elle m'avait en effet suffisamment aidée pour avoir le droit de l'affirmer.

Pendant ma tournée en province, Yvon m'avait fait l'amitié de s'occuper de Juliette, comme il le faisait toujours lorsque je quittais Paris. Il veillait à tout, l'accompagnait même chez le médecin ou le dentiste, l'invitant au restaurant. Juliette était charmée par ce jeune homme si prévenant. A mon retour, je repris les visites. Je m'imposais ce devoir avec difficulté. Je le faisais aussi car c'était la seule façon de prévenir toute visite de Juliette chez moi où elle pouvait surprendre Alice. Juliette ignorait toujours la présence d'Alice. Ma sœur et moi partagions la même crainte. Chaque coup de sonnette, chaque nouvel article sur moi pouvait mettre notre secret en danger. Elle se cachait des journalistes et des photographes lorsqu'elle m'accompagnait aux studios de tournage.

Pour toutes ces raisons, nous fûmes ravies de partir pour Londres. Je devais y présenter *Pot-Bouille* avec Gérard Philipe. A Londres, Alice et moi étions installées dans une suite au Dorcester Hotel. Alice comprit mon attirance pour Gérard : elle était au bord de l'évanouissement chaque fois qu'elle croisait son regard vert. Dix fois, cent fois par jour elle murmurait à mon oreille : « Quel charme il a... » Gérard se fit un plaisir de nous emmener dans son sillage : « Allons, vous venez, les deux petites sœurs... »

En février 1958, je fus reçue à Munich comme une grande vedette. Février à Munich, c'est le carnaval. Je dus céder à la coutume : être accueillie par le « Roi du Carnaval » et accepter le baiser rituel de Sa Majesté. Des milliers de Munichois trop gais et trop bruyants se pressaient autour de nous. La télévision était là aussi et filmait la grande fête. Sa Majesté le Roi s'avança lentement vers moi. Il était grand et gros, portait des culottes bouffantes sur d'énormes mollets, un pourpoint damassé et brodé, une énorme toque ornée d'un panache. Plus il avançait, plus sa stature m'impressionnait. Je lui tendis la joue. Il m'attrapa solidement par les épaules et m'embrassa délibérément sur la bouche. J'eus beau me débattre, il me tenait si solidement que je ne pus échapper à son étreinte. J'étais furieuse mais la foule, elle, était hilare. Je dus faire bonne figure.

Au grand bal de Munich, je retrouvai Gérard Philipe et René Clair, autres invités d'honneur. Je portais une robe splendide, un long fourreau, bleu ciel cette fois, et semé de fils d'argent. C'est Pierre Balmain qui me l'avait prêté. A notre table se trouvait aussi Luis Miguel Dominguin, le torero. Gérard et René Clair, forts de la complicité des films tournés ensemble, étaient très gais et, comme toujours, je riais aux pitreries de Gérard. Luis Miguel Dominguin, lui, ne me quittait pas des yeux. Visiblement il me trouvait à son goût. Après quelques coupes de champagne, il m'invita à danser. Je connaissais peu les danses à la mode, n'allant jamais dans les boîtes parisiennes car j'aimais peu la foule. Mais j'aimais le paso doble, le tango et la valse. Evidemment Luis Miguel était un danseur exceptionnel et, entre ses bras, j'avais l'impression de savoir danser divinement.

Les danses s'enchaînaient et Luis Miguel ne me lâchait plus. Il ne me disait pas un mot mais ses yeux et son sourire parlaient...

Lorsque, de temps à autre, je revenais à notre table, René Clair et Gérard me taquinaient :

— Alors, me disait Gérard, maintenant il te faut des toréadors ! Tu ne quittes plus les bras de Miguel...

— Je le trouve si séduisant...

— Ah ! s'exclamait René Clair, cette petite qui n'a pas l'air...

— Mais, ce sont toujours celles qui n'ont pas l'air qui... ajoutait Gérard.

Soirée merveilleuse. Champagne. Danse. Luis Miguel. Mais, à la fin de la nuit, lorsque la fête s'acheva, je ne partis pas avec lui... Il était pourtant si séduisant !

Dans ma chambre d'hôtel, je repliai ma robe dans son carton et je la regardai une dernière fois avant de mettre le couvercle. Telle Cendrillon, le bal fini, je perdais ma belle robe... Et, en cet instant, je repensai à Marie-José, mon amie de l'école Sainte-Jeanne-d'Arc de Louveciennes, et à la robe bleue qu'elle m'avait offerte et que je n'avais pas le droit de porter, mais que j'allais admirer en cachette dans mon placard.

A la fin de notre séjour à Munich, une fête fut organisée en mon honneur : on me décora de « la médaille de la sympathie ». Il s'agissait d'un oursin véritable. Je regrettai de ne pas l'avoir eu en main le soir où Sa Majesté le Roi du Carnaval s'était ruée sur moi !

Un an et demi plus tard, je me rendis chez mon imprésario Blanche Montel qui me proposait un contrat. Elle organisait un déjeuner chez Lasserre avec Georges Herbert qui me désirait pour interpréter le rôle de Fanny au théâtre. A peine entrée dans son bureau, Blanche me dit :

— Gérard est dans le bureau voisin. Il revient du Mexique où il a tourné *La fièvre monte à El Pao* sous la direction de Buñuel. Peut-être veux-tu lui dire bonjour ?

Une foule de souvenirs surgirent. Mon cœur se mit à battre la chamade. J'avançai vers lui. Il était pâle, très aminci. Il semblait lointain comme le serait un homme qui aurait beaucoup souffert et aurait mis de la distance entre lui et le monde. Il semblait terriblement las.

— Bonjour Gérard.

Gérard sourit, m'embrassa fraternellement sur la joue. Je ne retrouvais pas tout à fait le même homme. Un éloignement s'était produit. Quelque chose avait glissé entre nous.

— Alors, tu es au syndicat, maintenant ?

— Oui, ne t'inquiète pas, j'ai fait tout ce que tu désirais que je fasse.

— Et ta carrière ? Ça marche ? Je suis très content que tu sois avec Blanche. Elle s'occupera bien de toi. Mais fais du théâtre, hein Dany ! Surtout, fais du théâtre !

— Oui, je vais en faire. Précisément Blanche a pris rendez-vous avec Georges Herbert. Nous avons un projet de pièce.

Gérard me dit encore :

— Grandis bien, Dany. Grandis bien, je te suis ! Je te suis ! répéta-t-il.

Gérard me parla comme l'aurait fait un grand frère inquiet pour mon avenir. Nous nous quittâmes d'un baiser sur la joue et, tandis que je repartais, je songeai : Cet homme est décidément bien séduisant !

Quelques semaines plus tard, les journaux étaient barrés de gros titres à la une : « Gérard Philipe est mort... ». Je n'y croyais pas. J'étais consternée, effondrée. En ce 25 novembre 1959, toutes les radios répercutaient sa voix reconnaissable entre toutes : *Lorenzaccio*, *Le Prince de Hombourg*, *Le Cid*... Je pleurais en l'écoutant...

Je n'ai jamais voulu retenir que les qualités de Gérard. Elles étaient innombrables. Qualités de l'homme. Qualités de l'acteur. Je ne peux me lasser aujourd'hui encore d'admirer l'acteur de *Pot-Bouille*. Ses talents de séducteur y sont infinis. Il y a la légèreté, il y mêle le trouble et l'ambiguïté. Il y a sa jeunesse.

Privilège de ceux morts trop tôt : ils restent éternellement jeunes. Continuant à vieillir, je suis devenue son aînée. Cela me bouleverse. Dans ce train pour Marseille, il me disait : « Au revoir, fillette... », et moi je ne me doutais pas que, bientôt, je pourrais lui dire : « Au revoir, fiston... »

Fêtes en Bretagne

Porte des Lilas et *Pot-Bouille* devinrent d'infaillibles passeports auprès des metteurs en scène. De nouveau les tournages s'enchaînèrent. Ma vie professionnelle ne me causait plus aucun souci. Ma vie amoureuse, en revanche, était devenue un tourment.

Depuis plusieurs semaines je ne voyais plus Marcel. Il avait, chaque fois, un bon prétexte pour remettre à plus tard un rendez-vous. Au téléphone sa réponse était invariable :

— Oh, Dany, je suis désolé de ne pouvoir te rencontrer, mais je suis extrêmement occupé en ce moment... Je te rappelle dans quelques jours, c'est promis !

— Bon, très bien.

Quinze jours plus tard, il ne m'avait toujours pas téléphoné. Jamais auparavant nous n'avions eu ce type de relations. Il s'absentait parfois pour des tournages, comme je le faisais moi-même, mais de retour à Paris, nous avions hâte de nous revoir. Parfois, il m'arrivait même de refuser un contrat important pour le suivre sur l'un de ses tournages. J'étais une passionnée. Mon inquiétude ne cessait de croître, je ne résistai pas au désir de le rappeler :

— Marcel ? Comment vas-tu ? Pouvons-nous nous voir ?

— Ecoute, Dany, ce n'est pas possible maintenant... Je dois partir demain pour une quinzaine de jours à l'étranger. Je fais un repérage, mais c'est promis, je te téléphone dès mon retour.

Quelques jours plus tard, je descendais l'avenue des Champs-Elysées. Là, devant moi, à quelques pas seulement, Marcel marchait en compagnie d'une Noire splendide. Le choc fut si violent que j'en restai clouée sur place pendant quelques secondes. Le temps de comprendre ce qui se passait — jusqu'à présent, jamais nous ne nous étions menti pour cacher une « aventure ». Le temps aussi de prendre ma décision : Eh bien, il me ment ! Je m'éclipse ! A quoi bon poursuivre un homme qui ne me veut plus ? A quoi bon me jeter à ses pieds pour le supplier de rester avec moi ? Tout cela est inutile, ridicule. J'ai horreur des vaudevilles.

Si j'avais pris cette résolution brutale de ne plus le revoir, je n'en étais pas moins terriblement malheureuse. Je restai plusieurs jours sous le choc. Comme hébétée. J'avais aimé Marcel. Je l'avais admiré aussi. Et je l'aimais toujours. Je ne cessais de me répéter : Il m'a menti parce qu'il en a choisi une autre... Et je doutais : Marcel m'a-t-il vraiment aimée ? Je n'en étais pas certaine. Oui, bien sûr, il avait aimé mon type eurasien, il avait aimé mon corps, mais moi, m'avait-il aimée ? Plus je m'interrogeais, plus je doutais. Je m'enfonçais chaque jour un peu plus dans la tristesse. Chaque jour je me persuadais davantage que seul mon physique l'avait attiré : il a aimé mon amour de la vie, ma sensualité. Mais s'il m'avait aimée pour tout ce que je suis, il ne se serait pas lassé... Et tous mes doutes d'enfant revenaient aussitôt à l'assaut, me submergeaient.

Une nouvelle blessure. Des semaines, des mois à tenter de se guérir. A se dire que le monde, décidément, ne tourne pas rond. Pourtant, chaque jour, je devais aller jouer, je devais me contraindre à sortir de cet état morbide dans lequel j'étais plongée. Il me fallait prendre la peau d'une autre et oublier, pour un temps, Marcel. Un tournage en Bretagne m'obligea heureusement à quitter mon univers parisien. Je tournai dans *Les Naufrageurs* sous la direction de Charles Brabant. Secrétariat oblige, Alice m'accompagna. L'équipe s'installa au château de Kerlut, près de Plobannalec La presqu'île de Penmarc'h était superbe. Nouveaux paysages, nouvelles amitiés. Le temps passait... La douleur de la rupture s'estompait.

Nous tournions sur les falaises et sur les plages. Le soir venu, nous nous retrouvions tous pour le dîner. Les premiers soirs, certains partirent explorer les villages de la région en quête de distractions. Alice et moi faisions d'immenses balades. Mais les villages étaient morts à partir de sept heures et nous nous lassâmes vite des promenades. Nous décidâmes alors d'organiser des fêtes : notre château s'y prêtait particulièrement. Les dîners n'en finirent plus, le champagne coula d'abondance. Des couples se formèrent. Des amitiés se nouèrent.

Lorsque Charles Brabant m'avait reçue à Paris, trois ans plus tôt, avant le tournage des *Possédées,* je l'avais trouvé froid, distant. Depuis, j'avais appris à le connaître et je savais qu'il était tout le contraire : gai et chaleureux. Il était devenu un ami.

Ghislain Cloquet, le chef opérateur réputé pour la beauté de ses images, était un blond aux yeux bleus. Il était séduisant, intelligent, passionné dans la discussion. Il se lançait dans d'interminables débats philosophiques auxquels participait Carl Schell. Carl, le frère de Maria et de Maximilien, lui aussi un blond aux yeux bleus, était toujours gai et j'aimais beaucoup rire avec lui.

Nous formions donc une équipe joyeuse : dîners fastueux, fêtes et rires. Rien à voir avec le film que nous tournions, *Les Naufrageurs.* Nous y jouions une bande de crève-la-faim échoués sans vivres sur une île qui n'était que suite de plages surplombées de falaises rocheuses où rien ne poussait. Et chaque jour — dans le scénario — nous dépérissions un peu plus.

Charles m'avait dit à Paris, avant le tournage :

— Je te trouve bien ronde pour jouer le rôle d'une affamée. Il faudrait que tu maigrisses un peu...

— Très bien, je fais un régime !

Il ne m'était pas difficile de maigrir, il me suffisait de supprimer le champagne et quelques tranches de saucisson. Sitôt dit, sitôt fait. En arrivant en Bretagne, j'avais maigri de quatre kilos. Charles était satisfait :

— Dany, tu es parfaite ! Reste comme tu es.

On m'avait ajusté un petit corset bord à bord, serré par un lacet. Ma robe à jupe ample était, elle aussi, très serrée à la taille.

Mais avec la vie que nous menions, plus les semaines passaient, plus les bords du corset et de la jupe avaient de la peine à rester jointifs. Bientôt les deux bords furent distants de plusieurs centimètres et mes joues étaient devenues plus rondes que jamais. J'avais pris sept kilos ! Jamais je n'avais été aussi rondelette. Mais que pouvait me reprocher Charles Brabant ? Il faisait lui-même bombance avec nous chaque jour ! Pourtant, il fallut trouver une astuce pour expliquer mes rondeurs. Car, sur cette île inhospitalière moi, l'affamée, j'étais censée ne devoir ma survie qu'à de rares coquillages...

Quelques jours plus tard, la solution fut trouvée : nous allions intégrer aux dialogues deux ou trois phrases. La pauvre naufragée était atteinte d'un dérèglement hormonal : elle grossissait même sans manger !

Nous faisions ripaille, nous nous amusions, mais, au petit matin, lorsque nous devions tourner, nous étions tous présents à l'heure dite. C'est le moins qu'un réalisteur peut demander à des acteurs. Mais, pour les figurants, c'était une autre affaire.

Ainsi, l'une des scènes du film était la reconstitution d'un pardon breton. Nos figurants avaient été choisis sur place, dans les villages environnants. Nous partions en procession sur la plage et Bigoudens et Bigoudènes, vêtus de leurs habits traditionnels, suivaient. Chaque matin, le premier travail d'un des assistants était de compter les figurants. Combien étaient-ils hier ? Invariablement plusieurs hommes manquaient à l'appel. On tentait de dissimuler les trous et, lorsque enfin Charles Brabant parvenait à placer chaque figurant, lui expliquant avec patience comment il devait avancer, le cortège, lentement, se mettait en marche. Immanquablement un ou deux hommes tombaient, incapables de se relever. Charles criait : « Coupez ! Qui est tombé ? » On relevait les hommes et on recommençait. A peine avions-nous fait dix pas qu'à nouveau Charles devait arrêter le tournage : deux ou trois figurants avaient perdu l'équilibre. Chaque jour trois ou quatre types s'effondraient sur le chemin. En fait, nous finîmes par le découvrir, chaque nuit les hommes se saoulaient et, au petit matin lorsque nous tournions, ils étaient encore totalement perdus dans les brumes du chouchen.

Au troisième jour du tournage de cette scène qui n'aurait dû prendre qu'une petite journée, le pauvre Charles, à bout de patience, téléphona à la production :

— Il m'est impossible de tourner avec ces hommes ! Il faut m'envoyer des figurants de Paris.

— Non, vous devez vous débrouiller sur place avec ce que vous avez. Vous ne vous rendez pas compte du coût d'un pareil nombre de figurants venus de Paris !

Charles se remit donc au travail avec les quelques hommes à peu près valides du coin. Heureusement, les femmes, elles, tenaient le coup. Mais un matin, l'assistant annonça à Charles : « Aujourd'hui, personne n'est là ! Aucun figurant n'est venu ! » Ce ne fut qu'après une semaine de tournage que Charles, à force d'astuces, parvint à tourner la scène du pardon !

Pendant ces interminables préparations, les acteurs attendaient patiemment assis sur le sable. Mais la patience n'est-elle pas une qualité indispensable à tout acteur ?

Henri Vidal, mon beau gangster de *Porte des Lilas*, en profitait pour faire un somme. Il était parfois épuisé car, certains soirs après le tournage, il se précipitait : « Je file à Paris, Michèle a besoin de moi. » J'enviais un peu Michèle Morgan d'être autant aimée.

Laissant dormir Henri, je m'approchais de Charles Vanel. Venu en Bretagne avec sa femme, il vivait dans un hôtel voisin et ne faisait donc pas partie de notre équipe joyeuse du manoir. Mais, malgré ses soixante-six ans, il était d'une étonnante jeunesse de cœur et d'esprit. Et j'avais grand plaisir à ses conversations.

Dans le film, j'avais une idylle avec l'un des naufragés, Carl Schell. Il était, ici en Bretagne, l'un des rares acteurs à n'avoir pas de liaison. Il s'en plaignait en blaguant :

— C'est fou ! Etre perdu dans cette presqu'île, avoir toutes ces femmes dans ce manoir et ne pas en trouver une qui en vaille la peine !

— Eh bien je te remercie !

— Oui, oh toi, tu ne veux pas !

En effet, si j'appréciais beaucoup l'amitié joyeuse de Carl, je ne désirais pas du tout d'autres relations.

Un soir, la fête fut particulièrement réussie, l'ambiance si gaie que, peu à peu, les gens s'éclipsèrent discrètement. Où allaient-ils ? Dans leur chambre ? Dans la chambre voisine ? Le champagne aidant, la bonne humeur, la gaieté de Carl m'entraînèrent dans une aventure avec lui. Pour moi il ne s'agissait que d'une idylle passagère, sorte d'« amour de vacances ». Je ne voulais rien de durable. C'était sans compter avec le goût de la publicité de Carl. Dès le début juillet, alors que toute l'équipe venait de rentrer à Paris, des échos de notre liaison, et même des photos, furent publiés dans la presse. C'étaient des scènes du tournage mais présentées aux lecteurs comme des scènes de ma vie.

Sous le titre « Les petits derniers », *Paris Presse* s'interrogeait : « Dany Schell ? » « On est très amoureux au cinéma en ce moment. Romy Schneider aime Alain Delon, Jeanne Moreau a son metteur en scène préféré Louis Malle, Anouk Aimée va épouser Maurice Ronet. Dany Carrel se sentait bien seule, mais désormais elle ne l'est plus. Il s'appelle Carl Schell (...). »

Quelques jours plus tard, je disparaissais avec Alice en Italie pour tourner *Femme d'un été.* Il s'agissait d'un film à sketches de Gianni Francioloni dans lequel jouaient également Marcello Mastroianni, Michèle Morgan, Alberto Sordi. Je jouais le sketch avec Alberto. Mon rôle n'était pas contraignant : je devais dire quelques phrases d'italien en faisant du pédalo avec Alberto devant Portofino. Pour Alice et moi ce furent de vraies vacances. Je n'avais pas l'impression de tourner un film. Je passais mes journées sur la plage en bikini à me dorer au soleil et à me baigner. Au bout de quelques jours je fus si bronzée que tout maquillage devint inutile. Lorsque je devais tourner une scène, l'assistant m'appelait sur la plage :

— Vite, Dany, en piste !

Je montais alors sur mon pédalo à côté de Sordi.

Puis, ce fut la Côte d'Azur. Et à nouveau des reportages. Carl pensait qu'on fait sa carrière en étant toujours présent dans les journaux. J'avais constamment pris soin, au contraire, de tenir les journalistes à l'écart de ma vie privée. Certains l'avaient accepté, d'autres en avaient été furieux : il leur fallait régulièrement de la copie et des histoires « sensationnelles » ! Tant pis pour eux. Tant pis pour moi aussi, car les journalistes sont sans doute des relais indispensables à la réputation d'une actrice. Mais ce qui m'importait était de conserver des relations amicales avec ceux qui comprenaient ma volonté de discrétion. Ainsi Robert Chazal de *France-Soir* qui, par ses critiques cinématographiques, m'aida beaucoup. Ainsi, le sympathique François Granier de *Ciné-Revue* qui n'hésita pas à me consacrer de nombreuses pages.

François Chalais, lui, m'avait remarquée dans mon petit rôle de Miss Camembert et m'avait aussitôt fixé un rendez-vous pour un déjeuner. C'était un honneur car François Chalais passait pour ne pas être un critique complaisant. On le disait même fort caustique, et j'étais un peu sur la défensive lorsque je m'étais rendue à ce premier rendez-vous : à quelle sauce allait-il me manger ? Je découvris un homme charmant. Le cinéma l'intéressait, le jeu des acteurs et non leurs petites histoires sentimentales. Et il me félicita pour ma prestation dans *Des gens sans importance.* Il fit même beaucoup plus : il m'invita à sa grande émission télévisée, « Reflets de Cannes ». Ce fut pour moi une véritable récompense. Depuis, il me suit de film en film et nos relations sont toujours amicales.

En quelques saisons, j'étais devenue une « vedette », comme l'écrivaient les magazines. Maintenant je pouvais même me permettre le luxe de refuser des rôles ! Mes cachets étaient importants et je n'avais plus de soucis d'argent. Cependant mon comportement n'a jamais été celui d'une « vedette ». Je n'ai jamais rien changé à mes habitudes. Seule la simplicité me plaît. Etre naturelle, ne pas me composer un personnage, ne pas jouer à la star avec mes amis, et surtout les garder, même s'ils ne font pas partie du gotha, ont été mon seul luxe. J'ai toujours refusé de suivre les exemples que j'avais sous les yeux. Combien ne font leur carrière cinématographique qu'en choisissant avec un soin méticuleux ceux et celles qu'il « faut » fréquenter. Moi, je ne fonctionne qu'au coup de cœur. Je préfère avoir quelques amis très chers avec qui je peux parler de tout et de rien en partageant un repas ou une bonne bouteille.

Dans notre petit deux-pièces de la rue Rameau, Alice et moi ne pouvions guère recevoir. Seul Yvon partageait parfois notre dîner. Yvon était notre « frère » et désormais nous étions trois à nous rendre régulièrement dans le Loiret. Alice avait été adoptée par la famille d'Yvon comme je l'avais été moi-même. On avait tout simplement ajouté une chaise devant la grande table.

Puisque j'en avais maintenant les moyens financiers, je décidai de chercher un appartement plus vaste. Un beau jour, nous allâmes visiter un appartement avenue Stéphane-Mallarmé. L'immeuble ancien était cossu. L'appartement, au deuxième étage, était superbe : plafonds très hauts, murs épais, tapis moelleux. Vaste salon, énorme cheminée. Aux murs, des tapisseries et des tableaux de valeur. Une très grande chambre, une salle de bains spacieuse, cuisine, office, escalier de service... Le luxe ! Alice et moi, au milieu du salon, nous nous regardâmes, enchantées : « Oui, nous louons ! ». L'appartement appartenait à un militaire, le général Ingold, nous dit-on. « Eh bien, vive le général ! »

Notre déménagement fut vite fait : les quelques objets que j'avais achetés depuis mon installation rue Rameau avaient si peu de valeur qu'ils auraient détonné dans cet appartement de rêve déjà meublé. Nous n'apportâmes que nos effets personnels et les quelques souvenirs que nous possédions : des lettres et des photos d'Indochine.

Dans notre nouveau décor, nous étions comme deux princesses. Et notre idée immédiate fut d'organiser des fêtes pour nos amis. Nous préparâmes notre premier grand dîner en l'honneur de l'acteur américain Charles Van Johnson. J'avais fait sa connaissance à Rome aux studios de Cinecitta. Il était mon partenaire dans *Le Général ennemi*, de Georges Sherman. Dans ce film américain tourné en anglais et en français, j'interprétais le rôle d'une jeune résistante amoureuse du capitaine Allan Lemaire (Van Johnson). Prise en otage par les Allemands, j'étais fusillée. J'avais accepté le rôle bien que je n'eusse jamais tenu un fusil de ma vie, mais passer deux mois à Rome avec Alice valait bien la peine d'apprendre à tirer. L'équipe était installée à l'Hôtel de la Ville et les Américains s'étaient fait un plaisir d'emmener chaque soir les deux petites Françaises festoyer, et Rome se prêtait si bien à la fête! Le matin, je me dépêchais de me préparer pour avoir le plaisir de voir Ava Gardner. La première fois que je l'avais aperçue, j'avais été totalement subjuguée : si belle et si distante... Mais je ne comprenais pas comment faisaient ces Américains pour avaler, dès le matin, leur verre de whisky, Ava Gardner comme les autres...

La troupe du *Général ennemi* était maintenant à Paris et Alice s'était mise en cuisine. A huit heures précises, Van sonna à la porte. Il était accompagné d'un producteur de la Columbia et de deux amies. Tous parlaient très mal le français, Alice et moi connaissions peu l'anglais. Mais grâce à un mélange subtil des deux langues, grâce aux mimiques et grâce au champagne, nous nous comprîmes parfaitement.

Alice sachant, comme personne, cuisiner les plats vietnamiens — tapilou, nem, tite kô, bô kûn —, fut félicitée comme il convenait.

Après le dîner, nous nous enfonçâmes dans les profonds canapés et les fauteuils de velours du général, près de la cheminée. Malheureusement nous ne pouvions y faire du feu. Nous avions pourtant testé cette cheminée pendant des jours mais nous n'avions réussi qu'à enfumer le salon. Nous avions alors cherché dans les grands magasins les plus belles bûches électriques. Installées dans la cheminée, les bûches factices étaient si hideuses que nous les avions supprimées aussitôt. Maintenant, devant la cheminée, nous composions d'énormes bouquets. Mais nous nous interrogions encore sur le pourquoi d'une cheminée monumentale où l'on ne pouvait faire le moindre feu.

Van et ses amis ne nous quittèrent qu'à cinq heures du matin. Il est vrai qu'il était agréable, l'appartement du général! Et comme il était amusant pour Alice et moi de jouer les grandes bourgeoises (un rôle que j'avais encore peu exploré au cinéma), dans ce cadre cossu!

Commença alors la grande période de nos soirées de fêtes. Nous avions une revanche à prendre ! Je ne voulais plus me préoccuper d'hier ou de demain. Je voulais profiter de toutes les belles choses que pouvait m'apporter la vie. Je ne voulais plus penser à Marcel. Je ne voulais plus de peines de cœur.

Vie insouciante. Vie facile. Vie libre.

Quelques mois après notre installation, le téléphone sonna chez le général :

— Dany ? J'aimerais te voir...

— Ah, Marcel... Non... C'est impossible...

Marcel voulait renouer avec moi. Je ne voulus pas d'un retour sur ce passé douloureux. Il m'avait quittée. Mon chagrin avait été immense mais, lentement, je m'étais guérie. Marcel revenait trop tard. Deux années avaient passé. Tout était fini entre nous, définitivement. Et pourtant, que de regrets de l'avoir perdu. Quelle séduction et quel talent ! Marcel venait d'obtenir la Palme d'or à Cannes pour son superbe film *Orfeu Negro*. Le plus grand avenir lui était promis.

J'interprétai, curieusement, son désir de me revoir comme mon propre échec : S'il veut revenir vers moi, c'est que son attachement n'était qu'un attachement physique. Je lui ai plu sexuellement, je lui ai laissé de bons souvenirs, et c'est tout !... Pourquoi ne me disais-je pas : S'il revient, c'est parce qu'il tient vraiment à moi. Il est parti sur un coup de tête, mais maintenant il a compris que c'était moi qu'il aimait... Mais non, toujours les mêmes doutes... On ne peut guérir tout à fait de son enfance.

Le Moulin des supplices

Nous aimions fêter nos amis et partager avec eux de joyeux dîners. Mais nous vivions encore dans la crainte de voir surgir Juliette. Je ne lui avais pas donné ma nouvelle adresse : « Je vis chez des amis », lui avais-je simplement dit. Mais je la connaissais et je savais qu'elle pouvait venir me traquer où que je fusse. Chaque coup de sonnette continuait donc à être pour Alice et moi un motif de panique. Yvon ne supportait pas de nous voir vivre ainsi :

— Dany, ce n'est plus possible ! Vous ne devez plus vivre comme des animaux traqués ! Vous avez le droit de vivre librement, au grand jour. Juliette ne peut rien contre vous puisque vous êtes toutes deux majeures maintenant.

— Oui, c'est promis, je vais le lui dire.

Nous étions convenues avec Alice qu'en effet nous devions nous conduire en adultes : ou elle accepte cette nouvelle situation, ou bien je romps tout lien avec elle !

Cependant je jugeais qu'il était inutile de prendre Juliette de front et décidai de lui annoncer la nouvelle avec ménagement. Je l'invitai donc au restaurant et lui offris tout ce qu'elle aimait : du champagne dont elle m'avait donné le goût, et des huîtres.

— Alice est là, nous nous entendons très bien. C'est un bonheur de l'avoir retrouvée... dis-je à Juliette après lui avoir servi trois coupes de champagne.

Juliette piqua du nez dans son assiette, visiblement agacée, contrariée :

— Mais je ne comprends pas ! Elle a quitté sa mère ? Tu sais bien qu'elle n'est que ta demi-sœur.

— Mais non, Juju, tu le sais bien toi-même ! Ne me raconte plus n'importe quoi ! Je t'assure que j'ai passé l'âge.

— Voyons, Yvonne, tu dois me croire : Alice ne sait pas ! Elle-même pense te dire la vérité. Tu comprends, Yvonne, on lui a fait croire que vous aviez la même mère, il est normal qu'elle en soit persuadée... Mais ta mère est morte !

Je n'insistai pas. Je ne supportais plus ces discussions avec Juliette. A nouveau j'eus l'impression de perdre pied... Mais qui donc était ma mère ? Quand pourrais-je savoir qui j'étais vraiment ?

Juliette, toujours aussi astucieuse, intelligente, évita de s'enliser et, le champagne aidant, reprit son sourire :

— Je suis ravie pour toi, Yvonne !

Elle ne le pensait pas, mais toutes les deux nous jouâmes notre rôle. Je savais très exactement ce qu'elle pensait : « Je dois faire bonne figure sinon je ne reverrai plus Yvonne. »

— Si tu veux revoir Alice...

— Mais évidemment, je serais très heureuse...

Nous prîmes date et passâmes à un autre sujet. Je me gardai bien de lui dire que nous vivions ensemble : on n'était jamais à l'abri d'une surprise avec Juliette... Je préférais lui révéler les choses peu à peu.

Alice et moi étions donc venues à l'appartement de Juliette. Alice ne fit pas cette visite de gaieté de cœur. Elle haïssait Juliette et ne pouvait ni ne voulait lui pardonner nos humiliations, nos années gâchées par sa faute. Mais Juliette la reçut fort aimablement.

— Ma petite Alice, comme tu as changé !

A la vérité, Juliette se fichait d'Alice comme d'une guigne et ne posa aucune question. Comment nous étions-nous retrouvées ? Quand était-elle arrivée ? Où vivait-elle ? Avait-elle les moyens de vivre ? Tout cela n'intéressait pas Juliette du Chaxel qui, durant toute sa vie, ne s'était préoccupée que d'elle-même.

Alice tenta de faire bonne figure, mais elle n'ouvrit pas la bouche durant le déjeuner. En sortant, elle poussa un énorme soupir de soulagement :

— Je souhaite la revoir le moins souvent possible !

Cependant nous étions satisfaites d'avoir fait cette démarche : enfin nous pouvions vivre notre vie de sœurs au grand jour ! Finie la hantise des photographes et des journalistes. Finie la panique lorsque la sonnette de l'appartement retentissait. Nous étions définitivement libres et, surtout, nous étions certaines que Juliette ne tenterait plus rien contre nous : Alice à Paris ou à Tourane, quelle importance ? La seule terreur de Juliette, j'en étais absolument certaine maintenant, était d'être abandonnée par moi. Elle se garderait donc de nous faire du mal.

Le superbe appartement du général Ingold était très cher. Alice qui, bien plus que moi, a l'esprit pratique, me convainquit de déménager :

— Il faut acheter quelque chose. Même à crédit. Tu mettras une partie de la somme et tu verseras le reste peu à peu.

— Et si je ne tourne plus ?

— Eh bien, nous revendrons.

— Sais-tu ce que j'aimerais ? Trouver une maison à Louveciennes...

Je revis le charmant presbytère, l'église du XIIe siècle, la mairie toute blanche entourée d'arbres et de massifs de fleurs. Je revis l'immense domaine de la maréchale Joffre :

— Si je pouvais, aujourd'hui, avoir une belle propriété... Une grande maison, un jardin... Un parc même !...

Et je partis dans mes rêves fous, voulant entraîner Alice avec moi :

— Nous allons trouver une propriété à Louveciennes !

— Quelle curieuse fille tu es !

— Eh oui, il faut réaliser ses rêves !

Nous trouvâmes, dans les petites annonces, une propriété à Louveciennes. Je m'y rendis comme à une fête : serais-je châtelaine ?

Je retrouvai la petite gare aux quais fleuris. J'aimais cette gare. Elle était liée aux plus beaux souvenirs de mon enfance lorsque, avec l'abbé Bel, vêtue de mon unique jolie robe, la robe bleue offerte par Marie-José, nous allions au cinéma à Paris. Depuis, j'ai toujours aimé les quais de gare, les départs. Assise sur un banc, j'aime regarder ceux qui attendent, et imaginer leur vie, leur personnalité. Un jour, en attendant un train sur un quai de campagne, j'ai souri à un inconnu, seul sur le quai. Comme ça, pour le plaisir. Parce que nous étions des inconnus l'un pour l'autre et que nous le resterions. L'homme n'a pas répondu. L'inconnu du quai d'une gare de campagne me plaît et, dans mes rêves, bien des histoires débutent ainsi.

La maison de l'annonce était très belle : c'était une grande villa carrée de deux étages entourée d'un vaste jardin planté d'arbres. Mais Alice me ramena à la réalité : nous étions à plusieurs kilomètres de Paris. Il fallait penser aux embouteillages du matin et du soir. Et nous qui aimions sortir le soir, qui aimions recevoir, ne deviendrions-nous pas casanières ? Nos amis auraient-ils le courage de venir ? Vivre à Paris était tout de même l'idéal.

Nous abandonnâmes l'idée de vivre en banlieue et j'achetai à crédit ce que j'appelai « mon petit pigeonnier ». C'était un ravissant appartement au treizième étage d'un immeuble situé à deux pas de la porte de Saint-Cloud. Une immense baie vitrée ouvrait sur un balcon. Nous étions entre ciel et terre et nous avions tout Paris à nos pieds. Alice avait la chambre vert pomme, la mienne était rose. Nous vivions toutes deux une jolie vie libre de célibataires.

Le matin, en me réveillant, j'écoutais les bruits de l'appartement. Si j'entendais des chuchotements dans la chambre d'Alice, preuve qu'elle était avec un ami, j'allais sur la pointe des pieds me préparer un plateau de petit déjeuner et je revenais vite dans ma chambre. Mais, bientôt, je décidai, qu'après tout, le mieux était de vivre sans contraintes et, tout naturellement, nous nous saluions tous :

— Bonjour, ça va ?

— Ça va, merci...

Et nous prenions en commun notre petit déjeuner. Nos partenaires n'étaient parfois que des hôtes de passage, mais, d'autres fois, nous tombions vraiment amoureuses et le partenaire de l'une devenait un ami pour l'autre. Tous quatre, nous étions alors inséparables. Nos sorties étaient les mêmes : cinéma, théâtre, restaurant...

Il y avait les fêtes, il y avait aussi le travail. Travail merveilleux. Chaque jour de tournage continuait d'être pour moi une fête. S'il est un cinéma que j'affectionne, c'est le cinéma fantastique. Il est le cinéma de tous les possibles, de tous les rêves. Des truquages les plus fous aux histoires les plus délirantes. Je fus donc ravie lorsque Edmond Gréville me demanda d'interpréter le rôle féminin principal de son film *Les Mains d'Orlac,* aux côtés de Christopher Lee, le diabolique, et de Mel Ferrer, le séduisant.

Le tournage eut lieu à Londres. Alice m'accompagna. Comme lors de notre précédent séjour avec Gérard Philipe, nous étions installées dans une suite de l'hôtel Dorcester. Chaque matin un chauffeur venait nous prendre et nous conduisait aux studios de Shepperton. Dans cette luxueuse voiture traversant Londres, j'avais tout bonnement l'impression d'être la reine Elizabeth...

Comme aux studios de Joinville ou de Boulogne, il y avait à Sheperton un énorme restaurant où nous nous retrouvions tous chaque jour. Alice et moi avions l'impression de rêver; autour de nous étaient réunis les plus grands acteurs anglais et américains. Alice ne cessait de s'émerveiller : « Dany, regarde, Gregory Peck, Anthony Quinn ! » Et tous nous décochaient de larges sourires, ravis de rencontrer des « petites Françaises ». Ces acteurs étaient d'une gentillesse et d'une simplicité rares, et ils adoraient les « petites Françaises ».

Ma connaissance de l'anglais étant assez succincte, j'avais toujours avec moi mon carnet de conversation grâce auquel j'apprenais les phrases par cœur. Forte de ces quelques mots, mes conversations avec les acteurs débutaient très bien. Mon problème était de ne comprendre à peu près rien des réponses qui m'étaient faites : Que me dit-il ? Je n'ai pas appris la suite... Mais qu'importe, il me suffisait de sourire et de dire « Yes, yes ! Oh... », d'un air entendu. Parfois, mon interlocuteur semblait se dire : « C'est curieux tout de même, elle commence une conversation avec aisance puis, plus rien... Que se passe-t-il ? »

Pour le tournage en anglais, j'appris mon texte grâce au magnétophone et, puisque je jouais le rôle d'une Française d'Indochine, mon « coach » avait pour mission de préserver mon accent français. Mes partenaires s'amusaient donc beaucoup à m'écouter parler. Parfois même, ils étaient franchement hilares. Heureusement, pour l'essentiel, mon rôle n'avait rien de tragique, car il m'était souvent difficile de tenir mon sérieux.

Stephen d'Orlac (Mel Ferrer), un pianiste célèbre, perd l'usage de ses mains dans un accident d'avion. Il est opéré par un éminent chirurgien mais celui-ci lui greffe les mains d'un étrangleur. Dès lors, le doux Stephen d'Orlac est irrésistiblement entraîné, par ses mains, à serrer un peu trop fort le cou de certains.

Néron (Christopher Lee) est prestidigitateur. Chaque soir, sur scène, il me scie, me couche dans un cercueil, me fait disparaître. Manipulée par lui comme une poupée, je chante, je danse, vêtue d'un simple bikini agrémenté de plumes. Lorsque je tournais ces scènes, Anthony Quinn ne manquait jamais de venir sur le plateau. Et, tout joyeux, il répétait : « Petite Française, lovely, lovely... » Ce qui me mettait de fort bonne humeur...

Néron n'est pas un simple prestidigitateur. Créature diabolique, il manipule aussi les êtres. Il veut attraper dans ses filets le pianiste aux mains d'assassin et m'envoie le séduire avant de me tuer.

Je me sentais réellement une petite poupée à côté de Christopher Lee : il mesurait près de deux mètres ! Mel Ferrer était d'ailleurs à peine moins grand : près d'un mètre quatre-vingt-dix. Puisque je séduisais Mel Ferrer — dans le film — je devais l'embrasser. On m'apporta donc un petit tabouret. Comment tourner une scène de tendresse juchée sur un tabouret ? Mel m'encouragea :

— Mais, Lovely, il ne faut pas être complexée : lorsque Alan Ladd doit embrasser ses partenaires, c'est lui qui doit monter sur un tabouret !

Quelques semaines plus tard, on m'appelait en Italie : Giorgio Ferroni tournait *Le Moulin des supplices*. J'étais une étudiante qui échappait par miracle à une mort atroce. Une histoire folle de savant fou, pour un film totalement fou. Modèle du cinéma fantastique italien, valeur sûre des cinémathèques, le film est aujourd'hui considéré comme un chef-d'œuvre du film de terreur.

A la fin de l'été 1961, je retrouvai le petit village d'Aups. Les chaleurs torrides étaient passées mais il flottait encore dans l'air le parfum de sensualité laissé par *Les Possédées*. Cinq ans déjà ! Charles Brabant tournait *Carillons sans joie*. L'action se passe en novembre 1942 en Tunisie. Les Allemands viennent de se rendre maîtres des centres stratégiques tunisiens. Léa, que j'interprète, est une jeune juive qui vit avec ses parents. Elle tombe amoureuse d'un maréchal des logis. Ils sont tués. Mon rôle est passionnant : je dois y exprimer des sentiments multiples. Jeune fille réservée et sauvage, je tombe amoureuse, mais je vis aussi des scènes dramatiques aux côtés de mes parents puisque nous sommes juifs et traqués. La distribution était très belle : Paul Meurisse, Raymond Pellegrin (mon amoureux), Georges Wilson (mon père), Nana Germon (ma mère), Roger Hanin (le tueur). Alice faisait partie intégrante de l'équipe : elle était maintenant une script-girl recherchée.

J'étais ravie de retrouver Charles Brabant, un homme discret, un ami sûr. C'était la troisième fois que nous tournions ensemble. Dans ses films, pas d'esbroufe. Une mise en scène classique mais toujours au service de l'acteur. Il savait montrer les visages. Il savait y traquer l'émotion. Et il était servi par les magnifiques images du chef opérateur Ghislain Cloquet.

Nous renouâmes avec dîners et fêtes joyeuses. Ghislain s'enflamma à nouveau dans de brillantes discussions. Mais il était moins enjoué, parfois même il errait comme une âme en peine. Contrairement à la plupart des membres de l'équipe, il était venu seul. J'étais seule également, mais c'était un choix : j'ai toujours préféré être, en tournage, une actrice célibataire. Je suis certaine ainsi que ma vie amoureuse ne viendra pas troubler mon travail. Dany Carrel laisse sagement la place au personnage qu'elle doit jouer... Ghislain, lui, interpréta ma solitude comme une disponibilité. Chaque jour il m'adressait des petits mots, minuscules carrés de papier blanc pliés en quatre qu'il glissait sur ma table de maquillage, sous ma serviette de table, sous la porte de ma chambre... Mots parfois désespérés. Bien qu'il n'y fît jamais allusion, j'avais le sentiment qu'un chagrin d'amour le submergeait, qu'il ne supportait pas sa solitude. Je tentai de le réconforter par ma tendresse amicale, par une attention bienveillante, par de grandes conversations.

Les jours passant, ses mots devinrent plus précis : « Je m'accroche désespérément à toi comme à une bouée... » Mais je n'étais pas du tout amoureuse et je n'avais aucune envie d'une liaison. Je ne voulais surtout pas servir de dérivatif à un homme qui, peut-être, pleurait une autre femme !

Impossible de quitter un tournage sans une profonde tristesse. Je sais que je laisse, chaque fois, un petit quelque chose de moi. Chaque fois, avec la plus totale sincérité, on se promet : « Surtout, nous ne nous quittons pas de vue, nous avons vécu des moments si fabuleux... » Revenus à Paris, nous sommes tous à nouveau happés par la vie. Quitter Aups et l'équipe me rendait donc mélancolique. Je n'avais pas cédé à la cour amoureuse de Ghislain, j'avais pourtant beaucoup aimé nos étranges rapports. Il m'avait semblé, pendant ces trois mois de tournage, être redevenue une petite collégienne de dix-sept ans. Il m'avait semblé vivre l'un de ces amours platoniques d'adolescente faits de petits riens, de sourires captés, de mots sous-entendus. Un amour fait de gestes à peine esquissés. Le dernier mot de Ghislain confirma pleinement ce que j'avais pressenti au premier jour : « J'en pleurais une autre. Je criais au secours et tu m'as tendu la main. Maintenant, c'est toi que j'aime. »

De retour à Paris, je me sentis triste et vide. A mon tour j'étais prise au piège. A trop consoler Ghislain, à trop lui donner de tendresse, j'étais moi-même tombée amoureuse. Il me revint alors en mémoire la phrase de Saint-Exupéry : « C'est le temps que tu passes pour ta rose qui rend ta rose si importante. » Oui, maintenant, les petits mots, les regards, les attentions, les petits riens me manquaient...

Mais Ghislain était loin. Il était à Haïfa. Je l'avais quitté sans promesse et il n'avait pas insisté. Mais cette fois, c'est moi qui écrivis : « Ghislain, tu me manques... » Et lorsqu'il rentra en France, je l'aimai avec passion. Et il fit désormais souvent partie des petits déjeuners de notre pigeonnier.

Cependant, ni Alice, ni moi ne désirions vivre avec nos amis. Nous étions trop attachées à la liberté. Nous ne voulions aucune des contraintes de la vie de couple car nous étions persuadées que le quotidien tue l'amour. Nous ne voulions voir de la vie que les aspects faciles, agréables. Nous étions pourtant toutes deux très amoureuses. Moi, de Ghislain, elle de Pierre, un acteur. Pierre était devenu pour moi un véritable ami : il était gai et nos fous rires étaient inextinguibles. Cet été-là, nous décidâmes de partir tous dans le Midi où nous avions loué une petite maison avec jardin. Vie insouciante. La mer. La plage. Le champagne. L'amitié. L'amour.

De retour à Paris, je me sentis devenir moins gaie, plus inquiète. Mon charmant pigeonnier deviendrait-il, lui aussi, le Moulin des supplices ? Ghislain était un homme tourmenté, torturé, souvent triste. Et il semblait se complaire dans le tragique. Malgré la passion que j'éprouvais pour lui, je ne pouvais plus supporter de vivre dans le drame permanent. Lorsque je passais plusieurs heures en sa compagnie, j'étais si perturbée que, prise de panique, je ne pensais plus qu'à le fuir. J'étais beaucoup trop angoissée moi-même, je vivais trop dans le doute, j'avais trop besoin d'être soutenue, rassurée... Ma seule façon de supporter mes angoisses était de vivre dans la gaieté avec de joyeux amis.

Malgré toutes les qualités humaines et intellectuelles de Ghislain, malgré son charme, malgré l'attirance que j'éprouvais pour lui, un beau jour je décidai de rompre.

Mais à peine séparés l'un de l'autre, nous n'eûmes plus qu'un désir : nous retrouver. Et nous renouâmes, fous de joie d'avoir évité le pire : une rupture définitive.

Sur les planches

Grâce aux *Carillons sans joie,* j'étais tombée amoureuse de Ghislain, mais le film ne fut pas un succès commercial. En ce début des années soixante, un raz de marée submergeait le cinéma français, « la nouvelle vague ». La guerre avait été déclarée contre les anciens et les *Cahiers du Cinéma* étaient devenus la grande référence. Tout ce que les passionnés de cinéma devaient savoir et penser y était écrit avec une virulence et un talent incontestables. S'y exprimaient Truffaut, Godard, Chabrol, de Givray... Les « vieux », René Clair, Julien Duvivier, André Cayatte, Henri-Georges Clouzot étaient maintenant les têtes de Turcs de ces jeunes loups.

Sous le titre « Mélodie désaccordée », Eric Rohmer avait critiqué très sévèrement le *Porte des Lilas* de René Clair. Pour Rohmer, l'œuvre de René Clair reposait sur une idée qui non seulement avait « perdu toute fécondité » mais encore était totalement « démodée ». Quant à l'histoire de *Porte des Lilas,* il jugeait qu'elle « ne touche pas sur le fond » et « excite encore moins par sa forme ». Rohmer ne m'aimait pas beaucoup, il aimait encore moins Brassens dont il qualifiait les textes d'« agressive fausseté » ! Seule l'écriture du scénario trouvait grâce aux yeux du jeune critique qui rendait un hommage appuyé à l'écrivain René Clair.

Un mois plus tard, François Truffaut publiait une critique du *Pot-Bouille* de Duvivier. Critique elle aussi caustique. Truffaut terminait cependant son article en donnant la mention « très honorable » car, écrivait-il, c'est « un film de tempéraments en liberté ». Il admirait en effet la direction d'acteurs « presque vertigineuse d'adresse » et ajoutait : « Gérard Philipe,

Dany Carrel étant — mais oui — meilleurs que d'ordinaire »!..

Je fus meurtrie par les critiques de Rohmer et de Truffaut. J'aimais les cinéastes de la nouvelle vague. Je me passionnais pour leurs idées, leurs écrits, leurs films et je ne comprenais pas cette hargne. Je débutais enfin avec éclat, je n'avais que vingt ans et j'étais pourtant rejetée par eux du côté de la vieille garde! Ce fut une véritable gifle et je songeai avec tristesse que, sans doute, aucun de ces cinéastes ne me ferait jamais tourner... Ils choisissaient d'ailleurs des inconnues et moi, à peine à l'orée de ma carrière, j'étais déjà trop célèbre et trop marquée pour avoir tourné avec les « vieux »!

Une quinzaine d'années plus tard, nous étions alors en 1969, je fus conviée à un souper pour la sortie de *Clérambard,* film dans lequel je tenais la vedette avec Philippe Noiret. Le hasard fit que ma place était réservée près de Truffaut. J'étais à la fois très heureuse d'être à côté de lui et terriblement gênée. Comment pouvais-je avoir oublié sa critique de *Pot-Bouille*? Il me sembla donc impossible de dîner près de lui et je l'abordai sans détour :

— François Truffaut, sans doute ne désirez-vous pas ma présence à vos côtés...

— Mais pourquoi?

— Parce que je sais que vous ne m'aimez pas beaucoup...

— Moi, je ne vous aime pas? Que me dites-vous?

— Sans doute vous souvenez-vous de votre critique de *Pot-Bouille*... Evidemment, je suis ravie d'être placée près de vous car je trouve que vous avez beaucoup de talent, mais...

— Oh, Dany, si vous saviez combien de fois on m'a fait ce genre de réflexion et combien je regrette certaines critiques des *Cahiers*... C'est vrai que j'ai été cruel... Mais, vous savez, je suis metteur en scène, j'ai beaucoup appris, j'ai beaucoup compris... Surtout, restez, sinon j'en serais profondément peiné. Parce que tout cela est oublié...

— Vous regrettez donc réellement ce que vous avez écrit à propos de *Pot-Bouille*?

— Je le regrette!

Ce soir-là, je bénis le ciel de m'avoir placée à côté de Truffaut.

Quelques années plus tard, je rencontrai Claude de Givray au cours d'un déjeuner chaleureux et complice. Il avait été l'un des critiques talentueux des *Cahiers du Cinéma*. Assistant de Chabrol et de Truffaut, il avait aussi réalisé le remarquable *Amour à la chaîne*. Je revins sur les critiques des *Cahiers* ressenties par moi comme une grande injustice.

— *Porte des Lilas* avait été magnifiquement accueilli par toute la presse : *Le Monde, Le Figaro, France-Soir, France Observateur*... Le grand public avait suivi en masse. René Clair était tout de même l'un de grands metteurs en scène français... Je ne m'explique toujours pas cette critique cinglante.

— C'est très simple : aux *Cahiers,* nous n'aimions pas René Clair ! Nous ne supportions pas son comportement : « Quelle connerie de se faire appeler Maître ! » disions-nous. Ou encore : « Etre dans une cage de verre pour régler les installations et donner des ordres, qu'est-ce que ça veut dire ? » Il en résultait que nous ne regardions pas d'un bon œil ses films, et nous n'étions pas très objectifs ! C'est vrai, c'était un peu injuste. Evidemment cela avait peu à voir avec son talent...

Mais revenons à cette année 1962 et à la sortie des *Carillons sans joie.* La nouvelle vague tenait le haut du pavé et me laissait à l'écart. Mais je ne m'avouais pas vaincue. Les bons cinéastes me boudent ? Eh bien, faisons du théâtre ! Car je devenais exigeante et je pensais au dernier conseil de Gérard Philipe : « Surtout, Dany, fais du théâtre ! Je te suis ! » Gérard n'était plus là pour suivre ma carrière mais je savais que c'était maintenant que je devais franchir le pas.

Georges Herbert, l'organisateur des tournées théâtrales « Herbert-Karsenty », songea à moi pour *L'Idiote* de Marcel Achard. Le rôle avait été créé avec succès par Annie Girardot au théâtre Antoine. Engagée par d'autres contrats, elle ne pouvait assurer la tournée en province. Notre projet théâtral de *Fanny* avec Herbert n'avait pas eu de suite mais j'en étais en partie responsable. Bien sûr, à quatorze ans, lorsque je vivais à Marseille, je parlais avec l'accent véritable. Depuis, je l'avais tout à fait perdu. Or rien n'est plus hasardeux que l'imitation d'un accent : les fausses notes sont fréquentes. Pour moi, la seule façon d'être juste aurait été de passer toute une année à Marseille, ce qui, évidemment, était impossible. Préférant ne pas prendre le risque, je n'avais pas appuyé le projet, et j'avais renoncé ainsi à ce rôle magnifique.

Georges Herbert dit à Marcel Achard :

— Il y a une actrice de cinéma que j'aime beaucoup : Dany Carrel.

— Mais voyons, répondit Marcel Achard, elle n'a jamais fait de théâtre ! Elle ne peut jouer un rôle aussi important ! Non, ce n'est pas possible !

— Ah, je ne suis pas d'accord, je trouve que nous devrions penser à elle. Sa bonne petite bouille, ses seins en avant... L'Idiote est un personnage sensuel et Dany Carrel est physiquement tout à fait le personnage. J'aimerais tout de même que vous la rencontriez. Evidemment, elle a tourné de nombreux films en vedette et il n'est pas certain qu'elle accepte de faire une lecture mais, au moins, demandons-le-lui.

Marcel Achard accepta. Georges Herbert me téléphona. J'hésitai :

— Vous me prenez évidemment un peu au dépourvu... mais nous pouvons en parler... pourtant j'aimerais, auparavant, prendre connaissance de la pièce.

Commença alors le doute. Malgré ce que craignait Georges Herbert, je ne pensais pas qu'on « passait derrière quelqu'un » en reprenant son rôle. Aux Etats-Unis, trois, quatre vedettes peuvent s'emparer d'un même rôle, la profession, le public l'acceptent très volontiers. Je savais qu'en France il en va un peu différemment, mais cela ne me troublait pas. Annie Girardot était, déjà, une grande actrice, mais ni notre physique, ni notre façon de jouer n'étaient les mêmes, aucune comparaison ne pouvait donc être faite entre nous. D'ailleurs, par chance, je ne l'avais pas vue dans le rôle. La seule chose qui me tracassait et me faisait hésiter était que je n'avais aucune expérience du théâtre : et si je me cassais la figure ? Le théâtre me serait alors fermé pour toujours. Quel risque je prends ! Il vaudrait mieux commencer par un second rôle... Comment pourrais-je porter seule une pièce de théâtre ?...

La pièce de Marcel Achard était fort bien ficelée : bonne intrigue policière, rires et larmes, égratignures des grandes institutions, formules à l'emporte-pièce... Rien ne manquait pour faire un succès. Et le rôle qui m'était proposé était un rôle en or : je pouvais exprimer une foule de sentiments. Je serais Josepha, une petite femme de chambre séduite par son patron et soupçonnée d'un meurtre. Une fille très simple, sans culture, que tous prennent pour une « idiote ». Une fille sensuelle que les hommes du château, du plus simple des valets au maître de maison, courtisent. Et cette « idiote » trouve tout naturel de coucher avec qui lui plaît. Mais cette Josepha à l'apparence si simplette est loin d'être une gourde. Inculture, manque de poli n'empêchent ni solide bon sens, ni gaieté. Cette fille lâche certaines vérités avec un tel naturel, un petit air si malin... Vraiment une belle pièce, un très beau rôle.

Au quatrième jour de mes interrogations, je me décidai : eh bien risquons ! C'est l'occasion de savoir ce que je vaux. Peut-être est-ce un peu présomptueux de m'attaquer d'emblée à un premier rôle, mais je dois prendre ce risque...

Un déjeuner fut organisé avec Georges Herbert et Marcel Achard. Achard me regarda :

— Oui, je vous reconnais maintenant ! Je vous ai vue dans plusieurs films. En effet, vous pouvez être le personnage. Physiquement, c'est certain, vous seriez parfaite, mais pensez-vous pouvoir jouer au théâtre ? Il y a si loin du plateau de cinéma à la scène d'un théâtre !

Et voilà qu'Achard, en une seconde, fissurait la belle construction que j'avais eu tant de peine à édifier ! Mais je ne voulus pas me laisser impressionner. Je repris ce réflexe tant de fois éprouvé et qui avait si joliment fait ses preuves : dire « oui ! », toujours « oui ! », lorsqu'on me posait une question. « Vous patinez ? — Oui ! » et je me précipitais pour prendre des leçons de patinage. « Vous montez à cheval ? — Oui ! » et je courais au manège de Neuilly. « Oui, je sais tout faire ! » Voilà ce qu'il fallait dire.

— Vous êtes capable de jouer ce rôle ?

— Oui !

D'ailleurs comment pouvais-je le savoir si je n'essayais pas ? Nous verrions bien...

Marcel Achard se laissa facilement convaincre. Il fut d'ailleurs tout à fait charmant, chaleureux même et, visiblement, je lui plaisais. Il me dit :

— Je serais tellement heureux si vous preniez ce rôle.

Je fus convoquée pour une lecture. Epreuve redoutable pour moi : regarder une feuille de papier ne m'a jamais inspirée. J'ai besoin d'être face à mon partenaire pour trouver le ton juste. Et, en effet, au jour dit, j'eus conscience d'être très mauvaise dans mon rôle de lectrice. Je n'attendis pas les critiques de ceux qui m'écoutaient : Georges Herbert, Marcel Achard, et Jean Le Poulain, le metteur en scène.

— Ce n'est pas bon ! dis-je.

La réponse fut unanime, spontanée :

— En effet, ce n'est pas très bon...

— Alors, je m'en vais, n'est-ce pas ?

Georges Herbert ne fut pas d'accord :

— Non, je vous veux absolument !

Et, se tournant vers Achard et Le Poulain :

— Je suis persuadé qu'elle s'en tirera ! Je veux avoir Dany Carrel, j'ai besoin d'un nom pour mon affiche. Vous savez bien, n'est-ce pas, que certains acteurs sont de piètres lecteurs, et ça ne les empêche pas d'être remarquables lorsqu'ils savent leur texte !

Marcel Achard, malgré ma lecture déplorable, voulut, lui aussi, que je tente le rôle. Seul Jean Le Poulain fit une tête de six pieds de long. Et, un peu dédaigneux, il lâcha :

— Une actrice de cinéma, dans un premier rôle au théâtre...

Georges Herbert insista :

— Moi, je la prends, car il me la faut pour mon affiche ! Et vous verrez, lorsqu'elle saura son texte, tout ira bien !

Achard et Georges Herbert fixèrent la date des répétitions. Le Poulain dut se plier à leur décision.

C'est alors que les problèmes commencèrent. Chaque jour, je passais huit heures au théâtre. Chaque heure, chaque minute, chaque seconde était une lutte entre Le Poulain et moi. Quinze jours de bagarre, quinze jours de souffrance. Le texte ? Ce n'était pas une affaire, j'apprenais toujours avec facilité. Mais la voix ne suivait pas. Et, jour après jour, le visage de Le Poulain devenait plus buté, plus méchant. Il ne m'épargnait aucune critique humiliante, aucune vexation. Et à toute heure il répétait : « Une actrice de cinéma dans un premier rôle au théâtre !... »

Plus il était cinglant, plus je me désespérais et perdais toute possibilité de réussite. Jamais un encouragement, jamais un véritable conseil ! Ce n'étaient que critiques acerbes : « Vous ne savez pas ! Ça n'est pas ainsi ! Ça ne va pas ! »

— Ça ne va pas ? Eh bien, dites au moins ce qu'il faut faire, comment m'y prendre...

— Eh bien, sortez-vous de vous-même !

Mais le ton que prenait Le Poulain était si hargneux, son regard si mauvais, qu'il m'était impossible de suivre ses conseils.

Mon vieil ami Jean Gaven, qui tenait le rôle du juge, m'encourageait beaucoup. Je me plaignais :

— Je n'arrive plus à jouer, tu t'en rends bien compte ! Et puis, écoute ce que dit Le Poulain... Ce n'est plus possible ! J'arrête !

— Mais, ne te laisse pas faire ! Continue !

Je savais pourtant que, sur le fond, Le Poulain avait tout à fait raison. Josepha n'était pas un personnage en demi-teinte : elle avait le verbe haut. Lorsque le juge l'interrogeait, elle devait dire avec force : « Je suis Josepha Lantenet ! » Non, Josepha n'était pas une timorée, et il est vrai que je jouais trop « cinéma », trop feutré, trop retenu. Il est certain que je n'osais pas vraiment... Mais voilà, je suis ainsi : il m'est impossible de travailler dans un milieu hostile !

Je décidai d'abandonner le rôle. Je le dis à Georges Herbert qui me soutenait depuis le premier jour :

— Je ne veux pas continuer ! Après tout, Le Poulain a raison, je n'ai jamais fait de théâtre et me lancer dans un premier rôle est très prétentieux. Je renonce à ce rôle !

— Mais non, c'est ridicule. Il faut continuer ! Et puis, le contrat est signé et j'ai déjà annoncé Dany Carrel dans tous les théâtres de province où la pièce doit être jouée... Non, non ! Vous ne devez pas lâcher !

Mon ami Jean Gaven renchérit :

— Mais enfin, c'est ridicule, Dany, tu peux faire le rôle !

Ni l'un ni l'autre n'étaient prêts à me laisser partir.

— Bon, dans ces conditions, avant de me décider totalement, il me faut avoir une sérieuse discussion avec Jean Le Poulain. Moi, il m'est impossible de jouer devant quelqu'un qui ne m'aime pas, devant un homme si agressif ! Je vais le trouver de suite !

— Jean, si vous pensez que je suis nulle, je pars !

— Mais je n'ai pas dit que vous étiez nulle...

— Non, mais vous me le faites sentir, et c'est la même chose ! Je suis tout à fait prête à rompre ce contrat, je me fiche de tout rembourser, mais il m'est impossible de travailler ainsi ! Et puis, merde... après tout, il faut m'encourager ! Ce n'est pas ainsi qu'on s'y prend pour obtenir quelque chose d'un acteur !

Il n'était plus question pour moi de langage châtié, plus question de ton modéré. J'éclatai, furieuse : je n'avais pas à ménager ce type qui n'avait que mépris pour moi et pour tout ce que je représentais. J'entendais encore son ton méprisant : « C'est une vedette de cinéma ! »

— Eh bien non, je ne suis pas une vedette de théâtre ! Non, je ne suis pas comme vous, de la Comédie-Française ! Et alors ? Et, en effet, nous ne faisons pas le même métier ! Et c'est bien pour cela que je fiche le camp !

— Stop ! Parfait ! C'est comme ça qu'il faut jouer. Tu as vu ce que tu viens de faire ?

— Eh bien quoi ? Je suis folle de rage, oui ! C'est vrai !

— Tu t'es sortie de toi-même !

Et Le Poulain poursuivit en m'entraînant sur le plateau :

— Allez, répétition ! On recommence. Fais ton entrée, vas-y, sors tes mots de cette façon ! Ose ! Tu as trouvé le ton, c'est exactement ça ! Ne change rien !

C'est à cet instant que tout bascula. Jean Le Poulain avait confiance en moi et moi, soudain, je compris comment il fallait porter la voix.

Maintenant Le Poulain ne cessait de clamer partout, à tous et à tout propos que j'étais extraordinaire... Nous devînmes de vrais amis et cette rencontre quotidienne avec lui, qui était mon cauchemar, devint ma joie. Nous n'arrêtions plus de blaguer et de rire. La révolte avait été salutaire, comme l'avait été celle avec René Clair lorsque, occupé à régler ses éclairages des *Grandes Manœuvres,* il n'avait voulu ni m'écouter, ni me regarder.

Ma tournée en province fut tout à fait grisante. Je retrouvai ces émotions si fortes et cette joie fébrile que j'avais connues lors de cette représentation de fin d'année chez Mme Bauer-Thérond et que j'avais fini par oublier. L'enthousiasme du public. Ses réponses à mes émotions. Nous étions à l'unisson et j'en étais émerveillée. Et, comble de joie, la critique tant redoutée fut dithyrambique.

A Lyon, le théâtre des Célestins était dirigé par Albert Husson, un auteur qui avait remporté de beaux succès avec *La Cuisine des anges* et ses nombreuses adaptations. A peine le rideau tombé, Husson me dit :

— En vous regardant jouer Josepha, j'ai aussitôt pensé à vous pour ma nouvelle pièce. J'écris actuellement *Le Système Fabrizzi* pour Sacha Pitoëff et sa troupe du Théâtre Moderne. Mon héroïne est exactement vous ! Je serais si heureux si vous acceptiez de prendre ce rôle. Il n'est pas encore totalement écrit mais j'aimerais finir de l'écrire pour vous !

Sa demande m'alla droit au cœur, là, véritablement, j'eus l'impression d'avoir gagné mon pari : si un homme de théâtre comme Husson souhaitait écrire un rôle pour moi, cela prouvait que je faisais partie de la famille. Et je n'étais pas peu fière ! Cette fois, plus question de lecture préalable, d'essais : on me sollicitait ! Comme j'avais bien fait de ne pas écouter ce qui se disait communément : « Il ne faut pas jouer en province, on n'y gagne rien pour sa carrière ou sa réputation ! »

Un peu intimidée, je répondis à Husson :

— Oui, bien sûr... Je suis très flattée...

A Menton, alors que, dans ma loge, mon habilleuse m'aidait après le spectacle, j'entendis une voix forte dans les couloirs :

— Suzanne ! Suzanne...

L'administrateur répondit :

— Madame, il n'y a pas de Suzanne.

— Mais si, je viens voir mon élève !

Je reconnus immédiatement la voix et demandai à mon habilleuse de faire entrer cette dame qui m'appelait. Elle écarquilla les yeux, incrédule.

— Oui, lui dis-je, c'est mon professeur !

Mme Bauer-Thérond n'avait jamais aimé m'appeler Yvonne : « C'est un prénom trop " dur " pour toi ! » m'avait-elle dit, elle avait choisi mon second prénom et continuait de m'appeler ainsi. Elle s'était retirée dans le Midi depuis plusieurs années mais elle suivait ma carrière avec la même attention amicale, et sa fidélité me touchait.

Cette rencontre de Menton fut la dernière mais, régulièrement, je reçus des lettres dans lesquelles Mme Bauer-Thérond continuait à jouer son rôle de guide et de professeur. Pendant les années quatre-vingts, elle suivait encore avec grande attention ma carrière télévisuelle : « Tu n'en as pas assez fait ! Tu n'es pas " sortie de toi " », m'écrivait-elle ou, au contraire : « Tu étais très bien dans ton dernier film et j'ai retrouvé la Suzanne du cours. »

Mme Bauer-Thérond mourut à plus de quatre-vingt-dix ans. Elle fait partie de ces êtres chers qui m'ont permis d'être l'actrice mais aussi la femme que je suis devenue.

La tournée de *L'Idiote* me mena aussi au Palais de la Méditerranée à Nice. Mon habilleuse vint me prévenir après le spectacle :

— Deux dames à cheveux blancs, très distinguées, de votre famille, désireraient vous voir...

— Je n'ai pas de famille !

— Elles m'ont donné leur carte.

Je lus sur le bristol « du Chaxel ».

La veille, le journal *Nice-Matin* avait publié une interview de moi dans laquelle il était indiqué que Dany Carrel, de son vrai nom Yvonne Chazelles du Chaxel, abordait son premier grand rôle au théâtre. Ces deux femmes, sans doute les belles-sœurs de mon père, désiraient maintenant rencontrer cette Dany Carrel qui avait du succès. Moi, en revanche, je ne désirais de leur part aucune explication ni, surtout, aucun regret.

— Non, je ne les reçois pas, dis-je à mon habilleuse.

De retour à Paris, il y eut à nouveau plusieurs films. Quant à mes relations avec Ghislain Cloquet, elles étaient toujours aussi tumultueuses. Et, de plus en plus souvent, j'étouffais. De nouveau, nous étions dans l'impasse : cette vie de drames perpétuels me détruisait. Comment pouvais-je porter à bout de bras, à bout de cœur, un homme qui se complaisait dans le malheur ? Décidément, je n'étais pas assez forte. Ce fut encore une rupture. Jusqu'à de nouvelles retrouvailles passionnées.

Pendant l'été 1963, Albert Husson m'envoya la pièce promise. Je fus un peu déçue :

— Le rôle est tout à fait secondaire, je ne peux accepter.

— Mais non, Dany, ce n'est pas un rôle secondaire. Il est bien vrai que vous ne serez pas toujours en scène, mais votre rôle est un rôle clé de la pièce. Et c'est un rôle tellement fait pour vous ! Je l'ai écrit en pensant à vous !

Sans doute avait-il raison lorsqu'il m'affirmait qu'il s'agissait d'un rôle clé, mais je n'étais pas du tout décidée à l'interpréter. Pourtant Husson ne renonça pas pour autant et m'adressa plusieurs lettres dans lesquelles il insista : « Vous êtes la seule à pouvoir interpréter ce rôle ! » Ou encore : « Je l'ai écrit pour vous ! » Ses arguments portèrent car ils touchèrent la corde sensible : un auteur s'est donné la peine de m'écrire un rôle, il a besoin de moi. Je n'ai pas le droit de le décevoir !... Jamais, ni dans ma vie privée, ni dans ma vie professionnelle je n'ai pu rester insensible à celui qui s'intéressait à moi, qui avait besoin de moi. Husson m'appréciait, croyait en mes capacités, je devais accepter le rôle et qu'importe s'il était court !

Les répétitions commencèrent. Chaque jour qui passait me confortait dans l'idée que j'avais eu raison d'accepter. J'aimais le personnage d'Amalia et, comme me l'avait dit Husson, ce personnage, même s'il n'était pas constamment en scène, était omniprésent.

Amalia est une fille des rues. Pieds nus, pauvre robe effrangée et trouée, elle s'introduit dans les maisons et chaparde. Un jour elle entre par un balcon chez Antonio Fabrizzi qui la surprend. Elle veut s'échapper mais Fabrizzi lui demande de rester, d'ouvrir un coffre et d'y prendre autant de billets qu'elle le souhaite. Etonnée, incrédule, elle n'ose tout d'abord, puis saisit les billets à pleines mains, en remplit son corsage. Et, pour remercier Fabrizzi, se jette à son cou : « Oh, je vous aime ! », avant de s'échapper. Fabrizzi n'a pas été indifférent à ce corps à demi nu sous les haillons. Amalia revient, portant chaussures et vêtements neufs, et demande en échange de cette générosité de rendre quelques services. Peu à peu elle s'installe dans la maison et dans la vie de Fabrizzi. Elle se transforme à son contact. Elle l'épouse. Un jour, il disparaît, personne ne sait où. C'est elle qui, désormais, imprégnée de son mystère, continue son œuvre. Un joli conte de fées écrit sur le mode joyeux.

Le soir de la première, le petit Théâtre Moderne était plein à craquer d'acteurs et de critiques. Le public le plus difficile qu'on puisse imaginer. Mon cœur battait terriblement fort car je savais qu'on m'attendait au tournant. Je n'avais pas oublié mon premier contact avec Jean Le Poulain et son mépris pour les gens de cinéma. Cependant, pour me rassurer, je me dis que je passerais inaperçue puisque, pas plus que le TNP, le Théâtre Moderne ne jouait sur le vedettariat. Bien sûr, Pitoëff était la grande figure du Théâtre Moderne comme Gérard Philipe avait été celle du TNP, mais nous apparaissions sur l'affiche et dans les programmes par ordre d'entrée en scène.

Ce soir-là, la salle « marcha » avec les acteurs, entra facilement dans le jeu, ne retint pas ses sentiments. Elle rit et s'émut. La représentation terminée, je dus m'avancer seule sur le devant de la scène et dire la phrase rituelle : « La pièce que vous venez d'entendre est d'Albert Husson... » Je m'avançai donc mais le public me fit une telle ovation que je demeurai muette. Je m'interrogeai, n'osant croire que tous ces applaudissements m'étaient destinés. Mais il n'y avait pas de doute, c'était moi seule qui avais fait quelques pas vers le public. Les larmes me montèrent aux yeux, l'émotion me serra si fort la gorge que je ne pus articuler un mot. Alors je reculai vers mes compagnons de la troupe et Sacha s'avança pour reprendre la phrase.

Ce fut évidemment pour lui aussi un total triomphe. Mais il connaissait bien cette griserie du succès, lui l'héritier de Georges et de Ludmilla Pitoëff, dont la vie se confondait avec celle du théâtre.

Dès le lendemain, les critiques donnèrent leur verdict. Ils furent enthousiastes. Les plus redoutés d'entre eux, ceux qui, parfois, font et défont une pièce : Jean-Jacques Gautier au *Figaro,* Pierre Marcabru à *Paris-Presse,* Max Favalelli aux *Ecoutes,* Jean Dutourd à *France-Soir*... Tous aimèrent la pièce, ils aimèrent aussi les acteurs. Sacha Pitoëff, d'abord. Sacha Pitoëff-Antonio Fabrizzi, l'homme et le rôle se confondaient, les yeux bleus profonds, l'allure ascétique, l'air insolite de l'homme donnaient au personnage, sorte de poète et de bienfaiteur qui semblait être tombé d'une autre planète, tout le mystère dont il avait besoin. Pitoëff était remarquable. Et, la pièce terminée, on s'interrogeait encore : Pitoëff-Fabrizzi était-il un ange ou un fou ? L'homme Pitoëff et son double Fabrizzi restaient une entière énigme.

Mais, et cela me combla de bonheur, je fus également remarquée. Pour Marcel Mithois et Max Favalelli, j'évoquais Gina Lollobrigida, à la fois sauvage et tendre et, surtout, vraie comédienne. Je fus également très émue et très fière de la critique de Jean-Jacques Gautier qui me vit « merveilleuse de simplicité, d'esprit, de naturel et de verve. Aiguë, comique et séduisante sans afféterie... ». Et, ce qu'il m'avait été impossible d'oser espérer, puisque Sacha et moi avions été tirés du lot, la direction du théâtre décida d'attirer le public par nos deux noms. Et le public vint. Toujours avide de choses qui le réconcilient avec la vie, il sortait de ce joyeux conte de fées totalement ravi.

Le Système Fabrizzi me valut deux années de succès ininterrompu. Et malgré ces deux années passées chaque soir à côté de Sacha Pitoëff, je ne le connus qu'à peine. Chaque soir il entrait dans ma loge et, très gentiment, prenait de mes nouvelles. Un petit mot : « Bonjour Dany... » puis il s'éclipsait aussi furtivement qu'il était entré. Une apparition qui signifiait : « Je suis là, tout va bien ? » : Sacha était vraiment l'homme étrange qu'il incarnait dans la pièce. Il a gardé pour moi son secret.

En 1990, Paul Rieger, un ancien du *Système Fabrizzi,* me téléphona, m'expliquant qu'il tentait de contacter tous les partenaires de Sacha. Paul souhaitait construire autour de Sacha, très déprimé, un cercle d'amis. J'assurai Paul que, évidemment, je me ferais un plaisir de reprendre contact avec Sacha. Je l'appelai donc pendant plusieurs jours, en vain. Comme je n'obtenais aucune réponse, cela me rassura plutôt : Il est donc parti chez des amis, il n'est plus seul... A peine un mois plus tard, j'appris sa mort. Je me reprochai de n'avoir pu lui parler : était-il seul chez lui ? Pourquoi ne m'avait-il pas répondu ? Peut-être aurais-je dû insister davantage ? La tristesse provoquée par sa mort fut un peu atténuée par le sentiment que Sacha, homme tourmenté, toujours malheureux, avait peut-être enfin trouvé la paix.

Les fantasmes d'Henri-Georges Clouzot

Henri-Georges Clouzot, assis derrière son bureau, plutôt froid et distant, me regarde :

— Bonjour mon petit. Oui... Oui ! Bon ! Tournez-vous. Oui.. Pourquoi pas...

Il interrompt ses appréciations :

— Prenez ces deux verres et posez-les sur le plateau.

Je m'exécute sans broncher.

— Mettez-le sur la tête et marchez !

Je pense : Ou Clouzot se fout de moi, ou c'est un piège, mais, de toute évidence, il y a quelque chose d'anormal... Je me tourne vers lui :

— Monsieur Clouzot, je veux bien mettre ce plateau et ces deux verres sur la tête, mais tout va tomber immédiatement car je ne suis ni jongleuse ni acrobate. Avez-vous d'autres verres ?

— Mon petit, faites ce que je vous demande !

— Oui, mais je vous demande, moi, si je peux casser les verres car, je vous le répète : si je mets ce plateau et ces deux verres sur la tête, au premier pas, ils tombent !

— Et alors ? Vous le faites ! C'est tout...

— Bien, si vous voulez que je casse deux verres...

J'attrape le plateau, je le pose sur ma tête, je fais trois pas et, patatrac !, tout tombe.

— Bon, eh bien voilà ! Alors, n'est-ce pas, je suppose que je suis refusée ?

— Mais, dites-moi, vous avez l'air d'avoir un sacré caractère !

— Eh bien oui, j'ai mon caractère ! Mais, comprenez-moi, vous me faites venir pour une audition et puis vous me demandez une chose insensée !

— Bon, bon, très bien ! On vous écrira...

La phrase fatidique est tombée ! Je ne demande pas mon reste : Tant pis ! Il est vraiment trop cloche, ce Clouzot ! Qu'il garde son rôle pour une gourde qui saura marcher avec son plateau sur la tête !

Furieuse contre Clouzot, je me console en pensant au succès du *Système Fabrizzi :* ce soir, sur scène, au moment des applaudissements, tout sera oublié !...

Dès le rideau du Théâtre Moderne tombé, Yvon, qui savait que je devais rencontrer Clouzot, vient me voir dans ma loge :

— Alors ?

— Tu sais, il est bien tel qu'on me l'avait dépeint : il est fou ! Il m'a demandé de porter sur la tête un plateau avec deux verres ! Forcément, ils sont tombés et se sont cassés ! J'ai raté mon audition... C'est perdu pour moi...

Avec Yvon je peux me défouler et plus je revois cette scène de l'après-midi, plus cela me rend furieuse :

— Que c'est ridicule, de telles auditions !

J'étais cependant déçue. Quand rencontrerais-je de nouveau un réalisateur de talent ? Quand allais-je pouvoir à nouveau tourner un grand film ?

Bien sûr *Le Système Fabrizzi* m'occupait à plein temps, mais après ? Pour le moment, chaque soir j'étais sur scène à huit heures et ne me couchais qu'au petit matin. Car ce n'était qu'après la représentation qu'enfin je pouvais vivre. Le matin, mon réveil sonnait à dix heures et, jusqu'au soir, toute mon attention était fixée sur le moment de mon entrée en scène.

Clouzot, comme je l'avais pressenti, s'était bien gardé de me recontacter. Mais j'avais ma petite vengeance : tous mes amis savaient à quel genre d'auditions il se livrait. Ils me taquinaient sur mon manque d'habileté et riaient des fantaisies de Clouzot.

Un matin, je suis réveillée par la sonnerie du téléphone. J'ouvre un œil : six heures ! Je tends le bras vers la table de nuit et décroche le combiné tout en maugréant : quel est le crétin qui m'appelle à une heure pareille ?

— Allô, ici Clouzot !

— Oui, c'est malin ! Qui me fait encore cette blague ? Je joue au théâtre le soir, moi ! Alors, les blagues à six heures du matin, merci !

Et je raccroche, furieuse.

A dix heures mon réveil sonne. Je retrouve Alice dans la cuisine pour le petit déjeuner :

— Vraiment, ce n'est pas possible ! Un imbécile m'a réveillée à six heures ! Il faut trouver un bouchon pour ce téléphone ! Comment peut-on faire ? Si maintenant les copains se mettent à nous faire des blagues à l'aube...

A dix heures trente, le téléphone sonne à nouveau :

— Allô, Dany Carrel ? Je suis l'assistant d'Henri-Georges Clouzot.

— Oui, d'accord ! Mais je voudrais bien savoir qui est au bout du fil parce qu'on m'a déjà fait la même blague ce matin...

— Dany Carrel, écoutez, ne quittez pas, je vous passe Henri-Georges Clouzot.

— Allô, mademoiselle Carrel ? Vous êtes réveillée cette fois ? Vous pouvez passer à la production ?

A ce moment je reconnais la voix : mais ce n'est pas vrai ! Je rêve ! Ce n'est quand même pas Clouzot qui m'appelle !... et je réponds beaucoup plus aimablement :

— Oui, oui, bien sûr ! Quand désirez-vous me voir ?

— Je vous ai téléphoné ce matin...

— C'était donc vous à six heures ? Ce n'est pas possible... C'était une blague...

— Non, ce n'était pas une blague mais, il est vrai, je suis très matinal et j'avais oublié que vous jouiez au théâtre... Excusez-moi de vous avoir réveillée. Pouvez-vous passer ?

— Oui, bien sûr !

Et nous prenons rendez-vous.

Deux jours plus tard je suis à nouveau devant Henri-Georges Clouzot :

— Bien, mon petit. Ecoutez, on va vous demander de faire un essai cinématographique en bikini car le film comportera des scènes en maillot de bain.

— Oui.

— Mais cette fois vous aurez un texte à apprendre.

— Et un plateau à porter ?

— Non, pas de plateau, dit Clouzot en riant.

— Ah bon ! Mais alors, je ne comprends pas : n'ai-je pas fait tomber les verres ?

— Oui, mais que vous ayez fait tomber des verres, je m'en fous ! C'était votre réaction à ma demande qui m'intéressait. Je voulais savoir quel était votre caractère et vous êtes tout à fait l'actrice que je recherche.

Le film a pour titre *L'Enfer*. Cet enfer est celui que vit et fait vivre un mari jaloux. Le mari est Serge Reggiani, la femme Romy Schneider. Je suis une coiffeuse qui, la nuit venue, dans les rêves du mari jaloux, se transforme en diable érotique qui pervertit sa femme.

Les essais satisfirent Clouzot. Commencèrent alors les préparations du tournage. Deux mois de folie. Perruques brunes, blondes ou rouges. Bikinis et robes. Ongles courts, ongles longs. Ongles rouges, ongles bleus. Tout devait être bleu : même les lèvres, même la langue. Clouzot me badigeonna la bouche au bleu de méthylène. Et chaque coiffure, chaque maquillage, chaque vêtement était suivi d'une séance filmée. Essai des focales. Essai des pellicules. Clouzot filmait, Clouzot visionnait. Clouzot corrigeait. Clouzot travaillait sur la couleur comme un peintre. Minutie. Patience. Seul importait ce qui était sur la pellicule.

Et pendant ces deux mois, chaque soir à huit heures je montais sur les planches du Théâtre Moderne. Et, chaque soir à sept heures, se jouait entre Clouzot et moi un jeu plutôt sadique :

— Je dois être au théâtre dans une heure ! Il faut me libérer !

— Oui, mon petit, il faut finir les essais.

— Mais il est déjà sept heures !

— Tu y seras, au théâtre ! Tu y seras ! disait Clouzot.

Et nous continuions le travail.

— Il est sept heures dix ! Est-ce que je peux partir ? Nous pourrons continuer les essais demain...

— Non, nous continuons maintenant, nous n'en avons plus pour longtemps !

A sept heures vingt, on ne pouvait plus rien obtenir de moi. Clouzot me lâchait enfin. Je passais rapidement une crème sur le visage afin d'enlever le plus gros du maquillage et je sautais dans ma voiture. Je grillais des feux rouges. J'évitai de justesse plusieurs carambolages. J'arrivais toute tremblante au théâtre.

Un soir où nous faisons d'autres essais, je suis attachée à un fauteuil par des cordes (l'un des rêves fous du mari jaloux), et me voyant prisonnière, je demande dès sept heures à être libérée :

— Détachez-moi, il faut que je parte !

Clouzot, qui ne regarde jamais l'heure, répond :

— Mais non, encore une demi-heure, Dany.

— Il faut absolument que j'aille au théâtre !

— On va te lâcher.

Mais Clouzot ne me lâche pas.

Ce n'est qu'à sept heures trente qu'on me détache enfin. Je n'ai pas le temps d'enlever mon maquillage vert. Je fonce comme un bolide et, à un feu rouge que j'ai grillé, je n'ai que le temps de piler : un camion me coupe la route. Cette fois, j'ai bien failli me tuer ! La sueur me coule sur le visage. Je tremble. J'ai les tempes et le cœur qui battent très fort. Et pourtant je dois continuer à rouler à toute allure si je veux être au théâtre avant le lever du rideau. Je cours à ma loge, je n'ai que le temps d'enfiler ma robe. Pas une seconde pour me mettre de la poudre ou du rouge à lèvres qui atténueraient le maquillage. Mon visage est vert pomme ! Mes lèvres sont vert pomme ! Et c'est ainsi que je fais mon entrée. A chaque sortie de scène, j'enlève un peu de vert, j'ajoute du rose aux joues, du rouge aux lèvres. Plus l'action avance, meilleure est ma mine.

Après la représentation, l'un des spectateurs venus dans ma loge me demander un autographe me dit, après ses mots de félicitation :

— Vous avez complètement changé de visage pendant la pièce !

Que lui répondre ? Impossible de lui dire la vérité sinon je risque fort d'en trouver l'écho demain dans un journal. Je décide de ne dire qu'une partie de la vérité :

— Oui ! Vous savez, j'ai failli manquer mon entrée tant j'étais en retard. Evidemment cela m'a causé une très forte émotion...

— Ça se voyait : vous étiez verte !

Le lendemain je décidai de quitter les essais à sept heures, sans attendre l'autorisation de Clouzot, car cette expérience m'avait conduite à la limite de mes forces nerveuses. Clouzot pouvait me reprendre le rôle, tant pis. Je ne voulais pas continuer à jouer « à peu près », ni pour le public, ni pour Sacha Pitoëff qui me faisait totalement confiance. Lorsque j'étais très en retard, je m'excusais auprès de lui :

— Je fais des essais...

— Mais tu ne peux pas partir plus tôt ?

— Il faudrait que Clouzot accepte de me lâcher, mais il refuse.

Sacha, malgré cela, me gardait toute sa gentillesse, ne me faisait jamais un reproche. Et c'était pour cela, précisément, que je me devais de rompre ce jeu avec Clouzot.

Le lendemain, Clouzot ne fit aucun commentaire. Je sentis que j'avais gagné. Désormais à sept heures, j'étais libre. Clouzot avait aimé que je lui résiste.

Quelques jours plus tard, il me dit :

— Tu as failli le perdre, hein, le rôle !

— Oui, Henri-Georges, j'aurais pu le perdre, mais je ne veux pas perdre la vie. A brûler les feux rouges comme je le faisais chaque soir, je risquais de me tuer et, dans ce cas, je perdais de toute façon le rôle ! Alors, j'ai décidé de partir à l'heure et si je dois perdre le rôle, eh bien...

— Mais, tu n'y tiens donc pas, alors, à ce rôle ?

— Bien sûr que si ! J'y tiens énormément, et vous le savez bien. Je suis très heureuse de tourner avec vous !

— On ne le dirait pas !

— Comment cela ! J'essaie de faire le mieux possible mes deux activités. Si vous le désirez, je suis même prête à me lever plus tôt le matin, même en jouant chaque soir au théâtre, mais je veux partir avant sept heures du soir ! Le public a le droit aussi d'avoir un bon acteur !

De ce jour, Clouzot me respecta, il aimait les gens qui affirmaient leur caractère devant lui, qui lui résistaient. Lorsque mon heure arrivait maintenant, gentiment Clouzot se moquait, mais jamais plus je n'avais à me battre.

Vint le temps du tournage. Le théâtre fit relâche pour l'été. Nous nous installâmes dans un petit hôtel modeste à deux pas du viaduc de Garabit, le fameux pont métallique construit par Eiffel au-dessus de la Truyère. Avec moi, il y avait Serge Reggiani, Romy Schneider, mon ami Jean Gaven, Henri-Georges Clouzot et sa femme Inés. Les tournages avaient lieu sur le viaduc, sur le lac de Garabit et dans la campagne environnante.

Le film, une super-production de la Columbia, était enregistré en français et en anglais à l'aide de trois équipes de tournage. Chacune d'elles était réservée à une couleur : une équipe pour le vert, une équipe pour le bleu, une équipe pour la couleur naturelle. Nous, les acteurs, nous courions d'une loge de maquillage couleur à l'autre, d'une équipe couleur à l'autre. Un travail considérable, exténuant, passionnant.

Chaque soir, nous nous retrouvions pour le dîner dans la salle à manger de l'hôtel. Clouzot tenait à nous avoir tous autour de lui. Il nous parlait des scènes que nous tournerions le lendemain. Il voulait que nous soyons totalement immergés dans le film, accaparés par notre personnage et que nous ne quittions ce personnage ni le jour ni la nuit. Nous aimions être pris ainsi dans le film. Et le film était si fou, si complexe que les directives précises de Clouzot nous étaient indispensables. Nous tournions des scènes brèves à travers lesquelles il nous était impossible de trouver le fil conducteur de Clouzot. Je passais sans transition de la vie réelle de mon personnage, la petite coiffeuse tranquille, aux fantasmes délirants du mari jaloux. Des scènes franchement érotiques ou, au contraire, des scènes à l'érotisme plus subtil et ambigu, que je devais tourner avec Romy.

Romy était une partenaire délicieuse. A vingt-six ans, elle était déjà une star : la série des *Sissi,* d'abord, mais aussi *Boccace 70* de Visconti, ou *Le Procès* d'Orson Welles avaient fait d'elle une actrice mondialement adulée. Mais elle ne jouait pas à la star. Presque du même âge toutes les deux, nous devînmes de véritables « copines » toujours prêtes à nous « payer du bon temps ». Car si nous acceptions de bon cœur de nous fondre dans notre personnage comme le désirait Clouzot, si nous aimions dîner avec lui chaque soir, nous aimions aussi nous échapper quelques heures. Lorsque le vendredi soir arrivait, Romy me disait :

— Allons à Saint-Flour ! Je t'invite à dîner.

Nous filions nous habiller, redescendions à pas de souris et nous faufilions dans le jardin.

Clouzot, dans la salle à manger, s'impatientait :

— Où est Dany ? Où est Romy ? Il n'y a personne ici !

Il interrogeait le patron de l'hôtel :

— Où sont-ils tous passés ?

D'autres fois, je disais à Clouzot :

— On vient me chercher tout à l'heure.

— Et qu'est-ce que tu vas faire ?

— Je vais dîner.

— Avec qui vas-tu dîner ?

— Avec mon copain !

— Il ne faut pas avoir de copain lorsqu'on est en tournage !

— Et pourquoi ne faut-il pas avoir de copain ? J'ai tout de même l'âge d'en avoir ! J'ai des besoins...

Une photo de plateau de *Delphine*.
C'est mon portrait préféré.
(Photo Claude Mathieu.)

Une autre de mes photos fétiches :
avec ma fille Laurence (cinq mois).
(Photo G. Décaux/Bucossi.)

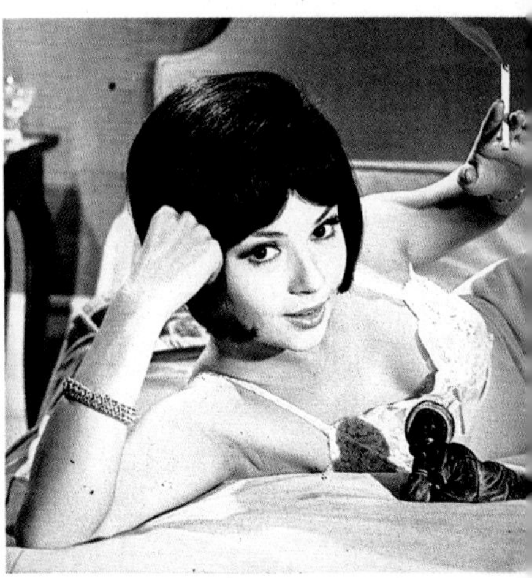

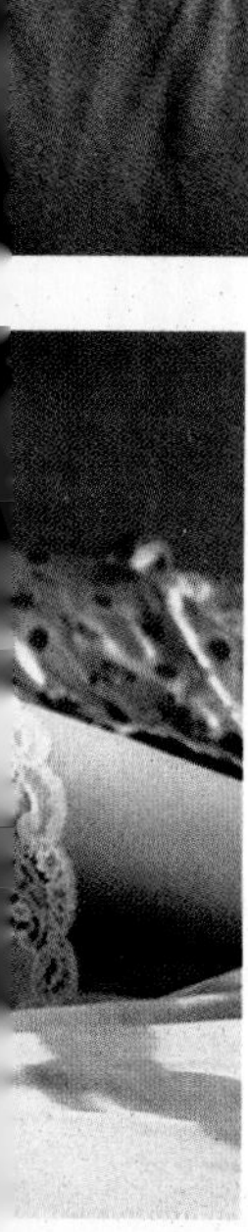

Photos du film *Piège pour Cendrillon* d'André Cayatte (1965). Je me dénude volontiers pour incarner un personnage, mais je ne l'aurais pas fait pour un simple photographe.
(Photos Roger Corbeau ; Cinéstar et Coll. de l'auteur.)

Conversation avec André Cayatte entre les prises de vues de *Piège pour Cendrillon*.

Seins en avant, yeux en coulisse, une pose très à la mode du début des années 60, pour un numéro de *Cinémonde*. (*Cliché Christophe L.*)

DANY CARREL : « L'ENFER » DE CLOUZOT

H.-G. Clouzot et Dany Carrel.

Avec Philippe Noiret dans *Clérambard,* un film d'Yves Robert d'après la pièce de Marcel Aymé. *(Cliché Christophe L.)*

En 1967, je retrouve Jean Gabin dans *Le Pacha,* de Georges Lautner.

Avec Jean Lefebvre dans *Un idiot à Paris* de Serge Korber (1967).

Une des premières photos avec ma sœur Alice *(à droite)* que je viens de retrouver. Elle a dix-huit ans. *(Photo Pouillot-Ehanns.)*

Au restaurant avec Alice *(à droite)* et Yvon, mon grand ami.

« Maman Tourane » aujourd'hui : elle a l'air si triste !

A droite : Alice, « Maman Tourane », et nos deux demi-frères. Une photo des années 50.

Aux côtés de Marcel Achard et de Georges Herbert pendant les répétitions de *L'Idiote*. *(Photo Bernand.)*

Tournage de *Tamerlan* de Jacques Trébouta, mon beau-frère *(à droite)*, avec Julien Guiomar. Ma sœur Alice *(à gauche)* est la script-girl du film.

Mon mariage avec François, à Antibes. Sortie de la mairie.

Avec ma fille Laurence (dix-huit mois) et mon neveu Antoine (trois ans).

LES PHOTOS NON SIGNÉES RELÈVENT DE LA COLLECTION DE L'AUTEUR.

— Mais non ! Mais non, quand on tourne, le film suffit !

Chaque fois que je voulais m'échapper, je devais inventer de nouveaux prétextes, Clouzot était très exclusif, très jaloux. Il avait besoin de sentir ses acteurs près de lui, il avait besoin de vivre enfermé dans son film. Je comprenais ce besoin et j'aime qu'un metteur en scène ait besoin de moi. Mais quelques moments de respiration me sont indispensables pour que je revienne ensuite avec encore plus de plaisir. Clouzot, lui, ressentait cette coupure comme un abandon. Et il est vrai qu'il paraissait être un homme très seul. Inés, sa femme, l'entourait d'affection, mais il ne semblait avoir aucun ami.

Le dimanche soir, de retour de Saint-Flour, je retrouvais Henri-Georges, seul avec sa femme, dans la salle à manger. Il était renfrogné, triste.

— Ça va, Henri-Georges ?

— Oui, oui ! me répondait-il.

Puis, plus un mot.

Le lundi matin, au début du tournage, Henri-Georges se déridait enfin :

— Bon, mets-toi là, la cavaleuse !

— Mais, je n'ai fait qu'aller en week-end à Saint-Flour.

— Oui, la cavaleuse, tu prends ta place là-bas...

Romy et moi nous faisions un clin d'œil complice : quel drôle de type, ce Clouzot !

L'une des scènes avec Romy se jouait dans une barque sur le lac. Nous avions chacune le visage moitié bleu, moitié vert. Romy dormait dans la barque et moi, la diablesse tentatrice, corsage largement ouvert sur ma poitrine nue, je m'approchais doucement de son visage et l'embrassais sur la bouche. Clouzot tenait absolument à ce baiser :

— Tu approches ton visage du sien, tu l'embrasses sur la bouche et, attention ! je veux sentir le frisson ! Je veux sentir que ça vous plaît !

Les équipes techniques sont en place. Romy et moi nous concentrons sur notre rôle. La barque est lâchée et se dirige très lentement vers le large. J'avance doucement vers les lèvres de Romy mais, à l'instant où elle perçoit mon souffle sur son visage, elle est prise d'un léger tremblement qui dissimule un fou rire. Son corps tremble, ses lèvres tremblent...

Clouzot hurle :

— Coupez ! Non, ce n'est pas possible ! Ce n'est pas raisonnable ! Tu n'es pas à ce que tu fais !

— Mais je dors, répond Romy.

— Eh bien, si tu dors, tu ne trembles pas ! Alors ferme les yeux, dors, et c'est Dany qui te réveille en t'embrassant. Alors, recommençons !

Nous recommençons. Moi, légèrement allongée sur Romy, je sens à nouveau sa poitrine trembler sous la mienne au moment où j'avance mon visage. Et, la voyant bleu et vert, je ne peux à mon tour m'empêcher d'éclater de rire.

— Coupez ! Recommençons !

C'est maintenant moi qui, dès que je m'approche de Romy, suis prise de fou rire.

— Coupez ! Coupez ! hurle, furieux, Clouzot.

Nous reprenons la scène une nouvelle fois. Et Clouzot, pour la dixième fois répète :

— Coupez !

Il ajoute :

— Vous n'échapperez pas à cette scène ! On restera sur le lac jusqu'à la nuit ! Jusqu'à ce que vous n'ayez plus le fou rire. Jusqu'à ce que tu aies embrassé Romy !

Nous recommençons donc, mais nous sommes entrées dans un cycle dont ni l'une ni l'autre ne pouvons plus sortir : deux enfants qui n'ont qu'à se regarder pour pouffer de rire. Des larmes nous coulent sur le visage tant nous rions. Après quinze essais, quinze échecs, Romy se lève et dit à Clouzot :

— Bon, Henri-Georges, il serait préférable que nous passions à une autre scène et recommencions demain. Parce que, maintenant, c'est impossible ! Nous ne pourrons nous sortir de ce fou rire. Faisons autre chose. Il y a trois équipes, je peux tourner ailleurs et Dany peut, elle aussi, faire autre chose.

— Non ! Nous resterons sur cette séquence ! Et tu l'embrasseras ! me dit-il. Il ajoute : Nous tournerons jusqu'à la nuit si cela est nécessaire, mais je ne lâcherai pas !

Romy hausse les épaules et se rallonge dans la barque. Je reprends ma pose mi-allongée sur elle, mais le discours de Clouzot n'a servi à rien : Romy tremble toujours autant et, à voir son visage bleu et vert, ses yeux clos rieurs, ses lèvres bleues trembler, je ne peux garder mon sérieux.

— Coupez !

La nuit commence à tomber. Clouzot demande à l'équipe d'installer des éclairages.

Je dis à Romy :

— Ce n'est pas possible ! Pourquoi s'entête-t-il ainsi ? Et ces éclairages ! Il ne pourra pas faire les raccords !

Clouzot, furieux, lance pour la quarantième fois :

— Moteur !

Mais, pour la quarantième fois, nous ne parvenons pas à tourner la scène.

La soirée est maintenant avancée, Clouzot doit interrompre le tournage. Il est hors de lui et nous ne sommes fières ni l'une ni l'autre ! Romy me dit :

— Je ne sais pas si je pourrai jamais tourner cette scène...

— Eh bien, moi non plus. Le fou rire est devenu un véritable automatisme. Il suffit que je m'approche de ta bouche pour qu'il se déclenche.

Clouzot nous prend à part :

— Je vais dîner avec vous ce soir, il faut que je vous parle ! Vous ne pensez pas à ce que vous faites ! Dany ! Je ne comprends pas !

— Je ne comprends pas moi-même. Peut-être est-ce le fait de la voir bleu et vert, ses lèvres bleues me font un effet bizarre...

Clouzot décida que nous ne reprendrions cette scène qu'à la fin du tournage. Nous serions alors possédées par notre personnage, habituées à tourner ensemble dans d'autres scènes plus ou moins scabreuses, et cela nous serait plus facile.

Nous passâmes donc à d'autres scènes. Puis je tournai avec Jean Gaven. Au moment où je devais aborder les scènes avec Serge Reggiani, il tomba malade. Serge rétabli et de retour, Clouzot, à son tour tomba malade. Mais, pour lui, ce fut beaucoup plus sérieux : une crise cardiaque. Nous étions tous persuadés qu'il allait se rétablir. Nous attendions son retour. Verdict des médecins : l'état de santé d'Henri-Georges nécessitait plusieurs mois d'inactivité. Le tournage fut interrompu.

Je n'ai donc jamais posé mes lèvres sur celles de cette chère Romy avec qui je m'entendais si bien et je n'ai pas tourné avec Serge Reggiani, ce remarquable acteur.

De retour à Paris, je repris mon rôle aux côtés de Sacha Pitoëff dans *Le Système Fabrizzi*. Le succès n'était pas tari. Chaque soir, à nouveau, le Théâtre Moderne était plein.

L'état de santé de Clouzot me préoccupait : les médecins restaient très réservés. Lorsque j'appelais Henri-Georges au téléphone, il était lui-même peu optimiste. Vint pourtant le moment de la convalescence. Je lui rendis alors régulièrement visite dans son appartement de l'avenue Paul-Doumer et découvris là un Clouzot solitaire. Clouzot, l'un des metteurs en scène les plus sollicités, se retrouvait entièrement seul ! Dans le milieu cinématographique, le bruit s'était vite répandu : « Clouzot ne tournera plus en raison de son état de santé et parce que la Columbia a perdu énormément d'argent. Plus aucune maison de production ne voudra miser un centime sur lui ! »

Comme d'habitude, les rats avaient quitté le navire. Henri-Georges et Inés n'avaient plus un appel téléphonique, plus une visite ! Cette attitude me choqua et je tentai d'être le plus souvent possible à leurs côtés. J'appris alors à connaître Clouzot, et aussi Inés, une femme très douce, très tendre pour Henri-Georges. Il me sembla que l'intérêt que je portais à Henri-Georges le touchait et nous devînmes très amis. Passionné de peinture, il me transmit sa passion. Sur les murs de son appartement, beaucoup de tableaux. Des Picasso, bien sûr, car une grande amitié liait les deux hommes. N'avait-il pas tourné *Le Mystère Picasso* ? Et, tout à coup, je découvris une grande ressemblance dans leur façon de voir le monde. Henri-Georges était imprégné de l'œuvre de son ami et je comprenais maintenant le tournage de *L'Enfer*. Chaque scène de rêve, de cauchemar était un véritable tableau : recherches sur les couleurs, recherches sur les mouvements, recherches sur les lumières... Clouzot avait travaillé comme un peintre. Il y avait du Picasso dans la photo et dans l'univers de *L'Enfer*.

Henri-Georges était également passionné de musique et, lorsque je lui rendais visite, il choisissait avec grand soin les disques qu'il voulait me faire écouter.

— Il faut aimer la grande musique, Dany ! Il le faut.

Et je me passionnais avec lui.

Henri-Georges recouvrant ses forces, je l'accompagnai dans ses sorties. Avec Inés, nous allâmes au restaurant ou au théâtre. Mais, plus Clouzot se rétablissait, plus il devenait accaparant. Il désirait que je fusse disponible quand bon lui semblait. Il me reprochait même d'avoir des amis ! Jamais je n'avais supporté qu'on empiète sur ma liberté et je sentis que je devais me méfier de lui, prendre garde de ne pas me laisser dévorer.

Il me téléphona :

— Bon, eh bien samedi, nous allons au théâtre puis...

— Mais, je ne suis pas libre le week-end, Henri-Georges !

— Tu pars avec qui ?

— Ecoute, Henri-Georges, j'ai ma vie ! Je pars avec des amis... Je te verrai la semaine prochaine.

Lorsque je rendis visite à Clouzot, il me fit subir un véritable interrogatoire :

— Qui sont les amis que tu fréquentes ? Ils sont dans le cinéma ? Ils sont connus ?

— Mes amis sont presque tous des inconnus...

— Et tu crois que c'est comme ça que tu deviendras une star ?

— Je ne comprends pas ! Je peux tout de même avoir des amis ! Ce sont mes amis de toujours, certains sont des comédiens ou l'ont été, la plupart ne sont « rien » en effet. Mais ce sont mes amis, ils sont donc tout pour moi.

— Mais enfin, quand on veut réussir dans ce métier, il ne faut pas perdre son temps avec des gens qui ne vous rapportent rien !

J'étais si choquée par ce nouveau discours de Clouzot, si perturbée, que je songeai en rentrant dans mon pigeonnier : C'est terminé ! Je ne reverrai plus Henri-Georges ! Mes amis sont sacrés ! Il n'y a tout de même pas que le métier qui compte !...

Je ne donnai plus signe de vie à Clouzot mais, la semaine s'était à peine écoulée qu'il me rappela :

— On fait toujours la tête ?

— Non, je ne fais pas la tête, Henri-Georges, mais l'amitié prime tout, et tant pis si je ne suis pas une star ! Je m'en fous !

— Bon, alors viens ! J'ai lu un truc, *Lettre à un juge* de Simenon, il faut que nous en parlions !

A peine arrivée chez Henri-Georges :

— Alors, c'était bien ton week-end avec tes amis ?

— Oui, très bien !

— Ah bon... Fais ce que tu veux...

— Henri-Georges, à quoi sert d'être une star si on est tout seul dans la vie ? Es-tu entouré, toi, depuis ta maladie ? Tout le monde s'est évanoui dans la nature : acteurs, producteurs, ils se sont tous sauvés ! Lorsque tu es tombé malade, j'ai trouvé tout naturel de t'appeler, et je n'attendais absolument rien de toi. Je ne trouvais pas que c'était du temps perdu : n'est-ce pas agréable de recevoir un signe d'amitié sans que l'intérêt y soit mêlé ? Tu me dis, aujourd'hui, que tu veux faire un film avec moi, j'en suis très heureuse. Bien sûr, c'est merveilleux, mais tu sais parfaitement que cela n'a jamais été le but de mes visites.

Je ne savais si j'avais convaincu Henri-Georges, mais je savais que, maintenant qu'il se rétablissait, il ne songeait plus qu'à tourner à nouveau avec moi.

— Nous allons faire un film ensemble : il ne faut pas que tu t'engages ailleurs ! Tu tourneras mon film et rien d'autre ! Ne te gaspille pas dans des films mineurs !

Car, évidemment, pour Clouzot comme pour quelques autres metteurs en scène importants avec qui j'avais tourné, tous les autres étaient mauvais.

— Comment gagnerai-je ma vie pendant ce temps ? Auras-tu un producteur qui acceptera de me payer tant par mois, comme on le fait à Hollywood, uniquement pour me garder ?

Certains jours je trouvais Henri-Georges triste, malheureux même. Les assurances ne voulaient toujours prendre aucun risque avec lui : il ne pouvait terminer son film *L'Enfer*, il ne pouvait en préparer de nouveaux. Et le cinéma était toute sa vie.

Chaque soir, *Le Système Fabrizzi* obtenait le même succès. Il avait donc été décidé d'organiser une tournée en province. J'en avertis Henri-Georges. Il était très mécontent mais j'étais dans l'obligation de passer outre : je devais gagner ma vie et je ne voulais pas faire faux bond à Pitoëff. Je promis cependant à Henri-Georges de me libérer dès que son prochain film serait arrêté.

En tournée, dans chaque hôtel, je donnais l'ordre de ne jamais me passer les communications téléphoniques trop matinales : le théâtre exige une parfaite forme physique et le sommeil m'est indispensable. Plusieurs fois on me laissa des messages : « Henri-Georges Clouzot vous a appelée tôt ce matin. » Dans la journée nous étions débordés : ou nous arrivions dans une ville, ou nous la quittions, et je n'avais guère le temps de rappeler Henri-Georges. Deux ou trois fois cependant je parvins à le joindre. Il me reprochait mon départ. J'étais moi-même fort triste de le voir se battre sans succès contre les producteurs.

Clouzot voulut reprendre le tournage de *L'Enfer*. La Columbia ne voulut pas. Elle priva ainsi le cinéma d'un film qui aurait été un grand événement dans l'art cinématographique. Grâce à ses recherches et à ses subtils truquages, Clouzot apportait dans ce film une vision picturale nouvelle. Il créait dans le même temps un « vrai » cinéma qui aurait embarqué le spectateur dans les rêves et les fantasmes — érotiques surtout — les plus fous. Clouzot y laissait libre cours à tous ses délires, à toutes ses folies... *L'Enfer* est un chef-d'œuvre qu'on n'a pas autorisé à naître.

Immense perte pour le cinéma, immense perte pour moi-même. Quelle magnifique période de ma carrière cela aurait été ! Aucun des acteurs de ce film ne serait sorti indemne d'une telle aventure. Clouzot était un homme excessif, exclusif, envahissant, qui voulait chaque acteur totalement sous sa coupe, qui exigeait de lui plus qu'il n'avait jamais donné. Mais quel résultat ! Qui peut oublier Pierre Fresnay et Pierre Larquey dans *Le Corbeau* ? Qui peut oublier Louis Jouvet dans *Quai des Orfèvres* ? Qui peut oublier Charles Vanel et Yves Montand dans *Le Salaire de la peur* ? J'ai beaucoup aimé tourner avec Clouzot. Et s'il m'a un peu bousculée pour tenter d'arracher de moi le maximum, je lui en suis reconnaissante : seul le résultat est important pour un acteur.

Succès, échecs, autres succès...

Clouzot avait exigé : « Il ne faut rien signer, Dany ! Il faut être à ma disposition. » Je l'avais écouté. En rentrant à Paris après ma tournée théâtrale, je n'avais donc aucun contrat. *L'Enfer* était interrompu depuis près d'un an. Entre-temps, je m'étais fait oublier des metteurs en scène de cinéma. Je ne pouvais continuer ainsi. Un acteur qui n'est pas sur les écrans est un acteur qui n'existe plus. Je devais donc m'armer de courage et recommencer à me battre.

L'Enfer, inachevé, fut cependant montré en projections privées. André Cayatte assista à l'une d'elles et pensa immédiatement à moi pour son futur film, *Piège pour Cendrillon.* Il s'agissait de l'adaptation d'un roman noir de Sébastien Japrisot. Les dialogues étaient de Jean Anouilh.

Le film met en scène deux cousines, l'une pauvre, l'autre riche. La première est une modeste secrétaire dans un garage. La seconde est une riche héritière, sûre d'elle, vaniteuse, dont l'unique passe-temps est de paraître. Une machination est montée. L'une des cousines tue l'autre mais, gravement brûlée, défigurée, méconnaissable, la survivante ne sait si elle est la petite secrétaire ou la riche bourgeoise. *Piège pour Cendrillon* est la quête d'identité de cette jeune amnésique. Elle tente de se souvenir, interroge ceux qui l'entourent : sa gouvernante (Madeleine Robinson), un jeune homme (Jean Gaven). Tous deux veulent la tirer de l'état morbide dans lequel elle sombre un peu plus chaque jour. Le jeune homme lui affirme : « Tu n'es plus ni l'une ni l'autre et c'est celle que tu es aujourd'hui que j'aime. » Mais elle sait qu'au-delà de son interrogation : « Qui suis-je ? », demeure la certitude : « Je suis l'assassin. » Elle ne peut supporter cette vérité et se suicide.

Cayatte, malgré mes nombreux films en vedette, me demanda de faire un essai. Le métier est ainsi : chaque nouveau rôle est une nouvelle preuve, une nouvelle remise en question. J'avais l'impression, à vingt-neuf ans, d'être une éternelle collégienne face à ses examinateurs. Etais-je capable ou non de jouer ce personnage ? Je trouvais parfois cette mise en cause bien éprouvante. J'avais joué au cinéma et au théâtre avec succès, Cayatte venait de me voir dans *L'Enfer*. Je lui plaisais mais il voulait quand même un essai ! Je ne refusai pas. Je ne refuse d'ailleurs jamais : On me demande une nouvelle preuve ? Eh bien je vais leur montrer ce que je sais faire ! Et j'aime gagner les combats !

Cayatte fut satisfait de ces essais et me confia le triple rôle : celui de chaque cousine et celui de la jeune amnésique défigurée. Evidemment, je prévins aussitôt Henri-Georges. Il n'avait toujours pas la possibilité de tourner mais je lui renouvelai ma promesse : dès qu'il aurait le feu vert, je me rendrais disponible. Henri-Georges m'affirma :

— Tu ne dois pas tourner ce film !

— Pourquoi Henri-Georges ?

— Tout simplement parce que Cayatte ne saura pas bâtir un suspens comme le public les aime !

— Mais ce sont trois rôles superbes, l'histoire est bonne, les autres interprètes sont excellents...

— Eh bien, va travailler avec Cayatte et tu m'en parleras après !

Je ne tins évidemment pas compte de la mise en garde, un peu perfide, de Clouzot. Je connaissais bien la jalousie qui existe souvent entre les metteurs en scène.

Débutèrent alors avec Cayatte cinq mois de tournage grisant. Un travail de composition très difficile mais un plaisir d'actrice rare. Plaisir de jouer trois personnages aussi différents, plaisir de retrouver Madeleine Robinson et Jean Gaven. Madeleine, merveilleuse actrice, fut une partenaire admirable. Etait-ce parce qu'elle avait joué plusieurs fois ma mère au cinéma qu'elle avait pour moi ce regard maternel et bienveillant ? Jean Gaven, l'ami que je ne quittais plus depuis mes vingt ans.

Le tournage de *Piège pour Cendrillon* fut un moment de grand bonheur. Je me sentais soutenue par tous, acteurs, metteur en scène, et j'aimais ce que je faisais. J'aimais mes trois personnages. J'aimais et me sentais très proche sentimentalement de Dominique, la petite secrétaire. J'aimais jouer Michèle, la mondaine et m'amusais à porter chapeaux, fourrures de luxe et tailleurs de Louis Féraud. Jouer les élégantes était véritablement jouer car, dans la vie, j'aime être sans façon : jean, pull et chaussures basses. C'est d'ailleurs la seule façon de poursuivre mes grandes balades dans Paris, comme je le faisais avec Yvon à l'époque du cours Bauer-Thérond. Je réserve mes toilettes pour les grands dîners ou les générales...

André Cayatte ne me ménageait pas ses louanges : « Tu es merveilleuse ! », « C'est épatant, ce que tu fais ! », « Tu es extraordinaire ! ». Cette atmosphère si valorisante me permettait de donner le maximum. Cayatte vantait même mes qualités hors du plateau, auprès de ses amis. Je vécus donc cinq mois idylliques.

Le mois de tournage aux studios de la Victorine à Nice fut aussi enchanteur. Pourtant, *Piège pour Cendrillon* exigea un travail considérable. Je ne pensais plus qu'à mes trois personnages et j'étais devenue une vraie carmélite, ne m'accordant aucune vie privée. Mais j'aimais les moments de détente à la piscine, face à la mer, dans la somptueuse villa que la production avait louée au Cap-d'Antibes pour l'équipe de tournage.

Le film achevé, Cayatte organisa des projections privées. Aussitôt les critiques me saluèrent comme une grande actrice : « Dany Carrel est Moreau, Girardot et Bardot réunies... » Tous les amis, tous les professionnels m'affirmèrent : « Dany, c'est formidable ! Vous êtes à l'apogée ! Cette année 1965 est votre grande année ! » Et Cayatte de renchérir : « Je prépare un autre film, c'est toi qui en seras la vedette ! Sais-tu que lors de chaque projection on me dit " Ah, Dany Carrel, quelle révélation ! " Et c'est vrai, tu es merveilleuse. Tu es une actrice divine... »

Evidemment le succès comme les compliments me plaisaient. On me considérait désormais pour autre chose qu'un joli corps ! J'allais pouvoir interpréter des rôles dramatiques, incarner des personnages à travers lesquels allaient pouvoir transparaître mes émotions, mes écorchures...

On me félicita donc, on félicita également Cayatte : « Cayatte, enfin, traite d'autres sujets que ceux de la justice ! Enfin, il aborde des œuvres romanesques. Enfin, il abandonne son académisme... »

Le film sortit au Marivaux, sur les Champs-Elysées. Le public n'eut pas le même enthousiasme que les critiques et les professionnels. Le film resta peu de temps à l'affiche et les recettes ne furent pas celles escomptées. Et, telle Perrette et son pot à lait, mon beau rêve s'évanouit.

Cayatte ne m'appela plus jamais, ne me confia plus aucun rôle. Avais-je donc subitement perdu toutes les qualités qu'il m'avait reconnues ? Et les autres grands metteurs en scène me boudèrent pendant plus d'un an. J'interrogeai mes amis : il n'y avait aucune explication logique au peu d'enthousiasme du public, aux bouderies de Cayatte et des autres metteurs en scène. Je m'interrogeai : Peut-être le film est-il en avance ? Peut-être est-il un peu difficile pour le grand public qui ne peut s'identifier à aucun des personnages ? Peut-être les dialogues de Jean Anouilh sont-ils trop littéraires ?

Au début des années 80, *Piège pour Cendrillon* fut programmé à la télévision. Il eut un taux d'écoute considérable et déclencha l'enthousiasme des téléspectateurs. Comment interpréter un tel changement ?

Malgré l'échec commercial initial, malgré le lâchage de Cayatte, je n'ai jamais regretté d'avoir tourné ce film, tant j'ai aimé jouer à la fois ces trois rôles. Cependant je me pose toujours les mêmes questions : pourquoi étais-je restée toute une année sans rôle intéressant puisqu'on m'avait jugée si bonne ? Je sais bien que l'aspect commercial prime toujours. Je sais aussi que l'échec sépare. Dans le métier on préfère un acteur aux prestations moyennes dans un film à succès, au même acteur remarquable dans un film au faible succès commercial.

L'échec relatif du film coïncida avec la fin de mes amours. Ghislain Cloquet était un chef opérateur si remarquable que de nombreux metteurs en scène le réclamaient. Il partit aux Etats-Unis, appelé par Arthur Penn. Ghislain m'écrivait, je lui répondais. Mais plus son absence durait, plus je me sentais revivre. Je finis par me répéter : Il faut me séparer de lui... Je dois me reposer le cœur... Malgré mon attachement, malgré son amour pour moi, je ne pouvais plus vivre dans le drame perpétuel qu'il semblait sécréter. Je ne voulais plus ces ruptures tragiques et ces retrouvailles. Je n'étais plus en mesure de supporter deux angoisses, la mienne et la sienne. Je m'étais bagarrée toute ma vie pour éloigner le malheur et je ne vivais plus que dans le drame, la tristesse. Je devais maintenant être un peu égoïste, je devais me protéger si je ne voulais pas me noyer dans le désespoir avec Ghislain. Je devais vivre avec des gens qui recherchaient le bonheur.

Ghislain continua à m'écrire, je ne répondis plus à ses lettres. Comment aurais-je pu lui expliquer que je l'aimais et que je ne voulais plus de lui ?

L'enfer de Clouzot, le piège de Cayatte, les drames de Ghislain... ma vie aurait été plutôt lugubre si je n'avais eu Alice et son compagnon Jacques Trébouta près de moi. Et tous deux s'entendaient pour me redonner le goût de vivre. Jacques était un ami joyeux qui trouvait dans notre pigeonnier à la fois un nid douillet et une grande liberté. Jacques était réalisateur. Il avait deux grandes passions : le cinéma et la musique classique. Il rêvait de mille projets : « Il faut former un groupe, disait-il. Mon ami Pierre Dumayet écrira, moi je réaliserai, Alice sera ma scripte et toi, tu joueras... »

Après *Piège pour Cendrillon,* me furent proposés des rôles sans intérêt où j'aurais dû jouer ces éternelles filles qui n'ont que leur joli corps pour s'en sortir dans la vie. *Porte des Lilas, Pot-Bouille, L'Enfer* et *Piège pour Cendrillon* m'avaient rendue plus exigeante, je refusai ces rôles.

Fin 1966, Serge Korber me proposa le rôle féminin principal de son film *Un idiot à Paris*. Adapté d'un roman de René Fallet, le film était dialogué par Michel Audiard : deux atouts qui devaient assurer un beau succès. Cependant j'hésitai : à nouveau il s'agissait d'un rôle de prostituée ! Pourtant la lecture du scénario m'encouragea à accepter le rôle. Les dialogues colorés d'Audiard déclenchaient irrésistiblement le rire, et les mots qu'il mettait dans la bouche de la jeune prostituée étaient savoureux.

Mon partenaire, Jean Lefèvre, abordait dans ce film son premier grand rôle. Il est un idiot de village qui, resté par inadvertance dans un camion de légumes, débarque un beau jour aux Halles de Paris. Perdu dans la capitale, il rencontre sur l'asphalte une prostituée qui, elle, ne rêve que de nature. Elle l'écoute parler de fleurs, de prairies et de vaches avec tant de fascination qu'elle ne remarque pas qu'il n'est qu'un benêt. Elle ne cesse de s'émerveiller :

— Oh, comme tu sens bon !

— Ah ? fait, un peu interloqué, l'idiot à qui on n'a jamais dit pareille chose.

— Oh, tu sens la bouse de vache, lui dit-elle sur le même ton qu'elle aurait dit : « Oh, tu sens Shalimar de Guerlain ! »

La prostituée ne rêve que de s'installer à la campagne, loin du bruit de la ville, loin des bars, loin des trottoirs. Cette nature dont elle rêve lui donne le courage de vivre et c'est pourquoi elle cultive deux ou trois salades et quelques radis sur son balcon.

Je m'attachai à développer cet aspect touchant de la prostituée, ce côté fleur bleue au grand cœur. Je voulais *la* rendre sympathique, je voulais *me* rendre sympathique car un acteur a besoin d'être aimé du public.

Le film reçut un excellent accueil, il fut un grand succès populaire. Ce succès me permit de tourner aussitôt, avec Serge Korber encore, un autre film, *La Petite Vertu.*

Cette fin d'année 1967 fut tout à fait belle pour moi : non seulement on me proposait à nouveau des contrats mais j'avais même un contrat d'exclusivité avec la Gaumont qui m'assurait trois films au minimum. Et puis, dans ma vie familiale, arriva un très grand bonheur : Alice et Jacques avaient décidé d'avoir un enfant. C'était pour moi quelque chose de tout à fait fantastique. Alice construisait une famille !

Alice et Jacques s'installèrent au quatorzième étage, juste au-dessus de mon pigeonnier.

Cet enfant, nous l'attendîmes tous les trois avec autant de joie, autant d'impatience. Nous étions bien décidés à lui donner tout ce que nous n'avions pas eu : une famille, une maison et beaucoup d'amour.

Première étape : l'accouchement. Un accouchement pour lequel j'avais l'intention de jouer un rôle car j'avais suivi aux côtés d'Alice la préparation à l'accouchement. Séances de respiration, projection d'un film, conditionnement... Je n'avais rien manqué. Je connaissais la méthode d'accouchement sur le bout des doigts... Les premières contractions d'Alice survinrent un soir, trois semaines avant la date prévue. J'emmenai Alice en voiture à la clinique du Belvédère à Boulogne. Au bout d'une heure, toute contraction cessa. Peut-être n'était-ce qu'une fausse alerte ? La sage-femme nous prévint que rien ne se passerait avant de nombreuses heures. Alice m'encouragea à rentrer :

— Va dormir, cela ne sert à rien de te priver de sommeil.

— Peut-être, mais au moins je serai là au moment de la naissance.

— On t'appellera.

— Tu es certaine ? Sinon je reste !

Je rentrai donc à mon pigeonnier. A six heures du matin une infirmière me téléphona :

— Vous pouvez venir !

J'enfilai les premiers vêtements qui me tombèrent sous la main et sautai dans ma voiture. Je roulai à toute allure. Heureusement, il n'y avait personne encore dans les rues car je grillais des feux rouges tant je craignais d'arriver trop tard.

Alice était installée en salle d'accouchement et semblait bien fatiguée. Alors, comme on nous l'avait appris aux cours, je fis respirer Alice au moment des contractions, et respirai avec elle. Pour la réconforter, je lui tins la main. Mais je me sentis bien impuissante face à la douleur. Nous continuâmes pourtant, bien docilement, à appliquer la méthode... Jusqu'à onze heures. Cinq heures de respirations entrecoupées de courts moments de répit ! Alice se montra remarquablement courageuse. Mais son visage creusé, marqué, en dit plus long que tout discours.

La naissance était maintenant imminente. L'obstétricien, prévenu, entra dans la salle. La sage-femme ordonna : « Poussez ! » Alice et moi, en même temps, faisions les mêmes efforts répétés. La sage-femme me regardait, médusée. Alice, dans ses efforts, eut quelques vaisseaux du visage qui se rompirent. Moi, dans mes efforts, j'eus les mêmes vaisseaux qui se rompirent...

L'enfant naquit enfin. Je le regardai, follement inquiète : il avait une grosse bosse sur la tête et son sexe me parut monstrueusement disproportionné. Je restai muette et pensai aussitôt : C'est un monstre !... La sage-femme montra l'enfant à Alice qui était bien trop épuisée pour se rendre compte de quoi que ce soit. Lorsque je retrouvai mes esprits, j'interrogeai la sage-femme :

— Mais cette bosse sur la tête ?

— Ne vous inquiétez pas, madame, elle aura disparu dans quelques heures.

— Vous en êtes certaine ?

— Bien sûr ! Soyez sans crainte. Et puis, c'est « la bosse des maths... », ajouta-t-elle en souriant.

— Et son sexe ?

— Tout est normal...

— Mais c'est monstrueux !

L'obstétricien et la sage-femme rirent de bon cœur. Je compris que je venais de dire une bourde. Il est vrai que je n'avais jamais vu de nouveau-né... Voyant mon air interloqué, la sage-femme me rassura :

— Ce n'est rien, je vous assure. Le bébé est très beau, il est en parfaite santé et tout est normal. Maintenant la maman et le bébé vont se reposer, revenez en fin d'après-midi et tout sera rentré dans l'ordre... Quel nom avez-vous choisi pour l'enfant ?

— Il n'a pas encore de nom...

Je quittai Alice qui n'aspirait plus qu'à dormir, et rentrai chez moi encore un peu inquiète : Pourvu que la sage-femme m'ait dit la vérité !

Dès mon arrivée au pigeonnier, j'appelai Yvon qui avait attendu l'enfant avec la même joie et la même impatience que nous tous. Je lui annonçai fièrement :

— C'est un garçon !

Incapable d'attendre la fin de l'après-midi comme la sage-femme me l'avait recommandé, dès cinq heures j'étais de retour à la maternité. Avant même d'aller rejoindre Alice, je me précipitai à la nurserie. L'enfant dormait paisiblement. Il était tout beau, avait une bonne petite bouille ronde et n'avait plus la moindre trace de bosse. J'interrogeai l'infirmière :

— Et le bas ?

— Je vais vous rassurer tout de suite.

Gentiment elle enleva les langes de l'enfant. Je n'en crus pas mes yeux : tout était redevenu normal !

— Mais c'est formidable ! Je peux, maintenant, aller féliciter la mère, elle a un bébé magnifique !

Jacques « l'heureux père », comme on dit dans les romans, venait d'arriver de province où il tournait un film. Yvon aussi nous avait rejoints. Ainsi, toute la famille était réunie autour d'Alice pour cet événement immense. Ce bébé était véritablement pour nous tous le fondement de notre famille...

Cependant le bébé n'avait toujours pas de nom : il nous restait théoriquement trois semaines encore pour le choisir. C'est Jacques qui proposa « Antoine » et, aussitôt, nous fûmes tous d'accord. Alice et moi ajoutâmes « Yves », en l'honneur de notre « frère » Yvon.

Antoine était mon enfant, je me considérais comme sa deuxième mère. J'avais l'impression de l'avoir porté pendant neuf mois puis de l'avoir mis au monde. Dès que j'avais un instant de liberté, je me précipitais chez Alice et Jacques pour m'occuper du bébé. Cette famille qu'Alice venait de créer avec Jacques était la mienne. Tous trois, venus de nulle part, nous nous étions choisis. Depuis ce jour de printemps 1957 où Alice était entrée pour la première fois dans mon studio de la rue des Pâtures, nous ne nous étions plus jamais quittées. La famille venait simplement de s'agrandir.

J'avais de la peine à quitter Antoine pour me rendre au tournage de *La Petite Vertu*. Mais, dès la porte de l'appartement d'Alice refermée, je me réjouissais d'avoir la chance de tourner. Maintenant Audiard me connaissait, il savait comment je parlais, comment je collais plus ou moins facilement à ses textes et il écrivait pour moi, sur mesure. Cela ne signifiait pas que ses dialogues étaient toujours faciles à dire — ils étaient parfois très longs —, mais ils étaient toujours savoureux, pétillants et je m'amusais beaucoup à les reprendre à mon compte.

Avec *La Petite Vertu,* je retrouvai des comédiens merveilleux : Pierre Brasseur, Jacques Perrin, Robert Hossein et Micheline Luccioni. Mais Pierre Brasseur jouait ici un rôle traditionnel et non pas une superbe composition comme le Juju de *Porte des Lilas*. D'ailleurs le temps des fastes du cinéma était révolu. Les loges, les fauteuils réservés, marqués à votre nom, les trois plans par jour, tout cela n'avait plus cours. La nouvelle vague avait déferlé, balayant sur son passage les décors, les studios. Nous tournions rapidement et dans de vrais cafés, de vraies rues, de vrais appartements. Nous nous changions rapidement dans un café, sous un porche, nous nous maquillions très peu. Mais j'aimais aussi ces tournages dans les vrais décors, les vraies rues. C'était un autre rythme et un autre univers.

Le tournage de *La Petite Vertu* à peine achevé, me voilà dans *Le Pacha*. Je retrouvais pour la troisième fois Michel Audiard et sa verve. Je retrouvais aussi Jean Gabin. Treize ans, déjà, s'étaient écoulés depuis notre première rencontre dans *Des gens sans importance*. Il y avait eu des rendez-vous manqués. Plusieurs fois des assistants me dirent :

— M. Gabin m'a parlé de vous.

— Ah bon ?

— Oui, il m'a dit : « La môme, là, il faudrait la prendre ! »

Une fois il insista beaucoup auprès de Julien Duvivier. Celui-ci cherchait une jeune femme pouvant jouer le rôle de la maîtresse de Gabin dans *Voici le temps des assassins*. C'était un an après *Des gens sans importance*. Aussitôt Gabin dit à Duvivier :

— Il faut prendre la môme !

— Non, elle est trop jeune, elle ne peut être votre maîtresse à l'écran, le public serait scandalisé !

— Eh bien, transformez-la, vieillissez-la !

Mais Duvivier refusa. Il est vrai que j'avais vingt ans et paraissais si jeune que j'interprétais toujours des jeunes filles de seize ou dix-sept ans. Et puis, un an après avoir joué la fille de Gabin, le public ne m'aurait, en effet, pas acceptée dans le rôle de sa maîtresse. En ce milieu des années cinquante, la société française était extrêmement puritaine.

Homme discret, Gabin ne se vanta jamais auprès de moi d'avoir voulu m'aider.

Pour *Le Pacha,* nous tournions en studio. Sur le plateau, tous témoignaient d'un grand respect envers Jean Gabin. Personne ne le dérangeait jamais lorsqu'il était en « méditation ». Il fallait savoir l'aborder au moment propice : jamais avant, jamais après... Mais pendant le tournage, il était un partenaire hors pair avec tous les comédiens. Recommençant la scène autant de fois qu'il était nécessaire.

Jean Gabin était un homme bourru et passait pour un ours. Il n'aimait pas tout le monde. Il y avait notamment un assistant qu'il ne supportait pas, personne ne savait pourquoi. Lorsqu'on regardait Gabin, on avait constamment l'impression qu'il était de mauvaise humeur : lèvres rentrées, bouche serrée. Il fallait simplement savoir l'approcher. Il m'impressionnait beaucoup en raison de ses cheveux blancs, de ses soixante-quatre ans, de sa notoriété, mais j'eus la chance de pouvoir beaucoup parler avec lui. J'attendais le moment opportun c'est-à-dire qu'il fût, lui, disposé à me parler.

Parfois, assis dans son fauteuil, il regardait avec grande attention la préparation du tournage et je savais que je ne devais pas le déranger. D'autres fois, il se retournait vers moi. Sans dire un mot, il me faisait signe de la tête, semblant dire : « Ça va, la môme ? » J'approchais alors mon fauteuil du sien, prudemment : Peut-être puis-je aller papoter un peu avec lui ?... Je le laissais toujours engager la conversation. Il m'interrogeait sur mes rôles.

— Vous savez, Jean, j'ai eu très peur lors d'une projection des

Gens sans importance, tellement les spectateurs croyaient à ce qui se passait sur l'écran. Craignant d'être agressée, je suis sortie avant la fin de la projection.

— Tu sais, la môme, c'est sûr! Que crois-tu? Moi, je me débrouille, quand je joue des rôles antipathiques, pour glisser toujours un moment d'émotion, d'humanité. Même les salauds, il faut les rendre humains, tu comprends?

— Oui, mais enfin il était difficile d'ajouter de l'humanité à cette petite garce des *Gens sans importance,* le rôle était beaucoup trop court!

— Oui, c'est vrai, la môme. Mais l'humanité, c'était sa jeunesse! Elle avait dix-sept ans la Miss Camembert, elle roulait des mécaniques...

Nous parlions de notre carrière :

— J'ai une carrière en dents de scie, je monte, je descends...

— Ecoute, la môme, t'es pas la seule! Moi, j'ai fait une première carrière puis je suis resté cinq ou six ans sans véritable proposition. Rien! Je me suis dit « Ma carrière est finie ». C'était à mon retour d'Amérique. Je me suis installé à la campagne. J'ai acheté du terrain, des vaches et des poules. Je suis devenu gentleman farmer. C'est à ce moment que j'ai pris goût aux chevaux.

Gabin évoquait toute cette période sans aucune amertume. Il aimait les animaux et nous parlions chevaux.

Il m'expliqua encore :

— Cinq ou six ans ont passé, mes cheveux sont devenus blancs, j'ai changé. Et un jour Jacques Becker est venu, m'a redonné ma chance dans *Touchez pas au grisbi,* c'était en 1953. Mais j'avais abandonné le cinéma depuis longtemps...

Gabin ajouta :

— Tu vois, les carrières ne peuvent pas être tout le temps au zénith, ce n'est pas possible! On a forcément des hauts et des bas. Mais, quelquefois, c'est dans les bas qu'on apprend le plus car, dans les bas, t'as le temps de penser! Eh bien, j'ai pensé et quand je suis revenu j'étais un autre personnage, peut-être plus humain. La môme, les bas, c'est là où t'apprends le plus! Il faut pas les regretter!

Il me dit encore :

— Il faut un arrêt pour « méditer »!

Ces conversations avec Gabin m'étaient précieuses. J'essayais d'acquérir un peu de sagesse et je me répétais : Oui, la carrière d'une actrice est ainsi, alors, Dany, profite des hauts bien sûr, mais surtout ne sois pas triste lorsqu'il y a des bas. Ne les néglige surtout pas, c'est à ces moments-là que tu as le temps de vivre ta propre vie, tes angoisses, tes chagrins. Et c'est à ces moments-là que tu t'enrichis. Tu pourras faire resurgir tous ces sentiments dans tes personnages, plus tard...

Dans ce métier, rien n'est jamais acquis définitivement mais rien n'est jamais non plus tout à fait perdu. On est un peu délaissée par les metteurs en scène mais, demain, le téléphone peut sonner : « Allô, il faut que je vous voie ! » et l'on vous propose un rôle merveilleux...

En mai 1968, les étudiants firent la « révolution », les pavés et les bombes lacrymogènes claquèrent dans les rues du Quartier latin. Le printemps promit d'être animé, et moi je chantai. « Quand je saurai qui je suis », de *La Petite Vertu,* avait montré que j'avais « un joli filet de voix », me dit un producteur de disques qui voulut aussitôt me faire enregistrer des chansons. J'aimais les défis, chanter m'amusait, pourquoi ne pas tenter ? Je chantai « Les je t'aime », j'avais la voix juste, mais je ne m'aimai pas plus en chanteuse que je ne m'étais aimée en actrice la première fois où je m'étais vue sur un écran. Je décidai donc d'arrêter ma carrière de chanteuse après mon premier disque. Et pourtant il était prévu que Gainsbourg écrive pour moi. Je préférai retourner à ma véritable passion : le cinéma.

En ce printemps 1968, Clouzot me boudait toujours. Il ne m'avait pas rappelée comme promis. Sans doute m'en voulait-il encore d'avoir tourné avec André Cayatte, de ne pas être restée à sa totale disposition. Je savais qu'il avait maintenant un projet de film. Je savais aussi qu'il avait choisi une autre actrice. Un matin, de très bonne heure, comme à son habitude, il me téléphona :

— Accepterais-tu de me donner une participation dans mon prochain film ?

Et Clouzot poursuivit, sur un ton ironique, satisfait de lui :

— Ce n'est pas un premier rôle ! C'est un rôle qui ne nécessitera qu'une dizaine de jours de tournage...

— Eventuellement, Henri-Georges. Cela dépend du rôle... Quel est-il ?

— Le rôle est très court. Tu ne parleras pas beaucoup... On te voit nue...

— Encore ! Je sais bien que je suis un « sex-symbol » ! J'ai tout de même d'autres possibilités !

— Mais il y a autre chose ! Derrière le corps, il y a autre chose... Et si tu fais ce petit rôle, tu verras que ça te rapportera beaucoup plus en notoriété que toutes les merdes que tu peux tourner avec Cayatte et autres...

« Eh bien voilà, nous y sommes », pensai-je. En effet Clouzot n'avait pas supporté mon « infidélité » avec un autre metteur en scène.

Clouzot continua :

— Je t'envoie la scène.

Les deux premiers rôles de *La Prisonnière* étaient interprétés par Laurent Terzieff et Elizabeth Wiener. L'action se passait dans l'appartement d'un couple. Il était photographe. Il proposait à une jeune fille de poser nue sous un imperméable en plastique transparent. Elle acceptait car elle avait besoin d'argent. Le photographe ne la touchait pas mais, l'œil caché derrière son appareil photo, il jouait au voyeur. Il faisait venir sa femme. Tous deux regardaient la jeune fille nue. A la fin de la séquence, la jeune fille comprenait le jeu du couple. La scène terminée, elle se rhabillait. Il lui tendait un billet. « Merci, je vais pouvoir me payer des tickets de métro », disait-elle. Elle s'éclipsait.

Après la lecture du compte rendu beaucoup trop bref, je m'interrogeai sur l'utilité pour moi d'un tel rôle : je n'avais rien à faire !... Encore un fantasme de Clouzot... A quoi servait ce rôle dans le film ? Car je n'avais aucune indication sur l'insertion de cette scène dans le film. Je savais que Clouzot avait aimé les scènes érotiques de *L'Enfer,* et c'est bien pour cela qu'il faisait appel à moi, mais j'étais perplexe et j'hésitais :

— Henri-Georges, ton scénario est trop succinct, je ne peux prendre ma décision avec si peu d'éléments. Il n'y a rien sur le papier !

— Il n'y a rien, en effet, sur le papier, mais enfin, on fait confiance à Clouzot !

— Oui, c'est vrai mais...

— Je ne suis pas n'importe qui et je ne peux tout écrire, mais tout sera dans l'image.

Me souvenant des deux courtes scènes de Rose-Mousse avec Gérard Philipe dans *Les Grandes Manœuvres,* qui avaient tellement fait pour ma carrière, j'acceptai le rôle.

Nous tournâmes en studio, à huis clos. Seul Roger Corbeau, l'un des très grands photographes de plateau, était autorisé à prendre des photos de tournage. Aucune autre personne n'avait le droit de pénétrer. A la porte du studio, des photographes interrogeaient :

— Alors, quelle est la scène ?

— Eh bien, Dany Carrel est nue sous un plastique !

— Oh là là, on rate ça !

Les acteurs étaient véritablement enfermés, prisonniers de Clouzot. J'étais intriguée par le rôle de Laurent Terzieff. Laurent, tellement pudique, tellement réservé, jouant le rôle d'un pervers ! Evidemment, Clouzot le diabolique, avait précisément choisi Laurent pour son physique grave, renfermé, un peu mystérieux...

Je tournai pendant six jours. Six jours à danser nue sous mon imperméable transparent, éclairée plein feu par les sunlights. La chaleur était terrible. Il y avait la fournaise des lumières, l'effet de serre du plastique. Il y avait aussi la danse. Il y avait mes hauts talons...

Fatiguée, déshydratée, je demandais à Clouzot :

— Entre les prises de vues, on pourrait peut-être m'essuyer ? Je vais sortir de mon plastique et me reposer un peu.

— Non ! Non !

Chaque demande était un refus catégorique. Le soir, j'étais fourbue, j'avais mal aux pieds, mal aux reins. En rentrant à mon pigeonnier, je n'avais plus qu'un désir : me plonger dans mon bain. Alice m'apportait une coupe de champagne :

— Voilà qui va te remettre d'aplomb !

— Je n'ai que quelques jours de tournage mais que c'est douloureux !

Maggy, sous les ordres du photographe, devait prendre des poses érotiques, bouger, danser. Plus il photographiait, plus les déclics de son appareil se succédaient rapidement, plus le photographe semblait y trouver du plaisir. C'est en voyant cette accélération que la jeune femme devinait le plaisir que prenait ce photographe et, elle-même, finalement, semblait trouver son propre plaisir. La scène était, pour moi, très difficile. Mais elle plaisait beaucoup à Clouzot.

Lorsque je lui demandai pour la dixième fois :

— Est-ce que je peux sortir de mon plastique, il ne laisse pas entrer le moindre filet d'air. J'étouffe, je suis trempée !

— C'est très beau, la sueur qui coule...

Peut-être était-ce plus érotique en effet, mais je vivais des heures de supplice. Mes joues se creusaient, mes yeux se cernaient, mes cheveux se mouillaient, se collaient... Et, pendant ce temps, Clouzot était aux anges :

— A la fin, renverse la tête en arrière !

Au bout du sixième jour, lorsque Clouzot, enfin, me permit de retirer le plastique, il semblait ravi :

— Mais tu vois, c'est très bien ! Une bonne scène !

Pour ma part, j'avais maigri de trois kilos.

Très intriguée par la façon dont Clouzot avait inséré cette scène érotique dans son film, je me précipitai à la projection privée. Clouzot avait eu raison lorsqu'il m'avait assuré : « Je ne peux pas tout écrire, mais tout sera dans l'image. » La scène, très forte, ne passait pas inaperçue.

Il n'y eut personne de la profession qui ne dit, l'œil un peu chaviré :

— Je t'ai vue dans *La Prisonnière* !

— Mais enfin, je n'ai que six minutes !

— Oui, mais six minutes qu'on n'oublie pas !

Pour le public non plus, la scène ne passa pas inaperçue. Les lettres de mes admirateurs se multiplièrent. Beaucoup étaient gentilles : « Je pense à vous... », « Vous êtes sublime... ». D'autres étaient gentiment érotiques : « Je vous ai vue dans *La Prisonnière*. Ah, vos seins ! Quelle merveille ! » ou encore : « J'ai votre photo. Je l'ai épinglée au-dessus de ma table de nuit... » D'autres étaient très touchantes. Un beau jeune homme m'envoya sa photo et m'écrivit : « Comme j'aimerais vous fréquenter et même passer ma vie avec vous ! Mais, pour ça, il faudrait que je devienne quelqu'un. C'est pour ça que je me suis lancé dans la tauromachie. Si je devenais un toréador célèbre, est-ce que vous m'épouseriez ? Est-ce que j'aurais le droit de toucher votre corps ? »

D'autres lettres étaient franchement impudiques et déplaisantes. Elles étaient si pressantes, si agressives qu'elles finirent par me faire peur. Des hommes allaient jusqu'à me proposer de l'argent, comme ils l'auraient fait à une prostituée, pour faire l'amour avec moi ! Ce n'était pas la première fois que je recevais de telles propositions et c'était aussi la raison pour laquelle j'avais voulu aborder d'autres rôles au cinéma. Les spectateurs, une fois de plus, confondaient cinéma et réalité.

— Mon Dieu, dis-je à Alice, je plais donc aux fous, aux obsédés sexuels, à tous les détraqués...

Certains hommes semblaient même m'espionner : « Ah, votre corps... Je vous ai vue dans *La Prisonnière* et je ne peux plus vous oublier... Je vous caresse chaque soir... Hier soir, je vous ai vue sortir de chez vous... »

Aujourd'hui, vingt ans plus tard, cet homme continue à m'écrire. Depuis tout ce temps, il me poursuit, mais jamais je ne l'ai vu. Lorsque je joue au théâtre et rentre très tard, je frémis au moindre bruit. Dans les couloirs de l'immeuble, je frôle les murs. Ma peur a décuplé lorsque, il y a peu de temps, j'ai reçu une nouvelle lettre : « Je suis dans un asile, mais j'ai le droit de sortir... »

Les mystères de Juliette

Je m'étais promis de ne jamais abandonner Juliette. En souvenir de mon père. J'agissais un peu comme s'il avait été au-dessus de moi et me disait : « Prends soin d'elle, Yvonne ! » Je pensais aussi à l'abbé Bel dont j'avais retenu certains préceptes : « Ne rends jamais le mal pour le mal, mais au contraire, rends le bien pour le mal ! » Je me répétais donc : Quoi qu'il en soit de Juliette, que son attitude ait été dictée par la roublardise ou l'inconscience, je dois être correcte avec elle !...

Juliette vieillissait dans la solitude, dans la tristesse. Cette femme habituée au faste, aux mondanités, ne supportait pas de vivre modestement, loin de la vie mondaine et sans amis. Malgré le relais des visites que nous organisions Yvon, moi et même parfois Alice, elle me reprochait souvent de l'abandonner. Et pourtant, que d'efforts je devais faire pour ne jamais laisser passer plus d'une semaine sans la voir ! Chaque fois, Juliette me serrait dans ses bras et pleurait sur son propre malheur.

Comme Juliette avait changé ! Plus elle vieillissait, meilleur était le rôle qu'elle s'octroyait. J'évoquais son attitude du passé face à Jeanne qui me harcelait de reproches :

— Il fallait me défendre ! Quelle faiblesse ! Ton attitude était de la lâcheté !

Elle me répondait avec une parfaite bonne conscience :

— Oui, mais finalement, ça ne s'est pas si mal passé pour toi !

Un jour, j'interrogeai Juliette sur ces deux belles maisons d'Indochine dont Alice m'avait parlé :

— Que sont devenues ces deux villas que notre père nous avait données ?

— Oh, tu sais, avec ces guerres qui ont duré tant d'années, tout a été démoli... répondit Juliette, imperturbable.

Comme je ne me souciais pas de ces histoires d'argent, je ne cherchai pas à en savoir davantage. Pourtant, lorsque j'évoquais l'Indochine, je ne pouvais m'empêcher de penser à mon père. Aimé du Chaxel était le seul point d'ancrage pour moi : de lui, au moins, j'étais sûre. Je ne savais guère de choses sur lui mais Juliette, après bien des années, continuait à m'en dire le plus grand bien. C'était un père très aimant et, depuis que je portais son nom, je me sentais davantage sa fille.

Juliette n'était plus agressive lorsqu'elle évoquait Alice mais elle continuait à maintenir sa version des faits avec la plus grande assurance. Ces discussions me perturbaient toujours autant. Et lorsque je sortais de chez elle, je retrouvais chaque fois la même angoisse. Je me promettais donc de ne plus parler de ces problèmes. Je ne devais plus essayer de chercher la vérité. Comment vivre dans une perpétuelle interrogation ? Comment vivre lorsqu'on ne sait pas qui on est ?

Alice et moi souhaitions porter le même nom, celui de notre père :

— Tu t'appelles maintenant Yvonne Chazelles du Chaxel et moi Alice Chazelles, pourquoi n'aurais-je que la moitié du nom ?

— C'est idiot en effet. Puisque Juliette m'a adoptée, il faut qu'elle t'adopte également. Je vais arranger ça.

Je décidai donc, comme chaque fois que je devais avoir une discussion embarrassante avec Juliette, de l'inviter au restaurant. J'avais évidemment commandé du champagne.

— Dis-moi, avec Alice...

— Oui, c'est une fille charmante ! Alors, vous vous entendez bien ?

— Oui, bien sûr, mais il y a une chose qui m'ennuie : nous ne portons pas le même nom. Elle est tout de même la fille d'Aimé, tu es bien d'accord ?

— Oui, c'est la fille d'Aimé...

— Donc, nous avons le même père, tu pourrais peut-être lui faire ce cadeau : lui donner le nom de son père.

— Ecoute, Yvonne, je vais réfléchir...

Quelques jours plus tard, je reçus une lettre : « Eh bien, c'est entendu. J'entreprends les démarches qui permettront à Alice de porter le nom de son père. »

Quelques semaines plus tard Juliette m'envoya le papier officiel : Alice Chazelles s'appelait désormais Alice Chazelles de Vries ! Juliette avait tout bonnement donné son propre nom de jeune fille à Alice ! Que s'était-il passé ?

Juliette avait maintenant près de quatre-vingts ans et avait, parfois, des instants d'absence, et puis, elle ne voyait pratiquement plus. Voulant recopier son livret de famille, s'était-elle trompée entre son nom marital et son nom de jeune fille ?

« Chazelles de Vries » n'était évidemment pas un cadeau pour Alice !

— Il a fallu tant d'années pour que Juliette accepte de nous donner le nom de papa ! Je n'ai plus le courage de me battre ! Ecoute, Alice, nous sommes sœurs par le sang, nous le sommes par le cœur, mais par le nom, nous n'y arriverons pas... Mais avoue que cela ne manque pas de piquant : Juju qui t'a rejetée et qui, à la fin de sa vie, te donne son propre nom !

Le temps passait, Juliette perdait la vue. Bientôt il lui devint impossible de vivre seule. Elle continuait à tenir totalement secret tout ce qui concernait l'argent, et, je ne savais pourquoi, sa modeste pension s'était tellement amenuisée qu'elle n'était plus que de l'argent de poche. Elle avait peu à peu dilapidé la richesse que lui avait laissée mon père. Les toilettes, les dîners, les voyages avaient jadis tout englouti. Elle avait dû vendre son appartement de la rue Laferrière.

Je décidai, avec son accord, de chercher une maison de retraite. Pas question pour moi de la mettre dans un mouroir sordide. J'avais de l'argent, il était fait pour être utilisé. Je me rendis donc au syndicat des acteurs :

— Je cherche une maison de retraite confortable et de préférence au bon air.

— Eh bien, à Louveciennes, il y a une maison de retraite très bien !

— Ah bon ? Quelle est cette maison ?

— La maison de retraite Saint-Joseph.

Quel choc ! Tout à coup je revis mon orphelinat ! Et je me souvins d'un lieu que j'avais totalement oublié. Derrière le réfectoire, il y avait une petite porte qui donnait sur une allée plantée d'arbres et, tout au fond, l'infirmerie. A côté de l'infirmerie se trouvait, en effet, une maison de retraite entourée d'un jardin planté de tilleuls. Lorsque le mois de juin arrivait, les sœurs de l'orphelinat demandaient :

— Qui veut aller « faire » le tilleul ?

Micheline et moi, aussitôt, levions le doigt. Nous aimions ce lieu planté d'arbres. Nous quittions notre cour, nue, hostile pour nous retrouver dans une nature douce et parfumée.

« La maison de retraite Saint-Joseph », m'avait dit la femme derrière son bureau. Je songeai que, décidément, la vie réservait parfois de bien étranges surprises.

— Je vais aller voir, mais est-ce vraiment bien ?

— La maison vient d'être rénovée.

Je rendis compte à Juliette de mes recherches :

— J'ai cherché des maisons de retraite à la campagne pour que tu aies du bon air, que tu sois le mieux possible. On m'a indiqué la maison de retraite Saint-Joseph de Louveciennes.

Aussitôt le visage de Juliette se crispa et devint d'une pâleur extrême.

— Tu ne vas pas me mettre là ! s'écria-t-elle, horrifiée.

A cette seconde précise, et pour la première fois, je compris qu'elle savait exactement dans quel endroit sinistre j'avais vécu et, à mon tour, je fus horrifiée de cette découverte.

— Tu ne vas pas me mettre là ! répéta Juliette, persuadée, cette fois, que je l'abandonnais réellement.

— C'est une maison de retraite qui a été entièrement remise à neuf et il y a un jardin... Tu y seras bien ! Simplement, c'est une maison tenue par des religieuses.

— Des religieuses !

— Mais enfin, j'ai passé dix années de ma vie avec des sœurs ! Pendant dix ans, tu m'as laissée avec des sœurs !

Deux grosses larmes coulèrent sur les joues de Juliette.

— Ecoute, je ne t'y mettrai que si c'est très bien.

Me retrouver dans mon orphelinat et la maison de retraite était bien étrange, mais ce n'était plus l'énorme bâtisse grise de mon enfance. Les murs étaient clairs, il y avait des arbres, des pelouses, des fleurs. La religieuse qui me reçut n'était pas, elle non plus, une sœur de saint Vincent de Paul.

— Il n'y a pas de place pour le moment, me dit-elle.

En rentrant à Paris, je songeai qu'il aurait été tout de même cocasse que Juliette, les dernières années de sa vie, retrouve le lieu où j'avais été enfermée les premières années de la mienne. Une drôle de boucle se serait ainsi refermée.

J'annonçai à Juliette :

— Je suis allée à Louveciennes, la maison est très bien mais il n'y a pas de place.

— Ah ! fit-elle, avec un énorme soupir de soulagement.

Je continuai donc mes recherches à Paris et dans les proches environs. J'installai finalement Juliette dans un lieu magnifique, le château d'Abondant entouré d'un parc. Là, je pouvais la promener chaque fois que je lui rendais visite.

Comme bien des personnes âgées, Juliette revenait sur son passé et le transformait à loisir. Plus elle vieillissait, plus elle se donnait le rôle d'une sainte :

— Tu vois, Yvonne, je me suis tout de même très bien conduite, puisque j'ai reconnu les deux filles d'Aimé et que je t'ai ramenée d'Indochine ! C'est grâce à moi que ton destin a changé !

— Il m'a fallu tout de même mener seule bien des bagarres pour m'en sortir.

— Mais, il y avait la guerre, je ne pouvais pas venir te chercher. Tu étais beaucoup mieux avec les sœurs, je t'assure ! Tu ne te rends pas compte de ce qu'a été cette guerre !

Juliette aurait beaucoup aimé que l'orphelinat eût été un bien pour moi. Ainsi aurais-je eu une dette envers elle. Plus encore, j'aurais dû avoir à cœur de m'occuper de celle qui m'avait « protégée » ! Malgré les grosses ficelles qu'elle utilisait, elle était toujours aussi habile à m'ébranler. Et je restais souvent perplexe : Oui, bien sûr, elle m'a ramenée d'Indochine. Peut-être en effet, restée là-bas, aurais-je aujourd'hui les pieds dans les rizières ?... Au lieu de cela j'ai eu la chance de rencontrer l'abbé Bel qui a formé ma personnalité et m'a permis de me sortir de mon état. J'ai ensuite rencontré dans mon métier des gens fabuleux... Mais Juliette, qu'a-t-elle à voir avec tout cela ?

Cependant je ne voulais plus polémiquer avec elle. Je ne faisais donc plus jamais aucun reproche à Juliette. Je l'écoutais, attristée, et faisais en sorte qu'il ne lui manquât rien. Je mettais à sa disposition une dame qui lui tenait compagnie et la promenait dans le parc car je ne pouvais toujours me rendre à Abondant. Juliette n'accepta pas longtemps cette compagnie. Ce qu'elle voulait, c'était ma présence. Et Juliette se plaignait, Juliette était malheureuse, Juliette pleurait.

La directrice de l'établissement me téléphona :

— Mme du Chaxel ne veut plus rester ici, elle pleure à longueur de journée. Pouvez-vous venir ?

Culpabilisée, incapable de me sortir seule de ce problème, j'appelai Yvon :

— Yvon, Juliette appelle à nouveau au secours. Que peut-on faire ? Je parviens de moins en moins à lui rendre visite. Lorsque je suis auprès d'elle, au lieu de me dire qu'elle est contente de me voir, elle ne fait que se plaindre : « Pourquoi n'es-tu pas venue depuis près d'un mois ? Je m'ennuie, je suis seule », et elle pleure. Je ne peux plus supporter de la voir ainsi... Après chaque visite, il me faut près d'une semaine pour retrouver mon équilibre.

— Dany, ne t'inquiète pas, je vais la voir, je vais la sortir... Surtout ne te culpabilise pas. Tu fais plus que ton devoir...

— Oui, mais enfin, c'est vrai qu'elle est seule maintenant...

— Voyons, Dany, tu ne peux tout de même pas la prendre chez toi ! Tu as un métier. Et imagines-tu dans quel état psychologique tu serais ? Non, ton métier est suffisamment éprouvant comme cela ! Combien de fois m'as-tu dit, à propos de Ghislain, que tu ne pouvais porter deux angoisses, la sienne et la tienne. Comment pourrais-tu supporter chaque jour, chaque nuit, l'angoisse de Juliette ? Non, Dany, surtout protège-toi, c'est ton devoir. Tu as ta propre vie à construire et tu donnes déjà beaucoup à Juliette.

Yvon, mon soutien indéfectible, m'aida à reprendre le dessus. Il se dévoua une nouvelle fois.

Cependant, quelques mois plus tard, Juliette exigeait de quitter le château d'Abondant et se montrait si difficile avec le personnel qu'Yvon et moi dûmes chercher une autre maison de retraite. Juliette ne supporta pas plus la nouvelle maison, se montra toujours aussi difficile, exigeante avec le personnel. A nouveau je fus donc invitée à la reprendre. Une autre maison finit par l'accueillir.

J'appréhendais de plus en plus de rendre visite à Juliette. Ces tête-à-tête me devenaient insupportables. Mais lorsque je n'allais pas la voir, je m'en faisais le reproche. Juliette, ainsi, était devenue mon souci constant. J'étais devenue son esclave. Sa nièce, Suzanne, qui ne lui rendait d'ailleurs jamais visite, et que je voyais de temps à autre, me disait : « Juliette t'a reprise à quatorze ans et t'a emmenée à Marseille uniquement pour faire de toi son bâton de vieillesse. Eh bien, tu vois, elle a réussi ! »

Juliette me dit :

— Il faut me remettre à Paris, personne ne vient jusqu'ici !

Une fois encore, Yvon et moi fîmes des recherches. On nous indiqua une maison de retraite aux Gobelins, tout près de la porte d'Italie. Comme pour Louveciennes, une nouvelle fois mon enfance et sa vieillesse se télescopèrent. C'était ici, à deux pas de sa maison de retraite, que Juliette m'avait mise en pension en revenant de Marseille. C'était ici que j'avais connu Francine et que j'avais été cataloguée « Fille perdue » par les sœurs de saint Vincent de Paul, puis mise en quarantaine. Chaque fois que je rendais visite à Juliette, je ne pouvais m'empêcher de penser à cette période de mon adolescence. Je passais en effet devant les cinémas où Francine et moi nous rendions en cachette...

La maison de retraite des Gobelins nous permit, à Yvon, Alice et moi-même, de faire des visites plus fréquentes. La direction et le personnel étaient d'une grande amabilité, mais Juliette ne s'en montra pas pour autant plus heureuse. Elle continuait à pleurer. Elle pleurait sur son passé, elle pleurait sur son présent. Elle pleurait sur sa solitude. L'égoïsme de toute une vie l'empêchait d'apprécier l'aide, le réconfort que chacun tentait de lui apporter. Chaque fois que je lui rendais visite, Juliette me prenait la main :

— Tu me laisses tomber ! me disait-elle.

Invariablement j'étais apitoyée. Je ne pouvais m'empêcher de penser à la femme qu'elle avait été : belle, admirée, entourée, ne connaissant de la vie que les fêtes. Je me souvins alors de ce qu'elle m'avait répété si souvent : « Sur les paquebots, nous étions toujours les plus admirées, Jeanne et moi. Il y avait Jeanne, la blonde aux yeux noirs et moi, la brune aux yeux verts... » Et je la regardais maintenant : une vieille dame aveugle, sans amis, sans famille. Quelle fin terrible ! Et pourtant n'est-elle pas elle-même la cause de cet isolement ? N'avait-elle pas construit toute sa vie autour d'elle-même ? Rien ni personne ne l'avait intéressée hormis elle-même et Jeanne, leurs voyages et leur vie mondaine... Mais lorsque je songeais à la superbe Juliette qu'elle avait été, je songeais aussi à mon père : Mon père et cette femme, un jour, s'étaient aimés...

Lorsqu'il m'était beaucoup trop difficile de lui rendre visite, invariablement je pensais à mon père et m'adressais à lui : Papa, ne sois pas inquiet, je vais voir ta femme !...

Yvon, mon frère

Mon rôle dans *La Prisonnière* terminé, je me reposai en tournant *Delphine* avec un ami vietnamien de longue date, Eric Le Hung. Un rôle très différent et, cette fois, principal. J'étais une journaliste qui, pour les besoins de son enquête, se transformait en quatre personnages. Une composition qui m'intéressait. Rousse, brune, blonde... J'aime me métamorphoser, j'aime vivre des aventures à l'écran.

J'avais affirmé à Eric Le Hung : « Oui, je sais monter à cheval ! » Comme c'était totalement faux, je me précipitai au manège de Neuilly. Je n'étais pas très rassurée, mais je n'avais pas le choix : Quand Eric va me demander de prendre les rênes, il faudra bien que je le fasse... J'appris le trot, le galop, même. Mais si j'affrontais le cheval avec courage, il sautait aux yeux que je n'étais pas une cavalière émérite.

Lors du tournage, je me débrouillai plutôt bien mais une scène exigeait que je tombe de cheval. Mon expérience de l'équitation était vraiment trop récente pour me lancer dans pareille aventure et les assurances obligeaient la production à prendre une doublure. On fit donc appel à une cascadeuse professionnelle, Odile Astier, une femme de trente ans, très agréable, et qui avait déjà été ma doublure dans *Piège pour Cendrillon,* puisque j'y interprétais trois rôles. Je rencontrais souvent Odile sur les plateaux, un bras ou une jambe dans le plâtre :

— Pourquoi ne serais-tu pas actrice ? Tu es mignonne. Arrête tes cascades, tu vas finir par être entièrement cassée...

— Ah non, je ne veux pas être actrice, ce n'est pas assez mouvementé, pas assez dangereux ! J'aime la cascade !

Lorsqu'elle dut faire cette chute de cheval à ma place, je ne pus la regarder : j'avais peur pour elle et j'avais mauvaise conscience : Pourvu qu'elle ne se casse rien ! De quel droit lui fais-je courir le risque de se blesser ? C'est moi qui devrais aller au charbon !... Heureusement, tout se passa bien...

Plus tard, j'ai revu Odile lors d'un autre tournage, elle avait le bassin dans le plâtre !

— Ecoute, il faut que tu arrêtes ! Tu vas te tuer !

— Ah non, je ne peux m'arrêter ! J'aime ça, tu sais ! Dès que j'arrête, je m'ennuie. Et puis, si je m'arrêtais, je ne pourrais reprendre : il faut un entraînement constant. Et je suis contente, je pars bientôt aux Etats-Unis : je vais être cascadeuse dans un film américain ! Tu vois, j'ai raison de continuer !

Odile ne revint pas d'Amérique. Elle mourut lors d'une cascade pendant le tournage. Elle n'avait pas quarante ans.

Un soir, très tard, Hervé, le frère d'Yvon, me téléphone :

— Yvon a été pris de violentes douleurs abdominales, cette nuit. Je l'ai conduit à la clinique de Sèvres.

Au matin, dès la première heure, Alice et moi filons à la clinique :

— Où est Yvon Ridard ? Qu'a-t-il ?

Personne ne veut répondre à nos questions. Nous demandons à rencontrer un médecin, on nous dit que seul le chirurgien est au courant. Nous demandons à voir Yvon mais nous nous heurtons à de multiples barrages. Après force discussions, nous parvenons jusqu'au chirurgien :

— Nous désirons savoir ce qu'a Yves Ridard.

— Vous êtes de la famille ? interroge sèchement le chirurgien.

— Nous faisons pratiquement partie de la famille, c'est un ami de très longue date...

— Il est perdu !

Alice et moi sommes sidérées par la brutalité de la réponse. Nous n'y comprenons rien :

— Perdu ? Ce n'est pas possible !

— Il a une pancréatite aiguë, on ne peut rien faire !

Le chirurgien nous assène ses phrases comme autant de

coups de massue. Aucune nuance, aucun égard, aucune humanité dans cet homme.

J'insiste :

— Mais il ne peut être condamné ainsi, du jour au lendemain...

— Oh, mais ça ne s'est pas fait du jour au lendemain ! Il doit souffrir depuis longtemps de douleurs abdominales !

A poser question sur question, nous apprenons que son pancréas est totalement détérioré et qu'« il ne peut être question d'opérer puisqu'on ne peut vivre sans pancréas ! ».

Nous allons enfin auprès d'Yvon. Il a le visage si gonflé que j'ai peine à le reconnaître. Il me prend doucement la main. Il n'a plus mal et n'est pas inquiet. Nous parlons de tout et de rien. Je fais un effort terrible pour rester calme, sereine : surtout ne rien lui montrer de mon angoisse. Ne rien lui dire de sa fin prochaine. Puisqu'on ne peut le sauver, surtout qu'il ne sache rien !

Nous ne devons pas rester trop longtemps près de lui pour ne pas le fatiguer, et son temps est étroitement compté. J'ai refermé la porte derrière moi après lui avoir fait un petit signe d'amitié. Je suis effondrée. Hervé nous accompagne quelques pas dans le couloir. J'interroge :

— Il a eu de nombreuses crises auparavant, n'est-ce pas ? Pourquoi ne nous a-t-il jamais rien dit ?

— Oui, c'est vrai, il a eu d'autres crises. Mais, tu sais, il ne se plaint jamais, il ne veut pas ennuyer ses proches, il est toujours si discret !

— Jamais, pas une fois il ne m'en a parlé ! Depuis tant d'années que nous sommes amis ! Toutes les fois que je le vois, je lui demande : « Ça va ? — Oh, ça va très bien ! » Mais pourquoi ne m'a-t-il rien dit ?

Il y avait quinze ans qu'Yvon et moi ne nous quittions pas. Il y avait quinze ans que nous nous confiions nos secrets, nos amours. Mais jamais un mot sur sa maladie ! Crainte d'être pesant. Je lui en voulais un peu : j'aurais pu faire quelque chose ! Je l'aurais emmené auprès des spécialistes. Nous l'aurions peut-être sauvé...

Chaque jour, après le tournage de *Delphine,* je lui rendais visite. Chaque soir en me dirigeant vers la clinique, chaque matin en me réveillant je me posais la même question angoissante : Est-il encore en vie ? Vais-je pouvoir, une fois encore, lui parler ?

Depuis son entrée à la clinique, depuis le jugement sans appel du chirurgien : « On ne peut opérer ! », Alice, Jacques et moi remuions tout Paris pour tenter de sauver Yvon. Nous apprîmes qu'un chirurgien de la clinique de l'Alma était spécialisé dans les opérations du pancréas. Il accepta de tenter l'opération de la dernière chance.

Alice et moi montons dans l'ambulance qui transporte Yvon. Il est bardé de tuyaux, il a le visage et le corps légèrement bleutés... Il nous agrippe la main, à droite, Alice, à gauche, moi. Yvon sourit. Il tente de nous parler, « Alice », « Dany », mais il ne peut aller plus loin. Pourtant il est calme et continue à sourire. Je ne peux dire un mot, je le regarde, j'esquisse de pauvres sourires, je lui serre très fort la main pour tenter de lui transmettre un peu de ma vie. Mais je sens que nous allons au désastre. Je sens que le monde des hommes ne peut plus rien faire. Alors, instinctivement, comme lorsque j'étais enfant, je me raccroche au miracle : « Mon Dieu, sauvez-le ! »

Dès son arrivée à la clinique, Yvon est préparé pour l'opération puis on le transporte dans le bloc opératoire. Je lui prends la main. Je l'embrasse, il est brûlant. Je songe : Mais peut-être est-ce la dernière fois ? Comment cela est-il possible ? Nous nous regardons une dernière fois avant que la porte de la salle d'opération ne se referme sur lui. Je lui envoie un baiser et lui dis : « A tout à l'heure. Ne t'inquiète pas, je t'attends ! » Mais je ne suis pas certaine qu'il soit capable de m'entendre.

Alice et moi descendons dans la salle d'attente. Je suis un automate, je ne cesse de répéter : « Mon Dieu, sauvez-le... Mon Dieu, sauvez-le... » Nous nous asseyons l'une près de l'autre, silencieuses. Je ne vois rien de ce qui m'entoure, je n'entends rien. Toute ma pensée est tournée vers cette salle d'opération. Le visage bleui d'Yvon me hante. « Mon Dieu, sauvez-le ! » Le temps semble ne plus s'écouler. Plus rien ne semble bouger. Une sorte de vide avant la catastrophe.

Une infirmière s'approche de nous :

— M. Yves Ridard est de retour dans sa chambre.

Nous nous précipitons. Yvon a les yeux fermés. Son visage est bleu. Ses mains sont bleues. Un appareil lui permet de respirer. Tout à coup j'ai très peur :

— Il va être sauvé ?

L'infirmière ne répond pas. Je sens que tout est fini et je ne comprends pas pourquoi on maintient ces appareils branchés : Il faut le laisser maintenant ! Et je me sauve de la chambre. Je ne peux supporter de voir Yvon ainsi.

Je retourne avec Alice dans la salle d'attente, laissant dans la chambre M. Ridard qui vient d'arriver du Loiret.

Un peu plus tard, le médecin s'approche de moi :

— Il se repose définitivement, me dit-il.

Alice et moi éclatons en sanglots. Je sentais que tout était fini et, malgré tout, je croyais encore à l'impossible.

Le père d'Yvon vient vers nous. Il n'a pas de larmes mais il est blême. Nous nous jetons dans ses bras et, comme si nous étions ses propres filles, il les referme sur nous et me dit :

— Yvon vous aimait tellement !

Vinrent alors deux journées lugubres. Deux journées de larmes. Nous accompagnâmes M. Ridard aux pompes funèbres où nous dûmes choisir le cercueil et le corbillard qui transporterait le corps d'Yvon jusqu'à Orléans.

Nous nous rendîmes à la morgue de la clinique. Je regardai une dernière fois Yvon. Il était dans le cercueil. Vision insupportable. Le cercueil fut fermé puis hissé dans le corbillard. Nous déposâmes près de lui nos trois bouquets de fleurs. Nous montâmes dans ma voiture et, pendant deux heures, nous roulâmes derrière le corbillard. Les yeux brouillés de larmes, je distinguais à peine la route devant moi, seule la tache noire du corbillard me guidait. Parfois, je rompais le silence et je me souvenais à haute voix de moments de grande joie avec Yvon ou de moments où, tout simplement, nous étions heureux parce que nous étions ensemble.

A Orléans, nous nous arrêtâmes devant une petite église où devait être célébré un service religieux. Nous retrouvâmes la mère d'Yvon, ses frères et ses sœurs. Puis, il y eut le cimetière. Cette fosse ouverte. Le cercueil qu'on descendit. Les quelques fleurs que nous jetâmes...

Nous rentrâmes chez les parents d'Yvon. Sa mère avait eu le courage de préparer un gâteau et nous offrit le thé. Je parlai d'Yvon, de notre vie à Paris, du cours Bauer-Thérond... Tous ces souvenirs le faisaient revivre et je sentais que sa famille m'en était reconnaissante.

Nous nous embrassâmes une dernière fois et, en pleurs, Alice et moi remontâmes dans ma voiture. Là, tout à coup, je pris conscience du vide que laissait Yvon. Et je me répétais : « Yvon est mort ! Je le laisse ici pour toujours ! » Une sorte de panique m'envahit. Comment admettre cette mort ? C'était beaucoup trop injuste ! Je ne pouvais accepter. Du jour où je l'avais rencontré, il ne m'avait plus quittée, il m'avait soutenue, aidée. Comment pourrais-je me consoler de sa mort ? Et la phrase de son père me revint à l'esprit : « Yvon vous aimait tellement ! » Oui, en effet, j'étais certaine qu'il m'avait réellement aimée car, avec lui, pas d'équivoque : depuis le jour où, peu après avoir fait sa connaissance, je lui avais dit : « Je veux que nous restions des amis », seule une fantastique amitié nous avait liés.

Yvon était mon frère. Il était devenu celui d'Alice. Et il n'était plus là... Et j'en voulus à la terre entière : Pourquoi lui ? Pourquoi lui qui n'avait que trente-deux ans ? Et je pensais à la générosité d'Yvon. Combien de fois m'avait-il remplacée auprès de Juliette ! Je pensais à sa joie lorsque j'obtenais un rôle. Lui qui désirait être acteur semblait oublier ses propres désirs, se réjouissant comme si lui-même avait signé ces contrats.

Yvon me laissait l'impression très extraordinaire d'une sorte d'ange : il avait fait une brève apparition sur terre le temps de me connaître, de m'aider, puis il était reparti... Il semblait hors du temps. Il était si généreux. Oui, c'est bien cela, Yvon était d'un autre monde.

Alice et moi retournâmes plusieurs fois dans le Loiret. Nous aimions cette famille. Mais un vrai cataclysme semblait s'être abattu : la famille était brisée. Le père d'Yvon, inconsolable, mourut un an plus tard. La douce et jolie sœur d'Yvon, Josseline, mourut d'un cancer, elle n'avait que vingt ans. Deux frères s'exilèrent en Amérique. En trois ans, la famille fut entièrement disloquée. Nous avions connu cette maison pleine de joie et nous n'y trouvions plus que tristesse. Yvon, notre lien, disparu, nous ne nous rendîmes bientôt plus dans la petite maison du Loiret.

Aujourd'hui dans mon souvenir, ils restent tous bien vivants ! Je les revois autour de l'immense table, je sens leur tendresse, j'entends leurs éclats de rire.

Mon chagrin d'avoir perdu Yvon était si grand que je ne pouvais plus entrer dans les lieux où nous allions depuis tant d'années, tous ces bistrots, tous ces « petits cafés », tous ces restaurants. Nous les avions tant fréquentés qu'il me semblait pouvoir y lire son nom inscrit sur telle ou telle table où nous nous étions accoudés. Vingt années se sont écoulées et Yvon est toujours aussi présent. Il est partout où je vais. Alice et moi l'évoquons sans cesse :

— Te souviens-tu lorsque nous filions vers Deauville ? Nous avions vingt ans, nous dormions la nuit dans ma vieille voiture ou bien sur le sable. Te souviens-tu, nous courions dans les vagues au petit matin... Alors nous étions jeunes... C'était le bonheur...

— Il se serait marié. Nous aimerions sa femme, nous aimerions ses enfants.

— Nous avons eu un frère merveilleux.

Depuis cette époque, nous n'avons cessé de parler d'Yvon, nous l'avons associé aux événements de notre vie. Nos enfants le connaissent comme s'il vivait réellement à nos côtés, comme s'il faisait partie de la famille, comme s'il allait sonner à la porte.

Ma famille

Yvon était mort. C'était peut-être le seul homme qui m'avait vraiment aimée. Il m'avait aimée au point de ne jamais transgresser cette sorte de pacte entre nous : ne pas devenir amants. Il avait aimé la petite fille paumée que j'avais été avec toutes ses meurtrissures. Les autres hommes m'avaient-ils aimée comme je les avais aimés ? Bien sûr, ils avaient aimé la femme mignonne et sensuelle que j'étais mais m'avaient-ils aimée, *moi* ? Et pourtant j'avais été follement amoureuse. Je songeais à cet homme marié que j'avais tant aimé. Notre liaison avait duré deux ans. Deux années d'amour fou pour moi. Mais lui, m'aima-t-il ? Je ne le sus jamais. Je compris que nous n'étions pas du même monde. Qu'il ne désirait pas quitter son foyer. Qu'il ne désirait pas choisir. Je ne demandai rien. Je partis. Il ne me suivit pas. Ce fut un immense chagrin.

J'étais une passionnée, capable de toutes les folies lorsque j'étais amoureuse. Capable de tout abandonner pour rejoindre celui que j'aimais à l'autre bout de la France, à l'autre bout du monde. L'amour galvanise certaines femmes, leur donne la force d'entreprendre mille choses dont elles se sentaient incapables. Moi, au contraire, je ne vivais plus que pour celui que j'aimais. Même mon métier passait alors au second plan. Mon tempérament « asiatique » prenait le dessus, je devenais la congaye de l'homme, la servante du seigneur. S'il me demandait : « Tu m'accompagnes dans ce voyage ? » alors qu'au même moment un film m'était proposé, je refusais le film pour partir. Lorsque j'aimais, je donnais tout.

J'avais tout donné à Marcel, à Ghislain et à André, cet homme marié que je venais de quitter. Puis, un jour, longtemps après, je me réveillai et m'interrogeai : « Cet homme, est-il amoureux de moi ? L'est-il au point où je doive tout lui sacrifier ? M'aime-t-il, lui, au point de suivre tous mes désirs ? » Ma réponse était négative. Alors je décidai : « Il est temps, maintenant, de me reposer le cœur ! »

Lorsque je m'imposais ce repos du cœur, cela ne signifiait pas que je refusais les aventures physiques, simplement je décidais de ne plus y mêler la passion. Je laissais alors cours à la tendresse, à la complicité. Paul, l'architecte avec qui j'avais rompu depuis trois ans, tant mes relations avec sa famille étaient tendues, ne fut pas un amour passionné. Paul avait pourtant tout pour me plaire : maturité, séduction, générosité, goût du bonheur. Mais, curieux mystère de la passion, je me sentais trop en sécurité avec lui. Le grand amour impliquait pour moi plus d'incertitude, plus de danger. Avec Paul je partageais la gaieté, la complicité, la sensualité.

Contrairement à bien des femmes qui affirment ne pouvoir avoir de liaison qu'avec un homme qu'elles aiment profondément, je pouvais me comporter avec un homme comme beaucoup d'entre eux se comportent avec les femmes, et lui dire : « Nous avons passé de très agréables moments ensemble, faire l'amour avec toi a été délicieux, mais nous nous quittons. » Ne plus vouloir être amoureuse ne signifiait donc pas vivre comme une carmélite. « Me reposer le cœur » ce n'était pas « me reposer les sens ». Il y avait bien longtemps que je ne considérais plus le « péché de chair » comme un péché. Toute mon enfance, toute mon adolescence les sœurs de l'orphelinat m'avaient parlé du péché ; celles du pensionnat de la place d'Italie m'avaient traitée de perverse parce que j'aimais Francine. J'avais pensé alors : Si c'est défendu, c'est que ce doit être très intéressant ! Il faut vite que je connaisse tout ça ! Car, bien sûr, on court toujours après le fruit défendu. Je songeais avec amusement : Ce sont les sœurs qui m'ont pervertie ! Selon les sentiments qui me liaient aux hommes, certains me disaient : « Tu es trop soumise ! Tu penses trop à moi ! Pense un peu à toi ! » D'autres me reprochaient au contraire : « Tu es autoritaire ! Tu es indépendante ! Tu es dure ! On a du mal à te comprendre ! »

Excessive dans la passion amoureuse, excessive dans la tristesse, je ne pouvais me consoler de la rupture avec André. Et c'est au milieu de cette grande tristesse qu'un homme me fit signe. Il m'écrivit. Il ne faisait pas partie de ces admirateurs qui m'accablaient de leurs fantasmes érotiques. Lui, François Mosser, était un jeune homme timide aux sentiments cachés. Cela faisait près de trois années que nous nous connaissions. Je l'avais remarqué lors du tournage d'*Un idiot à Paris*. Assistant de production, il passait alors souvent le matin me prendre en voiture. Pendant le trajet nous avions le temps de parler et de faire plus ample connaissance. Ou plutôt, c'est moi qui parlais car, précisément, ce qui m'intriguait chez lui, c'était sa discrétion. Il parlait peu, se mêlait peu aux gens du métier et ainsi gardait tout son mystère. Qualité suprême, François ne me faisait pas la cour ! Je trouvais cela délicieux. Mes rapports purement amicaux étaient rares avec les hommes. La plupart ne pensaient qu'à me courtiser. J'étais pour eux l'image du sex-appeal. J'étais la plus jolie brune pétillante et sensuelle au corps désirable ! Certains me courtisaient même sans retenue, imaginant qu'une actrice qui joue parfois les filles légères à l'écran est à prendre... François était également différent des hommes du métier, le plus souvent expansifs, tapageurs, bruyants, extravertis. Un peu insolents, même. Souvent sans mystère.

François me faisait donc l'effet d'un charmant jeune homme. Ses conversations sans sous-entendus étaient agréables, reposantes. Je n'avais pas à me tenir sans cesse sur mes gardes. Le tournage achevé, nous continuâmes à nous voir, de temps à autre, en amis. Quelques mois après notre dernière rencontre, je reçus une lettre de François. Il faisait son service militaire en Algérie dans le cadre de la coopération et souhaitait correspondre avec moi durant cette période qui s'annonçait plutôt maussade pour lui. Sa lettre était charmante. Je pensai qu'il devait s'ennuyer et qu'un petit mot, de temps en temps, pourrait le distraire.

Nous correspondions depuis plusieurs mois — lettres anodines relatant des faits sans conséquences — lorsque je reçus une lettre de François plus chaleureuse que les précédentes. Il exprimait à mots couverts bien plus que de l'amitié. Tout à coup je découvris, étonnée, qu'il cachait ses sentiments depuis trois ans ! Il m'apparut alors sous un autre jour. Je tentai de me le remémorer : séduisant physiquement — grand, mince, brun aux yeux noisette —, séduisant par ses qualités de discrétion, de pudeur, de sérénité... Aussitôt il se produisit un déclic en moi : si je faisais attention à ce jeune homme ? Si je tentais d'appliquer la méthode qui avait si merveilleusement réussi à Ghislain ?... Eh bien, c'était décidé, j'allais tenter de me guérir ! Et qui sait si l'avenir ne deviendrait pas merveilleux pour moi ?

Comme je n'étais pas femme des demi-mesures, des demi-sentiments, des gestes étriqués et puisque j'avais décidé de m'intéresser à François, je voulus le connaître davantage. Pour cela, je ne trouvai qu'un seul moyen, lui rendre visite à Alger. Il serait libre du samedi, au début de l'après-midi, au dimanche soir : un très court week-end, vite passé. S'il ne me plaisait pas, eh bien, je visiterais la ville que je ne connaissais pas. Cela ne nous empêcherait pas de rester de bons amis...

Nous nous donnâmes rendez-vous au bar de l'hôtel Saint-Georges. François m'attendait. Physiquement, c'était certain, il me plaisait ! Et si je n'étais pas encore amoureuse, je sentis que je pourrais le devenir.

Je ne vis rien d'Alger ! Notre chambre et notre petit salon, très agréables, donnaient sur une large terrasse surplombant une magnifique plantation. Palmeraie ou orangeraie ? Je ne fis même pas attention. François et moi ne nous quittâmes pas une seconde. Nous ne songeâmes même pas à nous balader en ville.

Il me restait à découvrir la personnalité de François. Je savais que ce serait long, car François ne se livrait que par petites touches, cela me plaisait. Evidemment, après le week-end amoureux d'Alger, nos lettres changèrent de ton. Chacun de ses billets devint plus enflammé, chacun des miens, plus tendre.

François, de retour à Paris, prit une place grandissante dans ma vie. Il faisait maintenant souvent partie de la famille réunie au pigeonnier. Il avait quitté la production de la Gaumont pour devenir administrateur de biens. Il était loin des intrigues du monde du cinéma, et, pour cela, près de lui, je me sentais en totale sécurité et sereine. Sa vie stable me stabilisait moi-même et je n'avais plus à tout quitter pour suivre mon amant après avoir refusé un ou deux contrats. Pour la première fois je pouvais mener de front vie sentimentale et carrière. C'était pour moi un très grand bonheur.

Au début du printemps 1969, je tournai dans *Clérambard,* un film d'Yves Robert adapté de la pièce de Marcel Aymé. Philippe Noiret partageait avec moi la vedette. « La Langouste », que j'interprétais, était une dame de petite vertu mais au cœur grand et que Noiret-Clérambard voulait épouser. Je m'attachai, une fois de plus, à mettre en pratique dans ce rôle la leçon de Gabin : « Toujours glisser un moment d'émotion, d'humanité. Même les salauds, il faut les rendre humains. »

Nous tournions près de Montbard. Je regrettais la proximité de Paris qui nous empêchait de mieux nous connaître tous, puisque le week-end chacun rentrait chez soi.

Philippe Noiret, par sa prestance, sa générosité, son vouvoiement — inusité dans le monde du cinéma — faisait figure de grand seigneur. Chaque soir ou presque, il me disait : « Dany, votre champagne est servi... » Chaque retour de week-end je trouvais, accrochée à la porte de ma chambre, une rose magnifique. Philippe Noiret donnait l'impression délicieuse à sa partenaire de plateau qu'elle était unique. Grâce à ses attentions délicates, le tournage fut enchanteur.

Roger Carrel, un curé dans le film, ne tourna que quelques jours Mais ces journées furent de véritables courses contre la montre car, chaque soir, Roger jouait au théâtre à Paris, à deux cent quarante kilomètres ! Roger, jamais à court d'idées, résolut ses problèmes de transport à sa façon. Il m'expliqua : « Comme il faut que je rentre à toute pompe, je me fais conduire en ambulance. Il suffit alors de faire pin-pon, pin-pon, et nous passons devant tout le monde... » Roger était irrésistible de drôlerie. Il ne se passait pas une heure sans qu'il ne raconte une anecdote insensée. Il le faisait avec tant de talent qu'il nous était impossible d'échapper au fou rire. Roger, sur un plateau, était l'opposé d'un Louis de Funès. J'avais tourné en 1964 avec « Fufu » comme nous l'appelions tous, dans *Une souris chez les hommes* . Je m'étais réjouie, alors : « Jouer avec de Funès va être follement drôle ! » Eh bien non, je n'avais pas ri. Louis de Funès, sombre, inquiet de ce qu'il allait tourner, restait sur sa chaise et ne disait mot Lui qui faisait rire des millions de Français par ses facéties à l'écran était beaucoup trop angoissé par son rôle pour rire ou nous faire rire sur le plateau.

J'avais accepté avec joie ce rôle de « la Langouste ». Mais je déplorais que les producteurs ne m'imaginent pas plus souvent dans des personnages plus habillés. Des journalistes s'étonnèrent avec moi. Ainsi Jacques Chancel, dans *Paris-Jour,* sous le titre « Dany Carrel victime d'une légende », écrivit : « Une fois encore, la jeune et jolie comédienne exhibera ses charmes certains devant les caméras d'Yves Robert. Une fois encore elle entrera dans la peau d'une fille légère... Dany Carrel séduira Philippe Noiret (...). Et Noiret voudra l'épouser. On le comprend sans trop de peine mais on comprend moins l'obstination que mettent les producteurs à vouloir prêter à cette jeune actrice des intentions qu'elle n'a jamais eues. Se dévêtir c'est bien mais il y a tout de même des légendes qui collent trop à la peau. »

Voulant approfondir davantage ma vraie personnalité, Jacques Chancel me convoqua à son émission « Radioscopie ». Une excellente occasion pour moi de faire le point sur ma carrière, sur ma vie. Car la « jeune et jolie comédienne » vue par Chancel avait tout de même trente-quatre ans maintenant. Et je savais que j'étais à un tournant de ma vie : j'étais enceinte.

Attendre un enfant était le comble du bonheur. Car le temps passait ! J'avais mené une carrière plutôt belle : plus de quarante films et des pièces de théâtre qui avaient été de très grands succès. Maintenant je désirais vivre pleinement une vie de femme. Célibataire endurcie, j'avais vécu dans la plus totale liberté depuis mes dix-sept ans. Je décidai donc de m'assagir. Une véritable révolution ! Nouvelle façon de vivre, nouvelle façon d'appréhender mon métier.

Lorsque j'annonçai à François que j'attendais un enfant, il me dit aussitôt : « Marions-nous ! » J'hésitais. Il était tellement plus simple pour une actrice d'être célibataire ! « Qu'est-ce que le mariage changerait à ta vie ? Je t'aime comme tu es. » François m'avait prouvé qu'il n'était pas bêtement jaloux. Loin des remous du cinéma, qui ne l'intéressaient d'ailleurs pas, il était mon opposé. Il était la pondération, j'étais le tumulte, le fantasque. Il me répétait souvent : « Tu es la fantaisie dans ma vie. » Il me semblait que, en effet, je pouvais trouver le calme à ses côtés. Et il est vrai que je rêvais aussi à une vie banale de femme « normale ». Je pouvais construire avec lui un havre de paix, un nid protecteur comme en rêvent toutes les femmes.

Pour la première fois j'étais très amoureuse d'un homme à peine plus jeune que moi — d'un homme libre et d'un homme qui n'aspirait qu'à faire sa vie avec moi. Enfant, j'avais beaucoup trop souffert de ma solitude, de mon abandon pour offrir une vie instable à l'enfant que j'attendais. Je savais, par une cruelle expérience, combien une vie familiale est vitale pour un enfant. Je n'hésitai donc pas longtemps à prendre ma décision : non seulement je vivrais avec François, mais je l'épouserais.

Jacques, mon beau-frère, n'était pas du tout convaincu du bien-fondé de ma décision.

— Ne te marie pas, Dany, je vais regretter ton célibat.

— J'ai envie d'avoir un foyer, je n'en ai jamais eu, ce serait si doux d'en avoir un...

François et ses parents décidèrent d'un mariage religieux à Antibes où ils vivaient. Je n'en avais pas tant souhaité, mais je ne m'y opposai pas : n'avais-je pas été élevée religieusement ? Et même si je n'étais pas une pratiquante, j'aurais été bien sotte de m'opposer à ce mariage religieux s'il leur faisait plaisir.

Le ciel est bleu, sans un nuage. L'air est très doux. Nous sommes en septembre. J'ai une jolie robe blanche courte et un manteau blanc très simple. Tandis que je monte les marches de la mairie d'Antibes, place du Marché, une femme aux cheveux blancs s'approche de moi : « Ma petite Dany ! Je vous présente tous mes vœux ! » C'est Blanche Montel, mon ex-imprésario. En la voyant, mon cœur bat : aussitôt je revois Gérard Philipe lors de notre dernière rencontre dans les bureaux de Blanche. Je retrouve cette étrange sensation de distance entre lui et le monde. Je n'avais pas su à l'époque le déchiffrer : il était déjà très près de la mort. Blanche est maintenant âgée et a choisi de se retirer dans cette ville du soleil.

En entrant dans la petite chapelle d'Antibes, je retrouve l'atmosphère, l'odeur d'encens, oubliées. En entendant les chœurs, j'entends à nouveau ceux de mon enfance et ce retour aux sources m'émeut profondément.

Mes beaux-parents nous ont retenu des chambres à Eden Rock, parmi les palmiers. Le déjeuner est beau, gai et bruyant, nous sommes si nombreux ! François m'a présenté les membres de sa famille :

— Je te présente Untel... Je te présente Unetelle...

Après avoir reçu les compliments d'usage, je remercie et me contente d'ajouter :

— Je vous présente Alice, ma sœur.

Alice est ma seule famille et j'éprouve une curieuse impression de fragilité en considérant ma si petite famille, Alice et moi, face à la grande famille de François : plus de cinquante personnes.

Ma grossesse m'obligea au repos dans mon pigeonnier. Mais j'aimais ce temps de pause. J'avais tout le temps de penser à mon foyer, à l'enfant que j'attendais. Au Palomet, la maison de mes beaux-parents à Antibes, j'avais remarqué quelques photos d'une petite fille. Des portraits d'Odile, la sœur aînée de François. Odile était morte à huit ans. Pour cette raison je désirais avoir une fille. A longueur de journée, je me répétais : Pourvu que ce soit une fille ! Pourvu que je puisse leur donner une petite-fille ! Quel magnifique cadeau ce serait !... Et puis, dans ma famille, il y avait déjà notre fils Antoine, il lui fallait bien une petite sœur !

De la clinique de Fontenay-sous-Bois, François appela ses parents. Ce fut leur employée qui décrocha. François lui annonça :

— Laurence-Odile vient de naître !

L'employée s'écria aussitôt, joyeuse : « C'est une fille ! » François entendit alors des sanglots. C'étaient ceux de sa mère, bouleversée. Elle dit : « Merci mon Dieu de nous avoir donné une fille ! », puis se précipita au téléphone pour dire sa joie.

Laurence, évidemment, était le plus beau bébé du monde ! Je profitais de chaque instant. Chaque minute me semblait si importante pour elle, et si importante pour moi. Je voulais lui donner — comme Alice et moi le voulions pour « notre » fils Antoine — tout l'amour dont j'avais été privée. C'était eux qui, désormais, dirigeraient ma vie. Eux avant tout.

Mon engagement

Je désirais profiter pleinement de ma fille et de mon foyer, je décidai donc de ne prendre aucun engagement et, pour un temps, coupai tout lien avec mon métier. J'avais beaucoup de chance car Alice et moi élevions ensemble nos enfants. Nos chers petits avaient deux mères et deux foyers. Lorsque l'une était occupée, l'autre mère les prenait en charge. Et comme un seul étage nous séparait, la vie ne pouvait s'organiser plus simplement.

J'avais décidé de faire une pause mais je n'avais pas renoncé définitivement à mon métier qui était une passion et un besoin. Besoin physique autant que psychologique. Il était pour moi vital de me cacher derrière un personnage pour exprimer mes sentiments, fouiller au plus profond de moi pour y retrouver des émotions secrètes, rire et pleurer grâce à la femme dont je prenais la place. Car, dans la vie, j'étais restée d'une grande pudeur. Je ne parlais jamais de mes sentiments. Je ne me livrais jamais. En somme, je correspondais peu à l'image qu'un certain cinéma avait voulu donner de moi : femme insouciante, faite pour plaire. La brune pétillante, facile, docile et sans états d'âme. Sex-appeal et séduction... Au cinéma, non seulement j'étais autorisée à exprimer mes émotions, mais je devais le faire. Etre inquiète, être émue, pleurer, avouer que j'aimais ou que je doutais... tout cela, le métier d'actrice me le permettait.

Laurence avait sept mois maintenant. Depuis sept mois je ne me lassais pas de la regarder, de l'admirer. J'avais épié avec émotion les premiers sourires, j'avais été émue aux larmes aux premiers câlins, aux premiers « maman ». Pour rien au monde je n'aurais voulu manquer ces rendez-vous avec elle. Il était temps maintenant de retrouver le chemin des studios ou des planches. Mon équilibre, ma joie de vivre, je ne pouvais les trouver qu'en alliant vie de famille et vie professionnelle. Bien sûr, il n'était plus question pour moi de courir le monde, de partir six mois pour un tournage lointain, et les difficultés à trouver des rôles en furent accrues. Après *Clérambard,* des metteurs en scène et des producteurs m'avaient contactée mais j'avais refusé toutes les propositions afin de me consacrer à ma famille. Maintenant on semblait m'avoir oubliée. Et il y avait près d'un an et demi que j'avais disparu des écrans.

Un ami véritable me vint en aide. Georges Herbert me téléphona :

— Ma petite Dany, le théâtre Saint-Georges est libre. Vous avez joué *L'Idiote,* en tournée avec un très grand succès, Achard aimerait beaucoup que vous repreniez maintenant le rôle à Paris.

Entrer au théâtre Saint-Georges m'émut profondément. Il y avait tout juste dix-sept ans — déjà dix-sept ans ! — Yvon et moi rêvions devant ses portes. Dès le premier jour de répétition, je me précipitai au café de la place où nous avions nos habitudes. J'allais à la recherche de mes souvenirs. Je voulais y retrouver Yvon Ridard et Yvonne Chazelles du cours Bauer-Thérond, assis à la table de droite en entrant. Peut-être Mario, le serveur, serait-il encore là ? Lui qui savait tout des acteurs aurait sans doute des anecdotes à me raconter. Ce café était un magnifique souvenir. J'y avais été tellement heureuse avec Yvon ! Nous étions tous les deux si inquiets pour l'avenir mais si pleins d'espoir...

Le café n'était plus le même. Notre table n'était plus là.

— Et Mario ?

— Mario est parti.

— Ah...

— Oh, ça fait longtemps qu'il est parti ! Il est marié et ne vit plus à Paris...

Je pris un café et un croissant. En souvenir. Je n'avais plus à compter mes sous au fond de mon porte-monnaie. C'était peut-être aussi pour cela que le café et le croissant n'avaient plus le même goût. Incapable d'avaler mon café, incapable de rester une minute de plus en ce lieu, je m'enfuis, les larmes aux yeux.

J'aimais le personnage de *L'Idiote* et reprendre ce rôle fut agréable. Mais, malgré l'énorme succès remporté en province huit ans plus tôt, je redoutais les critiques parisiens. Le soir de la première, je fus attentive au moindre bruit dans la salle, au moindre rire, au moindre soupir. Il me sembla, en écoutant les rires et les applaudissements que, peut-être, j'avais gagné la partie.

Pierre Marcabru de *France-Soir,* Jean-Jacques Gautier du *Figaro,* André Ransan de *L'Aurore* tranchèrent dès le lendemain : ils avaient aimé la pièce, ils avaient aimé mon personnage. J'avais « touché » Pierre Marcabru « dans les moments de retenue, gouailleuse et triste, avec je ne sais quelle tendresse ». J'avais « remué » Jean-Jacques Gautier qui écrivit lui aussi de très belles choses sur moi : « C'est " une nature ", comme on dit. Nature extraordinairement naturelle, révélant une sensibilité qui ne pèse point et qui, par conséquent, touche d'autant plus. Un sourire mélancolique, un peu désabusé, qui émeut ; une gravité drolatique qui ne contredit ni la spontanéité, ni la verve, ni l'abattage. » André Ranson concluait : « Dany Carrel : une comédienne hors série, qu'on regrette de ne pas applaudir plus souvent. »

Ces critiques flatteuses me rendirent presque vaniteuse : Je suis capable de prendre un rôle après une grande actrice comme Annie Girardot et d'avoir du succès !

La pièce fut en effet un tel succès qu'elle resta deux années à l'affiche. Comme *Le Système Fabrizzi.* Une merveilleuse expérience et tellement différente de l'expérience cinématographique ! Lorsque le metteur en scène de cinéma est de grande valeur, lorsqu'il sait exactement ce qu'il veut, lorsqu'il explique et guide l'acteur, celui-ci ne fait pas d'erreur et joue « juste ». Mais il m'est arrivé de revoir certains de mes films et de m'interroger devant telle ou telle séquence : pourquoi avoir joué ainsi ? Non, ce n'est pas cela ! Le ton n'est pas bon ! Mais j'avais joué de la sorte tout simplement parce que je ne savais rien des actions précédentes de mon personnage. Le metteur en scène ne le savait peut-être pas lui-même au moment du tournage. Car, au cinéma, rien n'est tourné dans la continuité, une scène finale peut être jouée dès les premiers jours de tournage. Au cinéma, l'acteur s'engage dans un tunnel dont il ne connaît pas l'issue. Tout est entre les mains du metteur en scène. Lui seul est maître du film. Il fait jouer les acteurs, il dit « moteur », il dit « coupez ». Il dit « recommençons ! ». Il monte le film, il le coupe, il le triture... Parfois, bien sûr, le film est un petit bijou. Une sorte de miracle a lieu. Le personnage qu'on regarde sur l'écran est à la fois vous et une autre et la fascination du dédoublement s'accomplit. Une véritable magie s'installe car celle que vous avez été par bribes, s'anime maintenant d'une vie pleine et autonome, affronte des événements que vous soupçonniez à peine.

Le théâtre, c'est au contraire la liberté de l'acteur. « Au cinéma on a joué, au théâtre on joue », disait Louis Jouvet. Le metteur en scène guide, impose lors des répétitions mais, un jour, il s'éclipse. L'acteur est seul face au public. Lâché dans l'arène, l'acteur devient le maître. C'est lui qui fait rire le public, qui suspend son souffle dans un moment d'émotion. Et cette émotion créée peu à peu par l'acteur, venue comme « naturellement » au fil de l'action, monte en même temps chez le spectateur qui, à son tour, la communique à l'acteur. C'est pourquoi chaque larme, chaque rire ainsi partagé devient une véritable jouissance physique.

Chaque soir l'Idiote pleurait et riait. Et bien sûr, je pleurais et riais véritablement. Cependant on ne va pas impunément chercher des larmes au fond de soi. Je finis par avoir le cœur en lambeaux.

Et puis, il y a cette voix qu'il faut préserver, cette santé qu'il faut garder. Deux années sans grippe, sans fièvre... Grippée, je me bourrais de cachets de toutes sortes pour me traîner au théâtre. Lorsque le rideau se levait, lorsque je prenais le personnage à bras-le-corps, c'était soudain le miracle : toute fièvre s'évanouissait. Lorsque j'avais tourné avec Pierre Brasseur, il m'avait parlé de ce phénomène surprenant mais je l'avais écouté avec scepticisme. Eh bien, je bénéficiai de cette thérapie : après deux heures de scène, toute fièvre disparaissait !

Le théâtre, c'est aussi chaque soir un nouveau pari. L'acteur travaille sans filet. Le risque est total. L'angoisse est donc terrible. Mais lorsque l'acteur réussit, la récompense est à la mesure. Elle est immédiate, inouïe. Le public vous applaudit, vous sourit... Et, aussitôt, à cause de cela, à cause de l'angoisse, à cause de la joie, vous êtes prête à tout remettre en jeu pour le lendemain soir...

Laurence était exactement la petite fille dont j'avais rêvé : brune aux yeux verts et aux lèvres pulpeuses. Grâce au théâtre qui me laissait mes journées libres, j'avais le bonheur de la voir grandir près d'Antoine. Lorsqu'elle eut deux ans, le pigeonnier devint trop petit. Nous décidâmes d'acheter un appartement dans un immeuble moderne du XVe arrondissement. Alice et les siens s'installèrent au douzième étage, moi et les miens au onzième. Il ne pouvait être question de me séparer d'Alice. Alice et moi savions depuis toujours que seule la mort le ferait. Nos deux familles étaient trop proches pour avoir même l'idée d'habiter éloignées. Et nos enfants n'auraient pas supporté la séparation. Antoine, fasciné par sa cousine, n'avait cessé, les premiers mois, de tourner autour du berceau et de tenter de lui mettre le doigt dans le nez. Notre vigilance dut être constante. Depuis, ils ne se quittent pas. Nos maris, François et Jacques, sensibles et intelligents, se complètent à merveille. Jacques, homme brillant, beau parleur, a le don de raconter l'histoire la plus banale avec tant de couleur et de gaieté qu'elle en devient épique. Toujours passionné par la politique, il aime prendre parti. François, lui, est toujours aussi réservé, parle peu mais il aime écouter.

Ma chance et celle d'Alice étaient d'avoir à nos côtés des hommes qui avaient parfaitement compris, accepté et même aimé l'histoire des deux « orphelines » dont ils partageaient la vie. Ils comprenaient aussi que, nous aidant l'une l'autre dans les tâches quotidiennes comme dans les coups durs, réglant seules nos affaires et celles de nos deux familles, ils pouvaient ainsi se consacrer entièrement à leur profession.

C'étaient aussi les deux femmes qui organisaient les fêtes. Et, nous en avions pris l'habitude bien avant notre mariage, tout était occasion de faire une fête. Depuis peu, s'étaient ajoutés les Noëls. Jusqu'à la naissance de nos enfants, je détestais Noël. Cette fête était indissolublement liée à l'orphelinat, à ma solitude, au froid, à la faim. Les sœurs de saint Vincent de Paul étaient trop pauvres pour nous faire des cadeaux et je me souviens de la pauvre orange que nous avions, ce jour-là, en guise de Noël, et du bol de chocolat au lait clair du petit déjeuner.

Je n'aimais d'ailleurs pas davantage le jour de l'an. Quel plaisir pouvait-on avoir à s'embrasser en se disant : « Bonne année! Je trinque, je fais un gueuleton qui me rendra malade demain, mais je me réjouis : j'ai une année de moins à vivre! » Je détestais ces fêtes imposées où, tous en même temps, avec le même entrain, nous devions nous réjouir.

Mais grâce aux enfants, Noël devint une fête magique. Pendant des heures et des heures je préparais cette fête, je prenais plaisir à décorer le sapin, à courir les magasins. Les premières fois, je fus véritablement fascinée par ces amas de jouets, par ces femmes chargées d'énormes paquets, si heureuses d'avoir trouvé le cadeau qui ferait plaisir. Allant moi-même d'un objet à l'autre, j'aurais voulu tout acheter. J'imaginais déjà le regard émerveillé de mes enfants déchirant leurs paquets et découvrant leurs cadeaux. Egoïstement peut-être, je songeais que j'allais, à travers eux, découvrir des sensations que je n'avais jamais connues. Et, à chaque Noël, en effet, je prenais réellement leur place comme si j'étais moi-même une enfant. Je voulais faire de chaque Noël une fête inoubliable pour nos enfants. Je les regardais, éblouis devant l'arbre et devant leurs cadeaux, et je songeais combien un enfant peut éprouver de joie si l'on veut bien la lui offrir ! Heureusement, enfant, je ne savais rien de ce qui existait hors de mes murs, j'étais incapable d'imaginer que de pareilles fêtes puissent exister. Ce ne fut qu'à travers mes enfants que je pris conscience des joies dont j'avais été privée.

Parmi les souvenirs enchanteurs, nos enfants auraient aussi ces vacances passées chez leurs grands-parents à Antibes. Les parents de François, très exceptionnels, accueillaient chaque été Antoine qui n'avait pas de grands-parents, comme leur propre petit-fils. Antoine et Laurence appellent aujourd'hui ce lieu leur « petit coin de paradis », car leurs grands-parents ne demandant jamais rien donnent tout. Ils sont la bonté, la gentillesse, la discrétion, la légèreté d'être.

Dès mes premières visites, ils remarquèrent mes habitudes. Sur la commode de ma chambre, j'avais un paquet de cigarettes de la marque que je préférais, j'avais mes fleurs préférées dans un vase, j'avais, au petit déjeuner, ma boîte de « Ricoré » et mon lait en poudre... Il me semblait que je pénétrais chez les fées où il me suffisait de souffler pour que mes vœux se trouvent exaucés. Je soupçonnais même mon beau-père de planter son jardin en prévision du jour de juillet où nous arriverions. Les terrasses, alors, croulaient de fleurs multicolores.

Pourtant, lors de mes premières visites au Palomet, j'avais été intimidée, mal à l'aise devant la table dressée sous le figuier, sur la terrasse, devant la nappe blanche brodée, l'argenterie, le service impeccablement fait, les mets raffinés. Moi qui avais toujours refusé les contraintes, je me faisais mal aux traditions bourgeoises trop strictes. C'est pourquoi, à mesure que grandirent les enfants et que mes relations devinrent plus simples avec mes beaux-parents, je bousculais les habitudes un peu trop contraignantes. Les assiettes en carton remplacèrent la vaisselle de porcelaine, et les plats du traiteur les longues heures passées à la cuisine. Chacun faisait désormais son propre service. Mamy, d'ailleurs, en était ravie et riait d'avoir été bousculée. Grâce aux enfants, le Palomet redevint joyeux. Laurence, brune aux yeux verts comme la petite Odile, était adorée de ses grands-parents. Et Laurence leur rendait bien cet amour.

Depuis la fin des années soixante, Alice et moi étions fort inquiètes de l'évolution de la situation au Viêt-nam. Les deux Viêt-nam qui, aux termes de l'accord de Genève, auraient dû se réunir après des élections libres, furent plus que jamais séparés et se firent une guerre impitoyable. Le régime communiste du Nord s'opposa aux Américains qui avaient remplacé les Français au Sud-Viêt-nam. Malgré les raids aériens, malgré les effectifs sans cesse accrus, les Américains ne purent rien contre le Vietcong. Dans les premiers jours de 1968, ce fut l'offensive du Têt lancée par les communistes contre Saigon et de nombreuses autres villes du Sud. Puis, au printemps, il y eut une lueur d'espoir avec les pourparlers de paix à Paris entre Américains et Vietnamiens. En Amérique, en France, des hommes et des femmes se mobilisèrent contre la guerre. Des « sit in », des manifestations toujours plus importantes réclamèrent le retrait des Américains du Viêt-nam, et la paix. Alice ne recevait plus aucune nouvelle et nous ne pouvions plus supporter cette angoisse de mort qui rôdait autour de la famille. « Maman Tourane » avait-elle été tuée par le Vietcong ? Avait-elle été bombardée par les Américains ? C'est pourquoi, pour la première fois de notre vie, nous décidâmes de descendre dans la rue et de manifester.

Lorsque, le 27 janvier 1973, les négociations secrètes entre Le Duc Tho et Kissinger aboutirent aux accords de Paris et que les Américains quittèrent le Viêt-nam, Alice et moi pensâmes, que, enfin, la paix allait s'installer. Mais les deux parties du Viêt-nam ne voulurent pas s'entendre. Les communistes reprirent l'offensive.

Au printemps 1975, mon angoisse fut à son comble lorsque Hué puis Tourane, rebaptisée Da Nang, furent conquises par les communistes. Après avoir voulu le départ des Américains pour qu'enfin les Vietnamiens puissent vivre librement, nous comprenions que le pire était sans doute à venir avec la mise en place d'un régime communiste venu du Nord-Viêt-nam. Nous connaissions l'existence des camps... Et, de « Maman Tourane », nous n'avions toujours aucune nouvelle ! Alice et moi vivions dans la peur. Jamais je ne m'étais vraiment impliquée dans les débats politiques. Je vivais, comme bien des citoyens, au rythme des élections de mon pays et j'y prenais part, mais, jamais, je n'avais exprimé publiquement mes idées. Maintenant j'agissais. Je protestais dans la rue, je signais des pétitions, j'assistais à des réunions, je participais à des débats, je donnais mon obole. Il me semblait que chaque voix qui se faisait entendre pour la paix était une voix capitale. Plus je m'impliquais dans ce mouvement pour la paix, plus cette famille du Viêt-nam me paraissait proche. Cette urgence de la sauver me fit prendre conscience que « Maman Tourane » pouvait mourir dans cette guerre civile. Ainsi s'évanouirait tout espoir de la connaître un jour, peut-être, et de connaître d'elle la vérité sur ma naissance.

Pour lutter contre l'angoisse, j'avais heureusement mon métier. Je tournai dans *Les Portes de feu* le rôle d'une infirmière pendant la Seconde Guerre mondiale aux côtés d'Emmanuelle Riva, de Judith Mills et d'Annie Cordy, puis je jouai dans *Trois Milliards sans ascenseur*. Mais je refusai un certain nombre de rôles qui ne me convainquaient pas. Il n'était plus question pour moi de jouer les filles légères à l'écran, même si mon physique me le permettait toujours. J'avais décidé, une fois pour toutes, de changer d'emploi. C'est pourquoi je me consacrais surtout au théâtre. Et le théâtre me comblait. *Folie Douce, M. Masure, Feydeau Follies* s'enchaînèrent.

Cependant je sacrifiais beaucoup de mon métier pour ma famille, tant il est vrai qu'il est bien difficile de concilier métier d'acteur et vie personnelle. Mais c'était un choix que je faisais volontairement.

Comme du temps d'Yvon, mon grand plaisir était de m'évader de temps à autre à Deauville. Alice et moi, comme une sorte de rêve impossible, nous regardions souvent les vitrines des agences immobilières. Un jour, une maison, ou plutôt une chaumière retint notre attention. La chaumière semblait modeste mais elle était bon marché. Lorsque nous nous y rendîmes et que nous marchâmes au milieu des champs qui l'entouraient, nous ne pûmes résister à son attrait. Elle était petite, un peu délabrée mais, immédiatement j'imaginai le lieu superbe qu'elle pourrait devenir. Posséder des arbres, planter des fleurs, en prendre soin, les revoir à chaque saison... Moi qui avais toujours tant aimé la nature, je me sentais déjà pleinement heureuse.

Je voulus faire de ce coin de terre un lieu chargé de souvenirs heureux pour les enfants. Cette maison que je n'avais pas eue, cette chaleur familiale, ces arbres, ces fleurs qui m'avaient tellement manqué, je voulais les leur offrir. Et les fêtes en Normandie, ce furent d'abord les Noëls. C'était là que je préparais maintenant le grand sapin et que je déposais les cadeaux. Chaque nuit de Noël, de ma chambre au-dessus du salon, j'entendais des pas de souris, des chuchotements, des papiers froissés... Antoine et Laurence, incapables de s'endormir, incapables de résister à la curiosité, admiraient les paquets apportés par le père Noël. Je sus, plus tard, qu'ils ne croyaient déjà plus au père Noël. Mais ils avaient compris l'immense joie qu'Alice et moi avions à les regarder, et ils avaient décidé de garder le secret. C'était leur cadeau de Noël à eux.

Peu à peu je donnais une âme à ce lieu du bout du monde et qui pourtant n'était qu'à une demi-heure de Deauville. Chaque film, chaque pièce de théâtre me permettait de l'embellir. Une année, nous refîmes le grenier, une autre année une salle de bains, une autre encore une terrasse en briques de Vaugirard, puis le jardin. Assise près de la cheminée à regarder le feu ou sur la terrasse à regarder les poneys gambader dans les prés, ou encore à la table du dîner à écouter mes enfants et leurs amis, je vivais dans cette maison des instants inoubliables.

Je suis votre mère

Le Viêt-nam continuait à me hanter. Depuis l'instauration du régime communiste, et surtout depuis 1978, les opposants au régime tentaient de quitter le pays par tous les moyens. Des dizaines de milliers de « boat people » fuyaient leur pays en s'entassant dans des bateaux, des barques de fortune. Au péril de leur vie — et ils le savaient — ils choisissaient la liberté. Alice et moi étions toujours sans nouvelles de la famille. Et nous poursuivions notre engagement. Tout ce qui touchait ce pays que, pourtant, je ne connaissais pas, faisait vibrer mon cœur. Petite, je ne savais pas ce que signifiait Annamite, maintenant j'étais fière d'appartenir à ce peuple qui avait tant souffert. Un peuple qui avait fait preuve d'une telle endurance, d'une telle force pour ne pas subir la colonisation, d'une telle persévérance à se battre pour sa liberté, et qui, maintenant, préférait mourir libre plutôt que vivre sous un régime sanguinaire. Je me disais souvent : « Dany, sois fière d'être née de ces gens-là ! » Donc, je signais des pétitions, je donnais de l'argent, je me rendais à des réunions dans mon quartier ou à la mairie. J'y entendais des témoignages de Vietnamiens qui avaient pu fuir le Viêt-nam. Ils parlaient de la terreur que faisait régner le gouvernement communiste. Ils parlaient des internements dans les camps. Jamais je ne m'étais sentie à ce point appartenir à ce peuple martyr.

Je pris grand plaisir à me rendre dans ce quartier du XIIIe arrondissement où les Vietnamiens s'étaient installés. J'aime entrer dans les boutiques, aller dans les restaurants, aller chez l'amie de pensionnat de ma sœur, Isabelle Arnault, une Eurasienne aussi, qui vit avec sa mère vietnamienne. Mme Arnault ne parle pas français, vit à la vietnamienne et a connu notre mère. Elle me regarde avec affection, me caresse la joue, me sourit. Je songe chaque fois que, peut-être, « Maman Tourane » lui ressemble. Mais, parfois, lorsque nous sommes autour de la table de la salle à manger, lorsque Alice, Isabelle et sa mère parlent vietnamien, lorsqu'elles rient, je me sens totalement exclue et je pense que, sans aucun doute, je me sentirais la même étrangère devant « Maman Tourane ».

Un jour, je reçus un coup de téléphone :

— Allô, Dany Carrel ?

— Oui...

— J'ai retrouvé votre mère !

— Ma mère... Mais où est-elle ?

— Elle est à Paris.

J'ai le cœur qui bat très fort. La femme poursuit :

— Elle ne peut pas vous téléphoner elle-même car elle ne parle pas français.

— Oui, en effet.

— Elle voudrait évidemment vous revoir. Elle m'a raconté qu'elle ne vous avait plus revue depuis vos deux ans et demi.

— Oui, c'est exact !

Je suis terriblement troublée par ces faits précis et réels que me rapporte cette femme. Cependant, cette mère qui m'arrive tout à coup du ciel, m'intrigue :

— Comment pourrais-je avoir la certitude que cette femme est réellement ma mère ?

— Elle m'a dit que votre père était M. du Chaxel.

— Oui, c'est vrai !

Je suis de plus en plus émue et, pourtant, je me méfie encore :

— Tout ce que vous me dites est exact, cependant vous a-t-elle dit quel était le nom de ma sœur ?

— Eh bien, elle ne me l'a pas dit, mais je peux le lui demander.

— C'est cela, vous me rappelez pour me le donner et, alors, nous prendrons rendez-vous.

Je me précipite aussitôt chez Alice pour lui faire part de cette incroyable conversation :

— Alice, peut-être avons-nous retrouvé notre mère...

Mais Alice est incrédule :

— Non, c'est impossible ! Cette femme n'est pas notre mère ! Je connais trop bien « Maman Tourane », je sais que, jamais, elle ne quittera le Viêt-nam. Jamais elle ne débarquera ainsi en France, ce n'est pas dans son caractère. Elle n'a jamais quitté sa propre région, comment veux-tu qu'elle arrive jusqu'en France ? Et puis, nous avons des frères, ils ne l'auraient pas laissée seule ainsi... Non, Dany, ne crois pas à tout cela !

Je demeurais pourtant très troublée par la quantité de détails que m'avait donnés cette femme. Comment pouvait-elle savoir tant de choses si elle n'était pas ma mère ? Mais, tout à coup, je me souvins de l'entretien que j'avais donné quelques semaines plus tôt et qui venait d'être publié. Le journaliste, actualité oblige, m'avait interrogée sur mes origines eurasiennes. Je lui avais expliqué que mon père, Aimé du Chaxel, était mort lorsque j'avais deux ans et demi.

— Et votre mère ? m'avait demandé le journaliste.

— Je sais si peu de choses de ma mère... La seule certitude que j'ai est qu'elle était vietnamienne, mais je ne sais pas si elle est ou non encore en vie.

Me remémorant cet article, je compris que ce que j'avais pris pour des preuves irréfutables n'était peut-être qu'une suite de références trouvées dans le journal. La femme, en effet, ne me rappela pas pour me donner le prénom de ma sœur que je n'avais pas confié au journaliste.

Une semaine plus tard, je reçus un autre appel. Une autre « mère » vietnamienne se présentait :

— Je suis votre mère !

Le choc fut, cette fois encore, considérable. La femme qui parlait avait un fort accent vietnamien. Et, bien sûr, je rêvais depuis tant d'années à ce jour où, peut-être, ma mère enfin me ferait signe... Mais ma raison remit bien vite à sa place mon imagination : les quelques preuves que je demandais à cette femme ne furent pas satisfaites. Ses réponses, évasives, semblaient prouver qu'elle n'était pas ma mère. A nouveau Alice me mit en garde et me rappela :

— Notre mère n'a jamais parlé français ! Méfie-toi, Dany ! Bien des gens vont vouloir profiter de toi. Ils sont arrivés en France dans le dénuement et pour eux, toi l'actrice, tu ne peux qu'être une femme riche. Refuse de te rendre aux rendez-vous qu'ils te proposent car, sensible comme tu l'es, je suis bien certaine que tu te laisserais piéger. Comment pourrais-tu reconnaître notre mère, toi qui ne l'as jamais vue que sur des photos ? Je te le répète, ma petite Dany, jamais notre mère ne quittera son pays, sa ville...

Durant cette période d'activité en faveur du Viêt-nam, je reçus ainsi d'autres appels d'autres mères potentielles. J'en fus d'abord extrêmement troublée. Etonnée puis sceptique, je finis par être scandalisée par de tels procédés : adopter une fille pour ne plus manquer de rien ! J'avais dû prendre en charge financièrement et moralement Juliette et je trouvais cela bien suffisant. Cependant, parfois, le doute s'immisçait en moi : « Et si, cette fois, cette femme était réellement ma mère ? » Et je songeais aussi que, peut-être, ces femmes recherchaient réellement leur enfant. L'Indochine, colonie française, avait dû faire bien d'autres bâtardes que moi... Et j'éprouvais alors de la tendresse pour ces mères dont on avait pris les filles afin de les élever en petites Françaises.

La raison invoquée par Juliette pour réfuter ces mères dont je lui parlais lorsque je lui rendais visite était évidemment différente de celle d'Alice. Pour Juliette il ne faisait aucun doute que ces mères étaient des imposteurs puisque la mienne était morte à ma naissance.

Version soutenue d'ailleurs par Suzanne, la nièce de Juliette. Suzanne, ma soi-disant cousine qui, un jour, m'avait emmenée au théâtre du Châtelet à l'époque de l'orphelinat, ne connaissait cependant que la version officielle de la famille. Cette version fabriquée par Juliette. Depuis que j'étais adulte, je parlais beaucoup plus librement avec Suzanne qui, pour avoir vécu elle-même en pension, me comprenait beaucoup mieux que Juliette.

— Juliette m'a toujours expliqué que tu n'as plus de mère, me disait Suzanne.

— Et Alice ?

— Mais Alice a une autre mère.

Yvon n'était plus là pour prendre le relais auprès de Juliette. Je pensais à lui chaque fois que je me rendais à la maison de retraite. D'ailleurs quel moment de ma vie n'était-il pas lié à son souvenir ? Lorsque je jouais, je m'attendais toujours à le voir entrer dans ma loge comme il le faisait si souvent naguère. Il se rendait même en province pour le plaisir de me voir, de respirer l'air du théâtre. C'était maintenant François, mon mari, qui me déculpabilisait au sujet de Juliette et me rappelait un peu à l'ordre :

— Espace tes visites ! Ne te rends pas malade ! Tu n'as rien à te reprocher !

Lorsque j'étais auprès de cette vieille dame aveugle de bientôt quatre-vingt-dix ans, si triste, j'éprouvais de la pitié. J'en venais même à chasser les mauvais souvenirs pour ne garder que les bons moments que nous avions vécus ensemble. Je revoyais ces jours où elle m'emmenait déguster une douzaine d'huîtres sur le Vieux Port de Marseille ou manger un « succès » dans la pâtisserie. Je revoyais le jour où, renvoyée de l'école par les sœurs en raison de ma liaison avec Francine, elle ne m'avait fait aucun reproche et avait haussé les épaules... Je pensais aussi : Elle m'a tout de même ramenée en France et ma vie d'actrice en a été possible. Aujourd'hui Alice est près de moi, nous avons construit notre propre famille et nous sommes heureuses, pourquoi devrais-je continuer à tenir rigueur à Juliette de notre séparation ? L'abbé Bel revenait également dans mes pensées : on ne peut passer dix années de sa vie dans les chapelles, les églises, répondre à la messe, et avoir été aidée, avoir eu comme « père adoptif » un curé sans être marquée. Je continuais à mettre en pratique ce qu'il m'avait souvent répété : « Tu ne seras jamais bonne sœur, mais sois quelqu'un de bien. Tu te sentiras infiniment mieux toi-même si tu es généreuse. » Ainsi, en poursuivant mes visites à Juliette, j'avais l'impression de rester fidèle à l'abbé. C'était ma façon de lui témoigner de la reconnaissance.

Un matin de 1980, je reçus un coup de téléphone :

— Madame Mosser ?

— Oui...

— Bonjour madame, je suis le médecin de l'Institution... Voilà... je vous téléphone...

Le médecin a pris une voix douce, un peu hésitante. Aussitôt je songe qu'il me prépare à quelque chose... Certainement il est arrivé quelque chose à Juliette.

— Je voulais vous dire, poursuit le médecin, que madame du Chaxel est décédée cette nuit...

— Ah...

Je reste sans voix, le temps de réaliser ce qui s'est passé. Et, aussitôt, comme par magie, l'angoisse qui me tenaille depuis des années disparaît. Non seulement parce que, moi, je suis délivrée d'une dette morale qui me gâchait la vie, mais parce qu'enfin Juliette ne continue plus à vivre dans le malheur. Peut-être le médecin pense-t-il, devant mon mutisme, que je pleure. Il tente de me réconforter :

— Elle a eu un arrêt cardiaque et ne s'est pas réveillée, cela s'est donc passé au mieux pour elle...

Savoir que tout s'était passé sans souffrance, sans angoisse pour

Juliette, était un énorme soulagement. Elle était enfin délivrée. Elle ne pleurait plus sa solitude. Elle n'implorait plus ma présence. J'étais la seule dont elle attendait un peu d'espoir, un peu de réconfort. Depuis plusieurs années, elle m'idolâtrait. Mais, sans doute, s'abusait-elle : je n'ai jamais pensé que l'on puisse aimer quelqu'un de cette façon, du jour au lendemain, alors que pendant des années et des années on l'a rejeté avec force.

Le jour de l'enterrement, Alice m'accompagna. Je déposai un bouquet de fleurs sur le cercueil. Alice, Suzanne, et moi-même, nous montâmes derrière le chauffeur dans la voiture qui conduisait le cercueil au cimetière. Toutes trois nous parlâmes de choses et d'autres et je songeai : Comme il est triste de finir ainsi, sans que personne ne verse une larme sur vous ! Mais je ne pouvais absolument pas pleurer.

Juliette me laissait quatre vases qui avaient appartenu à mon père. Ils étaient autrefois dans sa chambre, à Tourane. C'était le seul lien avec ce père mort beaucoup trop tôt. Juliette me laissait également quelques photos. Je me précipitai pour ouvrir le paquet : enfin j'allais pouvoir revoir ces photos vues jadis en cachette à Marseille avec Alice. Mais il en manquait beaucoup. Je retrouvai la photo de mon père aux côtés de Juliette sur un médaillon. C'était la seule photo intacte. Toutes les autres avaient été découpées. La photo où Alice et moi, bébés, étions côte à côte avait été coupée en deux : j'étais seule maintenant sur la photo. D'Alice il ne restait plus qu'un petit pied de bébé. Sur les autres photos où mon père, « Maman Tourane » et l'une des enfants, Alice ou moi, figuraient, il ne restait plus que l'enfant : les ciseaux avaient fait disparaître la mère, le père.

Comme nous regrettâmes, Alice et moi, de n'avoir pas pris ces photos lorsque nous étions à Marseille :

— Nous aurions dû les chiper et partir toutes les deux ! Nous aurions dû nous évader !

— Cela nous paraît facile aujourd'hui mais, souviens-toi, tu n'avais que douze ans, moi quatorze. Nous n'avions pas un sou, ne connaissions rien de la vie. Nous ne serions pas allées bien loin...

Ces photos découpées, l'effaçage de mon père et de ma supposée mère vietnamienne à mes côtés montraient à l'évidence que Juliette voulait me cacher quelque chose. Elle ne voulait rien me laisser de mon enfance familiale à Tourane. Juliette ne voulait pas de cette petite Vietnamienne, mère d'Alice. Si cette Vietnamienne n'avait été que ma nurse comme elle me l'avait affirmé, pourquoi avoir voulu la supprimer ? Et si j'avais une autre mère, pourquoi n'existait-il aucune photo d'elle ?

Avec la mort de Juliette cette blessure fut donc ravivée : mais qui était donc ma mère ? Jusqu'au bout Juliette avait gardé ce secret. Saurais-je un jour la vérité ?

Une nouvelle actrice

— Allô, Dany ? Marcel !

— Marcel ?

— Marcel Camus !

— Ah, Marcel !...

J'eus un petit pincement au cœur. Cela faisait tant d'années que nous ne nous étions revus...

— Pourrais-je te voir, ma petite Dany ? Je prépare, pour la télévision, un film tiré du livre de Benoîte et Flora Groult, *Le Féminin pluriel.* Dans ce livre, il y a deux femmes...

— Oui, je l'ai lu. C'est un beau livre, d'un côté la femme, de l'autre la maîtresse...

— Oui, eh bien pour quel rôle crois-tu que je pense à toi ?

— Oh, sûrement la maîtresse, comme d'habitude ! Aucun metteur en scène ne veut me voir vieillir. Pourtant, depuis des années, je demande qu'on inverse les rôles : j'ai l'âge d'être la femme et ce serait d'ailleurs davantage en accord avec ma propre vie. Ils me répondent toujours : « Mais vous êtes mignonne et vous faites très jeune ! »

— C'est vrai, me répondit Marcel, tu fais encore jeunette mais ça ne fait rien, il faut que tu changes d'emploi. Je voudrais donc te voir pour le rôle de la femme bafouée.

— Tu prendras une jolie jeune fille pour jouer la maîtresse, c'est elle qu'on déshabillera un peu. Pour moi, c'est fini ! Peut-être garderai-je mes chemisiers ou mes robes un peu échancrées, mais je veux aborder de nouveaux rôles.

Nous prîmes rendez-vous et, le jour convenu, je me rendis chez

Marcel. Il était maintenant marié avec cette magnifique actrice noire aperçue autrefois en sa compagnie aux Champs-Elysées et qui avait été l'une des héroïnes de son meilleur film, *Orfeu Negro*. Nous nous saluâmes comme si rien ne s'était jamais passé entre nous.

La télévision, c'est le temps de la rapidité. Fini le cinéma où l'on tourne pendant cinq ou six mois. *Féminin pluriel* fut tourné en quatre semaines et nous dûmes faire de très nombreux plans chaque jour. Nous n'avions pas le temps de discuter, ni de nous fréquenter. A huit heures du matin, les caméras commençaient à tourner, elles ne s'arrêtaient qu'à cinq heures. Je n'avais aucun contact avec Marcel. Je ne lui parlais même pas à l'heure de la pose de midi car nous devions alors préparer les scènes de l'après-midi. Le soir, après un démaquillage rapide, je devais vite rentrer chez moi car il me fallait apprendre de longs textes pour les scènes du lendemain. Mais, de toute façon, qu'aurais-je pu dire à Marcel ? Je n'avais plus en face de moi l'homme que j'avais connu. Bien plus, j'avais le sentiment d'être confrontée à un étranger. Comme si tout était oublié. Cet homme si gai, si débordant de vie était devenu un homme plutôt triste, et cela m'attristait moi-même.

Malgré tout, je jouai chaque jour avec plaisir car j'aimais mon rôle. J'étais enfin une femme trompée, une femme blessée face à une actrice plus jeune, plus belle. *Le Féminin pluriel* est pourtant une histoire banale, classique puisqu'elle met en scène le trio composé de la femme, du mari et de la maîtresse. Mais ici, c'est la femme qui gagne. Marianne, l'héroïne, a une grande fille et un petit garçon et elle se bat pour sauver sa famille. Elle invente mille ruses pour ramener vers elle son mari. Jamais elle ne s'avoue vaincue. Marianne est une femme qui souffre mais c'est aussi une femme volontaire.

La diffusion du film à la télévision eut un grand retentissement. Et très vite, le ton du courrier que je recevais changea. Après avoir été adulée par les hommes, j'étais maintenant aimée des femmes. Marianne avait gagné et les femmes s'identifiaient à elle : « Moi aussi, je vais pouvoir gagner ! », m'écrivaient-elles. « Peut-être, la prochaine fois, pourrai-je en faire autant... », « Je vais en prendre de la graine : je ne vais plus me résigner ! Moi aussi, je vais me battre ! ».

Le film fut un succès mais Marcel Camus n'était plus là pour s'en réjouir. Il mourut au moment même où le montage s'achevait. Pour la seconde fois, Marcel m'avait donné la possibilité de trouver un nouveau personnage. A vingt ans, il m'avait permis, par ses conseils, ses encouragements de renoncer à mes rôles de filles légères dans les films de série B, pour me lancer dans les grands rôles auprès de René Clair ou Duvivier. Dans ce dernier film Marcel m'avait offert, pour mes quarante ans, le rôle d'une femme mûre, d'un personnage plus humain. Il donnait ainsi un second souffle à ma carrière. *Le Féminin pluriel* diffusé, les réalisateurs me découvrirent en effet sous un autre jour et crurent à mon personnage. Ce fut le dernier magnifique cadeau de Marcel. A mes débuts il m'avait affirmé : « Les metteurs en scène n'ont pas toujours de l'imagination : montre-toi comme ils désirent que tu sois. » Cette fois, c'était lui-même qui m'avait montrée aux autres. Je lui en suis toujours profondément reconnaissante.

Bernard Toublanc Michel, un homme sensible, intelligent, un ami que j'apprécie beaucoup, me confia un nouveau rôle de femme mûre dans un téléfilm pour la première chaîne, *Allons voir si la rose,* une sorte de poème, de suspense autour d'une rose. Le film met en scène un couple ordinaire, la quarantaine, petit-bourgeois, après dix ans de mariage. Un mari moniteur d'auto-école qui s'affale devant la télévision lorsqu'il rentre le soir. Une femme responsable d'un salon de coiffure et qui s'ennuie. Plus de désirs, plus de projets. Un matin, alors qu'elle se rend à son travail, la femme trouve une rose sur son pare-brise. Le lendemain matin, une autre rose. Et ainsi, chaque jour. Quelqu'un pense donc à elle. A nouveau la vie a du goût. Mais qui lui offre ces roses ? Un jour, elle surprend son mari, une rose à la main... Profondément émue, elle rit et pleure tour à tour en se rendant à son salon de coiffure.

Le film, joliment tourné, obtint, lui aussi, un énorme succès. A nouveau les lettres de femmes affluèrent. Toutes me disaient : « Merci d'avoir tourné ce téléfilm. Je me suis endormie ce soir, pour la première fois depuis des années, totalement sereine, apaisée. Quelle belle histoire ! » Jadis, je ne m'étais jamais souciée des cohortes d'adolescents enamourés qui, me disait-on, épinglaient ma photo un peu partout. Cette fois la puissance de suggestion de mes nouveaux rôles m'impressionnait beaucoup.

Après la diffusion du film, chaque jour, je trouvais dans ma boîte aux lettres une rose rouge. Evidemment je soupçonnai aussitôt François, mon mari. Il m'affirma qu'il n'était pas l'auteur de ce présent.

Pendant un mois, chaque jour, une rose rouge dépassa de ma boîte à lettres... Je n'ai jamais su, malgré l'enquête que j'ai menée, qui était l'auteur de ce signe d'amour ou d'amitié ou, peut-être, de cette blague. Dommage...

Yves Ciampi, le réalisateur de *Typhon sur Nagasaki*, préparait pour la télévision un suspense, *Les Nerfs à vif*. Il cherchait une femme pouvant interpréter un personnage à la fois bon et diabolique. Claude Désiré lui parla de moi. C'était déjà Claude Désiré, conseiller des programmes auprès du président de TF 1, qui avait suggéré à Marcel Camus de me donner le rôle de la femme trompée. Claude Désiré, que je n'avais encore jamais rencontré, connaissait bien ma carrière et pensait que, peut-être, le cinéma ne m'avait pas toujours donné les rôles que j'aurais mérités.

Je me rendis donc à l'hôtel particulier d'Yves Ciampi.

— Bonjour, dis-je tandis qu'il descendait de sa loggia, je suis tout à fait ravie de notre rencontre. Vous êtes l'un des grands metteurs en scène avec qui je n'ai pas encore tourné.

Nous fîmes un bref survol de ma carrière : Decoin, Duvivier, mais aussi Clair, Clouzot, Cayatte... Il me dit alors :

— Je suis le dernier C... avec lequel vous n'ayez pas tourné, Dany !

— Oui, et un bon C...

— Eh bien, asseyez-vous près de moi et discutons ; vous sentiriez-vous à l'aise dans le rôle d'une femme diabolique ?

— Pourquoi pas ? Nous sommes tous multiples, pas uniquement nous, comédiens, mais tous les êtres humains. Nous sommes tous partagés, remplis de contradictions : bons et méchants, légers et graves... Au contraire, j'aimerais beaucoup interpréter ce type de rôle.

— Le rôle est celui d'une infirmière compétente, chaleureuse, bonne pour ses malades et aimée d'eux. Mais la nuit, elle mène une vie secrète et commet un crime.

— Je suis très excitée par un tel personnage.

— Dany, je connais votre carrière, je ne vous demanderai donc pas de faire un essai...

— Alors, nous le faisons, ce film ?

— Mais oui, dès que Claude Désiré nous donne le feu vert. Ainsi, peut-être serai-je le dernier C... avec qui vous tournerez...

— Cela me fait très plaisir de travailler avec vous. Je n'ai pas lu le scénario, mais je vous fais confiance !

Je pouvais en effet faire confiance à Yves Ciampi. Il était un bon réalisateur de cinéma et connaissait la part fondamentale de l'écriture du scénario et l'importance du découpage. Mon rôle était très riche, le film fertile en rebondissements. L'infirmière de quarante ans, adorée de ses malades, dévouée à eux, manipulait une jeune fille de dix-neuf ans, tuait son mari puis séduisait la jeune fille ! Femme diabolique et perverse et pourtant très sincèrement bonne pour ses malades.

Nous eûmes beaucoup de plaisir à travailler ensemble et, ce premier film à peine achevé, nous décidâmes de nous remettre au travail. Yves voulait adapter *Le Disparu du 7 octobre* de Dominique Fabre. Il proposa le sujet à Claude Désiré :

— J'aimerais tourner ce policier. Il est très différent du premier et admirablement écrit. Evidemment, j'aimerais aussi tourner avec Dany. Il se produit une véritable osmose entre nous, nous travaillons merveilleusement bien ensemble.

Et Yves Ciampi ajouta en souriant :

— Je suis son dernier C... !

Yves aimait répéter ce mot qui le mettait véritablement en joie.

Claude Désiré donna aussitôt son accord et Yves se mit au travail. Dominique Fabre également. Il adaptait lui-même son roman et en écrivait le scénario. Je rencontrai alors Dominique Fabre.

— Dany, il y a très longtemps que je pense à vous pour un rôle depuis *Les Grandes Manœuvres* !

— *Les Grandes Manœuvres* ? dis-je, un peu interloquée.

— Oui, bien sûr, votre rôle était court et, depuis, vous avez joué beaucoup d'autres rôles, mais, dès cette époque, j'ai senti poindre dans votre jeu une sorte de fêlure, d'écorchure que les metteurs en scène n'ont pas toujours su voir.

— Je vous suis reconnaissante d'avoir discerné cela. En effet cette fêlure existait déjà... Je suis très émue que vous l'ayez vue.

Dominique Fabre, en toute logique, devint aussitôt un ami. Il m'écrivit un rôle sur mesure. Le scénario achevé, Yves prépara le découpage. Un soir vers huit heures, je lui rendis visite :

— Dany, ça y est, j'ai commencé le découpage ! Je suis heureux de faire ce travail et me réjouis de te retrouver. C'est vraiment merveilleux d'avoir fait ce premier film ensemble ! Mais, tu sais, il y en aura d'autres encore. Ce soir, je sors au théâtre puis je vais souper. Dès demain, je me remets au travail. La vie est belle !

J'étais très excitée par ce nouveau tournage qui se préparait. Yves galvanisait ses acteurs, il leur donnait l'impression qu'ils étaient l'unique acteur au monde et que nous étions en train de tourner le meilleur film de l'année. Ainsi, l'acteur se sentait porté. Tourner avec Yves était vraiment enchanteur.

Le lendemain matin, je prenais mon petit déjeuner pensive. Qu'allais-je mettre ? Un tailleur ? Une robe ? Une jupe ? Avec quel chemisier ? Et les bas, de quelle teinte ? C'était bien parce que c'était toujours si compliqué pour moi qu'à la maison j'attrapais le premier pull, le premier pantalon de ma penderie. Le téléphone sonna. C'était Danielle Ciampi. Elle avait une voix bizarre.

— Dany ?

— Oui...

— Tu n'as plus de metteur en scène...

— Que me dis-tu ?

— Eh bien tu n'as plus de metteur en scène !

— Mais, Danielle, de qui me parles-tu ?

— Je te parle d'Yves...

— Pourquoi ? Il ne veut plus faire le film ?

— Il nous a quittés cette nuit !

— Ah non, ce n'est pas possible ce que tu me dis !

— Si, Yves est mort ! Il est mort en dormant. Il était si heureux ! Son découpage est ouvert sur son bureau, il en est à la troisième page. Hier soir encore il me parlait de toi : « Ah je vais retrouver Dany, comme je suis heureux ! » et il est mort... Mais en tout cas, il est mort heureux, très heureux !

— Mais c'est nous qui ne sommes pas heureuses !

Danielle pleurait et pourtant elle ne parvenait pas à réaliser ce qui s'était passé :

— Ce n'est pas possible, quelqu'un qui ne se réveille pas ! Il s'est couché, joyeux, il s'est endormi et puis, il ne s'est pas réveillé... Je n'arrive pas à le croire...

— Je ne parviens pas à y croire moi non plus ! Quelle horreur pour nous...

Quelques mois plus tôt, Marcel Camus était mort. Ainsi je perdis, coup sur coup, deux metteurs en scène de qualité, deux hommes qui m'avaient dirigée vers une nouvelle carrière, une carrière heureuse, celle de la télévision.

Le temps de la stupeur passé, Claude Désiré, Dominique Fabre et moi-même, nous nous interrogeâmes sur le devenir du film. Danielle Ciampi nous dit : « Il aurait aimé que le film se fasse. » Claude Désiré confia donc la réalisation à Jacques Ertaud. Jacques était très différent d'Yves. Grâce à cela il ne pesa pas sur le film et sur moi une atmosphère trop lourde. Car, évidemment, nous pensions tous à Yves... Mes relations avec Jacques étaient si bonnes que j'avais la curieuse impression qu'Yves faisait en sorte que tout se passe au mieux...

Jacques venait chez moi afin que nous discutions de mon rôle. Il ne pouvait s'empêcher de joindre le geste à la parole lorsqu'il me parlait de certaines scènes. Et nous fîmes une sorte de répétition, lui, prenant le rôle de Daniel Mesguish, mon partenaire dans le film. Jacques à genoux à mes pieds, m'expliquait :

— Tu t'avances, tu passes tes mains dans mes cheveux...

Je fis les gestes qu'il m'indiquait et dis mon texte. A ce moment la porte s'ouvrit et Simone, la femme qui m'aide à tenir la maison, entra avec un plateau et des boissons. Elle s'arrêta tout net, nous regarda, interloquée n'osant bouger.

— Ne vous affolez pas ! Je répète un texte.

Simone est maintenant habituée à mes répétitions et ne se formalise plus lorsqu'elle m'entend hurler :

— Tu es un salaud ! Va-t'en immédiatement !

ou encore :

— Mais, voyons, chéri, tu sais bien que je t'aime...

Je tournais également avec Jacques Trébouta, mon beau-frère. C'était évidemment un plaisir de travailler avec lui. En raison de la connivence qui existait entre nous et en raison de son tempérament joyeux. Nous tournâmes *Tamarlant*, *La Maison de marbre* puis *L'Eclaircie*. *L'Eclaircie* était l'histoire d'une bourgeoise qui s'ennuie avec son notaire de mari dans un petit village normand où règnent pluie et grisaille, jusqu'au jour où s'installe un jeune et séduisant médecin. Elle vit alors avec lui une belle histoire d'amour, son « éclaircie ».

Lorsque l'équipe s'installa à Volognes, les Normands furent ravis :

— Ah, Dany Carrel ! Je vous aime beaucoup, je vous ai vue dans presque tous vos films...

Lorsque j'entrais dans le café :

— Ah, madame, voulez-vous que je vous offre un verre ?

Mais plus le tournage avançait, plus les visages se fermaient. Puis, les habitants nous firent franchement la tête et n'eurent plus qu'un désir : nous voir partir !

Le film était en effet une histoire de pluie, de ciel gris, or, depuis que l'équipe s'était installée, le ciel était obstinément bleu, sans un nuage. Jacques était donc contraint de faire appel aux pompiers qui, à grands renforts de lances à incendie, imitaient la pluie. Chaque jour, ciel bleu, chaque jour, pluie artificielle. Et ainsi pendant cinq semaines !

Les habitants de Volognes, scandalisés, protestèrent auprès de Jacques :

— Il fait un temps de rêve ici et dans votre film il ne fait que pleuvoir ! Monsieur, vous êtes un assassin !

— Mais, dans mon scénario, tout se passe sous la pluie, répondait Jacques, très embarrassé.

— Peut-être mais vous insultez notre pays ! Il ne pleut pas ici !

Lorsque nous entrions désormais au café, Jacques, vivement attaqué, essayait de se défendre, d'expliquer :

— C'est le scénario qui impose la pluie !

— Eh bien vous n'avez qu'à le changer ! Vous ne pouvez donc pas montrer qu'il fait beau ici ? Vous insultez notre pays !

Un autre Normand reprenait :

— Pourquoi on médit toujours sur la Normandie en disant qu'il pleut ? Tout simplement parce que dans les films, les cinéastes font de la pluie artificielle !

Le dernier jour arrivé, nous prîmes tous nos jambes à notre cou, et détalâmes comme des lapins, un peu penauds, il faut bien l'avouer !

Je ne sais si, aujourd'hui, les habitants de Volognes ont oublié cette histoire mais je peux affirmer, en effet, qu'on accuse à tort la Normandie d'être une région de grisaille et de tristesse. Je vis dans ma maison de campagne normande des journées de toute beauté. Et je préfère, aujourd'hui, la Normandie vert pomme à la Côte d'Azur gris béton.

Lorsque Jacques ne réalisait pas les films, il les produisait. Ainsi il mit au point, pour la deuxième chaîne, *Les Enquêtes Caméléon.* Il s'agissait d'une série policière populaire de cinq films dans le ton des *Cinq Dernières minutes,* dont mon ami Dominique Fabre écrivait le scénario. Mère de deux enfants, épouse du « flic » Roger Carrel, je m'intéressais si fort à ses enquêtes que je décidais de me transformer en une sorte de Sherlok Holmes. Métamorphosée en divers personnages, je m'introduisais dans les maisons ou les châteaux pour mener ma propre enquête et, finalement, démêler un à un les fils embrouillés de l'écheveau.

Le metteur en scène, Philippe Monnier, ancien assistant de Molinaro, de Sautet et de Losey, un homme attentif, sensible, m'aborda après plusieurs mois de tournage :

— Je suis très troublé : dès que je te mets devant la caméra pour jouer une scène d'émotion, même si tu n'as aucun dialogue, il me suffit de te dire : « Dany, il faudrait, là, de l'émotion », aussitôt viennent les larmes. Quelle facilité tu as ! Comment se fait-il qu'il te soit possible de pleurer ainsi ?

— Aussi étrange que cela paraisse, lorsque j'étais enfant puis adolescente, je ne pleurais jamais. Je n'ai pleuré que du jour où je suis devenue actrice.

— Ah bon ? dit Philippe, intrigué.

— Lorsque j'étais malheureuse, jamais une larme ne coulait. Une question de pudeur, sans doute. Je pense que si je n'avais pas été actrice, j'aurais dû suivre une psychanalyse... Pleurer pour moi m'était impossible, pleurer pour une autre me devint possible. Au même moment, dans ma vie privée aussi, j'ai su pleurer.

Ainsi l'actrice a libéré la petite fille que j'avais été. Je pleure même presque trop aujourd'hui. Au théâtre, au cinéma, devant la télévision, dès que germe une émotion intense — triste ou gaie — je pleure. Lorsque mon mari rentre le soir, parfois, assise dans mon fauteuil face à la télévision, j'ai le visage ruisselant de larmes :

— Mais que se passe-t-il, Dany ? Quelque chose est arrivé ?

— Mais non, je suis très heureuse.

— Tu es heureuse et tu pleures ?

— Mais oui ! C'est formidable : le film me fait pleurer mais je suis très heureuse !

Je suis reconnaissante à la télévision de m'avoir donné mes rôles de femme mariée, de mère. J'avais bien abordé ce type de rôle dans le film *Le bahut va craquer* puisque j'y interprétais une femme mariée (avec Michel Galabru), mère d'une jeune collégienne (Fanny Bastien), et j'y jouais de belles scènes d'émotion. Mais mon rôle, une simple participation, y était peu important et le film n'avait pas bien marché. Avec ces téléfilms, qui tous furent d'énormes succès, j'avais maintenant de véritables grands rôles et, chaque fois, des millions de spectateurs. Car c'est cela aussi la télévision. Sans doute les téléfilms n'ont-ils pas toujours le fini des films de cinéma et le manque de budget impose des tournages rapides, mais, en une soirée, un téléfilm touche plus de spectateurs qu'aucun film ne peut le faire. Il est un autre point important : le cinéma n'offre guère de rôles à une actrice de quarante à cinquante ans. Les metteurs en scène, soucieux de la réussite commerciale de leur film, ont toujours recours à l'actrice la plus en vogue, une actrice sur laquelle ils pourront « monter » le film et obtenir ainsi, à coup sûr, de l'argent d'un producteur. Les spectateurs ne se déplaçant plus, il faut les attirer par un nom avant même que le film ne sorte.

Le succès du cinéma passe aujourd'hui par la télévision et, par chance, la télévision me gâte beaucoup : rôles magnifiques, taux d'écoute considérable et, grâce à ces rôles, je me suis enfin réconciliée avec les femmes. Je ne suis plus cette jeune fille perverse, la concurrente qui leur volait leurs hommes, je suis maintenant leur alliée, leur amie, leur sœur puisque, femme vulnérable, je vis leurs épreuves, leurs misères, leurs combats. Je suis aussi, souvent, celle qui triomphe de la maîtresse. Devenue ainsi une sorte de modèle possible, je leur apporte réconfort, optimisme... Les femmes aujourd'hui m'arrêtent dans la rue, dans les magasins : « Ah, Dany ! Quand vous revoit-on à la télévision ? On ne vous voit pas assez, vous savez ! Vous nous faites tellement de bien ! Vous êtes si optimiste, si pleine de vitalité, de joie de vivre... »

Micheline retrouvée

Gérard Philipe m'avait affirmé à l'orée de mes plus belles années de cinéma : « Tu dois faire du théâtre, Dany. Pour durer, c'est indispensable. Les carrières sont brèves au cinéma. » Je ne croyais Gérard qu'à demi. Aujourd'hui je sais que le cinéma a peur des femmes de quarante à cinquante ans, il a peur des rides naissantes sur leur visage. Car le cinéma, c'est la magie, la beauté, le rêve. Le théâtre obéit à d'autres codes et ne s'attache pas aux détails d'un visage mais plutôt aux silhouettes. Une jeune fille peut être interprétée par une actrice de trente ans, une jeune femme par une actrice de soixante ans, et le personnage reste crédible. Sans atteindre aux excès de Sarah Bernhardt qui, à un âge avancé, interprétait encore l'Aiglon, rôle conçu pour une jeune fille de dix-huit ans ou à la rigueur pour un jeune homme du même âge, les femmes ont leur place au théâtre à tout âge.

Depuis que j'ai goûté à la scène, je ne l'abandonne jamais très longtemps, au risque parfois d'être contrainte de refuser de très beaux rôles au cinéma. Car, s'engager pour le théâtre, c'est prendre rendez-vous des mois et des mois à l'avance en raison de l'énorme machine que représentent les tournées pour les organisateurs. *Les Enquêtes Caméléon* avaient plu au public, mon interprétation avait également plu à Pierre Tchernia. Celui-ci préparait un film avec Michel Serrault et désirait que j'en sois la femme. A mon grand désespoir, je ne pus accepter le rôle en raison de mon engagement pour le théâtre déjà programmé. A la même époque, je dus refuser un rôle que me proposait Bertrand Blier. Ces deux rendez-vous manqués montrent à quel point la gestion d'une carrière d'actrice est difficile et quelle énorme part de hasard la gouverne.

Après le beau succès théâtral de *L'Education de Rita,* où je jouais aux côtés de mon ami Jean Gaven, j'interprétai une grande bourgeoise dans *Le Saut du lit.* Mon ami Jean Le Poulain en était le metteur en scène. Je lui rappelai en riant mes premiers essais :

— Tu n'étais pas très sympathique !

— Oui, c'est vrai... Mais, maintenant, tu sais parler haut et fort !

— Eh bien oui, je suis allée à bonne école avec toi !

La pièce, un vaudeville mettant en scène le trio infernal : mari, femme, amant, était, comme tout vaudeville, menée à un train d'enfer. Après une tournée enthousiaste, nous nous installâmes pour un an au théâtre des Variétés.

Un soir après le spectacle, entre dans ma loge une femme un peu ronde, brune aux yeux verts. Elle s'avance timidement vers moi et me dit :

— Yvonne... Je suis Micheline Leprince.

— Micheline ! Je t'ai immédiatement reconnue ! J'ai reconnu tes yeux ! Mais c'est inouï ! Que fais-tu ici ?

— J'ai suivi ta carrière au cinéma. J'ai vu tous tes films. Mais je n'ai pas osé t'écrire. Et puis, j'ai suivi ta carrière théâtrale et je n'osais pas venir, me disant : « Que va-t-elle dire après tant d'années ? »

— Mais, ça me fait un plaisir fou ! Tout à coup je retrouve l'orphelinat. On a tout de même beaucoup ri ensemble ! Comme tu as bien fait de venir, Micheline ! Il faut que nous nous revoyions. Te souviens-tu de ce temps ? Sœur Josèphe, sœur Marie...

— Oh oui ! Et pourtant il y a si longtemps.

— C'est gravé si profondément en moi que je ne l'oublierai jamais.

— Tu te souviens du jour où je ne sais qui t'avait volé le sac de nourriture que tu avais rapporté de chez ta tante ?

En un instant surgirent mille souvenirs. Nous étions intarissables l'une et l'autre. Micheline, ma meilleure amie de l'orphelinat Saint-Joseph de Louveciennes, que je n'avais plus revue depuis mon adolescence, avait changé, comme moi. Et pourtant à travers ses yeux verts pailletés d'or que je n'avais jamais oubliés, je retrouvais la gamine qu'elle avait été. Il était évident que nous allions nous revoir.

Je ne rencontrais plus très souvent Dominique Fabre depuis

mon retour au théâtre mais nous nous téléphonions. Comme il avait du temps libre, je lui demandai de passer au théâtre. J'aimais me réfugier dans ma loge avant le spectacle. Son confort, sa décoration chaleureuse apaisaient un peu l'angoisse que j'avais chaque soir avant d'affronter le public. Dominique, avec sa nonchalance habituelle, se laissa aller dans le canapé :

— Je viens de terminer six heures de scénario pour une série télévisée, je suis épuisé ! J'ai décidé de m'arrêter de travailler !

— Eh bien, je suis dans le même état ! J'arrête la pièce fin octobre et je me repose !

— Tu fais tout comme moi ! dit Dominique en riant.

— Nous devrions prendre une année sabbatique...

— Je n'ai plus qu'un désir : arrêter le temps, goûter la vie, tranquillement. Ne plus rien faire...

— Je n'ai moi-même plus qu'une envie : profiter de ma campagne, aller voir mes poneys, les vaches, les prairies... Couper mes fleurs.

— Et moi, renchérit Dominique, je n'aspire plus qu'à aller dans ma maison du Jura...

Jean-Michel Rouzières, le directeur du théâtre, désirait que les représentations se poursuivent jusqu'aux fêtes de fin d'année :

— Dany, continue ! La pièce obtient toujours autant de succès...

— Je t'assure, Jean-Michel, c'est impossible. Dieu sait si j'aime mon métier. Je veux le faire bien, et je ne pourrai pas aller au-delà. Il faut vraiment payer de sa personne, chaque soir, pour jouer un vaudeville, et je n'en ai plus la force ! Je joue depuis plus d'un an, je dois maintenant impérativement me reposer.

Malgré l'insistance de Jean-Michel, je terminai les représentations fin octobre. Je n'avais plus qu'une idée en tête : me précipiter dans ma Normandie. Avant de partir, je voulais seulement mettre un peu d'ordre et donner quelques coups de téléphone à des amis. La dernière conversation que j'avais eue avec Dominique Fabre m'inquiétait. Son médecin lui avait ordonné des analyses. Malgré le repos, il se sentait toujours aussi las. Je le rappelai donc :

— Que donnent tes analyses ?

— Je ne sais pas mais on m'ordonne une biopsie maintenant.

— Tu n'as pas d'ennuis graves au moins ?

— Je n'en sais rien...

— Quand a lieu ta biopsie ?

— Demain.

— Je te rappelle demain.

Lorsque j'eus à nouveau Dominique au bout du fil, il ne fut pas optimiste :

— Je crois qu'il y a une « merde », mais les médecins n'en sont pas sûrs.

— Ils n'en sont pas sûrs ?

— Non, ils refont une autre analyse demain.

Pendant ces quatre jours d'attente, je fus extrêmement tendue. Je n'avais qu'un mot en tête, « cancer », et ce mot me faisait peur. Un soir en rentrant, je trouvai un message de Dominique : « Mon concert salle Gaveau est annulé ! » Aussitôt je criai ma joie : Dominique n'a pas le « concert » ! La vie est belle !

A peine trois jours s'étaient-ils écoulés que mon ami me rappela !

— Eh bien si, en fin de compte, c'est un cancer. Que veux-tu, ça n'arrive pas qu'aux autres...

— Que comptes-tu faire ?

— Je pars tout de suite en Suisse. On m'ordonne des radiothérapies...

Je tentai de prendre la nouvelle sans ajouter au tragique, mais j'étais bouleversée par ce que venait de m'apprendre Dominique. Mon ami a le cancer ! Pour moi, comme pour le plus grand nombre, le mot « cancer » équivalait au mot « mort ». Je ne pus dormir de toute la nuit.

Il ne servait à rien de tourner en rond dans mon appartement en me lamentant sur son sort. Je partis donc pour la Normandie car il fallait absolument que je me repose moi-même. Jamais je ne m'étais sentie aussi lasse. Dès mon arrivée dans ma chaumière, je me sentis mieux.

Mes arbres, mes fleurs, mes longues marches dans les chemins creux, ma chaise longue sur la terrasse, ma cheminée où crépitent quelques bûches... voilà ce qui a toujours été ma source de vie. J'aime aussi, bien sûr, lorsque la maison déborde de joie grâce aux enfants et à leurs amis. Prenant le rôle de la « Mamma », je cuisine et régale mes jeunes par de grandes potées. J'aime les écouter parler. Drôles, inventifs, enthousiastes, ils ont gardé le sens du merveilleux et ils me redonnent mes vingt ans.

Ma Normandie, c'est aussi des paysages que je ne me lasse pas d'admirer. J'aime les petits matins noyés dans la brume. Toute la maisonnée dort, paisible, heureuse et moi, assise sur les marches de ma terrasse, une tasse de café à la main, mes deux chattes près de moi, je regarde se dissiper la brume. Le sommet de la colline apparaît par lambeaux et, sous le soleil naissant, je vois les chevaux jouer et galoper. Bientôt surgissent à leur tour les pommiers en fleur, bouquets rose et blanc, brillant sous le soleil. Fabuleux paysage irréel de film fantastique... A ces instants de grand bonheur, j'aimerais que le temps s'arrête.

Quelques jours après mon arrivée, en cet automne 1988, alors que je me prélassais dans mon bain, je sentis une petite boule sous mon bras. Aussitôt je pensai au beau et terrible livre d'Ania Francos, *Sauve-toi Lola*. Un jour, elle aussi en se lavant, avait découvert une petite boule semblable. C'était le cancer du sein. Eh bien, peut-être en était-il ainsi pour moi... Sans angoisse, sans panique, je me tâtai à nouveau, je touchai aussi mon sein. Oui, il y avait une petite boule ! Eh bien, Dany, toi aussi tu as peut-être une « merde »...

Aussitôt je décidai de rentrer à Paris. Jugeant inutile d'affoler la famille puisque je ne savais encore rien, je ne soufflai mot de ma découverte et trouvai un prétexte pour rentrer plus tôt que prévu : une rencontre avec un réalisateur. Je me rendis dans une clinique du XVIIe où j'avais pris rendez-vous sous le nom de Mme Mosser, car je ne voulais pas être reconnue. Ce fut l'assistant du médecin-chef qui me reçut. L'examen terminé, il me rassura :

— Non, madame, vous n'avez rien ! Tout va très bien.

— Docteur, un instant, je ne comprends pas très bien : j'ai une boule sous le bras.

Le médecin palpa et me rassura à nouveau.

Tout à coup je respirai plus librement. Soulagée : eh bien, je m'étais mis des idées dans la tête... J'enfilai ma veste et me dirigeai vers la porte de sortie, heureuse.

Donc, monsieur le professeur, c'est un cancer...

J'allais franchir le seuil du cabinet médical lorsque, me souvenant d'Ania Francos, je me ravisai et me dirigeai vers la secrétaire :

— Je suis ennuyée car j'avais pris rendez-vous avec le Dr N. et c'est son assistant qui m'a reçue. Le Dr N. n'est pas là ?

— Si, mais il est très occupé.

— J'ai tout mon temps, je vais attendre. Je désire le voir, quelque chose me tracasse.

— On vous a dit que tout allait bien, n'est-ce pas ?

— Oui, on me l'a dit en effet, mais je n'en suis pas persuadée... Je voudrais en être certaine.

— Eh bien asseyez-vous dans la salle d'attente.

J'attendis donc au milieu de femmes sans doute aussi anxieuses que moi. J'ouvris une revue et j'en feuilletai les pages, par pur automatisme, pour me donner une contenance, m'occuper les mains à défaut de m'occuper l'esprit. Car je ne lisais pas, je ne voyais même pas les illustrations que je faisais défiler. Roulaient en effet dans ma tête une foule de questions. Je m'interrogeai sur moi-même, sur mes réactions : Dany, tu es une cloche ! Puisqu'on vient de t'affirmer que tu n'as rien, va-t'en vite... Et sois heureuse, tu n'as pas de cancer ! Pourquoi ne te défais-tu pas de cet état de doute perpétuel ? Pourquoi ne crois-tu jamais ce qu'on te dit, avec simplicité... Tu ne changeras décidément jamais !

Cachée derrière ma revue, je passai discrètement ma main sous ma veste : Oui, ma petite Dany, là, sous le bras, il y a une petite boule... Et sous l'autre bras, il n'y a rien... Non, non ne pars pas ! Il faut que tu aies une confirmation.

Je tâtai à nouveau et tentai de me rassurer : Oh, vraiment c'est tout petit... Peut-être un petit muscle qui s'est contracté...

La secrétaire appela :

— Mme Mosser, le Dr N. vous attend.

J'entrai dans le cabinet. Le médecin m'accueillit aimablement

— Alors, vous n'êtes pas d'accord avec le diagnostic ?

— Non, docteur, parce que je sens quelque chose sous mon bras. Et j'ai lu un livre qui, peut-être, me rend service aujourd'hui. On y indiquait que lorsqu'il y avait une boule sous le bras, ce n'était pas très bon signe... J'aimerais donc que vous me réexaminiez.

Je tendis au médecin mes radios. Il m'ausculta :

— Oui, il y a un petit quelque chose sous le bras.

Il examina les radios. Je vis son visage se tendre presque imperceptiblement :

— Ah, mais ! Bigre, mais c'est qu'elle a raison cette petite dame ! Il y a une petite bricole au sein... dit le médecin d'une voix très douce. Puis il ajouta, comme pour donner plus de légèreté à ses propos : Vous avez bien fait de rester. Vous êtes médium ?

— Eh bien peut-être, après tout, puisque j'ai senti quelque chose.

— Je vous félicite de votre intuition.

Au moment où le médecin me félicitait, je me dis : Toi aussi, Dany, tu as le cancer...

— Nous allons faire tout de suite une échographie, ajouta-t-il

L'échographie en main, il me répéta :

— Vous avez raison, il y a un petit quelque chose qu'il faudra enlever. Mais enfin, ce n'est pas grave. Cependant vous avez très bien fait de rester.

Il continua à dédramatiser :

— Vous allez le faire enlever, ce n'est rien. Prenez rendez-vous chez votre gynécologue. Mais c'est certain, il faut l'enlever.

Je tentai de jouer à la femme forte :

— C'est cancéreux, n'est-ce pas ? Vous savez, docteur, à moi, on peut tout dire... Après tout, un cancer du sein, ça se soigne, n'est-ce pas ?

— Non, ce n'est pas cancéreux, c'est précancéreux, dit le médecin qui, visiblement, voulait me ménager. J'insistai donc :

— Mais, ça n'existe pas « précancéreux »...

— C'est précancéreux ! dit le médecin sur un ton qui ne permettait pas la réplique.

Comme il ne servait à rien d'insister davantage, je pris un détour :

— A partir du moment où il faut enlever, ce n'est pas bon signe.

— Quand je dis « précancéreux » c'est que cela peut devenir cancéreux mais, pris à temps, ce n'est rien...

Mes radios à la main, je marchai sur l'avenue. J'éprouve toujours le besoin de marcher lorsque je suis préoccupée, lorsque je dois prendre une décision grave. Je n'étais pas contente car j'étais persuadée que le médecin ne m'avait pas dit tout ce qu'il savait : J'ai un cancer, certainement... Il faut que je le dise à ma famille... Ça m'ennuie vraiment de le leur dire. Si je leur annonce : « J'ai un cancer au sein », ils vont tous me voir déjà morte... Comment faire ? Je vais le dire à Alice, forcément. Elle est ma première confidente, jamais nous ne nous cachons quoi que ce soit... C'est ça, je le dis à Alice et, toutes deux, nous aviserons... Mais surtout, il faut que je la ménage... C'est simple, je vais adopter la tactique du médecin...

D'un ton dégagé, je dis à Alice :

— Tu sais, on m'a trouvé un petit truc au sein... Je crois qu'il y a une petite boule. Mais tu sais, ajourd'hui, qui ne l'a pas ?... Simplement il va falloir l'enlever, ainsi je serai tout à fait tranquille.

Alice blêmit aussitôt. Inquiète, elle me demanda :

— Tu as un cancer ?

— Oh, peut-être... Mais, d'une part, ce n'est pas certain et, d'autre part, bien des femmes en ont et s'en sortent... Mon seul problème, aujourd'hui, est de savoir qui aller voir et ce que je dois faire... Je ne connais vraiment rien au milieu médical.

— Dany, ne t'énerve pas, on va se renseigner.

— Rassure-toi, Alice, je ne suis pas du tout énervée, simplement, tu me connais, je n'aime pas les choses qui traînent, j'aime prendre des décisions immédiates.

— C'est très simple, j'en parle à Jacques, il saura qui contacter.

Comme je l'avais précisé à Alice, je n'avais pas peur. Je trouvais au contraire bien des raisons de me rassurer : on allait enlever cette petite chose... Et après, tout serait oublié... Ça arrive à tant de femmes, maintenant...

Lorsque François rentra le soir, je lui dis de la manière la plus naturelle du monde, comme si je lui parlais d'une paire de chaussures que j'allais m'acheter : « Tu sais, j'ai une petite boule, on va l'enlever... » Laurence et Antoine, les enfants, furent mis au courant de la même façon. Et toute la famille accueillit la nouvelle sans drame. D'abord, je n'avais pas dit une seule fois le mot « cancer » : j'estimais que cristalliser sa peur sur un mot était tout à fait inutile.

Dès le lendemain, je fis la tournée des amis très chers afin de glaner quelques renseignements. Je rendis d'abord visite à mon imprésario, Mme Vauché-Crespin, autrefois assistante de José Behars, et qui avait pris le relais de Blanche Montel au moment de sa retraite. Lisette Volant, son assistante, me dit aussitôt :

— Je connais le Pr Ruffié, c'est un homme très humain, très serviable, il me dira ce qu'il faut faire.

Le Pr Ruffié indiqua une gynécologue, le Dr Kervasdo qui avait travaillé à Villejuif. Lorsqu'elle m'accueillit de sa voix superbe d'hôtesse de l'air, je restai en extase. Je la trouvai si splendide que je songeai : Que fait cette femme dans ce cabinet de gynécologie ? Elle devrait être mannequin chez Dior. Cependant je revins très vite sur ma réaction car cette femme était si compétente, si chaleureuse que je ne regrettais pas de l'avoir en face de moi. Elle me rassura et dédramatisa. Puis elle me confirma qu'il fallait enlever cette grosseur et me donna diverses adresses de médecins.

Je pris également rendez-vous chez mon médecin généraliste, et ami, le Dr Lapraz qui, aussitôt, rédigea une lettre à l'attention d'un grand professeur avec qui je devais prendre rendez-vous. Je le connaissais de réputation. Je l'avais vu de nombreuses fois à la télévision et j'avais lu des articles qui lui étaient consacrés. J'étais donc contente de le rencontrer. C'était un homme chaleureux et, prise en main par un grand patron d'une telle envergure, j'allais pouvoir bénéficier d'une médecine de pointe...

Nous étions au début de décembre. Le jour n'en finissait pas de se lever. Le ciel était bas, uniformément gris. Il pleuvait sans arrêt depuis que je m'étais levée. A dix-sept heures, je montai en voiture. Le rendez-vous était fixé à dix-huit heures à l'hôpital. François et Alice m'accompagnaient. Les essuie-glace projetaient des giclées de pluie à chaque passage. On ne distinguait qu'à peine la route. François conduisait. J'étais à côté de lui. Nous tentions de parler « normalement », de meubler un peu le silence. Mais tous trois ne pensions qu'à une chose : qu'allait dire le professeur ? Hôpital lugubre, désert. Longs couloirs. Nous attendîmes assis côte à côte sur des chaises. Atmosphère de maladie. Angoisse tout à coup. A nouveau, nous tentâmes de meubler le silence. Mais j'avais perdu mon sourire. Mon cœur se mit à battre terriblement fort. L'hôpital, les couloirs m'impressionnaient. Longue attente. Puis une porte s'ouvrit. C'était le professeur. Aussitôt je me sentis soulagée. Rassurée de le voir, mon angoisse s'évanouit. Un large sourire aux lèvres, je dis à François et Alice :

— A tout de suite ! Tout va bien !

J'entrai dans le cabinet, toujours souriante. Mais surprise : le professeur n'avait pas un sourire, il avait le visage fermé, grave. Je lui tendis la lettre de mon médecin (je n'avais même pas eu la curiosité de l'ouvrir avant de la lui remettre). Le professeur la lut. Pas un muscle du visage ne bougea.

— Vous avez apporté des mammographies ? Vous avez des échographies ?

Son ton était dur, impératif. Je balbutiai, décontenancée :

— Oui... monsieur le Professeur... et je les lui tendis.

Il les regarda sans un mot, sans une expression. Puis, se tournant vers moi :

— Bon ! Déshabillez-vous !

Je passai dans le cabinet de consultation. Il m'ausculta. Pas un mot. Pas un regard.

— Rhabillez-vous, dit-il du même ton sec, distant.

Je le rejoignis dans son bureau.

— Voilà la marche à suivre : ablation totale, sein et ganglions. Puis analyse des ganglions et, je pense, un an de chimiothérapie.

Je le regardai sans comprendre ce qu'il me jetait à la tête.

— Attendez... Attendez... Bon, monsieur le professeur, si je comprends bien, c'est un cancer ?

Et j'ajoutai, comme me parlant à moi-même :

— C'est bien ce que je pensais...

— Mais oui, bien sûr, madame ! Bien sûr ! dit-il du même ton sévère.

— Ah bon... C'est un cancer !... Mais, que veut dire « ablation totale » ?

— Eh bien, on enlève le sein, on enlève les ganglions, on enlève tout !

— Ah bon ?...

Je restai clouée sur ma chaise, hébétée, muette, la gorge nouée, la bouche sèche. Je ne comprenais plus rien. Je ne pouvais que me répéter : ce n'est pas possible ! Il se trompe !... Je le regardai, quêtant un mot de réconfort, un regard, un sourire. Mais le professeur ne bougea pas, ne dit rien. Visage dur, lèvres serrées. Rien ! Je restai pétrifiée pendant un long moment puis je parvins à balbutier :

— Bon ! Très bien...

Et, farfouillant maladroitement dans mon sac à la recherche de mon carnet de chèques et d'un stylo :

— Je vous dois combien, monsieur le professeur ?

Il marmonna un chiffre que je compris mal. J'interrogeai à nouveau :

— Mille francs ?

Il me répondit sèchement :

— Mille deux cents !

— Ah bon, excusez-moi...

J'agissais comme un zombie. Je lui tendis le chèque. Je n'avais plus rien à lui dire. Je sortis, entourée de François et d'Alice qui étaient entrés dans le bureau au moment du dernier entretien. Nous étions trois automates abasourdis. Couloirs déserts, sinistres. Nous étions muets. Comme nous avancions, je me repassai comme un film la scène avec le professeur. Je ressentais le même choc lorsque je me répétais ses paroles : « Ablation totale ! » Les mêmes images du visage dur, les mêmes mots revenaient sans cesse. Une séquence de film qui aurait été montée en boucle.

La pluie tombait toujours. Les gouttes sur le visage, l'air plus frais me réveillèrent tout à coup. J'analysai en un éclair ce qui venait de se passer et ma colère devint telle qu'elle m'extirpa de mon cauchemar. Et je fulminai : Ce que je viens de vivre a vraiment été un moment d'enfer. Il m'a assené ça et m'a laissée partir sans un mot ! Que se serait-il passé si ni mon mari ni ma sœur n'étaient maintenant près de moi ? Que font les autres femmes qui, venues seules, apprennent de cette façon une chose si grave ? C'est très simple, elles n'ont plus qu'à entrer chez elles et ouvrir le gaz... Heureusement que François et Alice sont près de moi... Je ne vais pas me laisser faire ! Il y a bien trop longtemps que je me bagarre ! Ils sont ignobles ces médecins à agir de la sorte ! Ils pourraient tout de même accompagner ce genre de nouvelle de quelques phrases aimables, d'un sourire. Ça coûte quoi, un sourire ? Bien sûr ces types travaillent à longueur de vie dans les hôpitaux de cancéreux mais ça n'est certainement pas une excuse ! Ils pourraient avoir un peu d'humanité ! Ne te laisse pas faire, Dany, bats-toi contre ces gens-là !

Je me sentis vidée de mon sang, le visage creusé. Alice me regardait les larmes aux yeux. Nous repartîmes en voiture. Mais désormais, je savais que j'allais me battre. La fureur me donnait des forces, me remettait les idées d'aplomb. Ces types sont vraiment des ordures ! Moi, je vais leur tenir tête. Ils ne m'auront pas !... C'était le jour le plus lugubre que je vivais depuis le renvoi d'Alice de Marseille. Je repensai à ce jour terrible de mon adolescence où je ne songeais qu'à la mort. Mais maintenant je n'étais plus seule : Alice était là, François était là.

En rentrant à la maison, je parlai la première :

— Je retourne chez le Dr Lapraz pour lui dire tout ça. Je ne sais pas si les consultations de ce professeur se déroulent toujours de la sorte mais c'est tout à fait intolérable !

Ma révolte prenait le pas sur ma tristesse. Et, curieusement, je ne croyais pas tout à fait à la maladie : Les choses vont s'arranger ! Il y a un bon Dieu pour moi !... Mais, à cela non plus, je ne croyais pas vraiment...

Comme j'avais décidé de me lancer dans la lutte, je devais prendre des forces, et d'abord, il me fallait dormir cette nuit. J'avalai un comprimé.

Square Georges-Brassens

Dès le lendemain matin, Jacques se précipita à son bureau de TF 1, disant à Alice : « Je m'occupe de Dany. Elle doit être soignée par quelqu'un qui l'aime, c'est très important dans cette maladie ! » Jacques parla à Christian Dutoit, l'un des directeurs de la chaîne de télévision qui, aussitôt, fit appel à son ami le Dr Alain Calmat qui, à son tour, joignit le Dr Jean-Claude Durant de l'hôpital Curie, lequel me donna un rendez-vous pour le lendemain. En un éclair, une chaîne de solidarité s'était créée autour de moi et pourtant je ne connaissais aucun de ces hommes. J'en fus très émue.

Aller à Curie me faisait peur. Curie, pour moi qui n'avais jamais été malade, c'était le cancer et, au bout, la mort. Le moral n'y était pas... Pour cette raison, j'apportai beaucoup de soin à mon maquillage, à ma mise. Je voulais éloigner le spectre !

En patientant dans la salle d'attente avec Alice, je me demandais quelle massue allait de nouveau me tomber sur la tête. Le Dr Durant était un homme séduisant, mince, beau visage, affable, souriant. Je n'osai lui raconter ma visite catastrophique chez le professeur. J'attendis son diagnostic avec angoisse mais aussi avec un secret espoir. J'imaginais encore que, peut-être, les autres médecins s'étaient trompés. Il m'ausculta avec attention. Toujours souriant, aimable, la voix douce :

— Oui, en effet, il y a quelque chose. Oui... Bon...

Il regarda la mammographie, ne fit aucun commentaire mais garda le sourire. Il était calme, serein. Et son calme, sa sérénité pénétraient en moi.

— Venez, je vais tout vous expliquer, me dit-il tandis que je me relevais de la table d'auscultation. Nous allons d'abord extraire quelques cellules de cette grosseur et les analyser.

— Mais quel est votre diagnostic ? Que va-t-il se passer ?

— Chaque chose en son temps, me dit-il toujours souriant. Pour l'instant, nous analysons ces cellules puis nous verrons.

En l'écoutant parler, en le regardant, je me dis : Mais alors, tout va bien ! Je me sentais presque libérée de mon angoisse. Le médecin poursuivit, déchiffrant avec attention les radios :

— Donc, nous allons analyser ces cellules. Bien sûr, ce sont des cellules malignes. Il y a de petites calcifications autour... Nous allons faire des radios des poumons, une scintigraphie des os. Nous allons regarder un peu partout... Ce que je vous propose, c'est de faire un peu de chimiothérapie.

Au mot « chimiothérapie » mon cœur se serra :

— La chimiothérapie, cette chose qui fait perdre les cheveux ?

— Mais aujourd'hui, tout le monde ne les perd pas ! Nous vous donnerons un casque de glace !

Bien sûr, le médecin me rassurait autant qu'il le pouvait. Mais je me vis tel un fantôme : maigre, sans cheveux. Je ne voulus rien montrer de mes états d'âme. Je n'étais pas venue ici pour pleurer ! A quoi bon ? Si je perdais toute mon énergie à pleurer, que me resterait-il pour lutter ? J'étais décidée à ne pas verser une seule larme sur mon cancer.

— Et après la chimiothérapie, qu'allez-vous me faire ?

— Nous n'en sommes pas là. Nous faisons une chimiothérapie. Si, plus tard, nous devons opérer, la vivacité des cellules cancéreuses sera ainsi atténuée. Vous comprenez, il faut leur donner un petit coup de marteau car, lorsqu'on ouvre, l'air s'engouffre et les cellules sont ravivées. Si elles sont épuisées, elles n'auront plus la force de réagir...

Je trouvai sa façon de me décrire les choses sous forme de bande dessinée si charmante, que tout me parut facile, normal, naturel.

— Et après l'opération ?

— Ecoutez, pour le moment, faisons la chimiothérapie. Nous ferons ensuite une autre mammographie, et à ce moment-là seulement, nous pourrons commencer à en discuter. Parce que, n'est-ce pas, tout peut s'arranger.

J'étais très reconnaissante au Dr Durant d'avoir agi avec tant de calme, tant de pondération. Pas seulement pour moi puisque le coup violent m'avait déjà été assené par le grand professeur, mais pour les autres femmes. Elles ne risquaient pas, ainsi, d'aller se tirer une balle dans la tête en sortant de la consultation. Les mots « Curie », « cancer » sont suffisamment difficiles à entendre pour qu'au moins tout soit tenté pour rendre les choses moins dramatiques. Pour rendre tout cela banal. Banal comme le sont les soins dentaires : Vous avez mal à la dent ? Eh bien nous allons la soigner. Peut-être, plus tard, faudra-t-il l'arracher, mais nous allons tout faire pour la sauver... Il faudrait que ce soit aussi simple que cela.

Dans le cabinet du Dr Durant, se trouvait une infirmière. Elle avait environ quarante-cinq ans, un beau visage lumineux. A sa façon de me regarder, il me sembla deviner que, pour elle, Mme Mosser et Dany Carrel ne faisaient qu'une. Elle avait écouté avec infiniment d'attention et, au moment où le médecin disait « cellules malignes », elle me regarda et je crus lire sur son visage : « Oh non, pas elle !... » Je crus voir une sorte de tendresse, une volonté de protection. Peut-être avais-je tout inventé, mais qu'importe ! Je sentis une telle chaleur émaner de cette femme que j'eus envie d'interpréter ainsi ce qui venait de se passer.

L'infirmière m'accompagna jusqu'à la porte et me tendit sa carte :

— Si vous avez besoin de quoi que ce soit, voici mon numéro de téléphone au bureau. Je serai toujours à votre disposition.

Je lus : Dominique Moreau.

Nous sommes lundi, il est treize heures. L'infirmière que je conduis dans ma chambre lit mon anxiété sur mon visage et me rassure : « Tout va bien se passer ! » Elle dispose ses ampoules, cinq ou six, sur la table de nuit. Quelques-unes sont incolores, une est jaune, une autre, très grosse, est rose. Je m'inquiète :

— Vous allez me mettre tout ça ?

— Oui, et vous voyez, celle-là, la rose, c'est de l'Adriastine. C'est celle qui risque d'entraîner la chute de vos cheveux. C'est la plus terrible.

Les paroles de l'infirmière font aussitôt resurgir en moi l'image violente du cancer : une femme chauve, maigre, au visage terreux... Alice m'entraîne vers la salle de bains pour me mouiller les cheveux :

— Dany, je te le promets, tu garderas tes cheveux !

Elle m'applique ensuite le casque rempli de glace qu'elle a préparé.

Je me suis allongée sur mon lit. Alice maintient fermement de ses deux mains le casque sur ma tête. Le froid peu à peu me saisit. Bientôt il me brûle mais, si c'est la façon d'éviter d'être chauve, je dois l'endurer. Je regarde par la fenêtre. J'aperçois mes plantes sur mon balcon. J'aime tant les plantes que mes balcons et mon salon en sont remplis. Nous sommes en hiver et pourtant il fait un temps radieux. Le ciel est bleu, sans un nuage, le soleil brille. Tout à coup, je déteste ce beau temps, il est en total désaccord avec ce que je vis. J'ai un cancer, on va m'injecter la « terrible » ampoule rose, et il fait beau !

L'infirmière me prend doucement le bras et m'explique :

— Attention, ne bougez pas ! Ce produit ne doit pas couler hors des veines.

Je pense aussitôt que s'il ne doit pas couler c'est qu'il doit brûler... ou bien alors c'est un poison... L'infirmière me fixe l'aiguille de transfusion au poignet. Je regarde la grosse bouteille au-dessus de ma tête. Je vois le liquide couler goutte à goutte. Mais je ne veux surtout pas penser à ce qui est en train de pénétrer dans mes veines. Alors, je fais un effort pour parler. Je dis des banalités. Alice, près de moi sent mon angoisse bien que je n'en dise rien et, lâchant une main du casque de glace, me saisit la main et la serre bien fort.

Je sais que la perfusion doit durer une demi-heure, une broutille en temps normal pour moi qui n'ai jamais le temps de faire tout ce que je voudrais faire. Malgré mes efforts pour vider de ma tête toute pensée iquiétante, il me semble que, dans ce temps qui s'est figé, je suis devenue l'éternelle prisonnière d'une sorte de machine infernale qui injecte en moi un poison destructeur.

Pourtant, l'énorme bouteille se vida peu à peu. L'infirmière retira l'aiguille de mon poignet après m'avoir injecté un produit calmant. Alice ôta le casque qui me brûlait. Elle raccompagna l'infirmière. Revenue auprès de moi, Alice me réconforta. J'étais déjà presque endormie.

Vinrent alors de terribles journées, de terribles nuits. Mais j'avais décidé de m'en sortir, j'avais décidé de ne pas me laisser submerger par l'angoisse. Je mis au point ma propre méthode Coué. Lorsque l'infirmière posait sur la table la « terrible » ampoule rose, je refusais de la considérer comme du poison et je me répétais au contraire : C'est cette ampoule qui tue les cellules cancéreuses, c'est donc la meilleure ! Je m'attachais à recevoir chaque perfusion comme je l'aurais fait d'un liquide vital. J'occupais au maximum mon esprit à ce qui m'apportait du réconfort.

Jamais Alice et moi ne nous étions senties aussi proches l'une de l'autre, pourtant nous ne nous étions pas quittées depuis son retour d'Indochine et nous nous étions toujours comprises à demi-mot. Mais à lutter toutes deux avec la même volonté contre la maladie, nous ne faisions désormais plus qu'une. Alice semblait avoir pris une part de mes maux. Me souvenant de l'enfant timide de Marseille qu'elle avait été, j'admirais la maîtresse femme qu'elle était devenue, une femme tout à fait remarquable. Comme il était bon d'avoir ma sœur à mes côtés ! Elle était ma sœur, elle était aussi ma mère car elle partageait avec moi le quotidien sordide de la maladie et cela, je crois, seule une mère pouvait le faire.

Je savais apprécier la chance immense d'avoir une famille aimante. François, dès son retour, se montrait attentif et me réconfortait. Chaque jour Laurence, Antoine et Jacques passaient un moment avec moi. Cependant nous ne vivions pas dans le drame car j'avais refusé le drame comme j'avais refusé la pitié. J'avais dit à tous : « Eh bien mes enfants, nous allons nous battre et nous allons gagner ! », et, me voyant si déterminée, ils pensèrent que je sortirais vainqueur du combat et ils ne songèrent pas à me plaindre.

Après la première perfusion, je ne bougeai plus de mon appartement, me traînant de mon lit à mon fauteuil. Mais lorsque le dernier jour de chimio arriva, j'eus au fond de moi un grand espoir : désormais j'allais me rétablir ! Et je me persuadai que le plus dur était fait. Je décidai bientôt d'aller, aidée d'Alice, jusqu'au square Georges-Brassens, à une centaine de mètres de chez moi. Il faisait très beau et je ne supportais plus l'enfermement.

Emmitouflée dans un manteau, un superbe chapeau cloche sur la tête, de grosses lunettes noires sur le nez afin d'échapper à la curiosité, je me traînai jusqu'à un banc du square. Là, je restai épuisée un long moment. Assise près d'Alice, je pensais aux bagarres de ces deux sœurs qui avaient tant voulu se retrouver. Puis à toutes ces années heureuses, à ces réussites parfois si brillantes, si exaltantes. Aux tristesses aussi, parfois. J'avais maintenant un cancer, je ne connaissais rien de l'avenir et, une fois de plus, je luttais pour que cet avenir existe. Mais je n'étais pas seule à le faire et Alice décuplait mes forces.

Chaque après-midi de beau temps, je retrouvais mon banc et mes pauses devenaient chaque fois plus agréables. La vie revenait en moi et je pouvais désormais venir seule. J'apportais toujours un livre mais, le plus souvent, je me laissais aller à la rêverie. Je m'installais sur le banc qui domine le square. De là, je voyais tout le jardin et tous ceux qui entraient, des femmes surtout. Elles s'asseyaient un moment, tristes, préoccupées. Et j'imaginais leur vie de solitude.

Je fis la connaissance d'une dame qui me paraissait malade. Je l'interrogeai. Elle me confia qu'on lui retirait de l'eau des poumons mais qu'elle en ignorait la raison. Je pensai qu'elle avait peut-être, elle aussi, un cancer et je me considérai comme une privilégiée puisque, connaissant la vérité sur ma maladie, je pouvais prendre ma vie en main. Je sentis qu'elle avait besoin de parler et l'écoutai bien volontiers. J'étais cependant préoccupée car, lui cachant ma propre maladie et donc ma grande fatigue, je savais que je n'étais pas en mesure de lui rendre un service si elle en montrait le désir. Elle vivait dans une totale solitude. « Mon fils est en Afrique... Je lui ai écrit mais il ne m'a pas répondu ! » me dit-elle tristement. Je l'encourageai, lui assurai que son fils lui répondrait et qu'elle devait garder espoir. Une fois de plus je constatai que j'avais beaucoup de chance avec toute ma famille. Si, comme cette femme, j'avais dû rentrer dans un appartement vide, peut-être aurais-je eu, moi aussi, besoin de confier ma solitude à une femme sur le banc d'un square...

La femme prit l'habitude de m'attendre sur mon banc du haut, square Georges-Brassens. Lorsque je m'avançais vers elle, son visage s'illuminait. Un jour elle m'accueillit avec joie : son fils lui avait écrit. « Vous m'avez porté bonheur ! » me dit-elle avec un large sourire.

Sur mon banc, lorsque j'étais seule, je pensais à Georges Brassens, évidemment. Il avait habité à deux pas du square et je l'avais rencontré parfois dans le café au coin de la rue. Je revivais des moments passés en sa compagnie et je trouvais étrange d'être assise dans un square qui portait son nom, moi qui avais un cancer, lui qui était mort... Mais je n'étais pas triste, je n'avais pas peur de la mort et d'ailleurs, je ne m'attardais jamais à cette pensée. J'étais seulement attendrie par mes souvenirs, et heureuse d'avoir connu Brassens.

Vint le moment de vérité : le Dr Durant devait juger de l'évolution de ce que je continuais d'appeler « ma petite boule ». Il fallut refaire un autre cycle de chimiothérapie. Mais je le supportai mieux grâce à la phytothérapie du Dr Lapraz. Puis il y eut à nouveau des sorties square Georges-Brassens. Ce jardin où je n'étais jamais entrée avant ma maladie était devenu mon havre de convalescence, de retour à la vie. Puis il y eut un troisième cycle ! Mais je ne songeai pas à m'apitoyer : je savais désormais avec la plus grande certitude que j'étais aimée des miens.

Mots d'amour

Comment aurais-je pu me rendre à Curie sans appréhension ? Curie, le lieu de la maladie dont on préfère taire le nom, tant il fait peur ! Curie où j'allais apprendre le nouveau verdict. Mais, Curie, c'était aussi le sourire de Dominique Moreau, l'infirmière. Et Dominique était devenue une amie. Dès que je l'apercevais au fond du couloir, dès qu'elle me souriait, toute angoisse me quittait. Son visage radieux et sa grâce étaient un réconfort immédiat. Je savais que je pouvais l'interroger et qu'elle me répondrait toujours avec la même patience, la même compétence, la même sérénité. J'en étais émerveillée. Comment cette jeune femme pouvait-elle garder son sourire dans ce lieu de toutes les angoisses ? Plus d'une fois, je lui avais posé la question. Sa réponse était invariable :

— Je suis heureuse.

— Heureuse au milieu des cancéreux ?

— Oui, heureuse de soulager les malades. Evidemment il en est qui ne peuvent être sauvés, et chaque mort est un drame pour nous, mais il en est d'autres dont nous prolongeons la vie des années, et d'autres encore que nous parvenons à guérir.

Mon estime pour cette femme heureuse, là, à Curie, au milieu de ses malades, était grande. Dominique me communiquait sa paix intérieure. Elle m'avait permis aussi d'apprivoiser ces mots « cancer », « tumeur », « chimiothérapie ».

Dans sa bouche souriante, ces mots me paraissaient légers, simples. « Mais, la chimio, ce n'est plus grand-chose, maintenant ! », « Mais non, les femmes ne perdent pas nécessairement leurs cheveux... » m'avait-elle dit avant le premier cycle de perfusions. Elle m'affirmait aussi : « Beaucoup évitent l'opération grâce à la chimio ! », ou encore : « On guérit du cancer ! »

J'avais dû mettre dans le secret ma coiffeuse car il n'était plus possible de me faire les teintures ou les décolorations habituelles. Une de ses clientes, une femme de mon immeuble, m'apprit-elle, avait eu un cancer et avait été « reconstruite ». « Vous devriez la contacter », me suggéra-t-elle. Je téléphonai à cette femme qui, devançant la demande que j'allais lui faire, proposa de me rencontrer aussitôt. Dès que cette grande et belle femme brune aux yeux clairs franchit ma porte, nous nous sentîmes aussi proches l'une de l'autre que si nous nous connaissions depuis vingt ans. Nous avions traversé les mêmes épreuves, peut-être allais-je subir la même opération, et cela nous unissait profondément. Nous savions toutes deux ce qu'était la lutte pour la guérison, la lutte pour la vie. Nous savions ce qui était l'essentiel : la vie, et donc tout devenait simple, facile entre nous. Nous parlâmes de nos traitements puis elle me proposa de me montrer sa « reconstruction ». Elle avait éprouvé la même inquiétude, la même curiosité avant sa propre opération, me dit-elle. Elle était nue sous son chemisier léger et semblait avoir une superbe poitrine. Avec le plus grand naturel, elle retira son chemisier et me fit admirer son sein refait, une réussite. Il était impossible de le différencier de l'autre. Elle m'apprit qu'elle avait été couronnée « La plus belle reconstruction » et, qu'à ce titre, elle avait été photographiée. J'imaginais sans peine la belle publicité qu'elle avait pu incarner.

— Maintenant, je mets des maillots de bain, je mets des chemisiers légers, je porte des décolletés et, souvent, je suis sans soutien-gorge. J'ai profité d'ailleurs de l'opération pour faire retoucher l'autre sein et j'ai aujourd'hui une poitrine de vingt ans, or j'approche de la soixantaine !

Sa cicatrice, un mince filet sous le sein, était devenue invisible. Afin de voir plus concrètement ce que serait pour moi l'opération, j'enlevai à mon tour mon chemisier. Toutes deux, poitrine nue au milieu du salon, je pensais que nous aurions de quoi surprendre si quelqu'un nous voyait. C'est alors que je constatai que mes grandes baies vitrées étaient ouvertes. Et, tandis que je me précipitais pour tirer les voilages, nous riions comme deux gamines qui auraient été surprises en train de faire une farce.

Je posai à ma nouvelle amie une foule de questions sur ses

traitements, son opération. Redevenue grave à présent, elle m'avoua :

— Dès que l'ablation du sein a été décidée, mon mari est parti ! Il n'a pas supporté de continuer à vivre avec une femme mutilée... Ce fut un choc considérable car il m'était impossible d'imaginer une telle réaction ! Heureusement mes grands enfants m'ont beaucoup entourée. Mais dans cette histoire de cancer, le plus terrible, ce fut sans doute cette fuite de mon mari.

Je regardai cette femme, belle, intelligente, cultivée — elle était chercheur à l'Institut Pasteur —, charmante, et j'étais consternée. Comment admettre la lâcheté de cet homme ? Ma voisine reprit :

— Mais je n'ai pas voulu me résigner, j'ai tout de suite décidé de « reconstruire ». Deux ans plus tard, j'avais à nouveau une poitrine normale. Je voulais refaire ma vie.

Je trouvai admirable la lutte de cette femme contre la maladie, contre l'adversité et je lui fus reconnaissante d'avoir été si libre avec moi. Ainsi, je savais de manière certaine qu'après mon opération — si l'ablation totale avait lieu — tout serait à nouveau possible. Nous avions d'ailleurs des projets : elle me présenterait à son chirurgien esthéticien...

A la fin de cette première rencontre, nous nous appelions déjà par notre prénom et lorsque je la remerciai, elle me rassura encore :

— Ne vous inquiétez pas, Dany, on vous reconstruira votre sein aussi beau qu'il l'est aujourd'hui !

Ma conversation avec ma nouvelle amie m'avait été fort salutaire. J'avais pu lui parler de cette maladie à cœur ouvert et sans crainte de la choquer. Il s'était établi entre nous une sorte de solidarité, cette solidarité immédiate qu'on éprouve envers ceux qui « savent ».

Dominique Fabre était l'un des rares amis à partager le secret sur mon cancer. Alors qu'il subissait lui-même des radiothérapies, je l'avais appelé et, imitant sa façon de me parler lors de notre dernière rencontre au théâtre des Variétés, je lui avais confié :

— Je fais décidément « tout comme toi », moi aussi j'ai mon cancer ! J'ai une tumeur au sein.

— Ah non, pas toi !

— Mais tu en as un toi-même...

— Eh bien alors, nous sommes deux cancéreux ! Nous qui voulions prendre une année sabbatique... Me voici sous cobalt et toi en chimio !

— C'est ça l'amitié !

Nous avions pris l'habitude de nous téléphoner chaque semaine et nous parlions de notre cancer comme nous aurions parlé d'un enfant :

— Où en est ton cancer ?

— Eh bien je fais ma deuxième chimio. Et toi ?

Cependant, loin d'être tristes, nous passions des heures à rire. L'esprit caustique de Dominique, son humour décapant, sa façon de passer au crible les travers des gens et de la société nous entraînaient tous deux dans de véritables fous rires.

Un soir, au début de ma maladie, François entra alors que j'étais en grande discussion avec Dominique, les larmes aux yeux tellement je riais. Il me regarda, stupéfait :

— Qui peut te faire rire autant en ce moment ?

— Dominique...

— Mais que pouvez-vous vous dire de si drôle ?

— Nous parlons de notre cancer...

J'avais lu qu'un Américain s'était vanté d'avoir guéri un cancéreux en le faisant rire grâce à des cassettes. Dominique et moi étions certains, dans ces conditions, de guérir, car nos séances duraient des heures entières. Il était d'ailleurs devenu impossible de me joindre au téléphone. Avec Dominique, je pouvais parler librement de mon cancer : il savait exactement ce que je ressentais. Il ne m'était pas nécessaire de prendre avec lui les précautions que je prenais avec ma famille. Dominique et moi pouvions nous laisser aller à dire notre réelle souffrance, parfois notre inquiétude. Comme ma voisine, lui aussi « savait ».

Le Dr Durant me reçut une fois encore avec la plus grande humanité et m'expliqua :

— Nous allons faire une mammographie, et peut-être devrai-je opérer.

— Oui, je sais, dis-je, sans trop d'étonnement.

Car si dans mes conversations avec le Dr Durant il n'en avait jamais été question d'une manière certaine, je n'avais pas oublié la phrase terrible du « grand professeur » : « On enlève tout ! »

— Si les microcalcifications ont disparu, je ferai simplement l'ablation de la tumeur. Sinon, eh bien, on pensera à reconstruire, me dit-il.

« Reconstruire. » Aussitôt vint à mon esprit l'image des très beaux seins de ma voisine. Avec le Dr Durant, aucune image choquante ! A aucun moment il ne fut question d'« ablation du sein » ou de dire « on enlève tout ! ».

Je n'avais guère d'illusion sur le résultat de la nouvelle mammographie, c'est pourquoi je mis aussitôt en place mon petit scénario, me répétant que les cellules calcifiées seraient toujours là et donc qu'il faudrait opérer.

Cependant le plus douloureux dans cette histoire du cancer était de me sentir mutilée dans ma féminité. C'est pourquoi, dès que François rentra du bureau, je lui dis ce qui, vraisemblablement, se passerait : ablation du sein. La réaction de François fut merveilleuse d'amour :

— Tu sais, un sein charcuté, coupaillé, ça ne serait pas très beau... Il est préférable d'en refaire un !

— Oui, peut-être, mais mon sein refait aura sans doute moins de sensibilité...

— Ceux qui deviennent aveugles ont leur ouïe qui décuple, eh bien, quand on enlève un sein, l'autre devient beaucoup plus sensible !

François ajouta :

— Pour moi, ce ne sont pas tes seins qui sont importants, c'est toi, ta personnalité et je te trouverai tout aussi séduisante !

Ces mots de François furent de vrais mots d'amour.

Je tenais à éviter au Dr Durant le moment pénible où il devrait m'annoncer qu'il faudrait « reconstruire ». J'avais pour lui une immense reconnaissance : il avait su m'accompagner si doucement depuis le premier jour, me disant les choses peu à peu, à l'instant où elles devaient se faire sans jamais m'accabler sous le poids de ces longues chimios. Un cycle après l'autre, étape par étape. Je savais qu'une nouvelle étape était à franchir : l'opération totale ou partielle, et j'imaginais à quel point il devait être difficile d'annoncer cela à une femme. J'avais donc décidé d'entrer dans son cabinet le sourire aux lèvres et de prendre la nouvelle comme s'il s'agissait d'une chose de peu de conséquences.

Conférences à Curie

Pour guérir, j'acceptai tout. J'étais décidée à me battre jusqu'au jour de ma mort. Dix-sept jours exactement après ma dernière perfusion, j'entrai à l'hôpital Curie. Bâtiment vétuste de briques rouges, l'hôpital était triste, bien sûr, comme étaient tristes les chambres à plusieurs lits. Mais je n'étais pas la première à y séjourner, pourquoi donc aurais-je dû me plaindre ? Je bénéficiais de mes dix années passées à l'orphelinat, j'y avais acquis l'endurance qui me permettrait d'accepter plus facilement que d'autres les petits inconvénients de la vie commune. Une seule chose m'importait : être très bien opérée et très bien soignée. Qu'était le reste en regard ? J'entrai donc à l'hôpital sans appréhension.

Geneviève, chef du service de chirurgie, et Nathalie, deux infirmières très sympathiques, m'accueillirent. Nathalie avait pour rôle de préparer psychologiquement les femmes à l'opération qu'elles allaient subir. Elle n'avait pas à faire ce travail avec moi puisque je l'avais fait moi-même. Je l'assurai donc que je n'avais nulle angoisse.

Nathalie me prévint cependant :

— Vous serez malheureusement dans une chambre avec une femme très dépressive. Souvent les femmes pleurent après leur opération. Evidemment c'est un peu triste pour vous d'entrer dans cette chambre ce soir...

— Mais non, je vais la consoler !

Nathalie m'accompagna dans ma chambre. Alice, qui ne me quittait pas depuis trois mois, nous suivait, les valises à la main. Nathalie m'expliqua :

— Voici votre casier, vous pouvez fermer avec ce verrou, voici votre table...

Alice sortit précipitamment de la chambre, me plantant là avec les valises et les explications de Nathalie. Elle revint quelques instants plus tard, les yeux rougis :

— Mais, que t'arrive-t-il, Alice ?

— C'est terrible !

— Qu'est-ce qui est terrible ? N'ai-je pas un lit, une table, un placard ?... J'ai tout ce qu'il faut.

— Excuse-moi... Mais j'ai l'impression de t'emmener dans un pensionnat !

Des larmes coulaient sur ses joues malgré elle.

— Pourquoi n'est-ce pas à moi que tout cela est arrivé ? dit-elle.

— N'aie pas de chagrin, mon Alice, tout va bien se passer. Je t'assure, tout cela n'est pas si grave : il y a des quantités d'autres femmes qui ont subi la même opération... Tu veux que je vive, n'est-ce pas ?

Alice était vraiment touchante et j'étais malheureuse de lui donner tant de chagrin.

Installée dans mon lit, je fis connaissance avec ma voisine et tentai de lui montrer que son opération n'était qu'une étape ; après, il y a la vie et un avenir...

— Peut-être mais c'est tout de même triste...

— Oui, bien sûr ! Mais si on n'arrête pas de se dire que c'est triste, ça le sera bien davantage ! Il faut être sauvée, d'abord. Ça c'est l'important ! Et puis, n'est-ce pas, il vaut mieux ça qu'un bras ou un pied coupé...

Je lui dis tout ce que je me répétais depuis trois mois. Je lui expliquai aussi ce que j'avais toujours pensé : il faut garder toutes ses forces pour lutter, pour repartir dans la vie, plutôt que les gaspiller en pleurs inutiles... Pendant toute la soirée, nous parlâmes ainsi toutes les deux. Peu à peu je sentis que je parvenais à lui communiquer ma volonté de vaincre. Nous finîmes même par rire.

On me donna un comprimé pour m'endormir calmement, mais je n'étais pas anxieuse. Avant de m'endormir, je pensai à Francine, ma grande amie du pensionnat de la place d'Italie. Il y avait bien des années que son souvenir n'avait surgi dans ma mémoire mais, ce soir-là, il était normal que je la retrouve et que j'entende encore ses paroles : « Tu verras, on te le dira toute ta vie, tu as des seins magnifiques ! » Oui, on me l'avait dit en effet, jusqu'à cet instant... Où était maintenant Francine ? Je l'ignorais, mais j'imaginais que si elle avait su qu'on m'opérait le lendemain elle aurait été bouleversée. Sa peine aurait peut-être même été plus grande que la mienne... Mais j'aurais su lui expliquer qu'elle ne devait pas avoir de chagrin. Je lui aurais dit ces mots que je me répétais depuis des semaines en regardant mon sein qui paraissait pourtant si normal : Tu sais, il faut l'opérer, il est « véreux »..., comme on le dit d'un fruit.

François est près de moi. Il est venu tôt ce matin et sa présence me réconforte. Plus tard, un infirmier martiniquais me prépare : il m'enfile chemise et bottes de grosse toile blanche. C'est un homme très gentil avec qui je blague. Il me dépose ensuite sur le lit roulant qu'il a apporté dans la chambre. J'embrasse François et le rassure :

— Va sans crainte à ton bureau, Nounou, tout va bien se passer.

L'infirmier éclate de rire en me roulant vers l'ascenseur :

— Nounou ! Nounou !... dit-il. C'est qui, Nounou ?

— C'est mon mari. Et vous, vous l'appelez comment votre femme ?

— Mais je ne l'appelle pas !

Et tous les deux nous rions de bon cœur. Les infirmières qui nous croisent dans le couloir nous regardent étonnées de nous voir si joyeux alors que je vais me faire opérer d'un cancer.

Je suis à nouveau dans ma chambre. Des tuyaux dépassent de tous côtés. J'aperçois Alice, triste, qui attend déjà.

— Eh bien, Alice, je suis de retour ! Et tu sais, c'est formidable, je n'ai aucune douleur !

C'est en effet ce qui me surprend : je ne sens pas ma plaie. Mieux réveillée maintenant, je regarde avec attention mon pansement autour de la poitrine et, lorsque je vois mon bras libre, j'éprouve une grande joie :

— C'est formidable, mon bras est intact !

Ma voisine de chambre n'avait pas voulu quitter l'hôpital avant mon retour du bloc opératoire. Elle s'approcha de moi et m'embrassa :

— Merci pour la soirée d'hier. Je me sens mieux grâce à vous. J'étais résignée, fataliste mais, maintenant, je suis bien décidée à me battre...

Dès le lendemain de mon opération, j'étais sur pied. Deux jours plus tard, on pouvait retirer l'un des drains et je me promenais dans les couloirs. Les médicaments de phytothérapie que m'avaient concoctés avec tant de soins les Drs Lapraz et Durafour semblaient faire des miracles.

Alice n'appréciait pas beaucoup mes escapades dans Curie. Elle craignait qu'on ne me reconnaisse et me conseillait de ne dire à personne ce que j'avais. Elle me conseillait aussi de porter des lunettes noires s'il me prenait encore la fantaisie de me promener..

Les femmes que je rencontrais étaient, pour la plupart, de ma génération, de cette génération qui ne manquait jamais la sortie d'un film. Elles m'avaient donc reconnue. Assises sur le canapé, dans le couloir, nous bavardions. Nous parlions du cancer, bien sûr, mais je n'étais pas du tout attristée. Je me faisais la championne de la reconstruction et je tentais de convertir toutes les femmes qui avaient eu une ablation du sein à se faire reconstruire. Je pouvais témoigner d'une magnifique réalisation en la personne de ma voisine d'immeuble. Et quel espoir cela donnait aux femmes !

Dans le lit voisin, il y avait maintenant une femme d'une soixantaine d'années. Elle avait subi une opération abdominale et recevait perfusion sur perfusion. Mais cette femme faisait preuve d'un grand courage et ce courage éveilla en moi une sympathie immédiate. Sortie de ses deux jours et deux nuits extrêmement éprouvants pour elle, nous eûmes de longues conversations. Elle possédait un petit pavillon dans la banlieue de Roubaix, me dit-elle, et chaque jour elle y accueillait à goûter les enfants du village. Parfois ils étaient douze à venir. J'aimais l'interroger sur sa vie, sur ces enfants auxquels elle vouait un véritable amour.

Le matin de ma sortie d'hôpital, Nathalie me reçut. Elle m'avait prévenue le jour de mon arrivée : « La séance de pansement avant votre départ risque d'être un choc. Beaucoup de femmes pleurent. » J'appréhendais ce moment. Je ne ressentais aucune douleur mais j'imaginais une large plaie ouverte. J'avais dans l'esprit la vision de cette pauvre sainte Agathe et de ses deux plaies dégoulinantes de sang à la place des seins que vient de lui trancher le bourreau, les deux seins qu'elle porte sur un plateau... Pas questions cependant de laisser percer cette inquiétude et, tout sourire par bravade, j'assurai à Nathalie : « Je suis prête et, d'ailleurs, je sais très bien ce que je vais voir... » tout en me disant, qu'après tout, rien ne m'obligeait à regarder !

J'osai cependant regarder. Mon étonnement, cette fois, fut bien réel. Non seulement il ne s'agissait pas d'un trou béant, mais je découvris une fine cicatrice, bien lisse. Ravie, je m'exclamai :

— Mais c'est beau !

Nathalie n'avait plus l'air de comprendre ce qui se passait. Je vis sa surprise et je lui expliquai donc quelles avaient été mes craintes.

— Mais non, c'est recousu ! me répondit-elle.

— Je trouve ça admirable. C'est vraiment un très beau travail... C'est parfait !

— Vous êtes formidable ! me dit Nathalie.

— Non, je vous assure, mais je m'attendais à une telle horreur et je vois une simple cicatrice...

De retour dans ma chambre où Alice m'attendait, j'avais le sourire aux lèvres et cette fois mon sourire n'était pas feint. Je lui annonçai triomphalement :

— Durant m'a fait quelque chose de superbe !

Le courage des mères

A quatorze ans, en sortant d'un orphelinat sinistre peuplé de petites filles perdues, j'avais le cœur gros. Adulte, je quittai presque avec regret un hôpital vétuste rempli d'opérées du cancer... J'étais surtout triste de laisser à l'hôpital pour une longue semaine encore ma voisine de lit qui désirait tant être déjà auprès des gamins de son village.

Aux adieux mélancoliques succédèrent les tendres retrouvailles. Au milieu du salon transformé en un palais magique de plantes et de fleurs multicolores, François, Laurence, Antoine et Jacques, ma petite famille, et Christian et Aïda, deux rares amis tenus dans le secret de ma maladie, attendaient mon retour au bras d'Alice. Ils m'attendaient comme aurait été attendu un être très cher qui aurait parcouru le monde après avoir bravé mille dangers. Et ce furent quatre journées miraculeuses où je fus choyée, aimée, gâtée. Quatre journées que j'aurais aimé éternelles car je redoutais plus que tout la venue du cinquième jour. Ce cinquième jour où il me faudrait retourner à Curie, où il me faudrait entendre un nouveau verdict.

Lorsque je me dirigeai vers l'hôpital Curie, ce matin du cinquième jour, je n'avais plus du tout de courage. J'aurais aimé me reposer un instant, m'arrêter enfin. Rester bien au chaud au milieu de ma famille, au milieu de mes fleurs. Ne plus penser aux chimios, aux perfusions, aux tumeurs, au cancer...

Comme à l'accoutumée, le Dr Durant m'accueillit chaleureusement. Malgré mon inquiétude, j'étais heureuse de le revoir et de pouvoir le féliciter pour ma belle cicatrice. Cette fois, j'attendis sa décision sans oser la solliciter. Il me semblait que je ne pouvais plus lutter, si la lutte était encore nécessaire. Il fallut pourtant accepter un autre cycle de chimiothérapie : une perfusion par semaine pendant six semaines ! Il y eut, bien sûr, à nouveau ces nuits et ces jours sombres. Et ces lents retours à la vie. Square Georges-Brassens, je retrouvai mon banc et mes silhouettes familières. Puis encore ces plongées dans le douloureux tunnel. Et ce fut enfin la dernière perfusion.

« Tout est fini ! La vie reprend ! Il faut fêter cela ! » avais-je dit à ma famille. J'organisai un vrai dîner de fête. Je l'aurais aimé au champagne, mais l'état de mon foie ne me le permettait pas encore. Je me consolai en pensant qu'il suffisait d'un peu de patience ; dans quelques mois je pourrais à nouveau prendre une coupe délicieuse...

Huit jours plus tard, j'étais une fois encore dans le cabinet du Dr Durant. Toujours souriant, toujours optimiste, il me rassura. Tout se passait au mieux. Il n'y aurait donc plus de chimiothérapie. Je n'eus guère le temps de me réjouir. Il ajouta qu'il fallait tout faire pour tuer définitivement toutes les cellules cancéreuses !

— C'est pourquoi, maintenant, nous faisons un peu de radiothérapie, ajouta-t-il.

— La radiothérapie ? Qu'est-ce que c'est ?

— C'est du cobalt.

Le mot « cobalt » était pour moi aussi barbare que le mot « cancer » l'avait été au début de ma maladie.

— Mais ça n'en finira donc jamais ! Trois chimios, une opération, à nouveau une chimio et maintenant du cobalt !

Avec patience, avec gentillesse, le Dr Durant m'encouragea et je le quittai avec la conviction que je ne devais pas abandonner si près du but. J'acceptai six semaines de traitement et me rendis à la consultation du radiothérapeute, le Dr Mathieu. Sous ses dehors blagueurs, je découvris un homme chaleureux. « Ne vous inquiétez pas, me dit-il, votre décolleté servira encore ! Peut-être allez-vous nous jouer bientôt du Feydeau avec les " doudounes " à l'air ?... »

Nos deux rôles furent bientôt distribués : lui, qui me faisait tant penser à Jules Berry, était le diabolique un peu sadique et moi, la craintive.

— Déshabillez-vous, ma petite Mme Mosser, et venez me montrer toutes vos brûlures...

— Ne faut-il pas que je protège ma peau avec de la crème ?

— Non ! Pas de crème !

— Mais, toute ma peau va partir...

— Oh oui ! Tout partira ! Mais je ne veux pas de crème !

J'apprivoisai la radiothérapie comme j'avais apprivoisé la chimiothérapie. Nous étions déjà en juin et, en sortant chaque jour de l'hôpital sous le ciel bleu, le soleil déjà chaud, je m'émerveillais : comme il fait bon vivre ! Comme les rues sont gaies... Dès la porte de l'hôpital refermée derrière moi, il me devenait impossible de croire que j'avais le cancer : comment pourrais-je être malade alors qu'il fait si beau ? Mais non, je n'ai plus rien, on irradie des ganglions mais ils sont en très bon état...

Je ne craignais plus le cobalt, mais je ne pus jamais m'habituer à la salle d'attente du Dr Mathieu. Cette salle était pleine d'enfants, de jeunes gens, d'infirmes sur des fauteuils roulants. De temps à autre, l'ascenseur s'ouvrait et en sortait un malade allongé sur un lit. Il y avait des enfants tête rasée rayée de grands traits verts. Il y avait une jeune fille blonde, tête à demi rasée, de grands traits verts sur la nuque. Immédiatement je pensai : elle a le cancer... Et je songeai qu'au-dehors personne ne pouvait soupçonner le malheur de ces jeunes dans cette salle d'attente.

C'est à cette époque que je décidai de parler ouvertement de mon cancer. Depuis mes dernières chimiothérapies, je supportais de plus en plus mal la dissimulation de ma maladie et ma révolte grandissait : pourquoi cacher cela ? Non seulement j'ai une maladie grave mais de plus je dois raser honteusement les murs pour ne pas me faire remarquer. Ou, pis peut-être, je dois faire des sourires et assurer que tout va très bien !

Quelques jours après ma dernière chimio, alors que je me rendais au square, je m'appuyai au mur pour reprendre mon équilibre. Un voisin me croisa : « Tu vas bien Dany ? — Oui, tout va bien ! » dis-je en souriant. Et, attendant la disparition du voisin au coin du couloir, je m'agrippai au mur pour continuer à marcher.

Ce qui m'était devenu plus insupportable encore, c'était d'entendre les petites misères de la vie quotidienne :

— Ça va Dany ?

— Oui, très bien, très bien... Et vous ?

— Oh, ça va mais je suis absolument furieuse ! Vous vous rendez compte, j'avais retenu une bouteille de cognac chez l'épicier et il l'a vendue !

— Oh, tout cela n'est pas très grave...

— Non, mais enfin, c'est énervant, n'est-ce pas ?

— Oui, sans doute, mais il y a des choses tellement plus graves...

— Eh bien en tout cas, pour vous Dany, tout a l'air d'aller très bien...

Evidemment tout n'allait pas « très bien » : je sortais péniblement d'un cycle de chimiothérapie... De retour chez moi, je dis ce jour-là ma détermination à Alice : « La prochaine fois, je n'accepte pas de me taire ! »

La prochaine fois eut lieu au moment de la radiothérapie, à cette période où je découvrais ces enfants cancéreux. Après nous être saluées, une voisine me dit :

— Oh, en ce moment, je suis enrhumée et ce rhume n'arrête pas. J'ai tout essayé et vraiment je ne sais plus quoi faire ! Parce que, c'est vrai, ça fatigue tout de même ! Ça fatigue...

J'écoutais sans broncher les complaintes. Puis la femme me demanda :

— Et vous, Dany, comment allez-vous ?

— J'ai un cancer.

La femme me regarda, suffoquée, incapable de réagir, ouvrant de grands yeux, puis elle dit :

— Ah... Bon...

Je repris, rassurante :

— J'ai un cancer mais ça va ! Tout va très bien, on me soigne et je vais m'en sortir !

A partir de ce jour on ne me demanda plus : « Comment allez-vous, Dany ? », mais au moins je ne reçus plus les doléances ridicules et j'en fus grandement soulagée. Il m'était devenu impossible d'écouter, sourire aux lèvres, les récits des petits bobos, des petits riens alors que, là-bas dans un hôpital, des enfants l'air si las, si désespérés attendaient dans une salle le moment de recevoir leur dose de cobalt.

A côté de ces enfants, il y avait aussi des mères. Des femmes brisées, au visage décomposé, mortellement triste. Et je trouvai le rôle de ces mères plus terrible que le mien. Je pouvais assumer ma maladie car je pouvais me battre contre elle, mais que pouvaient ces mères contre le cancer, parfois fatal, de leur enfant ?

Un jour, la mère de cette jolie jeune fille blonde profita du moment où son enfant était en radiothérapie pour m'adresser la parole :

— Ma fille ne va pas bien du tout... Elle est extrêmement faible... Elle vomit... Mais je ne lui dis pas ce qu'elle a, alors, surtout, madame, n'en parlez pas !

— Bien sûr que non ! Je ne me serais jamais permis de dire une telle chose !

— J'ai vu que vous sympathisiez avec elle, ça va lui faire du bien d'avoir parlé avec vous et je vous en remercie, mais elle ne sait rien.

Cette mère m'expliqua qu'elle avait d'autres enfants et qu'elle s'efforçait de ne faire aucune différence entre eux afin que la jeune fille ne se doute de rien.

— Ce doit être un calvaire pour vous !

— Ah, oui madame, un calvaire ! Je lui dis qu'on lui fait de l'électricité... Mais, évidemment, elle se pose des questions : elle a vingt ans ! Elle veut continuer ses études et va donc au lycée mais il lui est difficile de bien travailler... Elle se désespère parfois...

Je songeai à la souffrance de la jeune fille, à la souffrance de la mère. Elle me dit encore :

— Mon mari ne s'en occupe pas beaucoup... Il évite de m'en parler...

J'admire la force de ces mères, j'admire leur courage. Elles seules assument tout, toujours !

Ce que je vis dans cette salle d'attente, je me promis de ne jamais l'oublier.

Souvenirs

Lorsque tout fut terminé, nous étions en juillet. Il faisait beau. J'étais libre. Libre d'organiser mes journées comme bon me semblait : demain, plus de rendez-vous à Curie pour le cobalt, ni après-demain... ni jamais, peut-être... Je n'avais plus qu'à reprendre tranquillement des forces, faire des projets puis repartir dans la vie...

Depuis dix mois je n'avais plus fait signe aux amis du métier : je n'avais pas désiré leur parler de ma maladie, je n'avais pas voulu les effrayer. Je devais maintenant leur donner l'explication de ma « retraite ». Puisque les traitements étaient terminés, puisque je me rétablissais, il n'y avait plus aucune raison de tenir secret plus longtemps mon cancer. Je téléphonai aux quelques amis qui m'avaient appelée et à qui j'avais fait répondre que j'étais absente. Chaque fois la conversation fut la même :

— Ah, Dany ! On ne t'a plus vue depuis si longtemps !

— Eh bien oui, j'ai eu un cancer.

C'est à ce moment que se produisait le même long silence de mon interlocuteur. Alors j'ajoutais sur un ton enjoué :

— Oh mais maintenant, je vais très bien !

Mais la conversation tournait court, invariablement l'ami, embarrassé, apeuré surtout, ne semblait plus en mesure de rassembler ses idées et balbutiait quelques mots avant de prendre congé :

— Nous nous voyons bientôt, je te rappelle...

Constatant le désastre que produisaient ces conversations, je décidai de procéder différemment. Je devais trouver un moyen de dire que j'avais eu un cancer, sans dire le mot mais cela devint un vrai casse-tête qu'il me fut impossible de résoudre.

Par bonheur, nous étions au temps des vacances. Je retrouvai ma Normandie avec François, Laurence, Antoine et leurs amis. Chaque instant de la vie me paraissait délicieux, chaque brin d'herbe, chaque fleur, chaque arbre, une chose admirable... Assise dans ma chaise longue, je ne pouvais me lasser de regarder les animaux sur la colline, les jeux du soleil dans les pommiers. Pour la première fois de ma vie, je m'accordais le temps de vivre, le temps de rêver, le temps de regarder, d'admirer... Moi qui, jamais, n'avais accepté un temps de pause sans me sentir culpabilisée à la pensée de « perdre mon temps », je « perdais » délibérément mon temps. La valeur du temps était devenue radicalement autre. Je savais que courir d'un lieu à l'autre, d'un projet à l'autre, d'un rôle à l'autre dans un tourbillon furieux n'était pas nécessairement vivre. Brouiller le temps par une activité incessante ne m'apparaissait plus la meilleure façon de faire. Je connaissais désormais l'importance de la vie. Cet été, la Normandie fut magnifique. Ma famille douce et aimante.

Puis vint la rentrée. Je restai seule. Seule sans emploi du temps. Seule à ne savoir que faire dans mon appartement parisien. Je n'avais plus à me battre contre la maladie, ma vie n'était plus balisée par les traitements, j'avais la sensation d'avoir quitté un cocon. Evidemment dans ce cocon j'avais dû lutter. J'avais été extrêmement malade mais là, pendant ces dix mois, on m'avait soignée, prise en main, dorlotée, je n'avais eu, en somme, qu'à me laisser faire. J'avais simplement dû avoir le courage de supporter les traitements, les uns après les autres. Maintenant Curie m'avait lâchée comme on lâche un ballon mais où devais-je aller ? Et comment ? Je n'avais plus de projets...

En cet automne, je me sentis nue, dépouillée, vide. Plus de bagarre contre la maladie et pourtant je ne savais si je l'avais réellement vaincue. Cet après-cancer fut le temps des interrogations : que m'était-il arrivé ? Qu'avait été ce long moment en suspens ? Quel était ce vide ?

J'aurais tellement aimé retrouver mon milieu, mon ambiance, les plateaux de cinéma. Chaque jour qui passait me donnait plus de vitalité. J'étais même plus belle qu'avant mon cancer et les rares personnes que je rencontrais me complimentaient : « Mais Dany, qu'avez-vous fait ? Vous êtes superbe ! Vous avez retrouvé votre ligne de jeune fille... »

Puis il y eut cette « fête des gourmands » au Fouquet's à laquelle j'avais été conviée par Patrick Préjean, l'acteur charmant qui avait joué avec moi dans *Le Saut du lit*. J'avais enfin l'occasion de me montrer. Je ne voulais plus de ce silence, de cette peur que je sentais chez les autres et qui m'était devenue plus insupportable que la maladie. Pourquoi devrais-je continuer à cacher ce cancer comme je cacherais une faute abominable ? Je n'avais pas volé, je n'avais pas assassiné.

Ce fut une agréable soirée et j'éprouvai du plaisir à retrouver des gens du métier. Mes amis rencontrés ce soir-là surent la raison de mon éloignement des plateaux de tournage et des scènes de théâtre. Je désirais extirper leur peur. Je voulais qu'on me parle de mon cancer comme on m'aurait parlé d'une hépatite virale : « Comment va ton hépatite ? — Ça va très bien ! — Tu as bonne mine en effet maintenant. Tu as vraiment bien récupéré ! »

Je rencontrai d'autres amis metteurs en scène et je leur dis combien cela me ferait plaisir de remettre les pieds sur un plateau. Ne serait-ce pas le meilleur moyen d'oublier tout ce que j'avais vécu pendant près d'un an ?

Pas un ne me rappela. Est-ce la maladie qui leur fit peur ? Pensèrent-ils que, deux ans plus tard, je ne serais plus là et qu'il était inutile de « parier » sur moi ? J'étais dans ce métier depuis plus de trente ans, j'avais tourné plus de cinquante films. Et certains semblaient m'avoir déjà enterrée...

J'aurais dû taire cette maladie ! Si j'avais été une femme prudente, calculatrice, je n'en aurais jamais soufflé mot. Mais voilà, mon caractère est tout autre, j'aime la simplicité, j'aime la franchise.

J'étais en observation. Tout le monde sait que pendant cinq ans, une épée de Damoclès est suspendue au-dessus de notre tête. Tout le monde le sait et je le savais. Et peut-être mourrais-je pendant ce temps d'un accident d'avion... Tout le monde meurt...

L'automne 1989 fut mélancolique. Mais je refusai de tomber dans la neurasthénie. On m'avait affirmé à Curie : « Toutes les femmes font une dépression après leur opération et leurs traitements. » Comme toujours j'éloignais de moi, dès qu'elles apparaissaient, mes pensées douloureuses et m'attachais à retenir les pensées réconfortantes. Je croyais avoir certains amis et ils s'étaient envolés, mais ceux que je gardais, les vrais, ceux que je n'ai pas besoin de nommer ici car ils se reconnaîtront, ne m'avaient jamais été si précieux. Déjà, je partais avec eux dans de nouveaux projets, tout redevenait possible. Le cancer avait fait le tri. Il m'avait aussi donné de nouveaux amis. Ces hommes et ces femmes qui m'avaient soignée lorsque j'étais au plus mal et qui n'avaient pas ménagé leur amitié chaleureuse, leurs encouragements. Je devais beaucoup aux Drs Jean-Claude Lapraz et Christian Durafour, mes phytothérapeutes, qui m'avaient constamment accompagnée et soutenue physiquement grâce à leurs traitements. Après mon opération, ils m'avaient reçue avec la même chaleur, le même regard : aucune compassion qui aurait pu me faire comprendre que j'avais perdu de ma féminité.

Curie, dont le nom seul était imprononçable pour moi tant il était chargé d'angoisse et de mort, signifiait désormais « famille ». Ma « famille » de Curie m'avait sauvée et continuerait à m'aider si nécessaire.

Et combien devais-je à ma propre famille ! C'est pendant ces dix mois de traitement si éprouvants pour tous que je la découvris véritablement. Je savais, bien sûr, que nous nous aimions. Mais la bousculade de la vie nous avait empêchés de nous le témoigner. Pendant ce temps à part que fut le temps du cancer, je vécus pleinement cette union chaleureuse, aimante, et ce fut un réconfort inouï. Je ne cessais de me redire : Je suis véritablement aimée !, ajoutant avec étonnement : Il faut que j'aie ce cancer pour que je comprenne que je suis aimée ! Peut-être alors devrais-je presque me réjouir d'avoir eu cette maladie ? Alice et moi nous répétions : « Nos enfants sont formidables, nos maris sont formidables, nous avons de la chance ! »

Cet automne-là je continuai à me rendre au square Georges-Brassens toutes les fois que le temps me le permettait. J'emportais un livre mais je ne lisais pas beaucoup, préférant regarder les arbres, les plantes, les massifs de fleurs comme je le faisais depuis un an. J'avais vu naître les saisons. J'avais vu l'hiver et les arbres noircis puis les bourgeons annonciateurs du printemps. J'avais vu éclore les buissons et les fleurs. J'avais admiré les roses et respiré leur parfum. Je les avais trouvées si belles que j'avais décidé de planter les mêmes dans mon jardin normand.

Square Georges-Brassens, un personnage avait maintenant disparu : cette dame qui était si heureuse de parler quelques instants avec moi. Et je m'inquiétai : était-elle encore en vie ?

Assise seule sur mon banc pendant tous ces mois de traitement, j'avais pris le temps de penser à ma vie. Je ne pensais pas à l'avenir car il était incertain. Je ne pensais pas au présent douloureux, je revenais donc sur mon passé, pour la première fois. Ma vie m'avait entraînée dans un tourbillon trop rapide : le travail, les amours, la famille. Et comme Scarlett O'Hara, je me disais, lorsque venait une interrogation d'importance : « J'y réfléchirai demain... » Mais le lendemain était toujours trop agité. Je me disais à nouveau : « J'y réfléchirai demain... » Les années avaient passé si rapidement ! Seul ce temps suspendu de mon cancer fit que je pus « y penser » enfin. Et, square Georges-Brassens surgirent les fantômes de mon enfance. Ce n'est pas un banal cliché : je me mis à penser si fort à eux qu'ils furent là chaque jour. C'étaient les personnages de Combs-la-Ville, les méchants et les tendres, Jeanne et mon amie Huguette Kesler. C'étaient ceux de mon orphelinat, le curé Bel, la sœur Marie, ma souriante amie Micheline. C'était ma fausse mais accueillante famille Antoinette, Marcel et Boby. C'étaient la petite Alice de Marseille, la douce amie Francine de l'école de la place d'Italie, mon incomparable ami du cours Bauer-Thérond, Yvon. C'étaient cette mère inconnue et ce père mort trop tôt. C'étaient ces rencontres inoubliables avec le cinéma, les metteurs en scène, les acteurs. Et c'était aussi mon propre chemin parcouru, de la petite fille de quatre ans, Yvonne Chazelles, abandonnée et solitaire, à l'actrice Dany Carrel fêtée aux côtés de Gérard Philipe, applaudie aux côtés de Sacha Pitoëff. Que n'ai-je revécu sur ce petit banc de square durant ces quelques mois ?

A la fin de l'automne, mon beau-frère Jacques Trébouta prit l'habitude de m'accompagner. Il était lui aussi tombé malade, d'une autre maladie, et avait été opéré. Je l'entraînais dans mes souvenirs, dans mon enfance, dans mes déchirements, dans mes fêtes somptueuses, dans mes tournages inouïs, dans mes représentations théâtrales grisantes. Et un beau jour, Jacques m'interrogea :

— Pourquoi ne pas écrire tout cela, Dany ?

— Ecrire, c'est fouiller au fond de soi, c'est tenter de comprendre et je sais si peu de moi, si peu de ma famille...

Jacques insista :

— Tu seras enfin en accord avec toi, tu seras beaucoup mieux dans ton corps, dans ton âme. Tu auras déblayé, cherché et peut-être trouvé. Et lorsque tu auras trouvé, peut-être pourras-tu guérir ?... Il faut faire ce travail.

J'hésitai car je savais que ces recherches, ces interrogations seraient une souffrance. Je savais que revivre certains moments serait une expérience cruelle. Jamais je n'avais désiré replonger dans mon passé car mon présent me semblait toujours plus joyeux, plus riche C'est sans doute pour cela que je n'avais rien gardé sur ma carrière ni photos, ni articles, ni magazines. Je n'aimais pas les reliques.

J'hésitai aussi car je ne pensais pas en être au temps des bilans, même si j'avais quelques regrets en songeant à ma carrière. Celui, par exemple, de n'avoir pas rencontré, comme Monica Vitti avait rencontré Antonioni, Brigitte Bardot, Vadim, Ingrid Bergman Rossellini, Liv Ullman, Ingmard Bergman, *mon* metteur en scène.

Chaque jour ou presque, Jacques et moi nous retrouvions côte à côte à évoquer nos souvenirs et j'y prenais goût. Tel Sherlock Holmes je tentais, à partir d'indices imperceptibles, de reconstruire des pans entiers de ma vie. Jacques se passionnait. François et les enfants, à leur tour, voulurent tout savoir des « deux orphelines » et de leur mère annamite. Mais cette recherche de la vérité familiale était difficile et parfois douloureuse. Je ne possédais que les quelques photos découpées laissées par Juliette et quatre vases ayant appartenu à mon père. Cependant Alice entretenait toujours une correspondance avec sa mère, la mienne sans doute. Et, pour la première fois, je voulus vraiment savoir et je demandai à Alice de l'interroger

Ma mère

Sur mon banc du petit square, je pensais à « Maman Tourane ». Chaque jour désormais je la retrouvais, chaque jour je tentais de renouer les fils d'un mystère aggravé par les guerres et les bouleversements politiques. Je tentais de me remémorer certaines lettres dans lesquelles elle disait, par l'intermédiaire de son fils Huân, un mot de moi. Je tentais de comprendre pourquoi nous ne nous étions jamais rencontrées. Je me souvenais de l'une des premières lettres reçues par Alice. Alice avait écrit à sa mère mon succès dans *Porte des Lilas* et « Maman Tourane » avait répondu : « J'espère qu'un jour Yvonne viendra présenter son film à Saigon. » A cette époque, elle avait donc désiré me voir. J'avais songé alors à me précipiter vers elle, mais mon désir de l'embrasser avait été entravé par mon doute sur son identité : cette femme qui ne m'avait jamais réclamée était-elle vraiment ma mère ? Ce doute, cette souffrance de ne pouvoir connaître la vérité me paralysèrent et me conduisirent à vouloir oublier. Des guerres suivirent, empêchant, matériellement cette fois, toute rencontre.

Puis je fondai une famille, j'eus un enfant. Doutes et souffrances s'atténuèrent. Bien sûr, je pensais encore à cette mère possible mais deux vérités s'affrontaient. Alice m'assurait que cette femme, Kam, sa mère, était aussi la mienne. Mais cette femme ne m'avait jamais demandée, n'était jamais venue, ne m'avait jamais écrit personnellement. Bien sûr, dans chaque lettre adressée à Alice il y avait un petit mot pour moi : « J'embrasse Yvonne » ou « Je souhaite qu'Yvonne soit en bonne santé » ou encore « J'espère que tout va bien pour Yvonne ». Mais ses sentiments semblaient si retenus !... Juliette, elle, m'assurait avec force : « Ta mère est morte à ta naissance ! On n'a pas voulu dire la vérité à Alice, lui dire qu'Aimé avait eu deux maîtresses. Tu comprends, Aimé était tout de même mon mari ! » Qui croire ? Que faire ? Incapable de vivre une telle contradiction, je m'étais dit, une fois encore : « J'y réfléchirai demain ! » Car l'essentiel, désormais, était de vivre pour cette famille que j'avais construite et que j'aimais et pour mon métier qui était, lui aussi, une passion. Sans doute à cette époque ai-je fait preuve d'un peu d'orgueil : depuis mon enfance, j'attendais qu'une mère me dise : « Viens ! Je t'attends ! » et personne ne me l'avait dit, ni « Maman Tourane » ni une autre. Sans doute aussi ai-je fait preuve d'un peu de lâcheté en ne voulant pas aller jusqu'au Viêt-nam pour interroger celle qui savait. Mais je redoutais le grand cataclysme que cela produirait dans ma vie. Que me révélerait « Maman Tourane » ? Sans doute ai-je eu peur d'avoir mal. J'avais vécu dans le déchirement durant toute mon enfance et mon adolescnece, je ne pouvais continuer à vivre ainsi. Je délaissai donc cette hypothétique mère indochinoise lointaine pour me consacrer à ma propre famille, bien réelle, celle-là.

Le totalitarisme communiste, les « boat people » me sortirent brusquement du cocon que je m'étais tissé. A ce moment, je me sentis vraiment vietnamienne et je voulus sauver « Maman Tourane » et je pus croire davantage qu'elle était ma mère. Après plusieurs années d'angoisse, Alice, enfin, reçut une lettre de Huân. Il nous apprit que son frère, professeur d'anglais, avait pu s'échapper d'un camp où il avait été enfermé pendant plusieurs années. Il s'était enfui en Amérique avec deux de ses quatre enfants. Les frontières vietnamiennes entrouvertes, la correspondance reprit entre Alice et « Maman Tourane » par l'intermédiaire de Huân. Nous envoyâmes quelques colis chaque année, surtout des médicaments, les biens, là-bas, les plus précieux. Mais Huân nous fit comprendre — à demi-mot à cause de la censure — que le gouvernement communiste ne tolérant qu'un colis confisquait systématiquement les autres. Alice et moi ne désirions pas faire de cadeaux aux aparatchiks communistes, nous n'envoyâmes plus qu'un colis chaque année.

Bientôt, les frontières devinrent plus perméables aux personnes, l'envie de partir me saisit à nouveau. Il fallait enfin que je sache ! Mais « Maman Tourane » fit écrire qu'elle était trop âgée maintenant pour supporter le choc de notre rencontre. Et Huân expliqua : « Maman a le cœur fragile maintenant, il vaut mieux ne pas venir. »

Plusieurs fois aussi, Alice et moi avions demandé à « Maman

Tourane » de venir en France. Mais cela non plus n'avait pas été possible. Evidemment, elle avait une autre famille et je compris qu'en France elle aurait été déracinée. Mais j'aurais tant voulu l'arracher à ces guerres, à son pays meurtri et malmené. J'aurais tant voulu lui faire connaître une autre vie, comme je l'avais fait pour Alice, comme les amies d'Alice l'avaient fait pour leurs propres mères. Et j'enviais Isabelle, l'exquise amie de pensionnat d'Alice. Sa mère semblait si heureuse auprès d'elle. Elle mourrait dans les bras de sa fille... Pour Alice et moi, il n'en serait jamais ainsi. Notre mère s'était mariée, elle avait d'autres enfants, sa vie était au Viêt-nam. Et je songeais, sans méchanceté, sans reproches, plutôt comme un constat : Alice et moi sommes deux enfants de trop... Si notre mère n'avait eu que nous, elle serait maintenant auprès de nous... Je songeais aussi aux souffrances d'une mère qui avait été séparée de ses enfants. Je songeais aux nouvelles souffrances que je lui imposerais si j'allais la retrouver. Je ne pouvais donc aller contre son désir.

Je fus reprise dans un autre tourbillon, le théâtre, et il me devint impossible de penser à tout cela. Il faut être fort lorsqu'on est chaque soir sur une scène. Je décidai donc, une fois encore, de remettre à plus tard mes interrogations.

Mon cancer avait interrompu cette vie. Réfugiée sur mon banc du square devenu désert durant ce mélancolique automne 1989, je regardais les dernières roses des massifs qui perdaient leurs pétales. Les feuilles rouge et or des arbres couvraient les pelouses et les allées. L'hiver commençait à poindre. Le temps était maussade. Le spleen m'envahissait. Alice avait écrit à « Maman Tourane » que j'avais eu un cancer mais que mes traitements avaient été efficaces, et que Jacques se remettait de son opération. Elle avait renouvelé nos vœux d'aller la voir. « Maman Tourane » avait répondu : « Soignez-vous, surtout et, lorsque vous serez totalement rétablis, nous reparlerons de ce voyage. » Elle nous dit encore qu'elle serait beaucoup trop triste lorsque nous repartirions : « Encore bien plus triste qu'avant. » Sans doute serions-nous tristes, en effet, de nous quitter, mais nous aurions connu une joie tellement immense ! Et je me rappelai le mot de Saint-Exupéry : « On risque de pleurer un peu si on s'est laissé apprivoiser. »

Mais, en cet automne, Alice reçut une nouvelle lettre de Huân dans laquelle il nous disait la vie un peu solitaire de notre mère, maintenant que le fils aîné était en Amérique et que lui-même avait sa propre famille. Puis il écrivit : « L'autre jour, maman a pris l'une des photos d'Yvonne. Elle l'a longuement regardée puis elle l'a caressée. Des larmes coulaient sur son visage. » Je fus terriblement émue, profondément ébranlée par ce geste. Seule une mère peut laisser couler des larmes après tant d'années ! A ce moment j'eus la certitude que « Maman Tourane » était vraiment ma mère. Il m'avait donc fallu attendre toutes ces années pour en avoir la preuve ! Pourquoi ne me l'avait-elle jamais crié ? Pourquoi était-ce précisément au moment où moi-même j'étais enfin véritablement à sa recherche, qu'elle retrouvait ses gestes de mère ? Cette caresse qu'elle m'avait donnée enfant, elle me la redonnait donc maintenant ! Nos deux solitudes, nos deux vies comme en suspens, s'étaient donc rejointes ! Elle, âgée, solitaire, revenait sur son passé, comme je le faisais moi-même dans ce temps indécis que je vivais. Enfin, toutes deux nous nous retrouvions !

De ce jour, je voulus tout savoir de ma mère. J'interrogeais Alice. Je commençais à comprendre le malheur de la petite Kam. Depuis mon cancer, Alice et moi pouvions parler de tout cela avec simplicité. La maladie avait totalement changé notre façon de voir la vie. Bien sûr, nous croyions l'une et l'autre en ma guérison mais nous avions tout à coup découvert la fragilité de la vie et une sorte d'urgence était apparue qui nous rendait tout plus facile. Nous pouvions enfin parler l'une et l'autre librement de cette enfance indochinoise.

J'ai abandonné mon banc du square Georges-Brassens. J'ai ressorti les quelques photos de Kam, d'Aimé, d'Alice et de moi à Tourane. Je regarde un portrait plus récent de Kam et j'éprouve un étrange sentiment. « Maman Tourane » est aujourd'hui une vieille dame. Elle est toujours aussi belle, aussi digne. Mais elle est tellement triste ! Je la regarde et je me retrouve en elle, mais si fugitivement. Elle, si vietnamienne, moi, si française. Je ne connais rien de son pays, rien de son peuple. Je ne connais pas sa langue. J'ai enfin une mère mais nous ne pouvons pas communiquer ! Ne rien nous dire, jamais, comme c'est difficile à supporter. Si seulement je pouvais lui écrire, si je pouvais l'appeler au téléphone et lui dire simplement « maman... ».

C'est pourquoi je songe souvent : Je vais aller la voir. Je ne lui dirai rien mais tout simplement je la serrerai très fort dans mes bras... Et ce rêve me hante chaque jour davantage. Parfois il me prend l'envie folle de partir tout de suite, je ne veux pas la laisser mourir sans l'avoir vue, sans avoir entendu le son de sa voix, sans l'avoir touchée une fois, sans l'avoir embrassée.

Comme je voulais tout connaître de mes parents, tout savoir de mes deux ans et demi passés à Tourane, tout savoir de cette petite enfance dont il ne me restait aucun souvenir, tout savoir sur le drame qui suivit, Alice envoya une nouvelle lettre à « Maman Tourane ». Huân, notre demi-frère répondit :

« Da Nang

Bien chère Alice,

Avant de répondre aux questions d'Yvonne, maman veut vous envoyer à toutes deux son affection.

Comment va Jacques ? Maman et moi nous prions le Tout-Puissant de lui rendre la santé afin que toute la famille soit dans la joie.

Maman va bien. Elle a maintenant soixante-quinze ans et ses cheveux sont tout blancs.

Maman a rencontré votre père lorsqu'elle avait dix-neuf ans. Un jour, une superbe voiture s'est arrêtée juste devant la maison de maman, rue Hûng-Vuong. Maman est sortie pour la contempler. Votre père a aussitôt remarqué maman et l'a regardée avec un certain sentiment. Il était directeur général des douanes. Il a demandé à un ami vietnamien de lui présenter maman. Ainsi a commencé leur grand amour et leur vie conjugale. Ainsi, aujourd'hui existe-t-il deux filles nées de leur union.

Maman avait vingt ans à la naissance d'Yvonne et dix-huit mois plus tard est née Alice. Vous avez été choyées et aimées par votre père et maman. Quand Alice a eu un an, la femme de votre père est revenue de France où elle partait souvent et pendant très longtemps. Elle a appris qu'il y avait deux filles et en a été très heureuse. Elle a été très gentille avec maman, peut-être parce qu'elle ne pouvait ou ne voulait faire des enfants. Pendant son séjour au Viêt-nam, elle avait un faible pour Yvonne qui était très jolie et très drôle. Mais votre père est tombé malade. Il est allé se faire soigner à Hué car c'est là que se trouvaient les meilleurs médecins. Deux semaines plus tard, il était de retour à Da Nang, en pleine forme et complètement guéri. Ce soir-là, vers neuf heures, sa voiture avec chauffeur s'est arrêtée devant la maison de maman. Votre père en est descendu, laissant sa femme dans la voiture... Votre père est resté un long moment avec maman pour la rassurer sur sa santé et lui dire qu'il ne la quitterait pas. Puis il est reparti. Mais, vers quatre heures du matin, le chauffeur est venu annoncer à maman le décès de votre père. Cette nouvelle lui est tombée sur la tête comme la foudre et une grande douleur l'a envahie. Puis les deux épouses ont organisé ensemble l'enterrement de votre père, mais c'est maman qui, visiblement, souffrait le plus...

Ensuite, la femme de votre père a demandé à maman la permission d'emmener Yvonne en France. Maman a refusé énergiquement malgré les problèmes financiers qui pesaient sur elle. Car, à la vérité, votre père n'avait pas eu le temps de réaliser sa promesse : donner une certaine somme pour vous élever. Bien que sachant qu'elle se trouverait dans une situation critique, maman a refusé de se séparer d'Yvonne. Mais, voyant le grand amour que la femme de votre père témoignait pour Yvonne, et craignant la menace d'un procès, maman dut suivre les conseils de plusieurs amis et fut contrainte de laisser partir Yvonne. Yvonne allait avoir trois ans. Que de larmes ! Que de jours de souffrance pour cette séparation malgré la présence d'Alice, source de joie et de consolation, à ses côtés. Imaginez la douleur d'une femme qui vient de perdre son époux et à qui on enlève son enfant !

La vie de maman s'est poursuivie avec Alice, une enfant docile et sage. Quand Alice a eu douze ans, la femme de votre père a écrit à maman pour lui dire qu'Yvonne voulait avoir sa sœur à ses côtés. Maman a accepté afin que vous soyez heureuses ensemble toutes deux. A partir de là, ma chère Alice, je pense que tu peux raconter la suite à Yvonne.

Maman souhaite une meilleure santé à tous et vous embrasse bien fort.

Huân. »

Ainsi donc, j'avais été volée à ma mère pour être déposée dans un orphelinat !... J'avais souffert mais je découvrais maintenant que ma mère avait souffert autant que moi ! Alice connaissait partiellement notre histoire pour avoir posé des questions à notre mère :

— A mon retour à Tourane, j'étais très perturbée. Non seulement pour avoir été expulsée par Juliette et séparée de toi, mais aussi à cause de ses affirmations à notre propos. Maman m'expliqua alors ce qui s'était véritablement passé. Elle me dit : « La réalité est celle-ci : ton père et moi avons eu deux enfants, Yvonne et toi. Il voulait divorcer et attendait le retour de Juliette du Chaxel. Mais il est mort brutalement et Juliette du Chaxel, devenue votre tutrice, a emmené Yvonne en France. Juliette du Chaxel raconte tout autre chose, c'est normal, elle était la première femme ! »

Ma mère, une très jeune Vietnamienne, n'était donc que la « seconde femme » et, dans cette Indochine coloniale de mon enfance, elle n'avait aucun droit sur nous. Nous ne portions pas son nom. Je me souvins alors du choc que m'avait causé la lecture du premier extrait de naissance que j'avais reçu d'Indochine : Père : français, inconnu ; Mère : vietnamienne, inconnue. Juliette m'avait donc arrachée à ma mère ! Je compris la souffrance de cette mère, je compris sa crainte de revivre une telle souffrance si j'allais à sa rencontre.

Avais-je raison de ne pas franchir le pas ? Ne fallait-il pas tout de même aller la voir ? Et si, demain, Alice recevait une lettre de notre frère : « Notre mère est morte... » comment réagirais-je ? N'aurais-je pas des regrets ? Bien sûr, elle avait refusé de venir en France, mais elle avait refusé également de s'expatrier en Californie où notre demi-frère la réclamait. La « petite Kam » avait désormais près de quatre-vingts ans et ne pouvait refaire sa vie à l'étranger. Fallait-il alors partir pour le Viêt-nam, malgré elle ? Peut-être le temps nous était-il compté maintenant à toutes les deux ? Peut-être était-il grand temps d'aller l'embrasser ?

La vie aujourd'hui me sourit à nouveau. Oublié, le triste automne. Oublié, l'isolement dans lequel certains m'avaient laissée. Les metteurs en scène semblent s'être donné le mot et me proposent de nouveaux rôles comme s'ils avaient senti que j'étais guérie. Les coups de fil se succèdent. Je n'ai plus que l'embarras du choix. Des reprises au théâtre : *Le Complexe de Philémon* ou *Quarante Carats* ? Deux feuilletons télévisuels m'attendent aussi : lequel choisir ? Je redeviens telle que j'étais, débordante de vitalité, et mes amis me retrouvent, gaie et tonique. C'est que je suis amoureuse de la vie. Et je suis prête à me lancer dans le théâtre et le cinéma avec la même fougue qu'au premier jour. Mais avec une sérénité jamais éprouvée jusqu'alors. Aujourd'hui, je connais la valeur de la vie. Je veux prendre le temps de la savourer seconde après seconde. Car chaque seconde peut être superbe. La seconde où, assise dans mon fauteuil, rien ne se passe. La seconde où, sur scène, je jouerai bientôt. La seconde où je me vois près de

« Maman Tourane ». Plus jamais, pensant à elle, je ne me dirai : « J'y réfléchirai demain ! »

Il y a maintenant deux ans que j'y réfléchis. Il y a deux ans, semaine après semaine, j'ai cherché le moyen de l'apprivoiser afin qu'elle n'ait plus peur de me rencontrer. C'est Jacques, mon beau-frère, qui m'a donné la solution. Il voulait que j'écrive mes mémoires pour moi-même, pour me guérir. J'ai désiré écrire mes mémoires pour « Maman Tourane ». J'ai voulu me livrer à elle aussi fidèlement qu'il m'a été possible. J'ai voulu qu'elle connaisse tout de moi. Et, me connaissant, qu'elle désire, comme lorsque j'avais deux ans, me serrer dans ses bras.

Ce livre est donc une longue lettre à ma mère, la jolie et triste Kam.

TABLE DES MATIÈRES

L'ANNAMITE

Achevé d'imprimer en août 1991
sur presse CAMERON,
dans les ateliers de la S.E.P.C.
à Saint-Amand-Montrond (Cher)
pour le compte des éditions Robert Laffont
6, place Saint-Sulpice - 75279 Paris Cedex 06

Dépôt légal : septembre 1991.
N° d'édition : 33526. N° d'impression : 1814-1409.